A LÂMINA DA ASSASSINA

Obras da autora publicadas pela Galera Record

Série Trono de Vidro

A lâmina da assassina
Trono de vidro
Coroa da meia-noite
Herdeira do fogo
Rainha das sombras
Império de tempestades
Torre do alvorecer
Reino de cinzas

Série Corte de Espinhos e Rosas

Corte de espinhos e rosas
Corte de névoa e fúria
Corte de asas e ruína
Corte de gelo e estrelas
Corte de chamas prateadas

Série Cidade da Lua Crescente

Casa de terra e sangue
Casa de céu e sopro
Casa de chama e sombra

SARAH J. MAAS

A LÂMINA DA ASSASSINA

HISTÓRIAS DE TRONO DE VIDRO

Tradução
Mariana Kohnert

33ª edição

— Galera —

RIO DE JANEIRO

2025

CIP-BRASIL. CATALOGAÇÃO NA FONTE
SINDICATO NACIONAL DOS EDITORES DE LIVROS, RJ

Maas, Sarah J.

M11L   A lâmina da assassina / Sarah J. Maas; tradução Mariana 33ª ed. Kohnert. – 33ª ed. – Rio de Janeiro: Galera Record, 2025.

Tradução de: The assassin's blade
ISBN 978-85-01-10314-7

1. Ficção americana. I. Kohnert, Mariana. II. Título.

14-18326
CDD: 813
CDU: 821.111(73)-3

Título original em inglês:
The Assassin's Blade

Copyright © 2014 Sarah Maas

Leitura Sensível:
Lorena Ribeiro

Revisão:
Carolina Leocádio
Rodrigo Ramos

Texto revisado segundo o novo Acordo Ortográfico da Língua Portuguesa.

Publicado mediante acordo com Bloomsbury Publishing Inc. Todos os direitos reservados. Proibida a reprodução, no todo ou em parte, através de quaisquer meios. Os direitos morais da autora foram assegurados.

Composição de miolo: Abreu's System

Direitos exclusivos de publicação em língua portuguesa somente para o Brasil adquiridos pela
EDITORA GALERA RECORD LTDA.
Rua Argentina, 120 – Rio de Janeiro, RJ – 20921-380 – Tel.: (21) 2585-2000, que se reserva a propriedade literária desta tradução.

Impresso no Brasil

ISBN: 978-85-01-10314-7

Seja um leitor preferencial Record.
Cadastre-se e receba informações sobre nossos lançamentos e nossas promoções.

Atendimento e venda direta ao leitor:
sac@record.com.br

Este é para a equipe fenomenal da Bloomsbury pelo mundo:
Obrigada por realizarem meus sonhos.

E para minha editora sagaz e genial, Margaret:
Obrigada por acreditar em Celaena desde a primeira página.

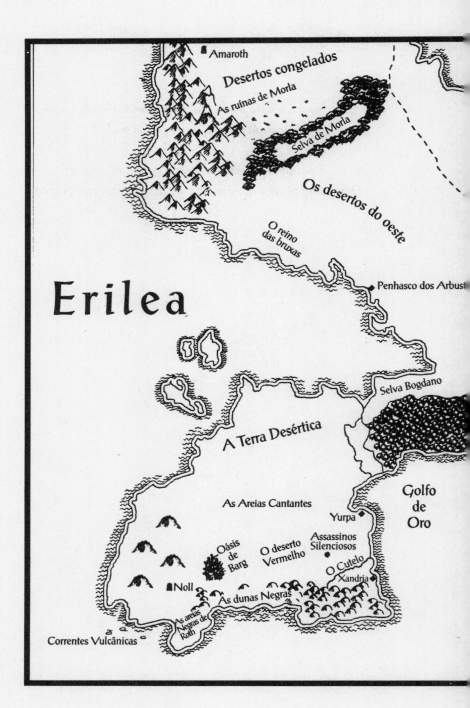

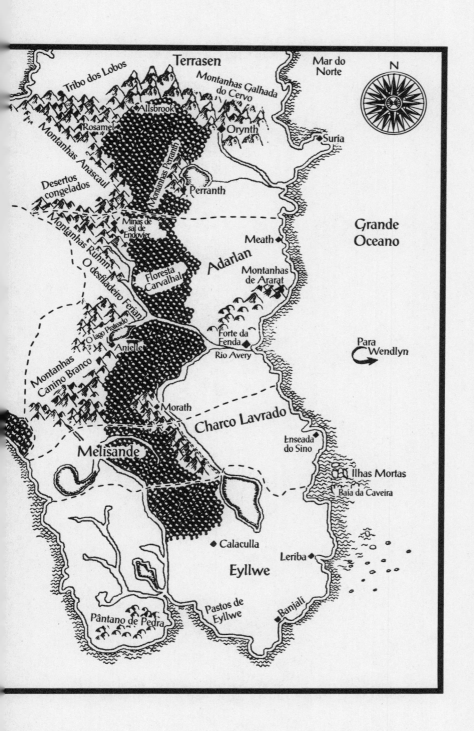

❧ SUMÁRIO ❧

A Assassina e o Lorde Pirata	11
A Assassina e a Curandeira	79
A Assassina e o Deserto	115
A Assassina e o Submundo	213
A Assassina e o Império	311

A
ASSASSINA
e o
LORDE PIRATA

❧ 1 ❧

Sentada na sala do conselho do Forte dos Assassinos, Celaena Sardothien se recostou na cadeira.

— Passa das 4 horas da manhã — disse ela, ajeitando as dobras da camisola de seda carmesim e cruzando as pernas expostas sob a mesa de madeira. — É melhor que seja importante.

— Talvez se não tivesse lido a noite toda, não estaria tão exausta — disparou o jovem sentado diante dela.

Celaena o ignorou e avaliou as outras quatro pessoas reunidas na câmara subterrânea.

Todas eram do gênero masculino, todas eram muito mais velhas do que ela e todas se recusavam a olhá-la nos olhos. Um calafrio que não tinha a ver com as correntes de ar na sala percorreu a espinha de Celaena. Ao mexer nas unhas feitas, controlou as feições do rosto para que permanecessem neutras. Os cinco assassinos reunidos na longa mesa — incluindo ela mesma — eram cinco dos sete companheiros de grande confiança de Arobynn Hamel.

Aquela reunião definitivamente era importante. Soubera disso no momento em que a criada bateu à porta, insistindo que Celaena descesse e nem se incomodasse em se vestir. Quando Arobynn convocava, não se podia deixá-lo esperando. Ainda bem que a camisola era tão elegante quanto os modelitos da manhã — e custara quase tanto. Mesmo assim, ter 16 anos em uma sala com homens fazia com que ela ficasse atenta ao decote da roupa. A beleza era uma arma — que Celaena mantinha afiada —, mas também podia ser uma vulnerabilidade.

Arobynn Hamel, rei dos Assassinos, estava sentado à cabeceira da mesa, o cabelo castanho-avermelhado refletia a luz do candelabro de vidro. Os olhos prateados encontraram os de Celaena, e ele franziu a testa. Talvez fosse apenas a hora avançada, mas ela podia jurar que o mentor estava mais pálido que o comum. O estômago dela se revirou.

— Gregori foi capturado — disse Arobynn, por fim. Bem, isso explicava uma pessoa ausente naquela reunião. — A missão era uma armadilha. Gregori está agora preso no calabouço real.

Celaena suspirou pelo nariz. Fora por *isso* que a haviam acordado? Ela bateu o pé calçado com um chinelo sobre o piso de mármore.

— Então, mate-o — disse a jovem.

Jamais gostara de Gregori mesmo. Quando tinha 10 anos, dera ao cavalo do assassino um saco de doces. Em resposta, o homem atirara uma adaga na cabeça dela. Celaena pegou a arma, é claro, e, desde então, Gregori exibia na bochecha a cicatriz do golpe de retaliação da jovem.

— *Matar* Gregori? — indagou Sam, o jovem sentado à esquerda do mestre, lugar que costumava ser reservado a Ben, o segundo assassino no comando depois de Arobynn. Celaena sabia muito bem o que Sam Cortland achava dela. Sabia desde que os dois eram crianças, quando Arobynn a acolheu e a declarou — e não Sam — sua protegida e herdeira. Aquilo não o havia impedido de tentar sabotá-la sempre que podia. E agora, aos 17 anos, um ano mais velho que ela, Sam ainda não havia se esquecido de que sempre seria o segundo melhor.

Celaena ficou irritada ao vê-lo no assento de Ben. O assassino provavelmente o estrangularia quando voltasse. Ou Celaena poderia simplesmente poupar Ben do esforço e fazer isso ela mesma.

Celaena olhou para Arobynn. Por que *ele* não havia repreendido Sam por se sentar no lugar de Ben? O rosto, ainda bonito, apesar do prateado que começava a despontar nos cabelos, permanecia impassível. A jovem odiava aquela máscara indecifrável, principalmente quando controlar as próprias expressões — e o temperamento — era um pouco difícil.

— Se Gregori foi pego — falou Celaena, de modo arrastado, afastando uma mecha do longo cabelo loiro —, o protocolo é simples: mande um aprendiz até lá para colocar alguma coisa na comida dele. Nada doloroso — acrescentou ela, quando os homens ao redor ficaram tensos. — Apenas o bastante para silenciá-lo antes que fale.

O que Gregori poderia muito bem fazer, se estivesse no calabouço real. A maioria dos criminosos que parava ali jamais saía. Não vivos. E não com aspecto reconhecível.

A localização do Forte dos Assassinos era um segredo bem guardado, um que Celaena fora treinada para manter até o último suspiro. Mas, mesmo que não mantivesse, ninguém acreditaria que uma mansão elegante em uma rua muito respeitável de Forte da Fenda abrigava alguns dos maiores assassinos do mundo. Que lugar melhor para se esconder que no meio da capital?

— E se ele já tiver falado? — desafiou Sam

— Se já tiver falado — respondeu Celaena —, então mate todos que ouviram. — Os olhos castanhos de Sam brilharam quando ela lançou um pequeno sorriso que, sabia, o deixava irado. Celaena se voltou para Arobynn. — Mas você não precisava nos arrastar até aqui para decidir isso. Já deu a ordem, não?

Ele assentiu, os lábios formando uma linha fina. Sam engoliu a indignação e olhou para a lareira crepitante ao lado da mesa. A luz do fogo colocava as feições elegantes do rosto do rapaz entre luz e sombra; um rosto que, disseram a Celaena, poderia ter lhe rendido uma fortuna se Sam tivesse seguido os passos da mãe. Mas a mãe escolhera deixar o filho com assassinos, não com cortesãos, antes de morrer.

O silêncio caiu, e um rugido encheu os ouvidos de Celaena quando Arobynn tomou fôlego. Algo estava errado.

— O que mais? — perguntou ela, inclinando-se para a frente. Os outros assassinos estavam concentrados na mesa. O que quer que tivesse acontecido, eles sabiam. Por que Arobynn não contara a Celaena primeiro?

Os olhos prateados ficaram rígidos como aço.

— Ben foi morto.

A jovem se agarrou aos braços da cadeira.

— O quê? — *Ben*... Ben, o assassino sempre sorridente que a treinara tanto quanto Arobynn. Ben, que um dia lhe enfaixou a mão direita quebrada. Ben, o sétimo e último membro do círculo íntimo de Arobynn. Mal completara 30 anos. Celaena retesou os lábios, perguntando entre dentes.

— O que quer dizer com "foi morto"?

O mentor a encarou, e um lampejo de luto percorreu seu rosto. Cinco anos mais velho que Ben, Arobynn crescera com o assassino. Foram treinados juntos; Ben garantira que o amigo indiscutivelmente se tornasse o rei dos Assassinos, e jamais questionou seu lugar como segundo no comando. A garganta de Celaena se fechou.

— A missão era de Gregori — falou Arobynn, baixinho. — Não sei por que Ben estava envolvido. Ou quem os traiu. O corpo foi encontrado perto dos portões do castelo.

— Você trouxe o corpo? — indagou Celaena. Precisava vê-lo, precisava ver Ben uma última vez, ver como havia morrido, quantos ferimentos foram necessários para matá-lo.

— Não — respondeu Arobynn.

— Por que diabo não? — Os punhos se fechavam e se abriam.

— Porque o lugar estava fervilhando de vigias e soldados! — disparou Sam, e Celaena virou a cabeça rapidamente para ele. — Como acha que descobrimos isso, para início de conversa?

Arobynn enviara *Sam* para descobrir por que Ben e Gregori estavam desaparecidos?

— Se tivéssemos pegado o corpo — falou Sam, recusando-se a desviar do olhar de Celaena —, isso os teria trazido diretamente ao Forte.

— Vocês são assassinos — rosnou ela. — *Deveriam* conseguir recuperar um corpo sem ser vistos.

— Se você estivesse lá, teria feito o mesmo.

Celaena empurrou a cadeira para trás com tanta força que o assento virou.

— Se eu estivesse lá, teria matado *todos eles* para trazer o corpo de Ben de volta! — Ela bateu com as mãos na mesa, chacoalhando os copos.

Sam se colocou de pé, a mão no cabo da espada.

— Ah, ouça a si mesma. Dando ordens como se *você* mandasse na Guilda. Mas ainda não, Celaena. — O jovem sacudiu a cabeça. — Ainda não.

— *Basta* — disparou Arobynn, levantando-se.

Celaena e Sam não se moveram. Nenhum dos outros assassinos falou, embora tivessem levado as mãos às diversas armas. A assassina vira *in loco* como eram as brigas no Forte; as armas eram tanto para a segurança de quem as empunhava quanto para evitar que ela e Sam causassem sérios danos um ao outro.

— Eu disse *basta*.

Se Sam desse mais um passo em direção a ela, se sacasse a espada uma fração de centímetro, aquela adaga escondida na camisola encontraria um novo lar no pescoço dele.

Arobynn se moveu primeiro, pegou o queixo do rapaz com uma das mãos, forçando-o a olhar para ele.

— Recue, ou farei isso por você, garoto — murmurou ele. — Vai ser tolo em puxar uma briga com ela esta noite?

Celaena engoliu a resposta. Poderia dar conta de Sam naquela noite — ou em qualquer outra noite, na verdade. Se a situação levasse a uma briga, ela venceria; sempre o derrotava.

Mas ele soltou o cabo da espada. Depois de um momento, Arobynn tirou a mão do rosto de Sam, mas não recuou. O jovem manteve o olhar no chão ao caminhar até a ponta mais afastada da sala do conselho. Cruzando os braços, encostou-se na parede de pedra. Celaena ainda podia alcançá-lo — um gesto com o pulso e a garganta dele jorraria sangue.

— Celaena — falou o mestre, a voz ecoando na sala silenciosa.

Sangue demais havia sido derramado naquela noite; não precisavam de mais um assassino morto.

Ben. Ben estava morto, se fora, e Celaena nunca mais esbarraria nele nos corredores do Forte. Ele jamais cuidaria dos ferimentos da assassina com as mãos tranquilas e ágeis, jamais arrancaria uma risada da jovem com uma piada ou uma anedota obscena.

— Celaena — avisou Arobynn de novo.

— Parei — disparou Celaena.

Ela girou o pescoço, passando a mão pelos cabelos, e saiu batendo os pés até a porta, mas parou no portal.

— Só para que saibam — disse ela a todos, mas ainda observando Sam —, vou recuperar o corpo de Ben. — Um músculo se contraiu no maxilar do garoto, embora ele tenha desviado sabiamente os olhos. — Mas não esperem que eu estenda a mesma cortesia ao resto de vocês quando a hora chegar.

Com isso, deu meia-volta e subiu a escadaria em espiral que levava aos andares superiores da mansão. Quinze minutos depois, ninguém a impediu de sair pelo portão da frente para as ruas silenciosas da cidade.

❧ 2 ❧

Dois meses, três dias e cerca de oito horas depois, o relógio sobre a moldura da lareira soou meio-dia. O capitão Rolfe, lorde dos Piratas, estava atrasado. Por outro lado, Celaena e Sam também estavam, mas Rolfe não tinha desculpa, não quando já estavam com duas horas de atraso no cronograma. Não quando iriam se encontrar no escritório *dele*.

E a demora não fora culpa de *Celaena*. Não podia controlar os ventos, e aqueles marinheiros medrosos haviam levado todo o tempo do mundo para velejar pelo arquipélago das ilhas Mortas. Ela não queria pensar em quanto ouro Arobynn tinha gastado subornando uma tripulação inteira para velejar até o coração do território pirata. Mas a baía da Caveira ficava em uma ilha, então não havia muita escolha com relação ao meio de transporte.

Celaena, escondida atrás de uma capa preta volumosa, uma túnica e uma máscara de ébano, se levantou do assento diante da mesa do lorde pirata. Como ele ousava fazê-la esperar! Sabia muito bem por que estavam ali, afinal de contas.

Três assassinos haviam sido encontrados mortos pelas mãos de piratas, e Arobynn a enviara para ser sua adaga pessoal — extrair retribuição, preferivelmente em ouro, pela quantia que as mortes custariam à Guilda dos Assassinos.

— Para cada minuto que nos faz esperar — disse Celaena a Sam, a máscara tornando as palavras graves e baixas —, acrescento mais dez moedas de ouro à dívida.

Sam, que não usava máscara sobre as lindas feições, cruzou os braços e fez uma careta.

— Não fará nada disso. A carta de Arobynn está selada e vai permanecer assim.

Nenhum dos dois ficara particularmente feliz quando Arobynn anunciou que Sam seria enviado às ilhas Mortas com Celaena. Principalmente quando o corpo de Ben — que ela recuperara — estava enterrado fazia apenas dois meses. A dor de perdê-lo não tinha exatamente passado.

O mentor chamara Sam de acompanhante, mas Celaena sabia o que aquela presença significava: um cão de guarda. Não que ela fosse fazer alguma coisa ruim quando estava prestes a conhecer o lorde pirata de Erilea. Era uma chance única na vida. Embora a minúscula e montanhosa ilha e a cidade portuária em ruínas não tivessem causado uma impressão muito grandiosa até então.

Celaena esperava uma mansão como o Forte dos Assassinos, ou pelo menos um castelo fortificado e antigo, mas o lorde pirata ocupava o andar superior inteiro de uma taverna bastante suspeita. O teto era baixo, o piso de madeira rangia, e o quarto era entulhado. Combinado com a temperatura já escaldante das ilhas ao sul, isso significava que ela estava suando em bicas por baixo das roupas. Mas o desconforto valia a pena: enquanto eles caminhavam pela baía da Caveira, cabeças se viravam para observar Celaena — a capa preta esvoaçante, as roupas diferentes e a máscara a transformavam em um sussurro de sombras. Um pouco de intimidação nunca fazia mal.

A assassina andou até a mesa de madeira e pegou um pedaço de papel, as mãos pretas e enluvadas o viraram para ler o conteúdo. Uma anotação sobre o tempo. Que chato.

— O que está fazendo?

Ela ergueu outro pedaço de papel.

— Se Sua Pirateza não pode se dar o trabalho de fazer uma limpeza para nós, então não vejo por que não posso dar uma olhada.

— Ele vai chegar a qualquer segundo — ciciou Sam. Celaena pegou um planisfério, observando os pontos e as marcas ao longo da costa de seu continente. Algo pequeno e redondo reluzia sob o mapa, e ela colocou o objeto no bolso antes que Sam notasse.

— Ah, shhh — disse a jovem, abrindo a cristaleira na parede adjacente à mesa. — Com esse piso rangendo, ouviremos o lorde a um quilômetro daqui. — O móvel estava entulhado de pergaminhos enrolados, penas, moedas estranhas e brandy muito velho e de aparência muito cara. Ela pegou uma garrafa, agitando o líquido âmbar à luz do sol que entrava pela minúscula janela redonda. — Gostaria de uma bebida?

— Não — disparou Sam, virando-se um pouco no assento para vigiar a porta. — Coloque isso de volta no lugar. *Agora.*

Celaena inclinou a cabeça, girou o brandy mais uma vez na garrafa de cristal e a apoiou. O rapaz suspirou. Sob a máscara, a assassina sorriu.

— Não deve ser um lorde muito bom — disse ela — se *este* é seu escritório particular. — Sam emitiu um ruído contido de desapontamento quando Celaena desabou na enorme poltrona atrás da mesa e começou a abrir as gavetas, revirando os papéis. A caligrafia do pirata era um garrancho, quase ilegível; a assinatura não passava de algumas voltas e picos afiados.

Não sabia o que exatamente estava procurando. As sobrancelhas de Celaena se ergueram um pouco quando viu um pedaço de papel roxo perfumado, assinado por alguém chamado Jacqueline. Recostou-se na cadeira, apoiou os pés na mesa e leu.

— Droga, Celaena!

Ela arqueou as sobrancelhas, mas percebeu que Sam não conseguia ver. A máscara e as roupas eram uma precaução necessária, pois tornavam o objetivo de proteger sua identidade muito mais fácil. Na verdade, todos os assassinos de Arobynn tinham jurado guardar segredo a respeito de quem ela era — sob a ameaça de tortura infindável e, por fim, a morte.

Celaena bufou, embora a respiração só tivesse tornado o interior da insuportável máscara mais quente. Tudo que o mundo sabia sobre Celaena Sardothien, a Assassina de Adarlan, era o fato de ela ser do gênero feminino. E a jovem queria manter as coisas dessa forma. De que outra maneira conseguiria passear pelas amplas avenidas de Forte da Fenda ou se infiltrar em festas grandiosas fingindo ser uma nobre estrangeira? E, embora desejasse que Rolfe pudesse ter a chance de admirar-lhe o lindo rosto, precisava admitir que o disfarce também a tornava bastante imponente, principalmente quando a máscara deformava sua voz, deixando-a áspera como um rosnado.

— Volte para sua cadeira! — Sam levou a mão a uma espada que não estava ali. Os guardas na entrada da estalagem haviam confiscado suas armas. É claro que nenhum deles percebeu que Sam e Celaena eram, eles mesmos, armas. Poderiam matar Rolfe facilmente apenas com as mãos.

— Ou vai me enfrentar? — Celaena atirou a carta de amor na mesa. — De alguma forma, não acho que isso deixaria uma impressão favorável em nossos novos conhecidos. — Ela cruzou os braços atrás da cabeça, olhando para o mar turquesa, visível entre os prédios dilapidados que formavam a baía da Caveira.

Sam se ergueu levemente da cadeira.

— Apenas volte para o seu lugar.

— Passei os últimos dez dias no mar. Por que deveria sentar naquela cadeira desconfortável quando esta aqui é muito mais adequada ao meu gosto?

Sam emitiu um grunhido. Antes que pudesse responder, a porta se abriu.

O jovem congelou, mas Celaena apenas inclinou a cabeça em cumprimento quando o capitão Rolfe, lorde dos Piratas, entrou no escritório.

— Fico feliz ao ver que se sente em casa. — O homem alto, de cabelos castanhos, fechou a porta atrás de si. Ação corajosa, considerando quem o esperava no escritório.

Celaena permaneceu onde estava. Bem, *ele* certamente não era o que ela esperava. Não era sempre que a assassina se surpreendia, mas... imaginou que seria um pouco mais sujo... e muito mais extravagante. Considerando os contos que ouvira sobre as aventuras selvagens de Rolfe, não conseguia acreditar que aquele homem — esguio, sem ser magricela, bem-vestido, mas não exagerado, e provavelmente chegando ao fim dos 20 anos — era o lendário pirata. Talvez ele também mantivesse a identidade em segredo dos inimigos.

Sam ficou de pé, fazendo uma leve reverência com a cabeça.

— Sam Cortland — disse ele, em cumprimento.

Rolfe estendeu a mão, e Celaena observou a palma e os dedos tatuados quando se fecharam na mão grande de Sam. O mapa — *aquela* era a tatuagem do mapa mítico pelo qual ele vendera a alma; o mapa dos oceanos do mundo —, o mapa que mudava para mostrar tempestades, inimigos... e tesouros.

— Acredito que *você* não precise de apresentação. — Rolfe se voltou para Celaena.

— Não. — Ela se recostou ainda mais na cadeira do homem. — Acho que não.

Rolfe riu, um sorriso torto se estendendo pelo rosto queimado de sol. O homem se aproximou da cristaleira, dando a Celaena a chance de examiná-lo com mais atenção. Ombros largos, a cabeça erguida, uma graciosidade casual nos movimentos que vinha com a certeza de que ele tinha todo o poder ali. O pirata também não trazia uma espada. Outra ação ousada. E sábia, considerando que poderiam facilmente usar suas armas contra ele.

— Brandy? — perguntou Rolfe.

— Não, obrigado — respondeu Sam. Celaena sentiu os olhos ríspidos do assassino sobre ela, desejando que a jovem tirasse os pés da mesa.

— Com essa máscara — ponderou Rolfe —, acho que não poderia aceitar uma bebida mesmo. — Ele se serviu e tomou um longo gole. — Deve estar fervendo nessas roupas todas.

Celaena colocou os pés no chão ao passar as mãos pela borda curva da mesa, alongando os braços.

— Estou acostumada.

Rolfe bebeu de novo, observando-a por um segundo por cima do copo. Os olhos dele tinham um tom verde-mar impressionante, tão fortes como a água a apenas alguns quarteirões de distância. Ao apoiar o copo, aproximou-se da ponta da mesa.

— Não sei como lidam com as coisas no norte, mas aqui embaixo gostamos de saber com quem falamos.

Ela inclinou a cabeça.

— Como você disse, não preciso de apresentação. E, quanto ao privilégio de ver meu lindo rosto, creio que seja algo que poucos homens têm.

Os dedos tatuados se fecharam com força no vidro.

— Saia da minha cadeira.

Do outro lado da sala, Sam ficou tenso. Celaena examinou o conteúdo da mesa de novo e estalou a língua, sacudindo a cabeça.

— Você realmente precisa tentar organizar essa bagunça.

Celaena sentiu o pirata levar a mão ao ombro dela e ficou de pé antes que os dedos conseguissem roçar na lã preta do manto. Rolfe era consideravelmente mais alto que ela.

— Não faria isso, se fosse você — cantarolou Celaena.

Os olhos de Rolfe brilharam com o desafio.

— Você está na *minha* cidade e na *minha* ilha. — Apenas um palmo os separava. — Não está em posição de me dar ordens.

Sam pigarreou, mas a assassina encarou Rolfe. Os olhos do pirata avaliavam a escuridão por baixo do capuz do manto — a lisa máscara preta, as sombras que escondiam qualquer traço das feições.

— Celaena — avisou Sam, pigarreando de novo.

— Muito bem. — Celaena suspirou alto e saiu do caminho de Rolfe como se ele não passasse de uma mobília diante dela. A jovem afundou na cadeira ao lado de Sam, o qual lhe lançou um olhar tão irritado que derreteria por inteiro os desertos congelados.

Ela conseguia sentir Rolfe observando cada movimento dos dois, mas ele só ajeitou a lapela da túnica azul-escura antes de se sentar. O silêncio tomou conta, interrompido apenas pelo canto de gaivotas que circunvoavam a cidade e pelo grito de piratas que chamavam uns aos outros nas ruas imundas.

— Bem? — Rolfe apoiou os antebraços na mesa.

Sam olhou para Celaena. Era a vez dela.

— Sabe muito bem por que estamos aqui — falou a assassina. — Mas talvez todo esse brandy tenha lhe subido à cabeça. Devo refrescar sua memória?

Rolfe gesticulou com a mão verde, azul e preta para que ela continuasse, como se fosse um rei no trono ouvindo as reclamações da multidão. *Babaca*.

— Três assassinos de nossa Guilda foram encontrados mortos em Enseada do Sino. Aquele que escapou nos contou que tinham sido atacados por piratas. — Ela apoiou o braço no encosto da cadeira. — *Seus* piratas.

— E como o sobrevivente sabia que eram *meus* piratas?

Celaena deu de ombros.

— Talvez tenham sido as tatuagens que os delataram. — Todos os homens de Rolfe tinham os pulsos tatuados com a imagem de uma mão multicolorida.

O lorde abriu uma gaveta na mesa, pegou um pedaço de papel e leu o conteúdo. Em seguida, falou:

— Quando soube que Arobynn Hamel poderia me culpar, pedi que o mestre do estaleiro de Enseada do Sino me enviasse estes registros. Parece que o incidente ocorreu às 3 horas da manhã nas docas.

Dessa vez, Sam respondeu.

— Está certo.

Rolfe apoiou o papel e ergueu os olhos.

— Então, se eram 3 horas da manhã e aconteceu nas docas, que não têm postes de iluminação, como vocês certamente sabem — Celaena não sabia —, então *de que modo* seu assassino viu as tatuagens?

Sob a máscara, ela fez uma careta.

— Porque aconteceu há três semanas, durante a lua cheia.

— Ah. Mas é início de primavera. Até mesmo em Enseada do Sino as noites ainda são frias. A não ser que meus homens estivessem sem casaco, de maneira alguma...

— Basta — disparou Celaena. — Imagino que esse pedaço de papel tenha dez desculpas esfarrapadas diferentes para seus homens. — Ela pegou uma bolsa do chão e puxou de dentro os dois documentos selados. — São para você. — A jovem os atirou na mesa. — De nosso mestre.

Um sorriso repuxou os lábios de Rolfe, mas ele pegou os documentos para si, analisando o selo. O pirata o ergueu contra a luz do sol.

— Estou surpreso que não tenham sido adulterados. — Os olhos brilhavam com malícia. Celaena conseguia sentir a arrogância que transbordava de Sam.

Com dois gestos ágeis de punho, Rolfe rasgou os dois envelopes com um abridor de cartas que Celaena, de alguma forma, não vira. Como deixara de ver aquilo? Erro tolo.

Nos minutos silenciosos que se passaram enquanto lia as cartas, a única reação de Rolfe foi o tamborilar ocasional de dedos na mesa de madeira. O calor era sufocante, e o suor escorria pelas costas de Celaena. Deveriam ficar ali durante três dias — tempo suficiente para que Rolfe recolhesse o dinheiro que devia a eles. O qual, considerando a expressão cada vez mais fechada no rosto do pirata, era muito.

Rolfe emitiu um longo suspiro quando terminou, e balançou os papéis ao alinhá-los.

— É difícil barganhar com seu chefe — disse ele, olhando de Celaena para Sam. — Mas os termos não são injustos. Talvez devesse ter lido a carta antes de começar a atirar acusações contra mim e meus homens. Não haverá retribuição pelos assassinos mortos, cujas mortes, seu mestre concorda, não foram, de modo algum, culpa minha. Ele deve ter bom senso.

Celaena lutou contra a vontade de inclinar o corpo para a frente. Se Arobynn não estava exigindo pagamento pela morte daqueles assassinos, então o que *faziam* ali? Seu rosto queimava. A assassina tinha sido feita de tola, não? Se Sam sorrisse, ainda que infimamente...

Rolfe tamborilou os dedos tatuados de novo e passou a mão pelos cabelos castanhos na altura dos ombros.

— Quanto ao acordo de troca que ele redigiu... Pedirei que meu contador saque as quantias necessárias, mas precisarão dizer a Arobynn que não pode esperar lucro até *pelo menos* o segundo carregamento. Possivelmente o terceiro. E, se tiver problemas com isso, então ele mesmo pode vir aqui argumentar.

Pelo menos uma vez, Celaena estava grata pela máscara. Parecia que haviam sido enviados para algum tipo de investimento. Sam assentiu para Rolfe... como se soubesse exatamente do que o lorde pirata falava.

— E quando podemos dizer a Arobynn para esperar o primeiro carregamento? — perguntou ele.

Rolfe enfiou as cartas em uma gaveta da mesa e a trancou.

— Os escravizados chegarão em dois dias, prontos para a partida no dia seguinte. Vou até emprestar meu navio, então podem dizer àquela sua tripulação trêmula que está livre para retornar a Forte da Fenda esta noite, se quiser.

Celaena o encarava. Arobynn os enviara até ali por... por *escravizados*? Como podia ter se rebaixado tanto? E dizer a ela que ia à baía da Caveira para uma coisa, mas realmente enviá-la para *aquilo*... Sentiu as narinas se dilatando. Sam sabia daquele acordo, mas, de alguma forma, havia se esquecido de mencionar a verdade por trás da visita; mesmo durante os dez dias que haviam passado no mar. Assim que ficasse a sós com ele, faria com que se arrependesse. Mas por enquanto... não podia deixar Rolfe perceber sua ignorância.

— É melhor não estragar isso — avisou Celaena. — Arobynn não ficará feliz se alguma coisa der errado.

Rolfe gargalhou.

— Tem minha palavra de que tudo sairá conforme o planejado. Não sou o lorde dos Piratas sem motivos, sabe.

Ela se inclinou para a frente, contendo a voz até adquirir os tons inexpressivos de um parceiro de negócios preocupado com o investimento.

— Há quanto tempo, exatamente, está envolvido no comércio de escravizados?

Não devia ser muito. Adarlan começara a capturar e vender escravizados havia apenas dois anos, a maior parte prisioneiros de guerra de quaisquer territórios que tivessem ousado se rebelar contra a conquista. Muitos eram de Eyllwe, mas ainda havia prisioneiros de Melisande e Charco Lavrado, ou da tribo isolada das montanhas Canino Branco. A maioria dos escravizados ia para Calaculla ou Endovier, os maiores e mais famosos campos de trabalhos forçados do continente, para minerar sal e metais preciosos. Mas cada vez mais escravizados chegavam às casas da nobreza de Adarlan. E um acordo comercial imundo feito por Arobynn, algum tipo de acordo de mercado clandestino... Isso mancharia toda a reputação da Guilda dos Assassinos.

— Acredite — disse Rolfe, cruzando os braços —, tenho bastante experiência. Deveria estar mais preocupada com seu mestre. Investir no mercado de escravizados é lucro garantido, mas ele pode gastar mais dos próprios recursos do que gostaria para evitar que nosso negócio chegue aos ouvidos errados.

O estômago de Celaena se revirou, mas ela fingiu desinteresse o melhor que pôde e falou:

— Arobynn é um comerciante perspicaz. O que quer que você possa fornecer, ele vai aproveitar da melhor forma.

— Pelo bem dele, espero que seja verdade. Não quero arriscar meu nome por nada. — Rolfe ficou de pé; Celaena e Sam levantaram-se com ele. — Os documentos serão assinados e devolvidos a vocês amanhã. Por enquanto... — O pirata apontou para a porta. — Tenho dois quartos prontos.

— Só precisamos de um — interrompeu Celaena.

As sobrancelhas de Rolfe se ergueram de modo sugestivo.

Sob a máscara, o rosto de Celaena queimou, e Sam conteve uma risada.

— Um quarto, *duas* camas.

Rolfe riu, caminhou até a porta e a abriu para os dois.

— Como quiser. Pedirei que preparem banhos também. — Celaena e Sam o seguiram pelo estreito corredor escuro. — Ambos estão precisando — acrescentou ele com uma piscadela.

Celaena precisou de todo o autocontrole para não socar o homem abaixo da cintura.

⊰ 3 ⊱

Os dois levaram cinco minutos para vasculhar o quarto entulhado em busca de sinais de perigo ou buracos pelos quais pudessem ser espionados; cinco minutos para que tirassem as pinturas emolduradas das paredes com painéis de madeira, bater nas tábuas do piso, selar a fenda entre a porta e o chão e cobrir as janelas com o manto preto surrado de Sam.

Quando Celaena teve certeza de que ninguém a poderia ouvir ou ver, retirou o capuz, desatou a máscara e se virou para encarar Sam.

O jovem, sentado na pequena cama — que parecia mais uma cama militar —, ergueu as palmas das mãos para ela.

— Antes que arranque minha cabeça — disse ele, mantendo a voz baixa por precaução —, deixe-me dizer que entrei naquela reunião sabendo tão pouco quanto você.

Celaena o olhou com raiva, saboreando o ar fresco no rosto grudento e suado.

— Ah, é mesmo?

— Não é a única que sabe improvisar. — Sam tirou as botas e se impulsionou mais para cima da cama. — Aquele homem está tão apaixonado por si mesmo quanto você; a última coisa de que precisamos é que ele descubra a própria vantagem.

Celaena cravou as unhas nas palmas das mãos.

— Por que Arobynn nos enviaria para cá sem dizer o verdadeiro motivo? Repreender Rolfe... por um crime que não teve nada a ver com ele!

Talvez o lorde estivesse mentindo sobre o conteúdo da carta. — Ela esticou o corpo. — *Isso* pode muito bem ser...

— Ele *não* estava mentindo sobre o conteúdo da carta, Celaena — falou Sam. — Por que se incomodaria? Tem coisas mais importantes a fazer.

Ela resmungou mais algumas palavras feias e caminhou de um lado para outro, as botas pretas estalando contra as tábuas desniveladas no piso. Lorde pirata mesmo. *Aquele* era o melhor quarto que podia oferecer a eles? Celaena era a Assassina de Adarlan, o braço direito de Arobynn Hamel, não uma prostituta de beco!

— De qualquer forma, Arobynn tem seus motivos. — Sam se espreguiçou na cama e fechou os olhos.

—Escravizados. — Celaena cuspiu a palavra, passando a mão pelo cabelo trançado. Os dedos ficaram presos no penteado. — Por que Arobynn está se envolvendo no comércio de escravizados? Somos melhores que isso, não *precisamos* desse dinheiro!

A não ser que o mestre estivesse mentindo; a não ser que todos os gastos extravagantes fossem feitos com fundos inexistentes. Celaena sempre presumiu que a riqueza de Arobynn fosse infinita. Havia gastado a fortuna de um rei — somente no guarda-roupa — para criá-la. Pele, seda, joias, o custo semanal de simplesmente se manter com a *aparência* bonita... É claro que Arobynn sempre deixou claro que ela deveria pagar de volta, e Celaena separava parte do próprio salário para isso, mas...

Talvez ele quisesse aumentar a fortuna que já tinha. Se Ben estivesse vivo, não teria permitido. Teria ficado tão enojado quanto ela. Ser contratada para matar oficiais de governo corruptos era uma coisa, mas fazer prisioneiros de guerra, agredi-los até que parassem de reagir, então sentenciá-los a uma vida de escravidão...

Sam abriu um olho.

— Vai tomar banho ou posso ir primeiro?

Celaena atirou o manto nele. Sam pegou a vestimenta com apenas uma das mãos e a jogou no chão. Ela falou:

— Vou primeiro.

— É claro que vai.

A assassina lançou um olhar raivoso para Sam e entrou no banheiro, batendo a porta atrás de si.

De todos os jantares de que já havia participado, aquele era de longe o pior. Não por causa da companhia — a qual era, Celaena admitiu relutantemente, até interessante — e nem por causa da comida, que parecia e cheirava maravilhosamente bem, somente porque não conseguia *comer* nada graças àquela máscara irritante.

Sam pareceu se servir duas vezes de tudo apenas para debochar. Celaena, sentada à esquerda de Rolfe, desejou um pouco que a comida estivesse envenenada. Sam se serviu da variedade de carnes e ensopados depois de ver o pirata comer também, então a probabilidade de essa vontade se realizar era muito baixa.

— Dama Sardothien — falou Rolfe, as sobrancelhas escuras se erguendo na testa. — Deve estar faminta. Ou minha comida não é agradável o bastante para seu paladar refinado?

Sob o manto e o capuz e a túnica escuros, Celaena não estava apenas faminta, mas também com calor e cansada. E com sede. O que, somado ao temperamento, costumava resultar em uma combinação letal. É claro que não podiam ver nada disso.

— Estou muito bem — mentiu ela, girando a água na taça. O líquido se chocou contra as laterais, provocando-a a cada rotação. Ela parou.

— Talvez se tirasse a máscara, poderia comer com mais facilidade — falou Rolfe, e deu uma mordida no pato assado. — A não ser que o que esteja por baixo nos faça perder o apetite.

Os outros cinco piratas — todos capitães na frota de Rolfe — riram com deboche.

— Continue falando assim — Celaena segurou com força a base da taça — e talvez eu *lhe* dê um motivo para usar uma máscara. — Sam a chutou sob a mesa, e ela o chutou de volta, um golpe certeiro nas canelas, forte o bastante para que o jovem engasgasse com a água.

Alguns dos capitães reunidos pararam de rir, mas Rolfe deu uma gargalhada. Celaena apoiou a mão enluvada sobre a mesa de jantar manchada, que estava salpicada de queimaduras e sulcos profundos; obviamente vira sua cota de brigas. Será que Rolfe não tinha *qualquer* gosto pelo luxo? Talvez não estivesse tão bem assim se estava recorrendo ao comércio de escravizados. Mas Arobynn... Arobynn era tão rico quanto o próprio rei de Adarlan.

Rolfe voltou os olhos verde-mar para Sam, que franzia a testa mais uma vez.

— Já a viu sem a máscara?

Sam, para a surpresa de Celaena, fez uma careta.

— Uma vez. — Ele deu à jovem um olhar de cautela bastante convincente. — E foi bastante.

Rolfe o avaliou durante um segundo, então deu outra mordida na carne.

— Bem, se não quer me mostrar seu rosto, talvez nos entretenha com a história de como, exatamente, virou a protegida de Arobynn Hamel?

— Treinei — falou Celaena, entediada. — Durante anos. Não somos todos sortudos de ter um mapa mágico tatuado nas mãos. Alguns de nós precisam escalar para chegar ao topo.

Rolfe enrijeceu o corpo, e os outros piratas pararam de comer. Ele a encarou por tempo suficiente para que a assassina quisesse se encolher, então apoiou o garfo.

Sam se inclinou um pouco mais para perto dela, mas Celaena percebeu que era apenas para ver melhor quando Rolfe apoiou as palmas das mãos na mesa.

Juntas, as mãos formavam um mapa do continente. E apenas isso.

— Este mapa não se move há oito anos. — A voz era um grunhido baixo. Um calafrio percorreu a espinha da jovem. Oito anos. Exatamente o tempo que se passara desde que os feéricos tinham sido banidos e executados, quando Adarlan tinha conquistado e escravizado o resto do continente e a magia havia desaparecido. — Não pense — continuou Rolfe, retirando as mãos — que não precisei brigar e matar para chegar ao topo tanto quanto você.

Se estava com quase 30 anos, então provavelmente matara muito mais que ela. E, pelas muitas cicatrizes nas mãos e no rosto, era fácil ver que ele havia brigado *bastante*.

— Bom saber que temos espíritos parecidos — falou Celaena. Se Rolfe já estava acostumado a sujar as mãos, então comercializar escravizados não era um desvio muito grande. Mas ele era um pirata imundo. Ela e Sam eram assassinos de Arobynn Hamel; educados, ricos, refinados. A escravidão estava aquém deles.

Rolfe deu aquele sorriso torto para Celaena.

— Você age assim porque realmente faz parte de sua natureza ou apenas porque tem medo de lidar com as pessoas?

— Sou a maior assassina do mundo. — Ela ergueu o queixo. — Não tenho medo de ninguém.

— Mesmo? — perguntou Rolfe. — Porque sou o maior pirata do mundo e tenho medo de muita gente. Foi assim que consegui ficar vivo por tanto tempo.

Ela não ousou replicar. *Porco vendedor de escravizados*. Rolfe sacudiu a cabeça, sorrindo exatamente da mesma forma que Celaena fazia quando queria irritar Sam.

— Fico surpreso por Arobynn não tê-la feito engolir a arrogância — falou o lorde. — Seu companheiro parece saber quando ficar de boca fechada.

Sam tossiu alto, inclinando-se para a frente.

— Como se tornou lorde pirata, então?

Ele percorreu o dedo por uma fenda profunda na mesa de madeira.

— Matei todos os piratas que eram melhores que eu. — Os outros três capitães, todos mais velhos, mais enrugados e muito menos atraentes que ele, bufaram, mas não refutaram. — Qualquer um arrogante o suficiente para achar que não poderia perder para um homem jovem com uma tripulação farroupilha e apenas um navio em seu nome. Mas todos caíram, um a um. Quando se consegue uma reputação assim, as pessoas tendem a seguir você. — Rolfe olhou de Celaena para Sam. — Quer meu conselho? — perguntou ele à jovem.

— Não.

— Eu ficaria de olho em Sam. Pode ser a melhor, Sardothien, mas há sempre alguém esperando que cometa um deslize.

Sam, o desgraçado traidor, não escondeu o sorrisinho. Os outros capitães piratas riram.

Celaena encarou Rolfe com rispidez. O estômago se revirava com fome. Comeria depois; pegaria algo na cozinha da taverna.

— Quer *meu* conselho?

O pirata gesticulou com a mão, indicando que ela continuasse.

— Cuide da própria vida.

Rolfe deu um sorriso preguiçoso para a jovem.

— Não me incomodo com Rolfe — ponderava Sam, mais tarde, na escuridão total do quarto. Celaena, que pegara o primeiro turno de vigia, olhava com raiva na direção da cama do companheiro, contra a parede mais afastada.

— É claro que não — murmurou ela, aproveitando o ar livre no rosto. Estava sentada na cama, recostada na parede, e puxava os fios do cobertor. — Ele disse a você que me assassinasse.

Sam deu um risinho.

— *Foi* um conselho sábio.

Celaena enrolou as mangas da túnica. Mesmo à noite, aquele lugar pútrido era insuportavelmente quente.

— Talvez não seja uma ideia inteligente que *você* durma, então.

O colchão de Sam gemeu quando ele se virou.

— Por favor, não aguenta uma provocaçãozinha?

— No que diz respeito a minha vida? Não.

Ele riu com escárnio.

— Acredite, se eu voltasse para casa sem você, Arobynn me esfolaria vivo. Literalmente. Se for para matar você, Celaena, farei quando puder sair impune de verdade.

Ela fez uma expressão de raiva.

— Agradeço por isso.

Celaena abanou o rosto suado com uma das mãos. Venderia a alma para um bando de demônios por uma brisa fresca naquele momento, mas precisavam manter a janela coberta, a não ser que quisesse um par de olhos espiões descobrindo como era sua aparência. No entanto, pensando bem, Celaena *amaria* ver o olhar no rosto de Rolfe se ele descobrisse a verdade. A maioria já sabia que ela era uma mulher jovem, mas se o pirata visse que estava lidando com uma menina de 16 anos, o orgulho dele poderia jamais se recuperar.

Os dois só ficariam ali por três noites; ambos poderiam viver um pouco sem descansar se isso significasse manter a identidade de Celaena — e as próprias vidas — a salvo.

— Celaena? — perguntou Sam, olhando para a escuridão. — Eu *deveria* me preocupar enquanto durmo?

Ela piscou, então riu baixinho. Pelo menos o jovem levava as ameaças dela, de algum modo, a sério. A assassina desejava poder dizer o mesmo de Rolfe.

— Não — respondeu ela. — Não esta noite.

— Outra noite, então — murmurou Sam. Em minutos, estava apagado.

Celaena apoiou a cabeça contra a parede de madeira, ouvindo o som da respiração do outro conforme as longas horas da noite se estendiam.

❧ 4 ❧

Mesmo quando chegou sua vez de dormir, Celaena ficou acordada. Durante as horas que passou vigiando o quarto, um pensamento se tornara cada vez mais perturbador.

Os escravizados.

Se Arobynn tivesse enviado outra pessoa — se fosse talvez uma transação de negócios sobre a qual Celaena descobrisse mais tarde, quando estivesse ocupada demais para se importar —, talvez nem se incomodaria tanto. Mas enviá-la para recuperar um carregamento de escravizados... de pessoas que não haviam feito nada de errado, que apenas ousaram lutar pela própria liberdade e pela segurança de suas famílias...

Como Arobynn podia esperar que ela fizesse aquilo? Se Ben estivesse vivo, Celaena o teria como aliado; apesar da profissão, era a pessoa mais compreensiva que a jovem conhecia. A morte dele havia deixado um vazio que Celaena não acreditava que um dia seria preenchido.

Ela havia suado tanto que os lençóis ficaram encharcados, e dormira tão pouco que, quando chegou a manhã, sentiu como se tivesse sido atropelada por um bando de cavalos selvagens dos campos de Eyllwe.

Por fim, Sam a cutucou — um toque nada carinhoso com o punho da espada — e falou:

— Você está horrível.

Deixando que o comentário estabelecesse o tom do dia, Celaena saiu da cama e bateu a porta do banheiro com força.

Quando saiu um pouco depois, tão limpa quanto poderia ficar usando apenas a bacia e as mãos, entendeu algo com perfeita clareza.

De maneira alguma — de maneira alguma em qualquer reino do Inferno — levaria aqueles escravizados para Forte da Fenda. Não estava nem aí se Rolfe ficasse com eles, mas não seria ela quem os transportaria para a capital.

Aquilo significava que tinha dois dias para descobrir como destruir o acordo entre Arobynn e Rolfe.

E encontrar um modo de sair viva.

Ela colocou o manto sobre os ombros, silenciosamente maldizendo o fato de que os metros de tecido escondiam muito da linda túnica preta — sobretudo o delicado bordado dourado. Bem, pelo menos a capa também era elegante, mesmo que estivesse um pouco suja de tanto viajar.

— Aonde vai? — perguntou Sam, sentando-se no lugar em que estava jogado na cama, limpando as unhas com a ponta de uma adaga. Ele definitivamente não a ajudaria. Precisaria descobrir sozinha um modo de se livrar do acordo.

— Tenho algumas perguntas para fazer a Rolfe. Sozinha. — Ela prendeu a máscara e caminhou até a porta. — Quero o café da manhã esperando por mim quando eu voltar.

Sam ficou rígido, os lábios formando uma linha fina.

— O quê?

Celaena apontou para o corredor, na direção da cozinha.

— Café da manhã — repetiu ela, devagar. — Estou com fome.

Sam abriu a boca, e a assassina esperou pela réplica, que não veio. Ele fez uma reverência profunda.

— Como desejar — disse o rapaz. Os dois trocaram gestos particularmente vulgares antes de a jovem sair batendo os pés pelo corredor.

Desviando de poças de sujeira, vômito e sabem os deuses o que mais, Celaena achou um *pouco* difícil acompanhar as passadas longas de Rolfe. Com nuvens de chuva reunidas no céu, muitas das pessoas nas ruas — piratas maltrapilhos cambaleantes, prostitutas trôpegas após uma longa noite, órfãos descalços correndo sem rumo — tinham começado a migrar para dentro das diversas construções decrépitas.

Baía da Caveira não era uma cidade bonita, de maneira alguma, e muitas das construções, tortas e em ruínas, pareciam ter sido feitas com pouco mais que madeira e pregos. Além dos habitantes, a cidade era mais famosa por Quebra-Navios, a corrente gigante em formato de ferradura que pendia da abertura da baía.

Estava ali havia séculos e era tão grande que, conforme o nome indicava, poderia quebrar o mastro de qualquer navio que a enfrentasse. Embora tivesse sido feita para desencorajar ataques, também evitava que saíssem às escondidas. E, considerando que o restante da ilha estava coberto por montanhas altas, não havia muitos outros lugares para um navio ancorar com segurança. Então, qualquer embarcação que quisesse entrar ou sair do porto precisava esperar que a corrente fosse abaixada sob a superfície da água — e estar pronta para pagar uma taxa elevada.

— Você tem três quarteirões — falou Rolfe. — Melhor aproveitá-los.

Será que estava andando rápido demais? Acalmando o temperamento que se descontrolava, Celaena se concentrou nas exuberantes montanhas afiadas que pairavam ao redor da cidade, na curva reluzente da baía, no odor doce do ar. Encontrara o pirata prestes a sair da taverna para ir a uma reunião de negócios, e ele concordou em deixá-la fazer perguntas conforme caminhava.

— Quando os escravizados chegarem — começou Celaena, tentando parecer o mais inconveniente possível —, terei a chance de inspecioná-los, ou posso confiar que nos dará uma boa leva?

Rolfe sacudiu a cabeça diante da impertinência da jovem, e ela saltou sobre as pernas estendidas de um bêbado inconsciente — ou morto — no caminho.

— Chegarão amanhã à tarde. Eu *planejava* inspecioná-los por conta própria, mas, se está tão preocupada com a qualidade dos artigos, permitirei que se junte a mim. Considere um privilégio.

Ela riu com escárnio.

— Onde? Em seu navio?

Melhor ter uma boa noção do funcionamento de tudo para montar o plano a partir disso. Saber de que modo as coisas operavam poderia gerar algumas ideias sobre como fazer o negócio dar errado com o mínimo de risco possível.

— Converti um grande estábulo do outro lado da cidade em uma instalação de armazenamento. Costumo examinar todos os escravizados ali, mas como vai partir na manhã seguinte, examinaremos os seus no próprio navio.

Celaena estalou a língua alto o bastante para que Rolfe ouvisse.

— E quanto tempo posso esperar que isso demore?

Ele ergueu uma sobrancelha.

— Tem coisas melhores a fazer?

— Apenas responda à pergunta. — Um trovão soou a distância.

Os dois chegaram às docas, que eram sem dúvida a coisa mais impressionante da cidade. Navios de todas as formas e tamanhos oscilavam contra os píeres de madeira, e piratas corriam pelos deques, amarrando diversas coisas antes que a tempestade chegasse. No horizonte, relâmpagos piscavam acima da solitária torre de vigia empoleirada na entrada norte da baía — a torre de vigia da qual Quebra-Navios era erguida ou abaixada. Sob os lampejos, Celaena também vira duas catapultas no alto de uma das plataformas da torre. Se Quebra-Navios não destruísse uma embarcação, então aquelas catapultas terminariam o serviço.

— Não se preocupe, Dama Sardothien — falou Rolfe, passando apressado pelas diversas tavernas e pensões que ladeavam as docas. Tinham mais dois quarteirões. — Seu tempo não será desperdiçado, embora avaliar cem escravizados demore um pouco.

Cem escravizados em um navio! Onde todos *cabiam*?

— Contanto que não tente me enganar — disparou Celaena —, considerarei um tempo bem-gasto.

— Para que não encontre motivos para reclamar, e tenho certeza de que tentará ao máximo fazer exatamente isso, tenho outro carregamento de escravizados que será inspecionado na instalação de armazenamento esta noite. Por que não se junta a mim? Dessa forma, pode ter algo com que comparar amanhã.

Isso seria perfeito, na verdade. Talvez pudesse simplesmente alegar que os escravizados não eram adequados e se recusar a fazer negócio com Rolfe. Então iria embora sem causar prejuízo a ninguém. Ainda precisaria lidar com Sam — e, em seguida, com Arobynn, mas... pensaria neles depois.

Ela gesticulou com a mão.

— Está bem, está bem. Mande alguém me chamar quando for a hora. — A umidade era tão densa que Celaena sentia como se estivesse nadando no ar. — E depois que os escravizados de Arobynn tiverem sido inspecionados? — Qualquer informação poderia ser usada como arma contra ele mais tarde. — Eu terei que cuidar deles no navio, ou seus homens tomarão conta para mim? Seus piratas podem muito bem achar que têm a liberdade de levar os escravizados que quiserem.

Rolfe agarrou o cabo da espada. O objeto reluziu à luz tênue, e Celaena admirou o punho entalhado na forma da cabeça de um dragão-marinho.

— Se eu der a ordem para que ninguém toque em seus escravizados, então ninguém tocará — declarou o pirata, trincando os dentes. A irritação dele era um prazer inesperado. — No entanto, providenciarei que alguns guardas fiquem no navio se isso a fará dormir com mais tranquilidade. Não quero que Arobynn pense que não levo os investimentos dele a sério.

Os dois se aproximaram de uma taverna pintada de azul, onde diversos homens em túnicas escuras sentavam relaxados do lado de fora. Ao verem Rolfe, esticaram o corpo e bateram continência. Os guardas do pirata? Por que ninguém o escolta pelas ruas?

— Seria bom — falou Celaena, com rispidez. — Não quero ficar aqui mais que o necessário.

—Tenho certeza de que está ansiosa para retornar aos seus clientes em Forte da Fenda.

Rolfe parou diante da porta desbotada. A placa acima, balançando aos ventos fortes da tempestade, dizia O DRAGÃO-MARINHO. Era também o nome do famoso navio de Rolfe, que estava ancorado logo atrás e realmente não parecia tão espetacular. Talvez *aquele* fosse o quartel-general do lorde pirata. E, se estava fazendo com que Celaena e Sam ficassem naquela taverna a poucos quarteirões de distância, então talvez Rolfe confiasse neles tão pouco quanto confiavam nele.

— Acho que estou mais ansiosa para retornar à sociedade civilizada — argumentou Celaena, em tom meigo.

O pirata emitiu um grunhido baixo e entrou na taverna. Do lado de dentro, tudo estava coberto por sombras e murmúrios — e fedia a cerveja velha. Celaena não conseguia ver nada além disso.

— Um dia — falou Rolfe, baixo demais —, alguém vai fazê-la pagar de verdade por essa arrogância. — Um relâmpago fez os olhos verdes reluzirem. — Só espero estar lá para ver.

O pirata bateu a porta da taverna na cara da assassina.

Ela sorriu, e o sorriso ficou maior quando gotas gordas de chuva começaram a estourar na terra cor de ferrugem, esfriando no mesmo instante o ar abafado.

Aquilo tinha corrido surpreendentemente bem.

— Está envenenada? — perguntou Celaena a Sam, desabando na cama enquanto o estrondo de um trovão sacudia as fundações da taverna. A xícara de chá chacoalhou no pires, e ela inspirou o cheiro de pão fresco, linguiça e mingau ao jogar o capuz para trás e remover a máscara.

— Por eles ou por mim? — Sam estava sentado no chão, as costas contra a cama.

Celaena cheirou toda a comida.

— Estou detectando... beladona?

O jovem a encarou inexpressivo, e ela sorriu com desdém ao dar uma mordida no pão. Os dois ficaram sentados em silêncio durante alguns minutos, os únicos sons eram o ranger dos talheres contra os pratos lascados, o tamborilar da chuva no telhado e um ocasional estalo de trovão.

— Então — falou Sam. — Vai me contar o que está planejando ou devo avisar a Rolfe que espere o pior?

Celaena bebericou casualmente o chá.

— Não tenho a menor ideia do que está falando, Sam Cortland.

— Que tipo de "perguntas" fez a ele?

A assassina apoiou a xícara de chá. A chuva batia forte nas janelas, abafando o tilintar da louça contra o pires.

— Perguntas educadas.

— Hã? Não achei que você sabia o que educado queria dizer.

— Posso ser educada quando me convém.

— Quando é para conseguir algo que você quer, é o que está tentando dizer. Então, o que você precisa de Rolfe?

Celaena o avaliou. *Ele* certamente não parecia ter problema algum com o acordo. Embora pudesse não confiar em Rolfe, Sam não se incomodava que cem almas inocentes estivessem prestes a serem vendidas como gado.

— Eu queria perguntar mais a respeito do mapa nas mãos dele.

— Droga, Celaena! — Sam bateu com o punho no piso de madeira. — Conte a verdade!

— Por quê? — perguntou ela, fazendo biquinho. — E como sabe que *não* estou dizendo a verdade?

Sam ficou de pé e começou a andar pela extensão do pequeno quarto. Ele abriu o primeiro botão da túnica preta, revelando a pele por baixo. Algo a respeito daquilo pareceu estranhamente íntimo, e Celaena se pegou virando o rosto com pressa.

— Crescemos juntos. — Sam parou ao pé da cama dela. — Acha que não sei dizer quando você está maquinando algum esquema? O que quer de Rolfe?

Se contasse, o rapaz faria o possível para evitar que ela destruísse o acordo. E ter um inimigo era suficiente. Com o plano ainda não formado, *precisava* mantê-lo de fora. Além disso, se o pior acontecesse, Rolfe poderia muito bem matar Sam por estar envolvido. Ou só por conhecê-la.

— Talvez eu seja simplesmente incapaz de resistir à beleza dele — respondeu Celaena.

O corpo de Sam ficou rígido.

— Ele é 12 anos mais velho que você.

— E daí? — Não achava que ela estava falando *sério*, achava?

O assassino olhou para Celaena de modo tão ríspido que poderia tê-la transformado em cinzas, então saiu batendo os pés até a janela e arrancou o manto das persianas.

— O que está fazendo?

Sam abriu as persianas de madeira, revelando o céu cheio de chuva e relâmpagos bifurcados.

— Estou cansado de sufocar. E, se estiver interessada em Rolfe, ele vai descobrir como você é em algum momento, não vai? Então por que se incomodar em prolongar isso?

— Feche a janela. — Sam apenas cruzou os braços. — *Feche* — rugiu Celaena.

Quando o assassino não se moveu, ela se colocou de pé, virando a bandeja de comida no colchão, e o empurrou para o lado, com força o bastante para que ele recuasse. Mantendo a cabeça baixa, Celaena fechou a janela e as persianas e jogou o manto de Sam por cima de tudo.

— Idiota — falou ela, irritada. — O que deu em você?

Sam se aproximou, o hálito quente no rosto de Celaena.

— Estou cansado de todo o melodrama e a insensatez que acontece sempre que usa essa máscara e esse manto ridículos. E estou ainda mais cansado de você me dando ordens.

Então a questão era *essa*.

— Pode se acostumar.

Celaena fez menção de voltar para a cama, mas ele a segurou pelo punho.

— Qualquer que seja o plano que está armando, qualquer que seja a intriga para a qual está prestes a me arrastar, apenas se lembre de que não é chefe da Guilda dos Assassinos *ainda*. Você responde a Arobynn.

A jovem revirou os olhos, desvencilhando-se dele.

— Toque em mim de novo — retrucou ela, caminhando até a cama e pegando a comida derramada — e vai perder a mão.

Sam não falou com Celaena depois disso.

⊰ 5 ⊱

O jantar com Sam foi silencioso, e Rolfe apareceu às 20 horas para levar os dois até as instalações de armazenamento. Sam nem mesmo perguntou aonde iam. Apenas acompanhou, como se soubesse de tudo.

As instalações eram um enorme armazém de madeira, e, mesmo do fim do quarteirão, algo a respeito do local fez os instintos de Celaena gritarem para que fugisse. O odor pungente de corpos sujos só a atingiu quando o grupo entrou no local. Piscando para se proteger da claridade das tochas e dos candelabros improvisados, Celaena precisou de alguns segundos para entender o que via.

Rolfe, caminhando à frente dos dois, não hesitou ao passar por cada cela lotada de escravizados. Em vez disso, andou na direção de um grande espaço aberto nos fundos do armazém, no qual um homem de Eyllwe, com a pele marrom, estava diante de um grupo de quatro piratas.

Ao lado de Celaena, Sam emitiu um suspiro; estava com o rosto lívido. Como se o cheiro não bastasse, as pessoas nas celas, agarradas às barras ou encolhidas contra as paredes, ou ainda agarradas aos filhos — *filhos* —, fizeram a assassina estremecer por inteiro.

À exceção de alguns ocasionais choros abafados, os escravizados estavam em silêncio. Alguns olhos se arregalaram ao vê-la. Celaena havia se esquecido de como devia parecer — sem rosto, o manto tremulando atrás de si, caminhando entre os escravizados como a própria Morte. Alguns até mesmo desenharam marcas invisíveis no ar, protegendo-se de qualquer que fosse o mal que achavam que ela representava.

Celaena avaliou as trancas das celas, contando o número de pessoas entulhadas em cada uma. Elas vinham de todos os reinos do continente. Havia até mesmo homens dos clãs das montanhas, de cabelos laranja e olhos cinza — cuja aparência era selvagem e que acompanhavam seus movimentos. E mulheres — algumas pouco mais velhas que a própria Celaena. Será que também eram guerreiras, ou apenas estavam no lugar errado na hora errada?

O coração da jovem batia cada vez mais forte. Mesmo depois de todos aqueles anos, as pessoas ainda desafiavam a conquista de Adarlan. Mas que direito tinha Adarlan — ou Rolfe, ou qualquer um — de tratá-las daquela forma? A conquista não bastava; não, Adarlan precisava *destruí-las*.

Eyllwe, Celaena ouvira, fora a mais castigada. Embora seu soberano tivesse entregado o poder ao rei de Adarlan, os soldados de Eyllwe ainda lutavam nos grupos rebeldes que atormentavam as forças dos conquistadores. Mas a terra em si era vital demais para que Adarlan a abandonasse, pois lá ficavam duas das cidades mais prósperas do continente; seu território — rico em fazendas, cursos d'água e florestas — era uma veia crucial nas rotas de comércio. Agora Adarlan parecia haver decidido que poderia também ganhar dinheiro com o povo de Eyllwe.

Os homens de pé ao redor do prisioneiro se afastaram quando Rolfe se aproximou, então abaixaram as cabeças. A assassina reconheceu dois deles do jantar na noite anterior: o baixinho e careca, capitão Fairview, e o caolho e troncudo, capitão Blackgold. Celaena e Sam pararam ao lado de Rolfe.

O homem de Eyllwe tinha sido despido, o corpo magricela já estava ferido e sangrava.

— Este reagiu um pouco — falou o capitão Fairview.

Embora suor reluzisse na pele do escravizado, ele manteve o queixo erguido, os olhos em algum ponto distante. Devia ter cerca de 20 anos. Será que tinha família?

— Mas, se for mantido nos grilhões, vale um bom dinheiro — continuou Fairview, limpando o rosto no ombro da túnica carmesim. O bordado dourado estava desfiando, e o tecido, que provavelmente um dia fora rico em cores, desbotado e manchado. — Eu o mandaria para o mercado em Enseada do Sino. Muitos homens ricos ali precisam de mãos fortes para construção. Ou mulheres precisam de mãos fortes para uma coisa totalmente diferente. — Ele piscou um olho na direção de Celaena.

Ela sentiu um rompante de raiva tão forte que chegou a perder o fôlego. Não percebeu que sua mão se movia na direção da espada até que Sam entrelaçou os dedos nos dela. Foi um gesto muito casual e, para qualquer um, poderia parecer afeição. Mas os dedos apertaram-na com força o bastante para que ela soubesse que Sam estava muito ciente do que a companheira estava prestes a fazer.

— Quantos desses escravizados serão, de fato, considerados úteis? — perguntou o rapaz, soltando os dedos enluvados da assassina. — Os nossos vão para Forte da Fenda, mas você vai dividir este lote?

Rolfe respondeu:

— Acha que seu mestre é o primeiro a fazer negócio comigo? Temos outros acordos em cidades diferentes. Meus parceiros em Enseada do Sino me dizem o que os ricos querem, e eu forneço. Se não conseguir pensar em um bom lugar para vender os escravizados, eu os envio para Calaculla. Caso seu mestre tenha sobras, enviá-los para Endovier pode ser uma boa opção. Adarlan é sovina com o que oferece quando compra escravizados para as Minas de Sal, mas é melhor do que não obter dinheiro nenhum.

Então Adarlan não estava apenas levando prisioneiros de campos de batalha e de seus lares; estava *comprando* escravizados para as Minas de Sal de Endovier também.

— E as crianças? — questionou Celaena, mantendo a voz o mais neutra possível. — Para onde vão?

Os olhos de Rolfe ficaram um pouco sombrios diante da pergunta, reluzindo com tanta culpa que ela se perguntou se o comércio de escravizados teria sido um último recurso para ele.

— Tentamos manter as crianças com as mães — respondeu o pirata, em voz baixa. — Mas, no leilão, não podemos controlar se são separadas.

A assassina lutou para conter a língua, então apenas disse:

— Entendo. São difíceis de vender? E quantas crianças podemos esperar em nosso carregamento?

— Temos cerca de dez aqui — falou Rolfe. — Seu carregamento não deve conter mais que isso. E não são difíceis de vender, caso saiba onde negociá-las.

— Onde? — indagou Sam.

— Algumas casas ricas podem querer as crianças para empregar na copa ou nos estábulos. — Embora a voz permanecesse equilibrada, o lorde avaliava o chão. — Uma madame de bordel pode aparecer no leilão também.

O rosto de Sam ficou branco de fúria. Se havia uma coisa que o transtornava, um assunto com o qual Celaena *sabia* que poderia sempre contar para tirá-lo do sério, era aquele.

A mãe de Sam, vendida aos 8 anos para um bordel, passara os brevíssimos 28 anos de vida lutando para se transformar, de órfã, em uma das cortesãs mais bem-sucedidas de Forte da Fenda. Ela teve Sam apenas seis anos antes de morrer; assassinada por um cliente ciumento. E, embora tivesse juntado algum dinheiro, não fora o bastante para libertá-la do bordel... ou para sustentá-lo. Mas a mulher era a favorita de Arobynn e, quando ele soube que a cortesã queria que Sam fosse treinado por ele, o rei dos Assassinos o acolheu.

— Levaremos isso em consideração — replicou Sam, de modo afiado.

Não bastava para Celaena se assegurar de que o negócio fosse destruído. Não, aquilo não era *sequer* o suficiente. Não quando todas aquelas pessoas estavam aprisionadas ali. O sangue dela latejava nas veias. A morte era rápida pelo menos. Principalmente pelas mãos da assassina. Mas a escravidão era um sofrimento eterno.

— Muito bem — falou Celaena, erguendo o queixo. Precisava sair dali e levar *Sam* antes que ele perdesse o controle. Um brilho mortal aumentava nos olhos do companheiro. — Estou ansiosa para ver nosso carregamento amanhã à noite. — Ela inclinou a cabeça na direção das celas atrás de si. — Quando estes escravizados serão enviados? — Era uma pergunta tão perigosa e burra.

Rolfe olhou para o capitão Fairview, que esfregou a cabeça suja.

— Este bando? Vamos dividi-los e serão colocados em um novo navio amanhã, provavelmente. Vão zarpar mais ou menos na mesma hora que vocês, acho. Precisamos reunir tripulações. — Ele e Rolfe iniciaram uma conversa sobre tripular os navios, e Celaena aceitou isso como a deixa para sair.

Com um último olhar para o escravizado ainda parado ali, a jovem saiu do armazém que fedia a medo e morte.

— Celaena, *espere*! — gritou Sam, ofegante, andando atrás dela.

A assassina não podia esperar. Simplesmente começara a caminhar e caminhar e caminhar, e agora, ao chegar à praia distante, longe das luzes da baía da Caveira, não pararia de andar até que chegasse à água.

Não muito longe da curva da baía, a torre de vigia montava guarda e Quebra-Navios pendia sobre a água ao longo da noite. A lua iluminava a areia fina como pó e o mar calmo, transformando-o em um espelho prateado.

Celaena tirou a máscara e a deixou cair atrás de si, então arrancou a capa, as botas e a túnica. A brisa úmida beijou a pele exposta, estremecendo a roupa íntima delicada.

— *Celaena!*

Ondas mornas como um banho passavam, e a assassina chutou para o alto um borrifo de água conforme continuava caminhando. Antes que conseguisse ir mais fundo que a altura das canelas, Sam agarrou seu braço.

— O que está fazendo? — indagou ele. Celaena puxou o braço, mas Sam segurava firme.

Com um único e ágil movimento, ela girou, golpeando-o com o outro braço. Mas o companheiro conhecia a manobra — porque a haviam praticado lado a lado durante anos — e segurou a outra mão da assassina.

— *Pare* — disse o jovem, mas Celaena deslizou o pé, acertando-o atrás do joelho, e o fez cair. Sam não a soltou, então água e areia subiram conforme os dois atingiram o chão.

Celaena caiu em cima de Sam, mas isso não o fez parar. Antes que conseguisse dar uma cotovelada no rosto do rapaz, ele a virou. O ar foi sugado dos pulmões dela. O jovem avançou na direção de Celaena, que reagiu levantando o pé no momento em que o companheiro ergueu o corpo. Ela o chutou bem no estômago. Sam xingou ao cair de joelhos. A onda quebrou ao redor, um banho de prata. Celaena se agachou, a areia chiou sob seus pés quando ela fez menção de derrubar Sam. Mas ele esperava por isso e girou para se afastar, segurando-a pelos ombros e a atirando ao chão.

Celaena sabia que tinha sido aprisionada antes que ele sequer terminasse de prender seu corpo contra a areia. Sam segurou-lhe os pulsos e afundou os joelhos contra as suas coxas para evitar que a assassina movesse as pernas outra vez.

— *Chega!* — Os dedos se enterraram dolorosamente nos pulsos dela. Uma onda solitária os alcançou, ensopando Celaena.

Ela se debateu, os dedos contraídos, lutando para tirar sangue, mas sem alcançar as mãos de Sam. A areia se moveu o suficiente para que ela tivesse um mínimo de superfície na qual se apoiar para girá-lo. No entanto, Sam a conhecia — conhecia suas manobras, sabia que truques gostava de fazer.

— *Pare* — pediu Sam, a respiração falhando. — Por favor.

Sob o luar, via o lindo rosto do assassino contraído.

— Por favor — repetiu ele, rouco.

A tristeza e a derrota na voz de Sam fizeram com que Celaena parasse. Um fiapo de nuvem passou sobre a lua, iluminando as feições delineadas das maçãs do rosto de Sam, a curva dos lábios; o tipo de beleza rara que fizera da mãe do assassino tão bem-sucedida. Muito acima da cabeça de Sam, as estrelas piscavam fracamente, quase invisíveis à luz da lua.

— Não vou soltar até que prometa parar de me atacar — falou ele. Os rostos estavam a centímetros de distância, e Celaena sentiu o hálito de cada uma das palavras na própria boca.

A jovem tomou fôlego com dificuldade, depois mais uma vez. Não tinha motivos para atacar Sam. Não quando ele havia evitado que ela estripasse aquele pirata no armazém. Não quando ele havia ficado tão transtornado com as crianças escravizadas. As pernas de Celaena tremiam de dor.

— Prometo — murmurou ela.

— Jure.

— Juro por minha vida.

Sam a observou por mais um segundo, em seguida a soltou aos poucos. Ela esperou até que ele estivesse de pé, então se levantou. Estavam encharcados e cobertos de areia. Celaena tinha quase certeza de que seus cabelos tinham escapado da trança, fazendo-a parecer uma desequilibrada.

— Então — falou Sam, ao retirar as botas e atirá-las na areia atrás dos dois. — Vai se explicar? — Ele enrolou a calça até a altura dos joelhos e deu alguns passos em direção às ondas.

Celaena começou a andar de um lado para outro, as ondas quebravam aos seus pés.

— Eu só... — começou ela, mas gesticulou com o braço e sacudiu a cabeça determinada.

— Você o quê? — As palavras foram quase afogadas pelas ondas que quebravam.

Celaena se virou para encará-lo.

— Como pode suportar olhar para aquelas pessoas e não fazer nada?

— Os escravizados?

Ela voltou a caminhar de um lado para outro.

— Isso me deixa enojada. Eu fico... fico tão irritada que acho que posso... — Celaena não conseguia terminar o pensamento.

— Pode o quê? — Passos soaram na água. A assassina olhou por cima do ombro e viu Sam se aproximando. Ele cruzou os braços, preparando-se para uma luta. — Pode fazer algo tolo como atacar os homens de Rolfe no próprio armazém?

Era agora ou nunca. Celaena não queria envolvê-lo, mas... agora que os planos tinham mudado, precisava de ajuda.

— Posso fazer algo tolo como libertar os escravizados — disse ela.

Sam ficou tão imóvel que parecia ter virado pedra.

— Sabia que planejava alguma coisa... mas *libertá-los*...

— Vou fazer isso com ou sem você. — Celaena apenas pretendia destruir o acordo, mas, a partir do momento em que entrou naquele armazém à noite, soube que não poderia abandonar os escravizados.

— Rolfe matará você — disse Sam. — Ou Arobynn o fará, se Rolfe não fizer primeiro.

— Preciso tentar — retrucou ela.

— Por quê? — Sam se aproximou tanto que Celaena precisou inclinar a cabeça para trás para ver seu rosto. — Somos assassinos. Nós *matamos* pessoas. Destruímos vidas todos os dias.

— Temos uma escolha — argumentou ela, expirando. — Talvez não quando éramos crianças, quando era Arobynn ou a morte, mas agora... Agora você e eu temos como *escolher* o que faremos. Aqueles escravizados foram simplesmente *levados*. Estavam lutando pela própria liberdade, ou viviam perto demais de um campo de batalha, ou alguns mercenários passaram pela cidade deles e os *roubaram*. São pessoas inocentes.

— E nós não éramos?

Algo gélido perfurou o coração de Celaena com o lampejo de uma lembrança.

— Matamos oficiais corruptos e esposas adúlteras; fazemos isso de maneira rápida e limpa. Essas são famílias inteiras sendo destruídas. Cada uma dessas pessoas era alguém.

Os olhos de Sam brilhavam.

— Não discordo de você. Não gosto nada dessa história. Não apenas dos escravizados, mas do envolvimento de Arobynn. E aquelas crianças... — Ele apertou o osso do nariz. — Porém somos apenas duas pessoas... cercadas pelos piratas de Rolfe.

Celaena deu um sorriso torto.

— Então é bom que sejamos os melhores. E — acrescentou ela — é bom que eu venha perguntando tantas coisas sobre os planos para os próximos dois dias.

Sam piscou.

— Você sabe que essa é a coisa mais inconsequente que já fez, certo?

— Inconsequente, mas talvez a mais significativa também.

O rapaz a encarou por tempo o bastante para que as bochechas dela ficassem quentes, como se pudesse vê-la por dentro, ver tudo. O fato de Sam não desviar o rosto do que quer que tivesse visto fez o sangue de Celaena latejar nas veias.

— Imagino que, se vamos morrer, deveria ser por uma causa nobre — disse ele.

A assassina riu com deboche, usando isso como desculpa para se afastar.

— Não vamos morrer. Pelo menos não se seguirmos meu plano.

Ele resmungou.

— Já tem um plano?

Ela sorriu, então contou tudo a Sam. Quando terminou, o assassino apenas coçou a cabeça.

— Bem — admitiu ele, sentado na areia —, acho que isso funcionaria. Precisaríamos sincronizar direito, mas...

— Mas poderia funcionar. — Celaena se sentou ao lado dele.

— Quando Arobynn descobrir...

— Deixe Arobynn comigo. Vou pensar em como lidar com ele.

— Poderíamos simplesmente... *não* voltar para Forte da Fenda — sugeriu Sam.

— O quê, fugir?

Sam deu de ombros. Embora mantivesse o olhar nas ondas, Celaena podia jurar que as bochechas dele haviam corado.

— Ele poderia muito bem nos matar.

— Se fugíssemos, ele nos caçaria pelo resto de nossas vidas. Mesmo que mudássemos de nome, ele nos encontraria. — Como se ela conseguisse deixar a vida inteira para trás! — Arobynn investiu dinheiro demais em nós... e ainda precisamos pagar tudo de volta. Ele veria isso como um mau investimento.

O olhar de Sam desviou para o norte, como se pudesse ver a extensa capital com o imponente castelo de vidro.

— Acho que tem mais coisas em jogo aqui do que esse acordo comercial.

— O que quer dizer?

Sam traçou círculos na areia entre os dois.

— Quer dizer, por que mandar nós dois até aqui para início de conversa? A desculpa para nos enviar foi uma mentira. Não somos essenciais para esse acordo. Arobynn poderia facilmente ter enviado dois outros assassinos que não se engalfinham o tempo todo.

— O que está sugerindo?

Sam deu de ombros.

— Talvez Arobynn nos quisesse fora de Forte da Fenda neste momento. Precisasse nos tirar da cidade por um mês.

Um calafrio percorreu o corpo de Celaena.

— Arobynn não faria isso.

— Não? — perguntou Sam. — Chegamos a descobrir por que Ben estava lá na noite em que Gregori foi capturado?

— Se está sugerindo que Arobynn, de alguma forma, armou para Ben...

— Não estou sugerindo nada. Mas algumas coisas não se encaixam. E há perguntas que não foram respondidas.

— Não devemos questionar Arobynn — murmurou Celaena.

— E desde quando você segue ordens?

Ela ficou de pé.

— Vamos enfrentar os próximos dias. Depois consideraremos quaisquer teorias de conspiração que você esteja inventando.

Sam levantou-se em um instante.

— Não tenho *teoria* nenhuma. Apenas perguntas que você deveria fazer a si mesma também. *Por que* ele nos queria fora este mês?

— Podemos confiar em Arobynn. — Conforme as palavras saíram de sua boca, Celaena se sentiu idiota por dizê-las.

Sam saiu batendo os pés para pegar as botas.

— Vou voltar para a taverna. Você vem?

— Não. Vou ficar mais um pouco.

Sam a avaliou, mas assentiu.

— Vamos examinar os escravizados de Arobynn no navio dele amanhã às 16 horas. Tente não ficar aqui fora a noite toda. Precisamos de todo descanso possível.

Celaena não respondeu, então virou antes que pudesse observar Sam se voltar para as luzes douradas da baía da Caveira.

Ela caminhou pela curva da praia até a solitária torre de vigia. Depois de estudá-la das sombras — as duas catapultas perto do topo, a corrente gigante ancorada acima —, Celaena continuou. Caminhou até não haver nada no mundo além do resmungo e o chiar das ondas, o suspiro da areia sob os pés e o olhar fixo da lua na água.

Caminhou até que uma brisa surpreendentemente fria soprasse por ela. Então parou.

Devagar, se voltou para o norte, na direção da fonte da brisa, com cheiro de uma terra distante que ela não sentia havia oito anos. Pinho e neve. Uma cidade quieta sob as garras do inverno. Celaena inspirou, olhou para as léguas do oceano solitário e escuro, vendo, de alguma forma, aquela cidade longínqua que um dia, havia muito tempo, fora seu lar. O vento puxou mechas de cabelo da trança, açoitando com elas o rosto da assassina. Orynth. Uma cidade de luz e música, observada por um castelo de alabastro com uma torre de opala tão brilhante que poderia ser vista a quilômetros.

O luar sumiu por trás de uma nuvem espessa. Na escuridão repentina, as estrelas brilharam mais forte.

Ela conhecia todas as constelações de cor e instintivamente buscou a do cervo, Senhor do Norte, e a estrela imóvel que lhe coroava a cabeça.

Naquela época, a jovem não tinha escolha alguma. Quando Arobynn ofereceu aquele caminho, era isso ou a morte. Mas agora...

Celaena inspirou e estremeceu. Não, as escolhas eram tão limitadas como quando tinha 8 anos. Era a Assassina de Adarlan, a protegida e herdeira de Arobynn Hamel, e sempre seria.

Era longa a caminhada de volta à taverna.

〜 6 〜

Depois de mais uma noite terrivelmente quente e em claro, Celaena passou o dia seguinte com Sam, andando pelas ruas da baía da Caveira. Os dois mantiveram um passo tranquilo, parando em diversas barracas de venda e entrando em uma ou outra loja, mas o tempo todo traçando cada etapa do plano, repassando cada detalhe que precisavam orquestrar com perfeição.

Com os pescadores ao longo do porto, descobriram que os barcos a remo atados aos píeres não pertenciam realmente a ninguém e que a maré da manhã subiria logo após o nascer do sol. Não era vantajoso, mas melhor que ao meio-dia.

Flertando com as prostitutas na rua principal, Sam descobriu que, de vez em quando, Rolfe pagava a conta de todos os piratas a seu serviço, e a comemoração durava dias. Também pegou algumas outras dicas que ele se recusou a contar a Celaena.

E, com um pirata bêbado vadiando em um beco, a assassina descobriu quantos homens vigiavam os navios de escravizados, que tipo de armas levavam e onde os escravizados eram mantidos.

Às 16 horas, Celaena e Sam estavam a bordo do navio que Rolfe prometera a eles, observando e contando conforme os escravizados seguiam, aos tropeços, pelo amplo deque. Noventa e três. A maioria homens, a maioria deles jovens. As mulheres variavam mais em idade, e havia apenas um punhado de crianças, exatamente como Rolfe dissera.

— Eles se adequam aos seus gostos refinados? — perguntou Rolfe, ao se aproximar.

— Achei que tivesse dito que haveria mais — respondeu Celaena, friamente, mantendo os olhos nos escravizados acorrentados.

— Tínhamos exatamente cem, mas sete morreram na viagem.

Ela conteve a raiva que brotou. Sam, conhecendo-a bem demais para o gosto dela, interrompeu.

— E quantos podemos esperar perder na jornada até Forte da Fenda? — O rosto estava relativamente neutro, embora os olhos castanhos brilhassem com irritação. Tudo bem, Sam era um bom mentiroso. Tão bom quanto ela, talvez.

Rolfe passou a mão pelos cabelos pretos.

— Vocês dois nunca param de *questionar*? Não há como prever quantos escravizados perderão. Apenas os mantenham hidratados e alimentados.

Um grunhido baixo escapou entre os dentes de Celaena, mas Rolfe já caminhava até seu grupo de guardas. Celaena e Sam o seguiram, observando enquanto o restante dos escravizados era empurrado para o deque.

— Onde estão todos os escravizados de ontem? — perguntou Sam.

Rolfe gesticulou.

— A maioria naquele navio, e partirão amanhã. — Ele apontou para uma embarcação próxima e ordenou que um dos capatazes de escravizados começasse a inspeção.

Esperaram até que alguns escravizados tivessem sido inspecionados, oferecendo comentários sobre como um escravizado estava em forma, onde conseguiria um bom preço em Forte da Fenda. Cada palavra tinha um gosto mais pútrido que a anterior.

— Esta noite — falou Celaena para o lorde pirata —, você pode garantir que este navio estará protegido?

Rolfe suspirou alto e assentiu.

— Aquela torre de vigia do outro lado da baía — insistiu ela. — Presumo que também serão responsáveis por monitorar este navio?

— Sim — disparou Rolfe. Celaena abriu a boca, mas ele a interrompeu. — E, antes que pergunte, trocamos a guarda antes do pôr do sol.

Então precisariam se concentrar na guarda da manhã para evitar que um alarme soasse ao pôr do sol, durante a maré alta. O que era um leve contratempo no plano, mas que poderiam facilmente consertar.

— Quantos dos escravizados falam nossa língua? — perguntou ela.

Rolfe ergueu uma sobrancelha.

— Por quê?

Celaena sentiu Sam ficar tenso ao seu lado, mas deu de ombros.

— Pode acrescentar ao valor.

Rolfe a avaliou um pouco próximo demais, então se virou para encarar uma mulher escravizada que estava perto.

— Você fala a língua comum?

Ela olhou de um lado para outro, agarrando os retalhos de roupa contra si — uma mistura de pele e lã, sem dúvida usada para mantê-la aquecida nas gélidas trilhas montanhosas de Canino Branco.

— Entende o que estou dizendo? — indagou Rolfe. A mulher ergueu as mãos acorrentadas, com a pele vermelha e esfolada ao redor do ferro.

— Acho que a resposta é não — sugeriu Sam

Rolfe olhou para ele com raiva, então caminhou pelos estábulos.

— Algum de vocês fala a língua comum? — repetiu ele, e estava prestes a se virar quando um senhor de Eyllwe, esquálido e coberto de cortes e hematomas, deu um passo à frente.

— Eu falo — disse o homem.

— Só isso? — rugiu Rolfe. — Ninguém mais? — Celaena se aproximou do escravizado, memorizando seu rosto. O homem se encolheu diante da máscara e do manto da assassina.

— Bem, pelo menos ele pode sair a um preço alto — falou Celaena, por cima do ombro, para Rolfe. Sam chamou o pirata com uma pergunta sobre a mulher das montanhas que estava diante dele, fornecendo distração suficiente. — Qual é seu nome? — perguntou Celaena ao escravizado.

— Dia. — Os dedos longos e frágeis tremiam levemente.

— É fluente?

Ele assentiu.

— Minha... minha mãe era de Enseada do Sino. Meu pai era um mercador de Banjali. Cresci com as duas línguas.

E provavelmente não trabalhou um dia na vida. Como *ele* tinha se envolvido naquela confusão? Os outros escravizados no deque ficaram para trás, se amontoando, até mesmo alguns dos homens e mulheres maiores, cujas cicatrizes e hematomas os marcavam como lutadores, prisioneiros de guerra. Será que já tinham visto tanta escravidão que isso os havia destruído? Para o bem de Celaena e dos escravizados, ela esperava que não.

— Que bom — respondeu ela, e saiu andando.

Horas depois, ninguém notou — ou, se notou, com certeza não se importou — quando duas figuras cobertas entraram sorrateiramente em barcos a remo e seguiram para os navios de escravizados que pairavam diversos metros fora da costa. Algumas lanternas iluminavam as embarcações colossais, mas a lua estava forte o bastante para que Celaena discernisse sem dificuldade o *Lobo Dourado* ao remar naquela direção.

À direita da assassina, Sam remava o mais silenciosamente possível em direção ao *Desamor*, no qual os escravizados do dia anterior eram mantidos. O silêncio era sua única esperança e seu aliado, embora a cidade atrás dos dois já estivesse em meio às comemorações. Não levara muito tempo para que se espalhasse a notícia de que os assassinos de Arobynn Hamel tinham aberto uma conta comemorativa na taverna, e, já no caminho de Sam e Celaena para o porto, viram piratas se dirigindo para o lado oposto, na direção da estalagem.

Ela estava ofegante por trás da máscara, e os braços doíam a cada remada. Não era a cidade que a preocupava, mas a solitária torre de vigia à esquerda. Uma chama queimava na torreta irregular, iluminando fracamente as catapultas e a corrente antiga ao longo da estreita abertura da baía. Se fossem pegos, o primeiro alarme seria soado dali.

Poderia ser mais fácil escapar agora — eliminar a torre de vigia, tomar os navios de escravizados e zarpar —. mas a corrente era apenas a primeira em uma linha de defesas. Era quase impossível navegar pelas ilhas Mortas à noite e com a maré baixa... Avançariam algumas milhas e encalhariam em um recife ou um banco de areia.

Celaena navegou os últimos metros até o *Lobo Dourado* e segurou a corda de uma escada de madeira para evitar que o barco se chocasse com força demais contra o casco.

Seria melhor com a primeira luz do dia seguinte, quando os piratas estariam bêbados ou inconscientes demais para notar e quando teriam a maré alta a seu favor.

Sam agitou um espelho compacto, indicando que tinha chegado ao *Desamor*. Ao refletir a luz no próprio espelho, Celaena sinalizou de volta, então piscou duas vezes, indicando que estava pronta.

Um momento depois, Sam devolveu o sinal. Ela respirou fundo para se acalmar. Estava na hora.

❧ 7 ☙

Com a destreza de um gato e furtiva como uma cobra, Celaena subiu a escada de madeira embutida na lateral do navio.

O primeiro vigia só reparou que ela estava sobre ele quando as mãos envolveram seu pescoço, pressionando os dois pontos que o levaram à inconsciência. O homem desabou no deque, e Celaena o pegou pela túnica imunda para amortecer a queda. Silenciosa como um camundongo, como o vento, como um túmulo.

O segundo vigia, a postos no leme, a viu subir as escadas. Ele conseguiu emitir um grito abafado antes de o punho da adaga lhe acertar a testa. Não tão limpo nem tão silencioso: o homem caiu no convés com um estampido que fez o terceiro vigia, posicionado na proa, virar-se para ver.

Mas estava escuro e havia metros de navio entre os dois. Celaena se agachou, cobrindo o corpo caído com o manto.

— Jon? — chamou o terceiro vigia do outro lado do deque. A assassina se encolheu diante do barulho. Não muito longe, o *Desamor* estava em silêncio.

Celaena fez uma careta ao sentir o fedor do corpo sujo de Jon.

— Jon? — falou o vigia, e passos fortes se seguiram. Mais e mais perto. Veria o primeiro vigia em breve.

Três... dois... um...

— Que *merda*! — O vigia tropeçou no corpo prostrado do primeiro guarda.

Celaena se moveu.

Lançou-se para o outro lado do corrimão rápido o suficiente para que o vigia não olhasse para cima até que tivesse caído atrás dele. Foi preciso apenas um golpe ágil na cabeça para Celaena posicionar o corpo dele sobre o do primeiro vigia. Com o coração acelerado em cada centímetro do corpo, ela correu até a proa do navio e refletiu a luz com o espelho três vezes. Três vigias caídos.

Nada.

— Vamos lá, Sam. — Celaena sinalizou de novo.

Longos segundos depois, um sinal a cumprimentou. O ar disparou dos pulmões com o fôlego que ela não percebeu que segurava. Os guardas no *Desamor* também estavam inconscientes.

Celaena sinalizou uma vez. A torre de vigia ainda estava em silêncio. Se os guardas estavam lá em cima, não tinham visto nada. A assassina tinha que ser rápida, precisava acabar com aquilo antes que seu sumiço fosse notado.

O vigia do lado de fora dos aposentos do capitão conseguiu chutar a parede com força suficiente para acordar os mortos antes que Celaena o apagasse, mas isso não impediu que o capitão Fairview gritasse quando a assassina entrou no escritório e fechou a porta.

Após trancar Fairview na cela, deixando-o amordaçado, atado e totalmente ciente de que a cooperação dele e dos vigias significava continuarem vivos, Celaena desceu até o compartimento de carga.

Os passageiros estavam amontoados, mas os dois guardas na porta ainda não haviam reparado em Celaena, até que ela tomou a liberdade de deixá-los inconscientes.

O mais silenciosamente possível, a assassina pegou uma lanterna que pendia de um gancho na parede e abriu a porta. O fedor quase a fez cair de joelhos.

O teto era tão baixo que a cabeça de Celaena quase o alcançava. Os escravizados estavam todos acorrentados e sentados ao chão. Sem latrinas, nenhuma fonte de luz, nenhuma comida ou água.

Eles murmuraram, semicerrando os olhos contra a luminosidade repentina que entrava pelo corredor.

Celaena pegou o molho de chaves que havia roubado dos aposentos do capitão e entrou no compartimento de carga.

— Onde está Dia? — perguntou ela. Os escravizados não responderam, talvez por não entenderem, ou por solidariedade.

Celaena suspirou, adentrou mais o aposento, e alguns dos homens das montanhas, de olhos arregalados, sussurraram uns para os outros. Embora pudessem ter se declarado inimigos de Adarlan apenas recentemente, as pessoas das montanhas Canino Branco eram, há muito tempo, conhecidas pelo amor incondicional à violência. Se Celaena encontrasse algum problema ali, viria deles.

— Onde está Dia? — perguntou ela, mais alto.

Uma voz trêmula surgiu dos fundos do compartimento de carga.

— Aqui. — Os olhos dela se contraíram na escuridão para enxergar as feições magras e finas do homem. — Estou aqui.

Celaena caminhou com cuidado em meio à escuridão lotada. Estavam tão próximos que não havia espaço para se mover e quase não havia ar para respirar. Não era surpresa que sete tivessem morrido na viagem até ali.

Ela pegou a chave do capitão Fairview e soltou os grilhões aos pés de Dia, depois as algemas, antes de oferecer a mão para que se levantasse.

— Você vai traduzir para mim. — O povo da montanha, e quem mais não falasse a língua comum ou eyllwe, poderia entender por conta própria.

Dia esfregou os pulsos, os quais estavam sangrando e esfolados em alguns lugares.

— Quem é você?

Celaena soltou as correntes da mulher magra demais ao lado de Dia, em seguida estendeu as chaves na direção dela.

— Uma amiga — respondeu a assassina. — Diga a ela que solte todos, mas diga que *não* saiam desta sala.

Dia assentiu e falou em eyllwe. A mulher, com a boca levemente aberta, olhou para Celaena, então pegou as chaves. Sem dizer uma palavra, começou a soltar os companheiros. Depois, Dia se dirigiu ao compartimento de carga, a voz baixa, mas determinada.

— Os vigias estão inconscientes — disse ela. O homem traduziu. — O capitão foi trancafiado na cela e, caso escolham agir, amanhã ele os guiará pelas ilhas Mortas para um local seguro. O capitão sabe que a pena por informações falsas é a morte.

Dia traduziu, arregalando cada vez mais os olhos. Em algum lugar nos fundos, um dos homens das montanhas começou a traduzir. E então dois outros também — um na língua de Melisande, e outro em uma língua que Celaena não reconheceu. Será que fora inteligência ou covardia não terem se pronunciado na noite anterior quando ela perguntou quem falava a língua comum?

— Quando eu terminar de explicar nosso plano de ação — disse ela, as mãos um pouco trêmulas ao se lembrar subitamente do que, exatamente, os esperava —, podem sair desta sala, mas não ponham os pés no convés. Há guardas na torre de vigia, e outros monitorando este navio em terra firme. Se os virem no deque, alertarão todos.

Ela permitiu que Dia e os demais terminassem antes de continuar.

— Meu colega já está a bordo do *Desamor*, outro navio de escravizados programado para zarpar amanhã. — Celaena engoliu em seco. — Terminando aqui, ele e eu voltaremos à cidade e criaremos uma distração grande o bastante para que, ao alvorecer, vocês tenham tempo o suficiente para sair deste porto. Precisam velejar o dia inteiro para deixar as ilhas Mortas antes de escurecer, ou ficarão presos em seu labirinto.

Dia traduziu, mas uma mulher próxima a eles interrompeu, e o tradutor franziu a testa ao se virar para Celaena.

— Ela tem duas perguntas. E quanto à corrente na entrada da baía? E como velejaremos o navio?

Celaena assentiu.

— Deixem a corrente conosco. Nós a baixaremos antes que cheguem a ela.

Quando Dia e os demais traduziram, murmúrios se alastraram. Grilhões ainda caíam ao chão conforme escravizado após escravizado era solto.

— Quanto a velejar o navio — continuou ela, por cima do barulho —, algum de vocês é marinheiro? Pescador?

Algumas das mãos se ergueram.

— O capitão Fairview lhes dará instruções específicas. Precisarão remar para fora da baía, no entanto. Todos que tenham força serão necessários nos remos, ou não terão chance de ultrapassar os navios de Rolfe.

— E quanto à frota dele? — perguntou outro homem.

— Deixem comigo. — Sam já devia estar remando até o *Lobo Dourado*. Precisavam voltar para a costa *agora*. — Não importa se as correntes ainda estiverem levantadas, não importa o que possa estar acontecendo na cidade, assim que o sol subir no horizonte, comecem a remar como nunca.

Algumas vozes protestaram contra a tradução, e Dia deu uma resposta afiada e curta antes de se voltar para Celaena.

— Pensaremos nos detalhes nós mesmos.

Ela ergueu o queixo.

— Discutam entre si. Seu destino cabe a vocês. Mas, não importa que plano escolham, eu *abaixarei* a corrente e conseguirei o máximo de tempo possível ao amanhecer.

Ela fez uma reverência com a cabeça em despedida ao sair do compartimento de carga, gesticulando para que Dia a seguisse. Uma discussão começou atrás deles; abafada, pelo menos.

No corredor, Celaena conseguia ver como o homem era magro, como estava imundo. Ela indicou com o dedo.

— É ali que está a cela; lá encontrará o capitão Fairview. Solte-o antes do amanhecer e não tenha medo de tirar um pouco de sangue dele, caso se recuse a falar. Há três vigias inconscientes atados ao deque, um do lado de fora dos aposentos de Fairview e dois aqui. Façam o que quiserem com eles; a escolha é de vocês.

— Pedirei que alguém os leve à cela — respondeu Dia rapidamente. Ele esfregou a barba por fazer no rosto. — Quanto tempo teremos para fugir? Quanto tempo antes de os piratas notarem?

— Não sei. Tentarei inutilizar os navios deles, o que pode deixá-los mais lentos. — Os dois chegaram à escada estreita que levava aos deques superiores. — Só preciso que faça uma coisa — continuou Celaena, e Dia a encarou com olhos brilhantes. — Meu colega não fala eyllwe. Preciso que leve um barco a remo para o outro navio e diga a todos o que contei a você, e solte as correntes deles. Precisamos retornar para a costa agora, então precisará ir sozinho.

Ele inspirou, mas assentiu.

— Irei.

Depois de pedir às pessoas no compartimento de carga que levassem os guardas inconscientes para a cela, Dia subiu sorrateiramente com Celaena para o convés vazio. O homem se encolheu ao ver os vigias inconscientes, mas não protestou quando ela passou o manto de Jon sobre os ombros dele, escondendo o rosto nas dobras da vestimenta. Ou quando entregou a ele a espada e a adaga do guarda.

59

Sam já esperava na lateral do navio, escondido dos olhos da torre de vigia, que enxergavam ao longe. Ele ajudou Dia a entrar no primeiro barco a remo antes de passar para o segundo e esperar que Celaena subisse a bordo.

Sangue reluzia na túnica preta do assassino, mas os dois haviam levado uma muda de roupas. Silenciosamente, Sam pegou os remos. Celaena pigarreou. Dia se voltou para ela.

A assassina inclinou a cabeça para o leste, na direção da entrada da baía.

— Lembre-se: *precisa* começar a remar ao nascer do sol, mesmo que a corrente esteja levantada. Cada momento de atraso significa perder a maré.

Dia pegou os remos.

— Estaremos prontos.

— Então, boa sorte — falou Celaena.

Sem mais uma palavra, o homem começou a remar para o outro navio, as remadas um pouco barulhentas demais para o gosto dela, mas não o suficiente para serem detectadas.

Sam também começou a remar, passou pela curva da proa e seguiu para as docas em um ritmo casual, pouco suspeito.

— Nervosa? — perguntou ele, a voz quase inaudível sobre o deslizar constante dos remos na baía calma.

— Não — mentiu a jovem.

— Eu também.

Diante deles estavam as luzes douradas da baía da Caveira. Urros e vivas ecoavam pela água. A notícia da cerveja gratuita havia certamente se alastrado.

Celaena deu um leve sorriso.

— Prepare-se para espalhar o caos.

❈ 8 ❈

Embora os gritos da multidão ecoassem ao redor, Rolfe e Sam mantinham os olhos fechados em concentração enquanto as gargantas se moviam para cima e para baixo, para baixo e para cima, entornando as canecas de cerveja. E Celaena, observando por trás da máscara, não conseguia parar de rir.

Não era difícil fingir que Sam estava bêbado e os dois estavam se divertindo como nunca. Em grande parte por causa da máscara, mas também porque ele interpretava muito, muito bem.

Rolfe bateu a caneca na mesa, emitindo um "Ah!" de satisfação e limpando a boca molhada na manga da camisa enquanto a multidão festejava. Celaena riu, o rosto mascarado encharcado de suor. Como em qualquer outro lugar da ilha, a taverna estava sufocantemente quente, e o odor de cerveja, assim como de corpos sujos, emanava de cada fenda e pedra.

O lugar estava lotado. Uma banda de três homens, constituída de um acordeão, um violino e um tamborim, tocava estridentemente no canto próximo à lareira. Piratas trocavam histórias e pediam suas músicas preferidas. Camponeses e vagabundos bebiam até o esquecimento, apostando em jogos de azar improvisados. Prostitutas patrulhavam o salão, perambulando entre as mesas e sentando no colo dos homens.

Diante de Celaena, Rolfe sorriu, e Sam entornou o restante da caneca. Ou foi o que o pirata pensou. Considerando a frequência com que as bebidas eram derramadas e entornadas, ninguém reparava na poça constante ao redor da caneca de Sam, e o furo que ele havia feito no fundo era pequeno demais para ser detectado.

A multidão se dispersou, e Celaena gargalhou ao erguer a mão.

— Mais uma rodada, cavalheiros? — gritou ela, sinalizando para a atendente do bar.

— Bem — disse Rolfe —, acho seguro dizer que prefiro você assim a quando estamos discutindo negócios.

Sam aproximou o corpo, um sorriso conspiratório no rosto.

— Ah, eu também. Ela é terrível na maior parte do tempo.

Celaena o chutou — forte o suficiente, porque sabia que aquilo não era inteiramente mentira —, e Sam gritou. Rolfe riu.

A jovem jogou uma moeda de cobre para a atendente enquanto a mulher enchia as canecas de Rolfe e Sam mais uma vez.

— Então, algum dia verei o rosto por trás da lendária Celaena Sardothien? — O lorde pirata aproximou o corpo para apoiar os braços na mesa encharcada. O relógio atrás do bar indicava 3h30 da manhã. Precisavam agir logo. Considerando quão cheia estava a taverna e quantos dos piratas já estavam quase inconscientes, era um milagre que ainda houvesse cerveja em baía da Caveira. Se Arobynn e Rolfe não a matassem por libertar os escravizados, então o pirata poderia muito bem assassiná-la por abrir uma conta sem que tivesse o suficiente para pagar.

Celaena se aproximou de Rolfe.

— Se conseguir tanto dinheiro quanto diz para meu mestre e para mim, mostrarei meu rosto.

Rolfe olhou para o mapa tatuado nas mãos.

— Realmente vendeu a alma por isso? — perguntou ela.

— Quando me mostrar seu rosto, contarei a verdade.

Celaena estendeu a mão.

— Combinado. — Ele a apertou. Sam ergueu a caneca, um centímetro e meio vazia devido ao pequeno furo no fundo, e saudou a promessa antes de os dois homens beberem. Celaena pegou um deque de cartas de um dos bolsos do manto. — Que tal um jogo de Reis?

— Se não estiver pobre quando a noite acabar — falou Rolfe —, então jogar contra mim cuidará disso.

Ela estalou a língua.

— Ah, duvido muito. — Celaena cortou e embaralhou o deque três vezes, depois distribuiu as cartas.

As horas se passaram em uma série de copos tilintando e sequências perfeitas de cartas, sessões de cantoria em grupo e contos de terras distantes ou próximas, e, conforme o relógio era silenciado pela música interminável, Celaena se viu encostada no ombro de Sam, rindo enquanto Rolfe terminava a história tosca e absurda sobre a mulher do fazendeiro e seus garanhões.

A assassina bateu com o punho na mesa, urrando — e não foi inteiramente fingido também. Quando Sam deslizou a mão para a cintura dela, o toque por algum motivo irradiou uma chama incandescente pelo corpo de Celaena, fazendo-a se perguntar se ele ainda estava fingindo também.

Em relação às cartas, Sam acabou limpando os bolsos dos dois, e, quando os ponteiros do relógio indicaram 5 horas, Rolfe ficou mal-humorado.

Infelizmente para ele, esse humor não estava prestes a melhorar. Sam assentiu em sua direção, e Celaena fez um pirata que passava tropeçar; o homem derramou a bebida em outro, já beligerante, o qual, por sua vez, tentou socar o primeiro no rosto, mas acertou o homem a seu lado em vez disso. Por sorte, naquele momento, uma carta escondida caiu da manga de um homem, uma prostituta estapeou uma jovem atirada, e a taverna explodiu em briga.

As pessoas se engalfinhavam no chão, alguns piratas sacavam espadas e adagas para tentar duelar pelo salão. Outros saltavam do mezanino para se juntar à luta — pulando por cima do corrimão —, tentavam cair sobre as mesas ou miravam no candelabro de ferro e erravam feio.

A música ainda tocava, mas os músicos se levantaram e recuaram para o fundo. Rolfe, quase de pé, levou a mão ao cabo da espada. Celaena assentiu para ele antes de sacar a própria espada e avançar contra a multidão esbravejante.

Com movimentos ágeis do pulso, a jovem cortou o braço de alguém e rasgou a perna de outro, mas não chegou a matar ninguém. Apenas precisava manter a briga em curso — e fazê-la piorar o suficiente — para que todos os olhos se voltassem para a cidade.

Quando fez menção de escapar pela saída, alguém a segurou pela cintura e a jogou contra uma pilastra de madeira com tanta força que a assassina sabia que deixaria um hematoma. Ela se encolheu nas garras do pirata de rosto vermelho e quase vomitou quando o hálito azedo do homem passou para dentro da máscara. Celaena libertou o braço o suficiente para golpear com o punho da espada entre as pernas dele, fazendo-o cair no chão como uma pedra.

Mal tinha se afastado um passo quando um punho cabeludo lhe acertou o maxilar. A dor a desorientou como um relâmpago, e a assassina sentiu gosto de sangue na boca. Rapidamente tocou a máscara para se certificar de que não estava quebrada ou prestes a cair.

Ao desviar do golpe seguinte, deslizou o pé para trás do joelho do homem e o jogou, cambaleante, contra um aglomerado aflito de prostitutas. Celaena não sabia para onde Sam tinha ido, mas, se estava seguindo o plano, então ela não precisava se preocupar. Desviando dos grunhidos dos homens brigando, a jovem seguiu para a saída, cruzando a própria lâmina contra diversas espadas desajustadas.

Um pirata com um tapa-olho puído levantou a mão desengonçada para acertá-la, mas Celaena a segurou e o chutou no estômago, fazendo o pirata voar contra outro homem. Os dois acertaram uma mesa, caíram e começaram a brigar. *Animais.* A assassina saiu batendo os pés em meio à multidão e atravessou a porta da frente da taverna.

Para seu prazer, as ruas não estavam muito melhores. A briga tinha se alastrado com velocidade alarmante. Em qualquer direção da avenida, saindo de dentro de outras tavernas, piratas brigavam e duelavam e rolavam pelo chão. Aparentemente, ela não era a única ansiosa por uma briga.

Deliciando-se com o caos, Celaena estava na metade da rua, dirigindo-se para o ponto de encontro com Sam, quando a voz de Rolfe ecoou de detrás.

— *BASTA!*

Todos ergueram o que quer que tivessem nas mãos — caneca, espada, chumaço de cabelo — e fizeram uma saudação.

Então, prontamente, voltaram a brigar.

Rindo consigo mesma, Celaena correu por um beco. O companheiro já estava lá; sangue escorria de seu nariz, mas os olhos brilhavam.

— Eu diria que tudo correu muito bem — falou ele.

— Não sabia que era um jogador de cartas tão experiente. — Celaena olhou Sam de cima a baixo. A pose dele estava equilibrada. — Ou um bêbado experiente.

Sam sorriu.

— Tem muito que não sabe sobre mim, Celaena Sardothien. — Ele a segurou pelo ombro, de repente mais próximo do que a assassina gostaria. — Pronta? — perguntou ele, e ela assentiu, olhando para o céu que relampejava.

— Vamos. — Celaena se desvencilhou do toque de Sam e tirou as luvas, enfiando-as no bolso. — O turno de vigia na torre já deve ter mudado. Temos até o alvorecer para desarmar aquela corrente e as catapultas. — Os dois debateram um pouco se seria mais útil destruir a corrente do lado oposto, não vigiado. Mas, mesmo que o fizessem, ainda precisariam enfrentar as catapultas. Era melhor arriscar com os vigias e destruir a corrente e as catapultas ao mesmo tempo.

— Se sobrevivermos a isso, Celaena — falou Sam, seguindo para a rua lateral que dava no porto —, lembre-me de ensinar a você como jogar cartas direito.

Ela soltou palavrões tão fortes que fez Sam rir, então começou a correr.

Ambos viraram em uma rua silenciosa no momento em que alguém saiu das sombras.

— Vão a algum lugar?

Era Rolfe.

❧ 9 ❧

Rua abaixo, Celaena conseguia ver perfeitamente os dois navios de escravizados — ainda imóveis — na baía. E a corrente destruidora de mastros não muito longe deles. Infelizmente, daquele ângulo, Rolfe também podia vê-los.

O céu tinha se tornado cinza-claro. Alvorecer.

Celaena fez uma reverência com a cabeça para o lorde pirata.

— Prefiro não sujar as mãos na confusão.

Os lábios de Rolfe formaram uma linha fina.

— Engraçado, considerando que você fez o homem que começou a briga tropeçar.

Sam a olhou com raiva. Ela havia sido sutil, droga!

Rolfe sacou a espada, os olhos de dragão reluziam à luz crescente.

— E também é engraçado, já que você está querendo uma briga há dias, que tenha decidido sumir subitamente quando as atenções de todos estavam em outro lugar.

Sam ergueu as mãos.

— Não queremos problemas.

O pirata riu, um som áspero e sem humor.

— Talvez você não queira, Sam Cortland, mas *ela* quer. — Rolfe deu um passo em direção a Celaena, a espada oscilando na lateral do corpo. — Ela quer arrumar confusão desde que chegou aqui. Qual era o plano? Roubar tesouro? Informação?

Pelo canto do olho, a assassina viu algo se mover nos navios. Como um pássaro estendendo as asas, uma fileira de remos disparou pelas laterais das embarcações. Estavam prontos. E a corrente ainda estava de pé.

Não olhe, não olhe, não olhe...

Mas Rolfe olhou, e a respiração de Celaena acelerou enquanto ele avaliava os navios.

Sam ficou tenso, dobrando os joelhos levemente.

— Vou matar você, Celaena Sardothien — exclamou o lorde. E ele falou sério.

Os dedos da jovem se apertaram ao redor da espada quando Rolfe abriu a boca e encheu os pulmões de ar preparando-se para gritar um aviso.

Rápida como um chicote, Celaena fez a única coisa em que conseguiu pensar para distraí-lo.

A máscara caiu no chão com um ruído, e ela retirou o capuz. Os cabelos dourados reluziram na luz crescente.

Rolfe congelou.

— Você... Você é... Que tipo de truque é esse?

Além dos dois, os remos começaram a se mover, agitando a água conforme os navios se voltavam para a corrente — e para a liberdade ao longe.

— Vá — murmurou Celaena para Sam. — *Agora.*

O rapaz apenas assentiu antes de disparar pela rua.

Sozinha com Rolfe, ela ergueu a espada.

— Celaena Sardothien, a seu serviço.

O pirata ainda a encarava, o rosto pálido de raiva.

— Como *ousa* me enganar?

Ela fingiu uma reverência.

— Não fiz nada disso. *Falei* para você que era bonita.

Antes que conseguisse impedi-lo, Rolfe gritou:

— Estão tentando roubar nossos navios! Para os barcos! Para a torre de vigia!

Um rugido irrompeu ao redor, e Celaena rezou para que Sam pudesse alcançar a torre antes de os piratas o pegarem.

A assassina começou a circundar o lorde pirata. Ele a circundou também. Rolfe não estava nada bêbado.

— Quantos anos tem? — Cada um dos passos dele era cuidadosamente pensado, mas Celaena reparou que Rolfe ficava mudando o peso do corpo entre os pés, expondo o lado esquerdo.

— Dezesseis. — Ela não se incomodou em manter a voz baixa e grave. Rolfe xingou.

— Arobynn mandou uma garota de 16 anos para negociar comigo?

— Ele mandou a melhor dos melhores. Considere uma honra.

Com um grunhido, o lorde pirata avançou.

Celaena recuou com agilidade, agitando a espada para cima para bloquear o golpe direcionado ao pescoço dela. Não precisava matá-lo imediatamente — apenas distraí-lo por tempo o bastante para evitar que Rolfe organizasse melhor seus homens. E mantê-lo longe dos navios. Precisava ganhar tempo para que Sam desarmasse a corrente e as catapultas. Os navios já estavam se voltando na direção da entrada da baía.

Rolfe avançou de novo, e Celaena permitiu que ele desse dois golpes em sua espada antes de desviar do terceiro e se chocar contra o pirata. Ela deslizou o pé, e Rolfe vacilou um passo para trás. Sem perder um segundo, a jovem sacou a longa faca de caça, tentando cortar o peito dele. A assassina permitiu que o golpe fosse superficial, rasgando o fino tecido azul da túnica do homem.

O pirata cambaleou, batendo contra a parede de um prédio, mas se equilibrou e desviou do golpe que o teria decapitado. Ao acertar a pedra, as vibrações da espada fizeram com que a mão dela doesse, porém a assassina a manteve no punho.

— Qual era o plano? — Rolfe ofegava sobre o rugido dos piratas em disparada para o porto. — Roubar meus escravizados e ficar com todo o lucro?

Rindo, fez uma finta para o lado direito do pirata, mas golpeou o lado esquerdo desprotegido com a adaga. Para a surpresa de Celaena, ele desviou das duas manobras com um movimento ágil e determinado.

— Libertá-los — respondeu ela. Além da corrente, além da entrada da baía, as nuvens no horizonte começaram a ficar coloridas com a luz do alvorecer iminente.

— Tola — disparou Rolfe, fazendo uma finta tão habilidosa que nem mesmo Celaena conseguiu evitar a lâmina da espada contra o braço. Sangue quente escorreu pela túnica preta, e ela emitiu um chiado, recuando alguns passos. Um tolo descuido.

— Acha que libertar duzentos escravizados vai resolver alguma coisa? — O pirata chutou uma garrafa de bebida caída na direção dela. Celaena a jogou para o lado com a espada, seu braço direito latejava de dor. Vidro se partiu atrás dela. — Há milhares de escravizados lá fora. Vai marchar até Calaculla e Endovier para libertar eles também?

Atrás de Rolfe, as remadas constantes impulsionavam os navios na direção da corrente. Sam precisava correr.

O homem sacudiu a cabeça.

— Garota burra. Se eu não a matar, seu mestre matará.

Sem dar a Rolfe o luxo de um aviso, Celaena avançou contra ele. Ela abaixou, girando o corpo, e Rolfe mal se virou antes de ser golpeado na nuca com o punho da espada.

O lorde pirata desabou na rua no momento em que uma multidão de piratas ensanguentados e imundos surgiu na esquina. Celaena só teve tempo de jogar o capuz sobre a cabeça, esperando que as sombras escondessem o suficiente do rosto, antes de sair em disparada.

Não foi preciso muito para Celaena fugir de um grupo de piratas ensandecidos pela briga e semibêbados. Só precisou atraí-los por algumas ruas sinuosas, então os perdeu de vista. Mas o ferimento no braço ainda a atrasava consideravelmente conforme corria em direção à torre de vigia. Sam já estava muito à frente. Soltar a corrente dependia dele agora.

Piratas corriam de um lado para outro no porto, procurando *qualquer* barco que estivesse em condições de funcionamento. Aquela fora a parte final da jornada na noite anterior: inutilizar os lemes de todos os barcos no porto, inclusive o de Rolfe, o *Dragão-Marinho* — que, sinceramente, merecia ser sabotado, considerando que a segurança a bordo fora tão relaxada. Mas, apesar dos danos, alguns piratas conseguiram encontrar barcos a remo e se entulharam neles, empunhando espadas ou cutelos ou machados, gritando profanidades para os céus. Os prédios em ruínas eram um borrão conforme Celaena corria na direção da torre de vigia. O fôlego estava preso na garganta, uma noite em claro já cobrava seu preço. Ela disparou por piratas no porto, ocupados demais chorando pelos barcos destruídos para reparar nela.

Os escravizados ainda remavam em direção à corrente como se demônios de todos os Infernos estivessem atrás deles.

Celaena partiu pela rua, seguindo para o limite da cidade. Na estrada inclinada e ampla, conseguia ver Sam correndo bem à frente — e um grande grupo de piratas não muito atrás. O corte no braço latejava, mas ela se obrigou a ir mais rápido.

Sam tinha apenas alguns minutos para descer aquela corrente, ou os navios dos escravizados se despedaçariam nela. Mesmo que as embarcações conseguissem parar antes de bater, havia um número suficiente de barcos menores zarpando, e os piratas os dominariam. Os piratas tinham armas. Tirando o que mais estivesse a bordo dos navios, os escravizados estavam desarmados, ainda que muitos tivessem sido guerreiros e rebeldes.

Celaena viu um lampejo de movimento na torre quase em ruínas. Aço reluziu, e lá estava Sam, subindo as escadas que espiralavam até o lado de fora da torre.

Dois piratas correram pelos degraus, com espadas em punho. O assassino desviou de uma, derrubando o homem com um golpe ágil na coluna. Antes de o primeiro sequer terminar de cair, a lâmina de Sam perfurou o outro homem, em um golpe limpo, no torso.

Mas ainda tinha que desativar Quebra-Navios, além das duas catapultas e...

E a dezena de piratas que agora havia chegado ao pé da torre.

Celaena xingou. Ainda estava longe demais. De maneira alguma conseguiria chegar a tempo de soltar a corrente — os navios se chocariam contra ela muito antes de a assassina chegar.

Engoliu a dor no braço, concentrando-se na respiração conforme corria, sem ousar tirar os olhos da torre adiante. Sam, ainda uma figura minúscula e distante, chegou ao topo da torre e à amplidão de pedra descoberta sobre a qual estava a âncora da corrente. Mesmo dali, Celaena viu que era pantagruélica. E, enquanto o assassino corria para dar a volta no objeto, golpeando tudo o que conseguia, atirando-se contra a enorme alavanca, os dois perceberam a terrível verdade, a única coisa que Celaena ignorara: a corrente era pesada demais para que um homem a movesse.

Os navios dos escravizados estavam próximos agora. Tão próximos que parar... parar era impossível.

Eles morreriam.

Mas os escravizados não pararam de remar.

A dezena de piratas subia as escadas. Sam tinha sido treinado para enfrentar vários homens em combate, mas uma dezena de piratas... Maldito Rolfe e seus homens por terem atrasado Celaena!

Sam olhou na direção das escadas. Também sabia dos piratas.

A jovem conseguia ver tudo com uma nitidez atordoante. Sam continuava no alto da torre. Um nível abaixo dele, empoleiradas em uma plataforma que se projetava para o mar, estavam as duas catapultas. E, na baía, os dois navios que remavam cada vez mais rápido. Liberdade ou morte.

O rapaz saltou até o nível da catapulta, e Celaena cambaleou um passo ao vê-lo fazendo força contra a plataforma rotatória sobre a qual estava a catapulta, empurrando, empurrando, empurrando, até que ela começou a se mover — não em direção ao mar, mas na direção da própria torre, na direção do local em que a corrente estava ancorada.

Celaena não ousava desviar a atenção da torre conforme Sam empurrava a catapulta até a posição. Um pedregulho já tinha sido carregado, e, à luz do sol nascente, ela conseguia discernir a corda tensionada para segurar a máquina.

Os piratas estavam quase no nível da catapulta. Os dois navios remavam mais e mais rápido, a corrente estava tão próxima que a sombra pairava sobre as embarcações.

Celaena inspirou fundo quando piratas invadiram a plataforma com as armas empunhadas.

Sam ergueu a própria espada. A luz do alvorecer refletiu na lâmina, forte como uma estrela.

Um grito de aviso saiu dos lábios da assassina ao ver a adaga de um pirata girar na direção de Sam.

O jovem desceu a própria espada na corda da catapulta, inclinando o corpo. A máquina disparou tão rápido que Celaena mal conseguiu seguir o movimento. O pedregulho atingiu a torre, destruindo pedras, madeira e metal. A rocha explodiu, cobrindo o ar de poeira.

E com um estrondo que ecoou pela baía, a corrente desabou, levando consigo um pedaço da torre... levando o lugar no qual Celaena vira Sam pela última vez.

Chegando por fim à torre, a assassina parou para observar conforme as velas brancas dos navios dos escravizados se abriam, brilhando douradas ao alvorecer.

O vento preencheu as velas e os lançou ao mar, seguindo rapidamente da entrada da baía para o oceano além. Quando os piratas consertassem os navios, os escravizados estariam longe demais para serem capturados.

Celaena murmurou uma oração para que eles encontrassem um porto seguro, as palavras foram carregadas nas asas do vento, e desejou também que ficassem bem.

Um bloco de pedra caiu perto dela. O coração de Celaena deu um salto. Sam.

Ele não podia estar morto. Não por aquela adaga, ou por aquela dezena de piratas, ou pela catapulta. Não, o assassino não podia ser *tão* burro a ponto de ser morto. Ela... ela... Bem, ela o mataria se Sam estivesse morto.

Ao sacar a espada, apesar da dor no braço, a jovem fez menção de disparar para a torre semidestruída, mas uma adaga fez pressão contra seu pescoço e a impediu.

— Acho que não — sussurrou Rolfe ao ouvido de Celaena.

⚜ 10 ⚜

— Se fizer um movimento, corto seu pescoço — sussurrou Rolfe, a mão livre arrancando a adaga de Celaena da bainha e a atirando na vegetação. Em seguida, pegou a espada também.

— Por que não me mata de uma vez?

A risada chiada de Rolfe fez cócegas na orelha da assassina.

— Porque quero levar um bom tempo me deliciando ao matar você.

Ela encarou a torre quase em ruínas, a poeira que ainda rodopiava da destruição da catapulta. Como Sam poderia ter sobrevivido àquilo?

— Sabe quanto sua tentativa de ser heroína me custou? — Rolfe pressionou a lâmina contra o pescoço dela, rasgando a pele com um rompante de dor. — Duzentos escravizados, mais dois navios, mais os sete barcos que inutilizou no porto, mais incontáveis vidas.

Ela riu com deboche.

— Não se esqueça da cerveja da noite passada.

Rolfe moveu a lâmina, enterrando-a e fazendo com que Celaena se encolhesse, apesar de não querer.

— Vou descontar aquilo em sua pele também, não se preocupe.

— Como me encontrou? — A jovem precisava de tempo. Precisava de algo com que trabalhar. Caso se movesse na direção errada, teria a garganta cortada.

— Eu sabia que seguiria Sam. Se estava tão determinada em libertar os escravizados, então certamente não o deixaria morrer sozinho. Embora eu acredite que você tenha chegado um pouco tarde para isso.

Na floresta densa, os gritos de pássaros e animais selvagens retornaram devagar. Mas a torre de vigia permanecia silenciosa, interrompida apenas pelo rumorejar das pedras que desabavam.

— Vai voltar comigo — disse Rolfe. — E, quando eu terminar com você, chamarei seu mestre para buscar os pedaços.

O pirata deu um passo, girando os dois na direção da cidade, mas Celaena estava esperando por isso.

Ao impulsionar as costas contra o peito dele, ela prendeu o pé atrás do de Rolfe. O pirata cambaleou, tropeçando sobre a perna de Celaena, e ela passou a mão entre o próprio pescoço e a adaga no momento em que Rolfe se lembrou de cumprir a promessa de lhe abrir a garganta.

Sangue da palma de sua mão escorreu sobre o manto, mas a assassina afastou a dor e deu uma cotovelada no estômago do pirata. O fôlego de Rolfe foi sugado para fora, levando-o a curvar o corpo apenas para encontrar o joelho de Celaena se chocando contra seu rosto. Um leve ruído como um *crack* soou quando o joelho acertou o nariz do pirata. Ao jogar o homem na terra, sangue manchou a perna da calça de Celaena. O sangue dele.

A assassina pegou a adaga de Rolfe caída no momento em que o lorde pirata estendeu a mão para a própria espada. Ele se colocou de joelhos com dificuldade, avançando contra Celaena, mas ela pisou forte na espada, lançando o objeto para o chão. Rolfe ergueu a cabeça a tempo de vê-la derrubando-o com as costas para o chão. Agachada sobre ele, Celaena levou a adaga do próprio pirata até seu pescoço.

— Bem, *isso* não saiu bem como você esperava, não é? — perguntou Celaena, ouvindo por um momento para se certificar de que nenhum pirata estava prestes a descer pela rua em disparada. Mas os animais ainda urravam e gritavam, os insetos ainda zumbiam. Os dois estavam sozinhos. A maioria dos homens devia estar brigando na cidade.

A mão da assassina latejava, escorrendo sangue conforme ela agarrava o colarinho do manto de Rolfe e erguia a cabeça dele para mais perto da dela.

— Então — disse Celaena, o sorriso se alargando diante do sangue que pingava do nariz do homem. — Eis o que vai acontecer. — Ela soltou o colarinho e pegou os dois pedaços de papel de dentro da própria túnica. Em comparação com a dor na mão, o ferimento no braço havia se reduzido a um latejar fraco. — Você vai assinar estes papéis e marcar com seu selo.

— Eu me recuso — ciciou Rolfe.

— Nem mesmo sabe o que dizem. — Celaena empurrou a ponta da adaga contra a garganta dele, que se movia com a respiração difícil. — Então permita que eu explique: um destes é uma carta para meu mestre. Diz que o acordo está cancelado, que você não enviará escravizados para ele e que, se o pegar entrando em outro acordo de comércio de escravizados com mais alguém, vai enviar a armada inteira para puni-lo.

O pirata engasgou.

— Você é uma desequilibrada.

— Talvez — disse a assassina. — Mas ainda não acabei. — Ela pegou a segunda carta. — Esta... Escrevi esta para você. Fiz o melhor para tentar escrever com *sua* voz, mas me perdoe se estiver um pouco mais elegante do que está acostumado a ser. — Rolfe se debateu, mas Celaena empurrou a lâmina com um pouco mais de força e o pirata parou. — Basicamente — prosseguiu ela, suspirando de forma teatral —, esta diz que você, capitão Rolfe, que carrega o mapa mágico tatuado nas mãos, nunca, *nunca* voltará a vender um escravizado. E, se pegar algum pirata vendendo ou transportando ou comerciando escravizados, vai enforcar, queimar ou afogá-los você mesmo. E que baía da Caveira é, para sempre, um porto seguro para qualquer escravizado fugindo das garras de Adarlan.

O homem praticamente soltava fumaça pelas orelhas.

— Não vou assinar nenhum dos dois, garota burra. Não sabe quem sou?

— Tudo bem — disse Celaena, inclinando a lâmina para que se enterrasse com mais facilidade na pele. — Memorizei sua assinatura quando estava em seu escritório naquele primeiro dia. Não vai ser difícil forjá-la. E quanto ao anel do selo... — Celaena tirou outra coisa do bolso. — Também o peguei no primeiro dia no escritório, para o caso de precisar. Parece que eu estava certa. — Rolfe emitiu um ruído rouco quando Celaena ergueu o anel com a mão livre, refletindo luz na joia. — Imagino que posso voltar para a cidade e contar aos seus seguidores que você decidiu zarpar atrás daqueles escravizados e que o esperem de volta em... Não sei... seis meses? Um ano? Tempo o bastante para não repararem na cova que cavarei bem aqui no fim da estrada. Sinceramente, você viu quem sou, e eu *deveria* acabar com sua vida por isso. Mas considere um favor, e uma promessa, que, se *não* seguir minhas ordens, mudarei minha decisão de poupá-lo.

Os olhos do pirata semicerraram.

— Por quê?

— Você terá que ser mais claro.

Ele inspirou.

— Por que ter tanto trabalho por escravizados?

— Porque, se não lutarmos por eles, quem vai lutar? — Celaena tirou uma caneta-tinteiro do bolso. — Assine os papéis.

Rolfe ergueu uma sobrancelha.

— E como saberá que estou cumprindo com minha palavra?

Celaena retirou a adaga do pescoço dele e usou a lâmina para afastar uma mecha dos cabelos castanhos do pirata.

— Tenho minhas fontes. E, se ouvir que está comerciando escravizados, não importa aonde vá, não importa para o quão longe fuja, *vou* achar você. Já o desarmei duas vezes. Na terceira vez, não terá tanta sorte. Juro por meu nome. Tenho quase 17 anos e já consigo derrubar você; imagine o quanto ficarei boa em alguns anos. — Ela sacudiu a cabeça. — Não acho que queira me provocar agora... e certamente não vai querer mais tarde também.

Rolfe a encarou durante alguns segundos.

— Se colocar os pés em meu território de novo, sua vida estará selada. — Ele parou, então murmurou: — Que os deuses ajudem Arobynn. — Rolfe pegou a caneta. — Algum outro pedido?

Celaena o soltou, mas manteve a adaga na mão.

— Bem, sim — disse ela. — Um navio seria bom.

Rolfe apenas a olhou com raiva antes de pegar os documentos.

Depois de o pirata assinar, selar e entregar os documentos a Celaena, ela tomou a liberdade de apagá-lo de novo. Golpes ágeis em dois pontos do pescoço deram conta disso, e Rolfe ficaria desmaiado pelo tempo necessário para ela fazer o que precisava: encontrar Sam.

Celaena disparou pelas escadas destruídas da torre, saltando sobre cadáveres de piratas e pedaços de pedra, sem parar até que encontrasse os corpos esmagados da dezena de piratas que estava mais perto de Sam e das ruínas da catapulta. Sangue, ossos, pedaços de carne macerados para os quais não queria olhar por muito tempo...

— Sam! — gritou a jovem, saltando por cima de alguns destroços. Empurrou uma viga de madeira para o lado, verificando a plataforma por qualquer sinal dele. — Sam!

A mão de Celaena começou a sangrar de novo, deixando manchas conforme revirava pedra e madeira e metal. Onde ele *estava*?

O plano tinha sido *dela*. Se um deles precisasse morrer, que fosse Celaena. Não Sam.

Ela chegou à segunda catapulta, toda a estrutura da arma estava partida ao meio devido a um pedaço da torre que caíra. Fora ali que o vira pela última vez. Uma lasca de rocha se projetava de onde a torre acertara a plataforma. Era grande o suficiente para ter esmagado alguém abaixo.

Celaena impulsionou o corpo contra a rocha, os pés deslizando no chão conforme empurrava e empurrava e empurrava. A pedra não se moveu.

Resmungando e arquejando, empurrou com mais força. Mesmo assim, a pedra era grande demais.

Xingando, Celaena acertou o punho contra a superfície cinzenta, a mão ferida doeu em protesto. A dor libertara alguma coisa, fazendo-a golpear a pedra diversas vezes, contraindo o maxilar para conter o grito que se acumulava dentro de si.

— Por algum motivo, não acho que isso vai fazer a rocha se mover — disse uma voz, e a assassina se virou.

Sam surgiu do outro lado da plataforma. Estava coberto, da cabeça aos pés, de poeira cinza, e sangue vazava de um corte na testa, mas ele estava...

Celaena ergueu o queixo.

— Estava gritando seu nome.

Sam deu de ombros, caminhando casualmente na direção dela.

— Achei que poderia esperar alguns minutos, considerando que salvei o dia e tudo mais. — As sobrancelhas dele se ergueram no rosto coberto de fuligem.

— Grande herói. — Celaena indicou a ruína da torre ao redor. — Jamais vi um trabalho tão desleixado.

O rapaz sorriu, os olhos castanhos se tornaram dourados ao alvorecer. Era um olhar tão típico de *Sam*: o lampejo de malícia, o toque de exasperação, a bondade que sempre, *sempre* faria dele uma pessoa melhor que Celaena.

Antes que soubesse o que estava fazendo, a assassina passou os braços em volta do companheiro e o abraçou.

O corpo de Sam ficou tenso, mas, depois de um segundo, seus braços a envolveram. Celaena o inspirou — o cheiro do suor, o toque de poeira e rocha, o odor metálico do sangue... Sam apoiou a bochecha na cabeça dela. A jovem não conseguia se lembrar — sinceramente não se recordava — da última vez que alguém a abraçara. Não, espere... tinha sido há um ano. Com Ben, depois que Celaena voltara de uma missão duas horas atrasada e com o tornozelo torcido. Ele estivera preocupado, e, considerando quanto Celaena chegara perto de ser capturada pela guarda real, ela estava mais que um pouco abalada.

Mas abraçar Sam era diferente, de alguma forma. Como se quisesse se aninhar no calor dele, como se, por um momento, não precisasse se preocupar com nada ou com ninguém.

— Sam — murmurou Celaena ao peito dele.

— Hmm?

A assassina se afastou, desvencilhando-se dos braços do rapaz.

— Se contar a alguém que o abracei... vou estripá-lo.

Sam a olhou boquiaberto, então inclinou a cabeça para trás e gargalhou. Riu e riu, até que a poeira se alojou em sua garganta e a risada se tornou um ataque de tosse. Celaena o deixou sofrer, não achando nada engraçado.

Quando conseguiu respirar de novo, Sam pigarreou.

— Vamos, Sardothien — disse o assassino, passando o braço sobre os ombros dela. — Se tiver terminado de libertar escravizados e destruir cidades piratas, podemos ir para casa?

Celaena o olhou de esguelha e sorriu.

A
ASSASSINA
e a
CURANDEIRA

❧ 1 ❧

A estranha jovem estava hospedada na estalagem Porco Branco havia dois dias, e mal falara com qualquer um, exceto por Nolan, que olhara uma vez para suas roupas escuras e refinadas e se desdobrara para acomodá-la.

Ele deu à mulher o melhor quarto na Porco — aquele que oferecia somente para os clientes que pretendia extorquir — e não pareceu nem um pouco incomodado com o capuz pesado que ela vestia ou com a variedade de armas que reluziam ao longo do corpo longilíneo e esguio. Não quando a jovem jogou para Nolan uma moeda de ouro com um estalar casual dos dedos enluvados. Não quando usava um broche de ouro ornamentado com um rubi do tamanho do ovo de um tordo.

Por outro lado, Nolan nunca realmente temia ninguém, a não ser que parecesse improvável que a pessoa fosse pagar — e, mesmo nesses casos, eram a raiva e a ganância, e não o medo, que venciam.

Yrene Towers observava a mulher da segurança do balcão do bar. Observava apenas porque a estranha era jovem e estava desacompanhada e sentada tão imóvel na mesa dos fundos que era impossível *não* olhar. Não questionar.

Yrene ainda não vira seu rosto, embora tivesse um lampejo de vez em quando de uma trança dourada reluzindo das profundezas do capuz preto. Em qualquer outra cidade, a estalagem Porco Branco provavelmente seria considerada a mais desprezível das desprezíveis no que diz respeito a luxo e limpeza. Mas ali em Innish, uma cidade portuária tão pequena que não constava na maioria dos mapas, era a mais refinada.

A atendente olhou para a caneca que lavava no momento e tentou não encolher o corpo. Fazia o melhor para manter o bar e o balcão limpos, para servir os clientes da Porco — a maioria dos quais era composta por marinheiros ou comerciantes ou mercenários que costumavam pensar que *ela* também estava à venda — com um sorriso. Contudo, Nolan ainda aguava o vinho, ainda lavava os lençóis apenas quando não havia como negar a presença de piolhos e pulgas e, às vezes, usava qualquer tipo de carne que encontrasse no beco dos fundos para o ensopado de todos os dias.

Yrene trabalhava ali fazia um ano — 11 meses mais do que pretendia —, e a Porco Branco ainda a enojava. Considerando que conseguia suportar quase tudo (um fato que permitia que tanto Nolan quanto Jessa exigissem que *ela* limpasse as sujeiras mais nojentas dos clientes), isso significava muito.

A estranha na mesa dos fundos ergueu a cabeça, sinalizando com o dedo enluvado para que a moça levasse mais uma cerveja. Para alguém que não parecia ter mais que 20 anos, a jovem bebia uma quantidade incrível — vinho, cerveja, o que quer que Nolan ordenasse que Yrene servisse —, mas jamais parecia se embebedar. Era impossível dizer com aquele capuz pesado. Nas últimas duas noites, simplesmente voltou para o quarto com uma graça felina, sem tropeçar sobre si mesma, como a maioria dos clientes a caminho da saída depois da última rodada.

Yrene rapidamente encheu a caneca que acabara de secar com cerveja e a colocou sobre uma bandeja. Acrescentou um copo d'água e mais pão, pois a jovem não havia tocado no ensopado que lhe fora servido no jantar. Sequer uma mordida. Mulher inteligente.

A atendente ziguezagueou pelo bar lotado, desviando das mãos que tentaram agarrá-la. Na metade do caminho, viu o olhar de Nolan do lugar no qual estava sentado perto da entrada. Um aceno encorajador com a cabeça, a careca do homem brilhava à luz fraca. *Faça com que continue bebendo. Faça com que continue comprando.*

Yrene evitou revirar os olhos apenas porque Nolan era o único motivo pelo qual ela não estava perambulando pelas ruas de paralelepípedos com as outras jovens de Innish. Um ano antes, o homem troncudo se deixou convencer de que precisava de mais ajuda com a estalagem. É claro que

Nolan só aceitou quando percebeu que o acordo seria mais vantajoso para ele.

No entanto, Yrene tinha 18 anos e estava desesperada, aceitando alegremente um emprego que oferecia apenas algumas moedas e uma cama pequena e miserável em um quartinho de vassouras sob as escadas. A maior parte do dinheiro vinha das gorjetas, mas Nolan reivindicava metade disso. E então Jessa, a outra atendente do bar, reivindicava dois terços do que restava porque, como costumava dizer, na verdade, *ela* era o *rosto bonito que fazia com que os homens se desfizessem do dinheiro.*

Um olhar para o canto revelou aquele rosto bonito e o corpo de sua dona aconchegados no colo de um marinheiro barbudo, rindo e atirando os espessos cachos castanhos para trás. A moça suspirou pelo nariz, mas não reclamou, pois Jessa era a preferida de Nolan, e Yrene não tinha lugar algum — nenhum mesmo — para onde ir. Innish era seu lar agora, e a Porco Branco, seu santuário. Do lado de fora, o mundo era grande demais, cheio de sonhos partidos e exércitos que haviam esmagado e queimado tudo aquilo que lhe era caro.

Por fim, chegou à mesa da estranha e viu que a jovem a olhava.

— Trouxe um pouco de água e pão também — gaguejou a atendente, como um cumprimento. Ela apoiou a cerveja, mas hesitou sobre os dois outros itens na bandeja.

A mulher apenas disse:

— Obrigada. — A voz era baixa e tranquila, culta. Educada. E completamente desinteressada em Yrene.

Não que houvesse alguma coisa a respeito dela que fosse remotamente interessante, pois usava um vestido de lã feito em casa que pouco enfeitava a silhueta magra demais. Como a maioria daqueles que haviam migrado de Charco Lavrado, Yrene tinha a pele marrom, cabelos castanhos comuns e altura mediana. Somente os olhos, de um castanho-dourado forte, lhe davam alguma fonte de orgulho. Não que muitas pessoas os vissem. A moça tentava manter os olhos para baixo na maior parte do tempo, evitando qualquer convite à comunicação ou o tipo errado de atenção.

Então, Yrene apoiou o pão com água e pegou a caneca vazia do centro da mesa, para onde a garota a empurrara. No entanto, a curiosidade venceu, fazendo-a olhar para as profundezas escuras embaixo do capuz. Nada além de sombras, um brilho de cabelo dourado e um indício de pele pálida. Yrene tinha tantas perguntas — tantas, tantas perguntas. *Quem é você? De onde vem? Para onde vai? Consegue usar todas essas armas que carrega?*

Nolan observava o encontro, então a atendente fez uma cortesia e caminhou de volta para o bar pelo campo de mãos que a apalpavam, os olhos para baixo conforme estampava um sorriso distante no rosto.

Celaena Sardothien estava sentada à mesa na estalagem completamente desprezível, refletindo sobre como a vida fora para o inferno tão rápido.

Ela odiava Innish. Odiava o fedor de lixo e a imundície, odiava o cobertor pesado de névoa que dia e noite cobria a cidade, odiava os mercadores e os mercenários de quinta e as pessoas, em geral miseráveis, que ocupavam o lugar.

Ninguém ali sabia quem ela era ou por que estava ali; ninguém sabia que a garota sob o capuz era Celaena Sardothien, a assassina mais famosa do império de Adarlan. Mas, por outro lado, não queria que soubessem. *Não podia* deixar que soubessem, na verdade. E também não queria que descobrissem que estava a apenas uma semana de fazer 17 anos.

Celaena já estava lá havia dois dias — dois dias passados aninhada no quarto desprezível (uma "suíte", como o estalajadeiro ensebado tivera a ousadia de chamar) ou no bar que fedia a suor, cerveja velha e corpos sujos.

Teria partido se tivesse alguma escolha. Mas fora forçada a estar ali, graças a seu mestre, Arobynn Hamel, rei dos Assassinos. Ela sempre tivera orgulho do status de herdeira escolhida do homem — sempre o ostentara. Mas agora... Aquela jornada era sua punição por ter destruído o cruel acordo de comércio de escravizados com o lorde pirata da baía da Caveira. Então, a não ser que quisesse arriscar a caminhada pela selva Bogdano — o pedaço de terra selvagem que ligava o continente à Terra Desértica —, velejar pelo golfo de Oro era o único caminho. O que significava esperar ali, naquele lixo de taverna, até que um navio a levasse até Yurpa.

Celaena suspirou e tomou um longo gole da cerveja, que quase cuspiu. Nojenta. Tão barata quanto era possível, como tudo mais daquele lugar. Como o ensopado no qual não tocara. Qualquer que fosse a carne, não era de uma criatura que valesse a pena comer. Pão e queijo bastariam.

A assassina se recostou no assento, reparando na atendente do bar com cabelos castanho-dourados deslizar pelo labirinto de mesas e cadeiras. A garota desviou habilidosamente dos homens que a apalpavam, tudo sem balançar a bandeja que carregava sobre o ombro. Que desperdício de pés ágeis, bom equilíbrio e olhos inteligentes e impressionantes. A atendente não era burra. Celaena percebera o modo como ela observava o salão e os clientes; o modo como observava a própria Celaena. Que inferno pessoal a levara a trabalhar ali?

A assassina não se importava de fato. As perguntas eram mais para afastar o tédio. Já havia devorado os três livros que trouxera consigo de Forte da Fenda, e nenhuma das lojas em Innish tinha sequer um exemplar à venda — apenas temperos, peixe, roupas fora de moda e equipamento náutico. Para uma cidade portuária, era patético. Mas o reino de Melisande caíra em tempos difíceis nos últimos oito anos e meio; desde que o rei de Adarlan conquistara o continente e redirecionara o comércio para Eyllwe em vez dos poucos portos no leste de Melisande.

O mundo inteiro havia caído em tempos ruins, ao que parecia. Celaena inclusive.

Ela lutou contra a vontade de tocar o próprio rosto. O inchaço da surra que Arobynn lhe dera tinha sumido, mas os hematomas permaneciam. Evitara olhar na lasca de espelho acima da penteadeira, sabendo o que veria: uma mescla de roxo e azul e amarelo ao longo das maçãs do rosto, um olho roxo horroroso e um lábio cortado ainda em cicatrização.

Tudo isso era um lembrete do que Arobynn tinha feito no dia em que Celaena retornou de baía da Caveira — prova de como o havia traído ao salvar duzentos escravizados de um destino terrível. Ela fizera do lorde pirata um inimigo poderoso e tinha quase certeza de que estragara o relacionamento com Arobynn, mas era o correto. Valeu a pena; sempre valeria a pena, disse a si mesma.

Mesmo que às vezes estivesse com tanta raiva que não conseguisse pensar direito. Mesmo que tivesse se metido não em uma nem em duas, mas em três brigas de bar nas duas semanas em que vinha viajando de Forte da Fenda até o deserto Vermelho. Uma das brigas, pelo menos, fora provocada com razão: um homem havia roubado em um jogo de cartas. Porém as outras duas...

Não havia como negar: Celaena queria muito arranjar uma briga. Nada de lâminas, nada de armas. Apenas punhos e pés. Ela imaginou que deveria se sentir mal por isso — pelos narizes e os maxilares quebrados, pelas pilhas de corpos inconscientes em seu rastro. Mas não se sentia.

Não conseguia se importar, porque aqueles momentos que passara brigando tinham sido os poucos em que se sentiu como si mesma de novo. Quando se sentiu como a maior assassina de Adarlan, a herdeira escolhida de Arobynn Hamel.

Mesmo que seus oponentes fossem lutadores bêbados e despreparados, mesmo sabendo que deveria ser mais sensata que aquilo.

A atendente do bar chegou à segurança do balcão, e Celaena olhou pelo salão. O estalajadeiro ainda a observava, como tinha feito durante os últimos dois dias, pensando em como conseguiria arrancar ainda mais dinheiro da bolsa da assassina. Havia diversos outros homens observando-a também. Ela reconhecia alguns das noites anteriores, enquanto outros eram rostos novos que Celaena rapidamente avaliou. Teria sido medo ou sorte que os mantivera longe dela durante tanto tempo?

A jovem não escondeu o fato de que carregava dinheiro consigo. E as roupas e as armas diziam muito a respeito de sua situação financeira também. O broche de rubi que usava praticamente implorava por confusão — Celaena usava a joia para *criar* confusão, na verdade. Fora um presente de Arobynn no seu aniversário de 16 anos; ela *esperava* que alguém tentasse roubá-lo. Se a pessoa fosse boa o suficiente, talvez permitisse. Então, era apenas uma questão de tempo, na verdade, até que alguém tentasse roubá-la.

E antes de decidir que estava cansada de lutar apenas com punhos e pés. Celaena olhou para a espada a seu lado; a arma reluzia à luz escura da taverna.

A assassina partiria ao amanhecer. Velejaria para a Terra Desértica, rumo ao deserto Vermelho, a fim de conhecer o Mestre Mudo e os Assassinos Silenciosos, com quem Celaena deveria treinar durante um mês como mais uma punição pela traição a Arobynn. No entanto, se estivesse sendo sincera consigo mesma, Celaena começaria a contemplar a ideia de *não* ir ao deserto Vermelho.

Era tentador. Poderia pegar um navio para outro lugar — para o continente ao sul, talvez — e começar uma nova vida. Poderia deixar para trás Arobynn, a Guilda dos Assassinos, a cidade de Forte da Fenda e todo o maldito império de Adarlan. Havia pouco que a impedia, exceto pela sensação de que Arobynn a caçaria não importava o quanto fugisse. E o fato de que Sam... Bem, Celaena não sabia o que havia acontecido com seu colega assassino naquela noite em que o mundo desabou. Contudo, a atração pelo desconhecido permanecia, a raiva selvagem que implorava para que Celaena arrancasse os últimos grilhões de Arobynn e velejasse para um lugar no qual pudesse estabelecer a *própria* Guilda dos Assassinos. Seria tão, tão fácil.

Mas, mesmo que decidisse não pegar o navio para Yurpa no dia seguinte e, em vez disso, tomasse um com destino ao continente ao sul, Celaena ainda teria mais uma noite naquela estalagem horrível. Outra noite em claro, na qual só conseguiria ouvir o rugido da raiva no próprio sangue se debatendo dentro de si.

Se fosse inteligente, se fosse racional, evitaria qualquer confronto naquela noite e deixaria Innish em paz, não importando para onde iria.

Mas Celaena não estava se sentindo particularmente inteligente ou racional — certamente não depois de as horas passarem e o ar na estalagem se tornar algo faminto e selvagem que urrava por sangue.

⊰ 2 ⊱

Yrene não sabia como ou quando havia acontecido, mas a atmosfera na Porco Branco mudara. Era como se todos os homens reunidos esperassem por algo. A garota nos fundos ainda estava na mesa, seguia pensativa. Porém os dedos enluvados tamborilavam na superfície de madeira arranhada e, de vez em quando, ela virava a cabeça encapuzada para olhar pelo salão.

A atendente não poderia sair, nem se quisesse. A última rodada só seria servida em quarenta minutos, e ela precisaria ficar uma hora depois disso para limpar e enxotar os clientes embriagados. Não ligava para onde iam depois que passavam pelo portal — não se importava se acabavam com o rosto no chão em uma sarjeta encharcada — contanto que tivessem saído do bar. E permanecessem fora dele.

Nolan havia sumido momentos antes para salvar a própria pele ou fazer algum negócio escuso no beco dos fundos, e Jessa ainda estava no colo daquele marinheiro, flertando, alheia à mudança no ambiente.

Yrene ainda olhava para a menina encapuzada. Assim como muitos dos clientes da taverna. Será que estavam esperando que ela se levantasse? Havia alguns ladrões que a atendente reconhecia — que circulavam como abutres durante os últimos dois dias, tentando entender se a garota esquisita conseguia usar as armas que carregava. Era de conhecimento geral que ela partiria no dia seguinte, ao alvorecer. Se queriam dinheiro, joias, armas ou algo muito mais sombrio, aquela noite seria a última chance.

Yrene mordeu o lábio ao servir uma rodada de cerveja para a mesa de quatro mercenários jogando Reis. Precisava avisar a garota — diria que seria melhor entrar escondida no navio naquele momento, antes que acabasse com a garganta cortada.

Mas Nolan a jogaria na rua se soubesse que Yrene havia advertido a jovem. Principalmente quando muitos dos cortadores de garganta eram clientes adorados que costumavam compartilhar seus lucros ilícitos com ele. E a moça não tinha dúvida de que o patrão mandaria muitos daqueles homens atrás dela se o traísse. Como ficara tão acostumada com aquelas pessoas? Quando trabalhar e viver na Porco Branco se tornara um cargo e um lugar que Yrene queria tão desesperadamente manter?

A atendente engoliu em seco, servindo mais uma caneca de cerveja. A mãe dela não teria hesitado em avisar a garota.

Mas a mãe de Yrene tinha sido uma boa mulher — uma mulher que jamais titubeou, que jamais fechou a porta do chalé no sul de Charco Lavrado a uma pessoa doente ou ferida, não importava o quanto fosse pobre. Jamais.

Como curandeira prodigiosamente talentosa, abençoada com bastante magia, sua mãe sempre dissera que não era certo cobrar das pessoas pelo que tinha recebido gratuitamente de Silba, a deusa da Cura. E a única vez em que vira a mãe hesitar foi no dia em que os soldados de Adarlan cercaram a casa, armados até os dentes, empunhando tochas e madeira.

Não se incomodaram em ouvir quando a mãe explicou que seu poder, como o de Yrene, já havia desaparecido meses antes, junto ao restante da magia na terra. Abandonada pelos deuses, dissera sua mãe.

Não, os soldados não ouviram mesmo. Assim como nenhum daqueles deuses desaparecidos para os quais a mãe e Yrene imploraram salvação.

Foi a primeira — e única vez — em que a mãe de Yrene tirou uma vida.

A moça ainda conseguia ver o lampejo da adaga escondida na mão da mãe, ainda sentia o sangue daquele soldado nos pés descalços, ouvia a mãe gritar para que *corresse*, sentia o cheiro da fumaça conforme queimavam sua talentosa mãe ainda viva enquanto a filha chorava na segurança próxima da floresta Carvalhal.

Foi dela que Yrene herdou o estômago de ferro, mas jamais imaginou que aqueles nervos de aço acabariam por mantê-la ali, reivindicando aquele lugar tosco como lar.

A atendente estava tão perdida nos pensamentos e nas lembranças que não percebeu o homem até que a mão grande se enroscasse em sua cintura.

— Precisamos de um rosto bonito nesta mesa — disse ele, exibindo um sorriso lupino. A jovem recuou, mas o homem a segurou com força, tentando puxá-la para o colo.

— Tenho trabalho a fazer — respondeu ela, o mais inexpressiva possível. Yrene havia se salvado de situações como aquela antes, inúmeras vezes. Aquilo parara de assustá-la havia muito tempo.

— Pode trabalhar em mim — falou outro dos mercenários, um homem alto com uma lâmina gasta presa às costas. Calmamente, Yrene tirou os dedos do primeiro homem da própria cintura.

— Última rodada em quarenta minutos — avisou ela, num tom agradável, recuando o máximo possível sem irritar os homens que sorriam para ela como cães selvagens. — Querem mais alguma coisa?

— O que vai fazer depois? — perguntou outro homem.

— Vou para casa, para meu marido — mentiu Yrene, e eles olharam para o anel no dedo dela, que agora fazia vezes de aliança de casamento. Tinha pertencido à mãe de Yrene e à mãe da mãe dela e a todas as grandes mulheres antes de Yrene, todas curandeiras tão talentosas, todas apagadas da memória dos vivos.

Os homens fizeram uma careta, que a atendente tomou como a deixa para sair correndo de volta ao bar. Ela não avisou a garota, não fez a caminhada pelo enorme salão do bar, com todos aqueles homens esperando como lobos.

Quarenta minutos. Apenas mais quarenta minutos até que pudesse expulsar todos.

E então poderia fazer a limpeza e desabar na cama, mais um dia terminado naquele inferno que de alguma forma se tornara seu futuro.

Sinceramente, Celaena se sentiu um pouco insultada quando nenhum dos homens no salão tentou agarrá-la ou pegar seu dinheiro, o broche de rubi ou as armas conforme caminhava entre as mesas. O sino da última rodada acabara de tocar, e, embora não estivesse nem um pouco cansada, tinha desistido de esperar por uma briga ou uma conversa ou qualquer coisa que ocupasse seu tempo.

Poderia voltar para o quarto e reler um dos livros que havia levado. Ao passar pelo bar, jogando uma moeda de prata para a atendente de cabelos castanhos, Celaena ponderou sobre os méritos de sair para as ruas e ver que aventura a encontraria.

Inconsequente e burra, diria Sam. Mas ele não estava ali, e a assassina não sabia se o companheiro estava vivo ou morto, ou se tinha sido surrado por Arobynn até perder a consciência. Era seguro presumir que Sam fora punido pelo papel que tivera na libertação dos escravizados na baía da Caveira.

Celaena não queria pensar nisso. Sam tinha se tornado seu amigo, acreditava ela. Jamais tivera o luxo de ter amigos e jamais quis nenhum. Mas o assassino fora um bom candidato, mesmo que não hesitasse em dizer exatamente o que pensava dela, ou de seus planos, ou suas habilidades.

O que *Sam* pensaria se Celaena simplesmente velejasse para o desconhecido e jamais chegasse ao deserto Vermelho, ou jamais voltasse para Forte da Fenda? Poderia comemorar; principalmente se Arobynn fizesse de *Sam* seu herdeiro. Ou a jovem poderia cooptá-lo, talvez. Ele sugerira que os dois tentassem fugir quando estavam em baía da Caveira, na verdade. Então, depois de se instalar em algum lugar, depois de estabelecer uma nova vida como a melhor assassina em qualquer que fosse a terra que viesse a ser seu lar, poderia pedir a Sam para se juntar a ela. E os dois jamais aturariam surras e humilhações de novo. Uma ideia tão fácil, tão convidativa... tão tentadora.

Celaena subiu as escadas estreitas arrastando os pés, buscando ouvir qualquer ladrão ou assassino que pudesse estar esperando. Para seu desapontamento, o corredor do andar de cima estava escuro e silencioso — e vazio.

Ao suspirar, entrou no quarto e trancou a porta. Depois de um momento, empurrou a cômoda antiga para a frente da porta também. Não pela própria segurança. Ah, não. Era para a segurança de qualquer tolo que tentasse invadir — afinal, acabaria rasgado do umbigo ao nariz apenas para satisfazer o tédio de uma assassina errante.

Mas, depois de andar de um lado para outro por quinze minutos, Celaena empurrou o móvel e saiu. Em busca de uma briga. De aventura. De qualquer coisa que afastasse a mente dos hematomas no rosto e da punição que Arobynn tinha lhe imposto, e da tentação de jogar as obrigações para o alto e velejar para uma terra muito, muito distante.

Yrene carregou o último dos baldes de lixo para o beco coberto de névoa atrás da Porco Branco, as costas e os braços da atendente doíam. Aquele tinha sido um dia mais longo que o normal.

Não ocorreu nenhuma briga, graças aos deuses, mas ainda não conseguia acalmar os nervos e aquela sensação de que algo estava *errado*. Mas ela estava feliz — muito feliz mesmo — que não houvera uma briga na Porco. A última coisa que queria fazer era passar o resto da noite limpando sangue e vômito do chão, e arrastando mobília quebrada para o beco. Depois de tocar o sino da última rodada, os homens terminaram as bebidas, resmungando e rindo, e se dispersaram com pouco ou nenhum incômodo.

Como era de se esperar, Jessa havia sumido com o marinheiro, e, considerando que o beco estava vazio, Yrene só podia imaginar que a jovem fora a outro lugar com ele. Deixando-a, mais uma vez, sozinha na faxina.

A atendente parou ao jogar o lixo menos nojento em uma pilha organizada diante do muro mais distante. Não era muito: pão mofado e ensopado que sumiriam pela manhã, levados pelas crianças maltrapilhas, quase selvagens, que perambulavam pelas ruas.

O que a mãe de Yrene diria se soubesse o que a filha havia se tornado?

A moça tinha apenas 11 anos quando aqueles soldados queimaram sua mãe por ter magia. Durante os primeiros seis anos e meio depois dos horrores daquele dia, Yrene convivera com a prima da mãe em outra cidade, Charco Lavrado, fingindo ser uma parenta distante sem qualquer talento. Não fora difícil manter o disfarce: os poderes haviam realmente desaparecido. Mas, naqueles dias, o medo estava à solta, e vizinhos se voltavam contra vizinhos, em geral delatando qualquer um infimamente abençoado com os poderes dos deuses a qualquer legião do exército que estivesse mais próxima. Ainda bem que ninguém questionara a presença insignificante de Yrene; e naqueles longos anos, ninguém a notou conforme ajudava a fazenda da família na luta para voltar ao normal no rastro das forças de Adarlan.

Mas Yrene queria ser curandeira — como a mãe e a avó. Começara a imitar a mãe assim que começou a falar, aprendendo devagar, como faziam todos os curandeiros tradicionais. E todos os anos naquela fazenda, ainda que tranquilos (se não puramente entediantes e chatos), não tinham sido o bastante para fazer com que Yrene esquecesse 11 anos de treinamento ou a ânsia de seguir os passos da mãe. A jovem não era próxima dos primos, apesar da caridade deles, e nenhuma das partes tinha tentado de verdade construir uma ponte sobre o abismo causado pela distância e pelo medo e pela guerra. Então, ninguém protestou quando Yrene pegou o dinheiro que guardara e saiu da fazenda alguns meses antes do aniversário de 18 anos.

Ela partiu para Antica, uma cidade de aprendizado no continente sul. Um reino intocado por Adarlan e pela guerra, no qual, de acordo com boatos, a magia ainda existia. Yrene viajou a pé de Charco Lavrado, atravessou as montanhas até Melisande, passou por Carvalhal, para finalmente chegar a Innish — na qual, também segundo boatos, era possível achar um barco para o continente sul, para Antica. E era precisamente ali que tinha ficado sem dinheiro.

Por isso aceitara o emprego na Porco. Primeiro, fora apenas temporário, queria ganhar o suficiente para pagar a passagem até Antica. Contudo, Yrene teve medo de não ter o necessário ao chegar e, depois, de não ter dinheiro algum para pagar pelo treinamento em Torre Cesme, a grandiosa academia de curandeiros e médicos. Assim, a moça ficou, e semanas se tornaram meses. De alguma forma, o sonho de velejar para longe, de frequentar a Torre, fora deixado de lado. Principalmente quando Nolan aumentou o aluguel do quarto e o custo da comida, além de encontrar formas de reduzir o salário dela. Principalmente quando aquele estômago de curandeira permitia que Yrene suportasse as humilhações e a escuridão daquele lugar.

A jovem suspirou pelo nariz. Então, ali estava: uma atendente de bar em uma cidadezinha esquecida, com sequer duas moedas de cobre no bolso e nenhum futuro à vista.

Um ruído de botas sobre pedra surgiu, e Yrene olhou com raiva para o beco. Se Nolan pegasse as crianças de rua comendo a comida — por mais estragada e nojenta que estivesse — a culparia. Diria que lá não era um lugar de caridade e tiraria o custo do salário dela. Fizera isso antes, e Yrene precisou ir atrás das crianças para passar um sermão nelas, de modo que entendessem que deveriam esperar até o meio da noite para pegar as sobras que ela colocava tão cuidadosamente do lado de fora.

— Eu disse para esperarem até depois... — começou a dizer, mas parou quando quatro figuras saíram da névoa.

Homens. Os mercenários de antes.

Yrene se moveu para a porta aberta em um segundo, mas eles eram rápidos — mais rápidos.

Um dos homens bloqueou a porta enquanto outro foi para trás dela, segurando-a com força e puxando-a contra seu imenso corpo.

— Grite e vou cortar sua garganta — sussurrou o homem no ouvido da atendente, o hálito era quente e fedia a cerveja. — Vi que ganhou umas gorjetas fartas esta noite, garota. Onde estão?

Yrene não sabia o que teria feito a seguir: lutado ou chorado ou implorado ou, de fato, tentado gritar. Mas não precisou decidir.

O homem mais distante foi puxado para dentro da névoa com um grito abafado.

O mercenário que a segurava se virou na direção do primeiro, arrastando a jovem consigo. Um farfalhar de roupas soou, então um estampido. Depois, silêncio.

— Ven? — chamou o homem que bloqueava a porta.

Nada.

O terceiro mercenário — de pé entre Yrene e a névoa — sacou a espada curta. A atendente não teve tempo de gritar de surpresa ou como aviso quando uma figura sombria deslizou para fora da névoa e o pegou. Não pela frente, mas pela lateral, como se tivesse simplesmente *surgido* do nada.

O homem que a segurava atirou a atendente ao chão e sacou a espada das costas, uma lâmina larga, de aparência maligna. Mas o colega dele sequer gritou. Mais silêncio.

— Saia, seu covarde desgraçado — urrou o líder da gangue. — Venha nos enfrentar como um homem de verdade.

Uma risada grave e baixa.

O sangue de Yrene esfriou. *Que Silba a proteja.*

Conhecia aquela risada. Conhecia a voz tranquila e culta que a acompanhava.

— Assim como vocês, homens de verdade, cercaram uma garota indefesa em um beco?

Com isso, a estranha saiu de dentro da névoa. Segurava uma adaga longa em cada mão. E as duas lâminas estavam escuras com o sangue que pingava.

⪧ 3 ⪦

Deuses. Pelos deuses.

O fôlego de Yrene voltou rápido quando a garota se aproximou dos dois agressores que restavam. O mercenário que a segurava deu uma risada, mas aquele perto da porta estava com os olhos arregalados. Yrene muito cuidadosamente recuou.

— Você matou meus homens? — falou o mercenário, com a faca empunhada.

A jovem girou uma das adagas para uma nova posição. O tipo de posição que Yrene achava que permitiria com facilidade que a lâmina perfurasse diretamente as costelas e cravasse o coração.

— Digamos que eles receberam o que mereciam.

O mercenário atacou, mas a jovem estava esperando. Yrene sabia que deveria correr — correr e correr e não olhar para trás —, mas a garota só estava armada com duas adagas, e o homem era enorme e...

Tinha acabado antes mesmo de começar. O mercenário deu dois golpes, ambos atingiram aquelas adagas de aparência maligna. Então a menina o fez cair duro no chão com um golpe ágil na cabeça. Tão rápido... indescritivelmente rápido e gracioso. Uma aparição se movendo na névoa.

O corpo desabou para dentro da neblina e saiu de vista, e Yrene tentou não ouvir quando a garota o seguiu para escuridão.

A atendente virou a cabeça para o mercenário à porta, preparando-se para gritar um aviso a sua salvadora. Mas o homem já corria pelo beco tão rápido quanto os pés conseguiam levá-lo.

Yrene teve a intenção de fazer o mesmo quando a estranha emergiu da névoa, as lâminas limpas, mas ainda em punho. Ainda pronta.

— Por favor, não me mate — sussurrou a moça. Estava pronta para implorar, para oferecer tudo em troca da própria vida inútil e desperdiçada.

Mas a jovem apenas riu baixinho e respondeu:

— Qual teria sido o objetivo de salvá-la, então?

Celaena não tinha a intenção de salvar a atendente do bar.

Fora pura sorte ter visto os quatro mercenários se esgueirando pelas ruas, pura sorte eles parecerem tão ansiosos por confusão quanto ela. A assassina os caçara até aquele beco, no qual os encontrara prontos para ferir de maneiras imperdoáveis aquela garota.

A briga tinha acabado rápido demais para ser divertida ou para lhe acalmar o temperamento. Se é que aquilo podia ser chamado de briga.

O quarto homem fugira, mas Celaena não estava com vontade de persegui-lo, não com a atendente diante dela, tremendo da cabeça aos pés. Tinha a sensação de que atirar uma adaga contra aquele homem que fugia só faria com que a garota começasse a gritar. Ou que desmaiasse. O que... complicaria as coisas.

Mas a atendente não gritou nem desmaiou, apenas apontou um dedo trêmulo para o braço de Celaena.

— Você... Você está sangrando.

A assassina franziu a testa para o pequeno ponto brilhante no bíceps.

— Estou mesmo.

Um tolo descuido. A espessura da túnica tinha impedido que o ferimento fosse problemático, porém seria preciso limpá-lo. Cicatrizaria em uma semana ou menos. Ela fez menção de voltar para a rua, para ver o que mais poderia encontrar para a divertir, mas a garota falou de novo:

— Eu... eu... poderia enfaixar isso para você.

Celaena queria sacudir a jovem. Sacudir por dez motivos diferentes. O primeiro, e mais importante, era por estar trêmula e com medo e ter sido completamente inútil. O segundo era por ser burra o bastante para *estar* naquele beco no meio da noite. Não estava com vontade de pensar em todos os outros motivos; não quando já estava tão irritada.

— Posso eu mesma enfaixar e muito bem — falou Celaena, seguindo para a porta que dava para a cozinha da Porco Branco. Dias antes, havia explorado a estalagem e os prédios adjacentes; agora podia andar por eles de olhos vendados.

— Só Silba sabe o que tinha naquela lâmina — falou a garota, e a assassina parou. Invocar a deusa da Cura. Muito poucos faziam isso atualmente, a não ser que fossem...

— Eu... minha mãe era curandeira e me ensinou algumas coisas — gaguejou a jovem. — Eu poderia... eu poderia... Por favor, deixe-me pagar a dívida que tenho com você.

— Não teria dívida alguma se usasse um pouco de bom senso.

A atendente se encolheu como se Celaena a tivesse golpeado. Aquilo apenas a irritou mais. Tudo a irritava, aquela cidade, aquele reino, aquele mundo amaldiçoado.

— Desculpe — falou a jovem, baixinho.

— Por que está pedindo desculpas para mim? Por que está sequer pedindo desculpas? Aqueles homens mereceram. Mas você devia ter sido mais inteligente em uma noite como esta, em que, aposto todo meu dinheiro, você podia sentir o gosto de agressão naquele bar imundo e maldito.

Não era culpa da garota, Celaena precisou lembrar a si mesma. Realmente não era culpa dela que não soubesse revidar.

A atendente levou as mãos ao rosto, curvando os ombros para dentro. A assassina contou os segundos até que a menina irrompesse em soluços, até que desabasse.

Mas as lágrimas não vieram. A garota simplesmente respirou fundo algumas vezes, então abaixou as mãos.

— Deixe-me limpar seu braço — disse ela, com uma voz que era... diferente, de alguma forma. Mais forte, mais firme. — Ou vai acabar ficando sem ele.

E a leve mudança no comportamento era interessante o suficiente para que Celaena a seguisse para dentro.

A assassina não se incomodou com os três corpos no beco. Tinha a sensação de que ninguém além de ratos e carniceiros se importaria com eles naquela cidade.

⊰ 4 ⊱

Yrene levou a jovem para seu quarto sob as escadas, porque estava com medo de que o mercenário que havia escapado estivesse esperando por elas no andar de cima. E a atendente não queria ver mais brigas ou mortes ou sangue, com ou sem o estômago forte.

Sem falar que também temia ficar trancada na suíte com a estranha.

Ela deixou Celaena sentada na cama surrada e foi buscar duas tigelas de água e ataduras limpas — suprimentos que seriam tirados do salário dela quando Nolan percebesse que haviam sumido. Não importava. A estranha salvara sua vida. Aquilo era o mínimo que podia fazer.

Quando Yrene voltou, quase deixou cair as tigelas fumegantes. A garota havia retirado o capuz, o manto e a túnica.

A atendente não sabia no que reparar primeiro:

No fato de que ela era jovem — talvez dois ou três anos mais jovem que Yrene —, mas passava a *sensação* de ser mais velha.

Ou que a garota era linda, com cabelos dourados e olhos azuis que brilhavam à luz da vela.

Ou deveria reparar no rosto da garota, que seria ainda mais lindo se não estivesse coberto por um retalho de hematomas. Eram tão horríveis, inclusive um olho roxo que, sem dúvida, tinha inchado até se fechar em algum momento.

A garota a encarava, silenciosa e imóvel como um gato.

Não cabia a Yrene fazer perguntas. Principalmente quando aquela garota despachara três mercenários em questão de minutos. Mesmo que os deuses a tivessem abandonado, a atendente ainda acreditava neles; ainda estavam em algum lugar, ainda observavam. Acreditava, porque de que outro modo poderia explicar ser salva naquele momento? E a ideia de estar sozinha — sozinha de verdade — era quase demais para suportar, mesmo quando a maior parte de sua vida havia desaparecido.

A água subiu nas tigelas quando Yrene as apoiou na minúscula mesa ao lado da cama, tentando evitar que as mãos tremessem demais.

A garota não disse nada enquanto Yrene inspecionava o corte no bíceps. O braço era esguio, mas duro, devido aos músculos. Ela tinha cicatrizes em toda parte — pequenas, grandes. Não deu explicação para as marcas e pareceu, para Yrene, que a jovem exibia as cicatrizes do mesmo modo que algumas mulheres exibem suas melhores joias.

A estranha não devia ter mais de 17 anos, mas... Mas Adarlan fazia todos crescerem rápido. Rápido demais.

Yrene começou a lavar o ferimento, e a garota chiou baixinho.

— Desculpe — falou a moça, rapidamente. — Coloquei algumas ervas ali dentro como antisséptico. Devia ter avisado.

Guardava um punhado delas consigo o tempo todo, junto a outras ervas cujo uso sua mãe havia ensinado. Apenas para o caso de precisar. Mesmo agora, não conseguia dar as costas a um pedinte doente na rua e costumava caminhar na direção do barulho de tosse.

— Acredite, já passei por coisas piores.

— Sim — respondeu Yrene. — Acredito em você, quero dizer. — Aquelas cicatrizes e o rosto marcado diziam muito. E explicavam o capuz. Mas seria vaidade ou autopreservação que levava ela a usá-lo? — Qual é seu nome?

— Não é da sua conta e não importa.

Yrene mordeu a língua. É claro que não era da conta dela. A garota não dera um nome a Nolan também. Então estava viajando por algum negócio secreto.

— Meu nome é Yrene — disse ela. — Yrene Towers.

Um aceno de cabeça distante. É claro que a jovem também não se importava.

Então a estranha falou:

— O que a filha de uma curandeira está fazendo nesta cidade de merda?

Nenhuma gentileza, nenhuma pena. Simplesmente uma curiosidade direta ou quase entediada.

— Estava a caminho de Antica para ingressar na academia de curandeiros e fiquei sem dinheiro. — Yrene mergulhou o retalho na água, espremeu e voltou a limpar o ferimento superficial. — Consegui trabalho aqui para pagar a passagem pelo oceano e... bem, jamais saí. Acho que ficar aqui se tornou... mais fácil. Mais simples.

Um riso de escárnio.

— Neste lugar? Certamente é simples, mas fácil? Acho que preferiria passar fome nas ruas de Antica a viver aqui.

O rosto da atendente ficou vermelho.

— É... eu... — Não tinha desculpa.

Os olhos da garota se voltaram para os dela. Tinham um aro dourado — deslumbrantes. Mesmo com os hematomas, a garota era encantadora. Como um incêndio descontrolado ou uma tempestade de verão que varre o golfo de Oro.

— Vou lhe dar um conselho — falou Celaena, com amargura —, de uma trabalhadora para outra: a vida não é fácil, não importa onde esteja. Fará escolhas que achará serem certas, depois sofrerá por causa delas. — Aqueles olhos incríveis brilharam. — Então, se é para ser infeliz, pode muito bem fazer isso em Antica e ser infeliz à sombra de Torre Cesme.

Educada e possivelmente muito viajada, Celaena conhecia a academia de curandeiros pelo nome — e o pronunciou com perfeição.

Yrene deu de ombros, sem ousar proferir as dezenas de perguntas. Em vez disso, disse:

— Não tenho dinheiro para ir agora, de qualquer modo.

Aquilo saiu em um tom mais afiado do que pretendia. Mais afiado do que seria inteligente, considerando o quanto aquela jovem era letal. Yrene não tentou adivinhar que tipo de trabalhadora seria; mercenária era o mais sombrio que se permitia imaginar.

— Então roube o dinheiro e vá. Seu chefe merece ter a bolsa esvaziada.

Yrene recuou.

— Não sou ladra.

Um sorriso malicioso.

— Se quer algo, tome.

A assassina não era *como* um incêndio descontrolado — ela *era* um incêndio descontrolado. Mortal e irrefreável. E levemente descontrolada.

— Pessoas suficientes acreditam nisso hoje — arriscou-se Yrene a dizer. Como Adarlan. Como aqueles mercenários. — Não preciso ser uma delas.

O sorriso da garota sumiu.

— Então prefere apodrecer aqui com a consciência limpa?

A moça não tinha uma resposta, então não disse nada ao apoiar o retalho e a tigela para pegar uma pequena lata de sálvia. Yrene a guardava para si, para os cortes e arranhões que obtinha trabalhando, mas aquela ferida era pequena o suficiente para que emprestasse um pouco. O mais cuidadosamente possível, ela esfregou no ferimento. A garota não se encolheu daquela vez.

Depois de um momento, a menina perguntou:

— Quando perdeu sua mãe?

— Faz mais de oito anos. — Yrene manteve a concentração no ferimento.

— Era uma época difícil para ser uma curandeira talentosa neste continente, principalmente em Charco Lavrado. O rei de Adarlan não deixou muito do povo de lá, nem da família real, vivos.

Yrene ergueu o rosto. O incêndio descontrolado nos olhos tornara-se uma chama azul incandescente. *Tanta raiva*, pensou ela, estremecendo. Tanta *raiva violenta*. O que teria vivido para dar-lhe aquela aparência?

A criada não perguntou, é lógico. E não perguntou como a jovem sabia de onde era. Yrene entendia que a pele marrom e os cabelos castanhos eram suficientes para identificá-la como de Charco Lavrado, caso o leve sotaque não a denunciasse.

— Se conseguisse estudar em Torre Cesme — falou a menina, a raiva mudando, como se a tivesse enfiado bem para dentro de si —, o que faria depois?

Yrene pegou uma das ataduras limpas e começou a enrolá-la no braço da garota. Tinha sonhado com aquilo durante anos, contemplado mil futuros diferentes enquanto lavava canecas sujas e varria o chão.

— Eu voltaria. Não para cá, quero dizer, mas para o continente. Voltaria para Charco Lavrado. Há... muita gente que precisa de bons curandeiros hoje em dia.

Disse essa última parte baixinho. Até onde sabia, a garota poderia ser a favor do rei de Adarlan — poderia denunciá-la para a guarda da cidadela por simplesmente falar mal do rei. Yrene tinha visto isso acontecer antes, muitas vezes.

Mas a menina olhou na direção da porta com a tranca improvisada que Yrene montara, para o armário que a criada chamava de quarto, para o manto em frangalhos pendurado sobre a cadeira quase podre na parede oposta, então, por fim, olhou de volta para Yrene. Aquilo deu à atendente a chance de observar o rosto da jovem. Depois de ter visto a facilidade com a qual derrotara aqueles mercenários, quem quer que a tivesse ferido devia ser muito assustador mesmo.

— Realmente voltaria para este continente... para o império?

Havia uma surpresa tão silenciosa naquela voz que Yrene a encarou.

— É a coisa certa a fazer. — Foi tudo em que a moça conseguiu pensar como resposta.

A garota não replicou, e Yrene continuou enfaixando o braço. Quando terminou, a jovem vestiu a camisa e a túnica, testou o braço, então ficou de pé. No quarto entulhado, Yrene se sentia tão menor que a estranha, embora fossem apenas alguns centímetros de diferença entre as duas.

A garota pegou o manto, mas não o vestiu ao dar um passo na direção da porta fechada.

— Eu poderia encontrar algo para seu rosto — disparou Yrene.

A garota parou com a mão na maçaneta e olhou por cima do ombro.

— Isso deve servir como um lembrete.

— De quê? Ou... para quem? — Não devia se intrometer, não era sequer para ter perguntado.

A estranha deu um sorriso amargo.

— Para mim.

Yrene pensou nas cicatrizes que tinha visto no corpo da assassina e imaginou se elas também eram lembretes.

A jovem se voltou para a porta, mas parou de novo.

— Caso fique ou vá para Antica estudar em Torre Cesme para voltar e salvar o mundo — ponderou a estranha —, deveria aprender algumas coisas sobre autodefesa.

Yrene olhou para as adagas na cintura da garota e para a espada que nem mesmo precisara sacar. Joias cravadas no cabo — joias de verdade — reluziam à luz da vela. A estranha parecia ser incrivelmente rica, mais do que Yrene poderia imaginar ser um dia.

— Não tenho dinheiro para armas.

A menina deu uma risada abafada.

— Se aprender essas manobras, não precisará de armas.

Celaena levou a atendente do bar para o beco, apenas porque não queria arriscar acordar os outros hóspedes da estalagem e se meter em mais uma briga. Não sabia por que havia oferecido ensinar a jovem a se defender. Da última vez que ajudara alguém, a situação se voltara contra ela para lhe dar uma surra. Literalmente.

Mas a atendente do bar — Yrene — parecera muito sincera quando falara de ajudar os outros. De ser uma curandeira.

A Torre Cesme... qualquer curandeiro que se prezasse conhecia a academia em Antica, na qual os melhores e mais inteligentes, independentemente da classe, poderiam estudar. A própria Celaena um dia sonhara em morar nas fabulosas torres cor de creme da academia, em caminhar pelas ruas estreitas e íngremes de Antica e ver maravilhas trazidas de terras das quais nunca ouvira falar. Mas isso fora em outra vida. Quando era uma pessoa diferente.

Não agora, certamente. E, se Yrene ficasse naquela cidade esquecida, outras pessoas tentariam atacá-la de novo. Então, ali estava Celaena, amaldiçoando a própria consciência tola ao chegar com a atendente ao beco nevoento atrás da estalagem.

Os corpos dos três mercenários ainda estavam lá fora, e a assassina viu Yrene se encolher ao ouvir os pés ágeis e os guinchos baixinhos. Os ratos não haviam desperdiçado tempo.

Celaena pegou o punho da jovem e ergueu a mão.

— As pessoas, em geral os homens, não vão atrás das mulheres que parecem que vão revidar. Escolherão você porque parece distraída ou vulnerável ou compassiva. Normalmente, tentarão levá-la para outro lugar, algum local no qual não precisem se preocupar com interrupções.

Os olhos de Yrene estavam arregalados; o rosto, pálido à luz da tocha que Celaena colocara no chão do lado de fora da porta dos fundos. Indefesa. Como seria estar completamente indefesa? Um estremecimento que não tinha nada a ver com ratos mordiscando os mercenários mortos lhe percorreu o corpo.

— *Não* deixe que a levem para outro lugar — continuou Celaena, recitando as lições que Ben, o segundo assassino de Arobynn, um dia ensinara a ela. Aprendera autodefesa antes de sequer aprender a atacar alguém e a lutar sem armas também.

— Revide o suficiente para convencê-los de que não vale a pena. E faça o máximo de barulho possível. Contudo, em uma pocilga como esta, aposto que ninguém vai se incomodar em vir ajudar. Mas você deveria, definitivamente, começar a gritar incêndio até estourar os pulmões; nada de estupro, roubo, nada do que os covardes prefeririam se esconder. E se gritar não os desencorajar, então há alguns truques para derrotá-los.

"Alguns podem fazer com que eles caiam como uma pedra, outros podem derrubá-los temporariamente, mas, assim que a soltarem, sua *maior* prioridade é dar o fora. Entendeu? Quando a soltarem, você *corre*."

Yrene assentiu, ainda de olhos arregalados. Permaneceu assim quando Celaena pegou a mão que havia erguido e demonstrou o arranca-olho, ensinando como enfiar os polegares pelos cantos dos olhos de alguém, passar os dedos por trás da órbita ocular e... bem, não podia terminar a demonstração de fato, pois gostava muito das próprias órbitas oculares. Mas a atendente pegou o jeito depois de algumas vezes e o executou perfeitamente quando Celaena a agarrou por trás diversas vezes.

Depois ela mostrou como acertar as duas orelhas num golpe para desorientar o oponente, como beliscar a parte de dentro da coxa de um homem com força o bastante para fazê-lo gritar, onde pisar na parte mais delicada do pé, que pontos macios eram os melhores para acertar o cotovelo (Yrene, na verdade, golpeou Celaena com tanta força no pescoço que a assassina arquejou por um bom tempo). E então disse a Yrene para mirar na virilha — para sempre tentar acertar um golpe na virilha.

Quando a lua começou a descer, quando Celaena estava convencida de que Yrene poderia ter uma chance contra um agressor, finalmente pararam. A atendente parecia mais confiante, com o rosto vermelho.

— Se vierem atrás de você por dinheiro — disse Celaena, indicando o queixo na direção dos mercenários caídos em uma pilha —, jogue as moedas que tiver bem longe e corra na direção oposta. Costumam ficar tão ocupados catando o dinheiro que terá uma boa chance de escapar.

Yrene assentiu.

— Eu deveria... eu deveria ensinar isso tudo a Jessa.

A assassina não sabia nem se importava com quem era Jessa, mas falou:

— Se tiver chance, ensine a qualquer mulher que se interesse em ouvir.

Silêncio recaiu entre as duas. Havia tanto mais a aprender, tanto mais a ensinar a ela. Mas o alvorecer viria em cerca de duas horas e Celaena deveria voltar para o quarto, mesmo que só para fazer as malas e partir. Não porque fora ordenada ou porque achava sua punição aceitável, mas... porque precisava. Precisava ir ao deserto Vermelho.

Ainda que fosse apenas para ver aonde Wyrd havia planejado levá-la. Ficar, fugir para outra terra, evitar o destino... não faria isso. Não podia ser como Yrene, um lembrete vivo de sonhos perdidos e esquecidos. Não, continuaria para o deserto Vermelho e seguiria aquele caminho, não importando aonde a levaria ou o quanto ferisse seu orgulho.

Yrene pigarreou.

— Você... algum dia precisou usar essas manobras? Não quero me intrometer. Quero dizer, não precisa responder se...

— Usei, sim, mas não porque estava *naquele* tipo de situação. Eu... — Celaena sabia que não deveria, mas ainda assim falou: — Em geral sou eu a caçadora.

Yrene, para sua surpresa, apenas assentiu, ainda que um pouco triste. Havia tanta ironia, percebeu ela, nas duas trabalhando juntas — a assassina e a curandeira. Lados opostos da mesma moeda.

A atendente envolveu o próprio corpo com os braços.

— Como posso pagá-la por...?

Celaena ergueu a mão. O beco estava vazio, mas conseguia senti-los, conseguia ouvir a mudança na névoa, na pressa dos ratos. Bolsões de silêncio.

Encarou Yrene, voltando os olhos para a porta dos fundos. Um comando silencioso. A moça ficou pálida e rígida. Uma coisa era praticar, mas colocar as lições em ação, usá-las... a atendente do bar seria mais que um risco. Celaena indicou a porta com o queixo, uma ordem agora.

Havia pelo menos cinco homens — dois em cada ponta do beco convergindo para elas, e mais um montando guarda na ponta mais movimentada da rua.

Yrene passava pela porta dos fundos quando Celaena sacou a espada.

☙ 5 ❧

Na cozinha escura, Yrene recostou o corpo contra a porta dos fundos, uma das mãos sobre o coração palpitante conforme ouvia a briga do lado de fora. Mais cedo, a jovem tivera o elemento surpresa, mas como conseguiria enfrentá-los de novo?

As mãos da atendente tremiam ao ouvir o som do choque de lâminas e os gritos que penetravam pela fenda sob a porta. Estampidos, grunhidos, urros. O que estava acontecendo?

Não suportava não saber o que se passava com a jovem.

Abrir a porta dos fundos para olhar ia contra todos os seus instintos.

Yrene prendeu o fôlego com o que viu:

O mercenário que havia escapado mais cedo voltara com mais amigos — amigos mais habilidosos. Dois estavam com o rosto no chão de paralelepípedos, com poças de sangue ao redor. Mas os três restantes enfrentavam a jovem que estava... estava...

Pelos deuses, ela se movia como um vento sombrio, uma graciosidade tão letal e...

A mão de alguém tapou a boca de Yrene ao agarrá-la por trás, pressionando algo frio e afiado contra seu pescoço. Havia outro homem, que entrara pela estalagem.

— Ande — sussurrou o homem na orelha dela, uma voz áspera e com sotaque. A criada não conseguia vê-lo, não conseguia dizer nada a respeito dele além da rigidez do corpo, do fedor das roupas, do roçar de uma barba espessa contra sua bochecha. O homem escancarou a porta e, ainda com a adaga contra o pescoço de Yrene, caminhou para o beco.

A jovem parou de lutar. Outro mercenário tinha caído, e os dois restantes apontavam as lâminas para a estranha.

— Solte as armas — falou o homem. Yrene teria sacudido a cabeça para avisar à jovem que não revidasse, mas a adaga estava tão próxima que qualquer movimento que fizesse teria cortado sua garganta.

A garota olhou para os agressores, em seguida para o captor de Yrene, depois para a própria Yrene. Calma... extremamente calma e fria ao exibir os dentes em um sorriso selvagem.

— Venha buscá-las.

O estômago da atendente pesou. O homem precisava apenas mover o punho e a faria sangrar até a morte. Não estava pronta para morrer, não agora, não em Innish.

O captor deu um risinho.

— Palavras corajosas e tolas, garota. — O homem apertou mais a lâmina, e Yrene encolheu o corpo. Ela sentiu a umidade do sangue antes de perceber a linha fina que fora cortada em seu pescoço. Que Silba a salvasse.

Mas os olhos da jovem estavam sobre Yrene e semicerraram levemente. Em desafio, um comando. *Revide*, era o que parecia dizer. *Lute por sua vida infeliz.*

Os dois homens com as espadas se aproximaram, mas a estranha não soltou a lâmina.

— Solte as armas antes que eu a corte — grunhiu o captor. — Depois que terminarmos de fazer você pagar por nossos companheiros, por todo o dinheiro que nos custou as mortes deles, talvez eu permita que *ela* viva. — O homem apertou Yrene com mais força, mas a jovem apenas observou. O mercenário ciciou: — *Solte as armas.*

Ela não soltou.

Pelos deuses, permitiria que ele a matasse, não permitiria?

Yrene não podia morrer daquele jeito — não aqui, não como uma atendente de bar qualquer naquele lugar horrível. Sua mãe caíra empunhando a espada, tinha *lutado* pela filha, matara aquele soldado para que Yrene pudesse ter uma chance de fugir, de fazer algo da vida. Fazer algum bem pelo mundo.

Não morreria daquele jeito.

A raiva a atingiu, tão desconcertante que Yrene mal conseguia enxergar através dela, mal podia ver qualquer coisa, exceto um ano em Innish, um futuro além do alcance e uma vida da qual não estava pronta para se despedir.

Ela não deu aviso antes de pisar com o máximo de força na curva do pé do homem. Ele se abaixou, urrando, e Yrene ergueu os braços, empurrando a adaga para longe da garganta com uma das mãos enquanto levava o cotovelo até o estômago dele. A atendente golpeou com cada pingo de raiva que tinha dentro de si. O homem gemeu ao curvar o corpo, então ela acertou o cotovelo na têmpora do agressor, exatamente como a jovem havia mostrado.

O homem caiu de joelhos, e Yrene disparou. Para fugir, para buscar ajuda, ela não sabia.

Mas a jovem já estava diante de Yrene, com um sorriso largo. Atrás, os dois homens estavam caídos e imóveis. E o homem de joelhos...

A atendente desviou para o lado quando a jovem pegou o homem arquejante e o arrastou para a escura névoa distante. Ouviu-se um grito abafado, então um estampido.

E, apesar do sangue de curandeira, apesar do estômago que herdara, Yrene mal deu dois passos antes de vomitar.

Quando terminou, viu que a estranha a observava de novo, sorrindo levemente.

— Aprende rápido — disse ela. As roupas finas e o broche de rubi escuro e reluzente estavam cobertos de sangue. Não o sangue dela, reparou Yrene, com algum alívio. — Tem certeza de que quer ser curandeira?

A moça limpou a boca no canto do avental. Não queria saber qual era a alternativa, o que aquela menina poderia ser. Não, só queria golpeá-la. Com força.

— Poderia tê-los matado sem mim! Mas deixou aquele homem segurar uma faca contra meu pescoço... você *deixou*! Perdeu a cabeça?

Dando um risinho de um jeito que dizia que sim, que ela tinha certamente perdido a cabeça, falou em seguida:

— Esses homens eram uma piada. Queria que tivesse uma experiência de verdade em um ambiente controlado.

— Chama isso de controlado? — Yrene não conseguia deixar de gritar. Levou a mão para o corte já coagulado no pescoço. Melhoraria rápido, mas poderia deixar uma cicatriz. Precisaria cuidar do ferimento imediatamente.

— Veja dessa forma, Yrene Towers: agora sabe que consegue. Aquele homem tinha duas vezes seu peso e quase 30 centímetros a mais de altura, e você o derrubou em alguns segundos.

— Acabou de dizer que eram uma piada.

Um sorriso malicioso.

— Para mim, eles são.

O sangue de Yrene esfriou.

— Eu... eu já tive o bastante por hoje. Acho que preciso ir para a cama.

A garota fez uma reverência.

— E eu deveria seguir meu caminho. Um conselho: limpe o sangue das roupas e não conte a ninguém o que viu esta noite. Aqueles homens podem ter mais amigos e, pelo que sei, foram infelizes vítimas de um roubo terrível.
— A estranha ergueu uma bolsa de couro cheia de moedas, então passou por Yrene e entrou na estalagem.

A atendente olhou para os corpos, sentiu um peso no estômago e a seguiu para dentro. Ainda estava furiosa com a jovem, ainda tremia com os resquícios do terror e do desespero.

Então não se despediu da garota letal quando ela desapareceu.

109

❧ 6 ❧

Yrene fez como disse a jovem, colocando outro vestido e avental antes de ir para a cozinha limpar o sangue das roupas. As mãos estavam tão trêmulas que levou mais tempo do que o necessário para lavá-las, e, quando terminou, a luz pálida do alvorecer já se esgueirava pela janela da cozinha.

Precisava acordar... bem, agora. Resmungando, a moça arrastou os pés até o quarto para pendurar as roupas molhadas. Se alguém visse as vestimentas em um varal, pareceria suspeito. Yrene imaginou que precisaria fingir que havia encontrado os corpos também. Pelos deuses, que confusão.

Retesando o corpo ao pensar no longo dia diante de si, tentando entender a noite que acabara de ter, entrou no quarto e fechou a porta com cuidado. Mesmo que contasse a alguém, provavelmente não acreditariam.

Apenas quando terminou de pendurar as roupas nos ganchos embutidos na parede, reparou na bolsinha de couro sobre a cama e no bilhete preso sob o objeto.

Yrene sabia o que havia dentro, poderia adivinhar com facilidade, considerando as saliências e as pontas. A atendente perdeu o fôlego ao pegar o bilhete.

Ali, em caligrafia elegante e feminina, Celaena havia escrito:

Para onde precisar ir — e mais um pouco. O mundo precisa de mais curandeiros.

Sem nome, sem data. Enquanto encarava o papel, quase conseguia visualizar o sorriso selvagem e a audácia nos olhos da jovem. Aquele bilhete, se significava alguma coisa, era um desafio... uma aposta.

Com as mãos trêmulas novamente, Yrene despejou o conteúdo da bolsa.

A pilha de moedas de ouro reluziu, e a moça cambaleou para trás, desabando na cadeira bamba diante da cama. Piscou uma vez, então de novo.

Não apenas ouro, mas também o broche que a garota estava usando, o enorme rubi incandescente à luz da vela.

Com a mão na boca, Yrene encarou a porta, o teto, então voltou os olhos para a pequena fortuna sobre a cama. Encarou, de novo e de novo.

Os deuses haviam sumido, alegara a mãe dela certa vez. Mas haviam mesmo? Será que fora alguma deusa que a visitara naquela noite, disfarçada na pele de uma jovem castigada? Ou foram meramente os sussurros distantes que haviam impelido a estranha a entrar naquele beco? Jamais saberia, supunha Yrene. E talvez esse fosse o objetivo.

Para onde precisar ir...

Deuses ou destino ou apenas coincidência e gentileza, era um presente. Aquilo era um presente. O mundo estava esperando — escancarado e dela para que o tomasse. Poderia ir para Antica, frequentar Torre Cesme, ir para onde desejasse.

Se ousasse.

Ela sorriu.

Uma hora depois, ninguém impediu Yrene Towers quando saiu da Porco Branco e jamais olhou para trás.

Limpa e vestida em uma nova túnica, Celaena entrou no navio uma hora antes do amanhecer. Sentia-se oca e zonza depois de uma noite sem descanso, mas a culpa era dela mesma. Não importava — poderia dormir naquele dia — poderia dormir a viagem toda pelo golfo de Oro até a Terra Desértica. *Deveria* dormir porque, depois de aportar em Yurpa, teria uma caminhada pelas areias impiedosas e mortais: uma semana, pelo menos, pelo deserto antes de chegar ao Mestre Mudo e à fortaleza dos Assassinos Silenciosos.

O capitão não fez perguntas quando Celaena colocou uma moeda de prata na palma da mão do homem e desceu, seguindo as orientações, até encontrar o camarote. Com o capuz e as lâminas, nenhum dos marinheiros a incomodaria. E, embora agora precisasse tomar cuidado com o dinheiro que havia restado, sabia que entregaria uma ou duas moedas de prata antes do fim da viagem.

Suspirando, entrou na cabine pequena, mas limpa, com uma janela que dava para a baía cinza-alvorada. Ela trancou a porta atrás de si e desabou na minúscula cama. Vira o bastante de Innish; não precisava se incomodar em observar o navio zarpando.

Estava saindo da estalagem quando passou por aquele armário terrivelmente pequeno que Yrene chamava de quarto. Enquanto a menina cuidava de seu braço, Celaena ficara assombrada com as condições entulhadas, a mobília aos pedaços, os cobertores finos demais. Planejara deixar algumas moedas para Yrene de qualquer forma — no mínimo porque tinha certeza de que o estalajadeiro a obrigaria a pagar por aquelas ataduras.

Mas ficou diante daquela porta de madeira que dava para o quarto, ouvindo a atendente lavar as roupas na cozinha próxima. Percebeu que era incapaz de dar as costas, de parar de pensar na aspirante a curandeira com os cabelos castanho-dourados e os olhos caramelo, no que Yrene perdera e como se tornara indefesa. Havia tantas delas agora... crianças que perderam tudo para Adarlan. Crianças que haviam crescido e se tornado assassinas e atendentes de bar, sem um lugar para chamar verdadeiramente de lar, com os reinos de origem deixados em ruínas e cinzas.

A magia tinha sumido havia tantos anos. E os deuses estavam mortos ou simplesmente não se importavam mais. No entanto, ali, bem no fundo do estômago, havia um *puxão* leve, mas insistente. Um puxão no fio de alguma teia invisível. Então Celaena decidiu puxar de volta, apenas para ver a distância e a amplitude das reverberações.

Em apenas minutos, escreveu o bilhete, então enfiou a maior parte das moedas de ouro na bolsa. Um segundo depois, apoiou o objeto na cama esfarrapada.

Celaena acrescentara o broche de rubi de Arobynn como uma última ideia. Questionou se uma jovem da fustigada terra de Charco Lavrado não se incomodaria em ter um broche nas cores reais de Adarlan. Contudo, a jovem estava feliz por se livrar da joia e esperava que Yrene penhorasse o broche pela pequena fortuna que valia. Esperava que a joia de uma assassina pagasse pela educação de uma curandeira.

Então talvez fossem os deuses em ação. Talvez fosse alguma força além delas, além da compreensão mortal. Ou talvez fosse apenas por algo e alguém que Celaena jamais seria.

Yrene ainda lavava as roupas ensanguentadas na cozinha quando a assassina saiu do quarto, desceu o corredor e deixou a Porco Branco para trás.

Ao caminhar pelas ruas cobertas de neblina na direção do cais decrépito, Celaena rezou para que Yrene Towers não fosse tola o bastante para contar a alguém — principalmente ao estalajadeiro — sobre o dinheiro. Rezou para que Yrene Towers agarrasse a vida com as duas mãos e zarpasse para a cidade de pedras brancas de Antica. Rezou para que, de alguma forma, anos à frente, Yrene Towers voltasse àquele continente e talvez, apenas talvez, curasse um pouquinho o mundo despedaçado delas.

Sorrindo consigo mesma no confinamento da cabine, Celaena se aninhou na cama, puxou o capuz sobre os olhos e cruzou as pernas. Quando o navio zarpou pelo golfo verde-jade, a assassina já estava em sono profundo.

A
ASSASSINA
e o
DESERTO

❧ 1 ❧

Não restava nada no mundo, exceto areia e vento.

Pelo menos, era isso que parecia a Celaena Sardothien quando olhou o deserto do topo da duna carmesim. Mesmo com o vento, o calor era sufocante, e o suor fazia com que as muitas camadas de roupa grudassem no corpo. Mas suar, lhe dissera o guia nômade, era bom — quando não se suava, o deserto Vermelho se tornava mortal. Suor lembrava a pessoa de ingerir líquido. Quando o calor evaporava a perspiração antes que se notasse o suor, era possível passar sem saber para a desidratação.

Ah, o calor *miserável*. Invadia cada poro do corpo, fazia com que a cabeça latejasse e os ossos doessem. O calor úmido de baía da Caveira não era nada comparado àquilo. O que Celaena não daria por uma brisa fresca passageira!

Ao lado dela, o guia nômade apontou um dedo enluvado na direção sudoeste.

— Os *sessiz suikast* estão lá. — *Sessiz suikast*. Os Assassinos Silenciosos, a ordem lendária à qual Celaena fora enviada para treinar.

— Para aprender obediência e disciplina — dissera Arobynn Hamel.

Durante o alto verão no deserto Vermelho foi o que se esqueceu de acrescentar. Era uma punição. Dois meses antes, quando Arobynn mandara Celaena com Sam Cortland à baía da Caveira para uma tarefa desconhecida, os dois haviam descoberto que, na verdade, tinham sido enviados para negociar escravizados. Não é preciso dizer que isso não foi bem aceito por Celaena ou Sam, apesar da ocupação de ambos. Então libertaram os escravizados, decidindo mandar as consequências para o inferno. Mas agora... No que se tratava de punições, aquela devia ser a pior. Considerando os hematomas e os cortes que ainda cicatrizam no rosto dela um mês depois de Arobynn tê-los infligido, essa afirmativa dizia muito.

Celaena fez uma careta. Ela puxou o lenço um pouco mais sobre a boca e o nariz ao dar um passo em direção à duna. As pernas enrijeciam contra a areia deslizante, mas era uma liberdade bem-vinda depois da caminhada irritante pelas Areias Cantantes, nas quais cada grão havia murmurado e choramingado e gemido. Eles haviam passado um dia inteiro monitorando cada passo, com o cuidado de manter a areia sob os pés sibilando harmoniosamente. Caso contrário, dissera o nômade, poderia se tornar areia movediça.

Celaena desceu a duna, mas parou quando não ouviu os passos do guia.

— Você não vem?

O homem permaneceu no alto da duna e apontou de novo para o horizonte.

— São 3 quilômetros naquela direção. — O uso dele da língua comum era um pouco travado, mas Celaena entendia bem o bastante.

Ela tirou o lenço da boca, encolhendo o corpo quando uma lufada de areia acertou seu rosto suado.

— Paguei para você me levar até lá.

— Três quilômetros — disse o homem, ajustando a enorme bolsa nas costas. O lenço ao redor da cabeça ocultava as feições, mas Celaena conseguia ver o medo em seus olhos.

Sim, sim, os *sessiz suikast* eram temidos e respeitados no deserto. Tinha sido um milagre conseguir alguém disposto a levá-la tão perto da fortaleza. É claro que oferecer ouro havia ajudado. Mas os nômades viam os *sessiz suikast* como pouco menos que sombras da morte; e aparentemente o guia não iria mais longe.

Ela avaliou o horizonte a oeste. Não conseguia ver nada além de dunas e areia, que serpenteava como a superfície de um mar ao vento.

— Três quilômetros — falou o nômade, atrás de Celaena. — Eles a encontrarão.

A assassina se virou para fazer mais uma pergunta, contudo o homem já havia desaparecido do outro lado da duna. Depois de xingá-lo, tentou engolir, mas não conseguiu. Estava com a boca muito seca. Precisava seguir agora, ou teria de montar acampamento para dormir sob o calor imperdoável do meio-dia e da tarde.

Três quilômetros. Quanto tempo isso poderia levar?

Depois de tomar um gole do cantil preocupantemente leve, Celaena puxou o lenço sobre a boca e o nariz de novo e começou a andar.

O único ruído era o vento ciciando pela areia.

Horas depois, a jovem se viu usando todo o autocontrole para evitar saltar para dentro das piscinas do pátio ou ajoelhar-se para beber de um dos rios que corria pelo chão. Ninguém oferecera água quando chegou, e Celaena também não achava que o atual acompanhante estava inclinado a fazê-lo enquanto a levava pelos corredores sinuosos da fortaleza de arenito vermelho.

Os 3 quilômetros tinham parecido mais vinte. Estava prestes a parar e montar acampamento quando chegou ao alto de uma duna e as árvores verdes exuberantes, assim como a fortaleza de adobe, se estenderam diante da assassina, escondidas em um oásis aninhado entre duas monstruosas dunas de areia.

Depois de tudo isso, estava seca. Mas era Celaena Sardothien. Tinha uma reputação a manter.

Ela manteve os sentidos alerta conforme adentravam a fortaleza — observando saídas e janelas, reparando onde as sentinelas estavam posicionadas. Passaram por uma fileira de salas de treinamento abertas, nas quais Celaena viu pessoas de todos os reinos e de todas as idades lutando ou se exercitando, ou apenas sentadas em silêncio, meditando. Os dois subiram um lance de escadas estreitas que se elevava mais e mais até uma grande construção. A sombra da escada estava maravilhosamente fresca. Mas então entraram em um corredor longo e fechado, e o calor a envolveu como um cobertor.

Para uma fortaleza de assassinos supostamente silenciosos, o lugar era relativamente barulhento, com o clangor de armas das salas de treinamento, o murmúrio de insetos nas muitas árvores e nos arbustos, o chilreio de pássaros, o gorgolejo de toda aquela água cristalina escorrendo pelas salas e corredores.

Aproximaram-se de um conjunto de portas abertas no fim do corredor. O acompanhante de Celaena — um homem de meia-idade salpicado de cicatrizes que se destacavam como giz contra a pele marrom — não disse nada. Além das portas, o interior era uma mistura de sombra e luz. Eles entraram em uma câmara gigante, ladeada por pilares de madeira pintados de azul que suportavam um mezanino de cada lado. Um olhar para a escuridão do balcão informou a Celaena que havia figuras à espreita ali... observando, esperando. Havia mais às sombras das colunas. Quem quer que achassem que ela era, certamente não a estavam subestimando. Que bom.

Um mosaico estreito de azulejos de vidro azul e verde serpenteava pelo chão até a plataforma, imitando os pequenos rios nos níveis mais baixos. Acima da plataforma, sentado entre almofadas e palmeiras em vasos, jazia um homem com um manto branco.

O Mestre Mudo. Celaena esperava que fosse velho, mas o homem parecia ter por volta de 50 anos. Ela manteve o queixo erguido conforme se aproximaram do mestre, seguindo o pequeno caminho de azulejos no chão. Não sabia dizer se a pele dele sempre fora tão queimada de sol assim. Ele deu um leve sorriso; provavelmente tinha sido bonito na juventude. Suor escorreu pela coluna de Celaena. Embora o Mestre Mudo não portasse armas visíveis, os dois criados que o abanavam com folhas de palmeira estavam armados até os dentes. O acompanhante da assassina parou a uma distância segura do mestre e fez uma reverência.

Celaena o imitou e, quando se levantou, removeu o capuz dos cabelos. Tinha certeza de que estavam uma bagunça e insuportavelmente ensebados depois de duas semanas no deserto sem água ou banho, mas não estava ali para impressionar o homem com sua beleza.

O Mestre Mudo a olhou de cima a baixo, então assentiu. O acompanhante a cutucou com o cotovelo, e ela pigarreou com a garganta seca ao dar um passo à frente.

Sabia que o Mestre Mudo não diria uma palavra; o silêncio autoimposto era conhecido. Cabia a ela fazer a apresentação. Arobynn dissera exatamente o que falar. *Ordenou*, na verdade. Não haveria disfarces, máscaras, nada de nomes falsos. Como havia mostrado tanto desdém pelos interesses de seu mestre, ele não tinha mais qualquer vontade de proteger os de Celaena. Ela pensou durante semanas em como poderia achar um modo de preservar sua identidade — evitar que aqueles estranhos soubessem quem era —, mas as ordens de Arobynn tinham sido simples: tinha um mês para ganhar o respeito do Mestre Mudo. E, se não voltasse para casa com a carta de aprovação dele — uma carta sobre *Celaena Sardothien* —, era melhor que encontrasse uma nova cidade onde morar. Possivelmente um novo continente.

— Obrigada por me conceder uma audiência, mestre dos Assassinos Silenciosos — falou a jovem, amaldiçoando silenciosamente a aspereza das palavras.

Ela colocou a mão sobre o coração e se ajoelhou.

— Sou Celaena Sardothien, protegida de Arobynn Hamel, rei dos Assassinos do Norte. — Acrescentar o "do Norte" parecia apropriado; não achava que o Mestre Mudo ficaria muito feliz ao saber que Arobynn se intitulava o rei de *todos* os Assassinos. Mas, se aquilo o surpreendera ou não, o rosto não demonstrou, embora Celaena tivesse a sensação de que algumas pessoas às sombras tinham se movido.

— Meu mestre me enviou para pedir que você me treine — falou ela, irritada pelas palavras. Treine... *Ela*! Celaena abaixou a cabeça para que o mestre não visse a ira em seu rosto. — Sou sua. — Voltou as palmas das mãos para cima em um gesto de súplica.

Nada.

Calor pior que aquele do deserto corou as bochechas da assassina. Ela manteve a cabeça baixa, os braços ainda estendidos. Houve um farfalhar de tecido, então passos quase silenciosos ecoaram pela câmara. Por fim, dois pés descalços e marrons pararam diante de Celaena.

Um dedo ressecado ergueu seu queixo, e Celaena se viu encarando os olhos verde-mar do mestre. Não ousou se mover. Com um gesto, ele poderia quebrar o pescoço da jovem. Aquilo era um teste — um teste de confiança, percebeu Celaena.

Ela se obrigou a ficar imóvel, concentrando-se nos detalhes do rosto do mestre para evitar pensar em como estava vulnerável. Suor reluzia ao longo da linha dos cabelos escuros do homem — cabelos curtos, rentes à cabeça. Era impossível dizer de que reino vinha; a pele marrom sugeria Eyllwe. Mas os olhos elegantes, em formato de amêndoas, falavam de um dos países no continente distante ao sul. Independentemente, como o mestre acabara ali?

Celaena se preparou quando dedos longos empurraram para trás mechas soltas do cabelo trançado, revelando os hematomas amarelados que ainda restavam ao redor dos olhos e nas bochechas, assim como o arco estreito da casca de ferida sobre a maçã do rosto. Será que Arobynn havia avisado que ela viria? Será que contara as circunstâncias sob as quais Celaena fora despachada? O mestre não parecia nada surpreso com sua chegada.

Mas os olhos do mestre semicerraram, os lábios formaram uma linha fina enquanto o homem observava o restante dos hematomas do outro lado do rosto. Tinha sorte por Arobynn ser habilidoso o bastante para evitar que os golpes a marcassem para sempre. Uma pontada de culpa percorreu o corpo de Celaena ao se perguntar se Sam havia se curado tão bem. Durante os três dias que se seguiram à surra, Celaena não o vira no Forte. Apagara antes que Arobynn pudesse lidar com seu companheiro. E, desde aquela noite, mesmo durante a viagem até o deserto, tudo tinha sido uma névoa de raiva e tristeza e exaustão, como se Celaena estivesse sonhando acordada.

Ela acalmou o coração acelerado no momento em que o mestre soltou seu rosto e recuou. O homem indicou com a mão que se levantasse, o que ela fez, para alívio dos joelhos doloridos.

O mestre deu um sorriso torto para Celaena, que teria imitado a expressão, mas, um instante depois, ele estalou os dedos, incitando quatro homens a atacarem a assassina.

◦⊰ 2 ⊱◦

Eles não tinham armas, mas a intenção estava bem óbvia. O primeiro homem, com as vestimentas largas e cheias de camadas como todos usavam, atacou, e Celaena desviou do golpe ligeiro destinado ao rosto. O braço dele passou direto pela assassina, que o pegou pelo pulso e pelo bíceps, travando e torcendo de modo que o agressor grunhiu de dor. Celaena girou o homem, atirando-o contra o segundo agressor com tanta força que os dois caíram aos tropeços.

A jovem deu um salto para trás, parando onde seu acompanhante estava apenas segundos antes, com o cuidado de evitar se chocar contra o mestre. Aquele era outro teste — um teste para ver em que nível poderia começar o treinamento. E se era digna.

É lógico que era digna. Era Celaena Sardothien, pelos deuses.

O terceiro homem tirou duas adagas em formato de meia-lua das dobras da túnica bege e a atacou. Como as camadas de roupa eram pesadas demais para desviar rápido o suficiente, a assassina se curvou para trás quando o agressor avançou contra o rosto dela. A coluna se enrijeceu, mas as duas adagas passaram sobre a cabeça de Celaena, cortando uma mecha rebelde de cabelo. Ela caiu no chão e golpeou com uma perna, derrubando o homem.

O quarto agressor, no entanto, viera por trás, uma lâmina curva reluzindo na mão e a intenção de enterrá-la na cabeça da assassina. Celaena rolou, e a espada bateu na pedra, soltando faíscas.

Quando a assassina se levantou, o agressor havia erguido a arma novamente. Celaena percebeu a finta que o homem fez para a esquerda antes de a golpear na lateral direita. A jovem dançou para o lado. O rapaz ainda girava quando Celaena acertou a base da palma da mão no nariz dele e o punho da outra mão no estômago. O agressor caiu no chão, sangue escorrendo do nariz. A assassina arquejou, o ar cortava sua garganta já irritada. Precisava muito, *muito* de água.

Nenhum dos quatro homens no chão se moveu. O mestre começou a sorrir, então os demais reunidos na câmara se aproximaram da luz. Homens e mulheres, todos de pele marrom, embora os cabelos estampassem os diversos reinos no continente. Celaena inclinou a cabeça. Ninguém assentiu de volta. A assassina manteve um olho nos quatro homens diante de si enquanto eles se colocavam de pé, embainhavam as armas e voltavam para as sombras. Com sorte, não levariam aquilo para o lado pessoal.

Ela avaliou as sombras de novo, preparando-se para mais agressores. Perto dela, uma jovem a observava e lançou a Celaena um sorriso conspiratório. A assassina tentou não parecer interessada demais, embora a garota fosse uma das pessoas mais impressionantes que já vira. Não era apenas o cabelo vermelho-vinho ou a cor dos olhos, um castanho-avermelhado que jamais encontrara. Não, foi a armadura que inicialmente chamou a atenção da assassina: ornamentada ao ponto de provavelmente ser inútil, mas, ainda assim, uma obra de arte.

O ombro direito tinha o formato da cabeça de um lobo rosnando, e o elmo, preso sob o braço, exibia um lobo curvado sobre a proteção do nariz. Outra cabeça de lobo tinha sido esculpida no punho da espada de lâmina larga. Em qualquer outra pessoa, aquela armadura poderia ter parecido espalhafatosa e ridícula, mas na garota... Havia um tipo de despreocupação estranha e jocosa a respeito dela.

Mesmo assim, Celaena imaginou como seria possível não derreter até a morte dentro do traje.

O mestre deu um tapinha no ombro da assassina e gesticulou para que a garota se aproximasse. Não para atacar — um convite amigável. A armadura tilintava conforme se movia, mas as botas eram quase silenciosas.

Usando as mãos, o mestre criou uma série de gestos entre a garota e Celaena. A jovem fez uma reverência, então deu aquele sorriso malicioso de novo.

— Sou Ansel — disse ela, a voz alegre, interessada. A menina tinha um sotaque quase imperceptível, que Celaena não conseguia identificar. — Parece que vamos dividir o quarto enquanto você estiver aqui. — O mestre sinalizou de novo, os dedos calosos e marcados criaram gestos rudimentares que Ansel conseguiu de algum jeito decifrar. — Então, quanto tempo será, na verdade?

Celaena conteve um franzimento de testa.

— Um mês. — Ela inclinou a cabeça para o mestre. — Se você permitir que eu fique tanto tempo.

Com o mês que havia levado para chegar ali e o mês que levaria para voltar para casa, a assassina ficaria três meses longe de Forte da Fenda.

O mestre apenas assentiu e voltou para as almofadas no alto da plataforma.

— Isso significa que pode ficar — sussurrou Ansel, então tocou o ombro de Celaena com a mão vestida na armadura. Aparentemente, nem todos os assassinos haviam feito voto de silêncio, ou tinham senso de espaço pessoal. — Começará a treinar amanhã — continuou a menina. — Ao alvorecer.

O mestre afundou nas almofadas e Celaena quase desabou de alívio. Arobynn a fizera pensar que convencer o homem a treiná-la seria quase impossível. Tolo. Despachá-la para o deserto para sofrer, certo!

— Obrigada — disse a assassina ao mestre, muito ciente dos olhos que a observavam no corredor conforme fazia uma nova reverência. Ele gesticulou para que a assassina saísse.

— Venha — disse Ansel, os cabelos reluzindo em um raio de sol. — Imagino que queira um banho antes de fazer qualquer outra coisa. *Eu* certamente iria querer, se fosse você. — Ela deu um sorriso que alongou as sardas que salpicavam o osso do nariz e as bochechas.

Celaena olhou de esguelha para a garota e para a armadura ornamentada, então a seguiu para o quarto.

— Essa é a melhor coisa que ouço em semanas — respondeu a assassina.

Sozinha com Ansel conforme caminhavam pelos corredores, Celaena tinha total consciência da ausência das longas adagas que costumava embainhar no cinto. Contudo, foram tiradas dela no portão, assim como a espada e a bolsa. Deixou as mãos penderem na lateral do corpo, pronta para reagir ao mínimo movimento da guia. Se notou ou não a prontidão de Celaena para lutar, a garota continuou balançando os braços casualmente, a armadura tilintava com os movimentos.

Colega de quarto. Era uma surpresa infeliz. Compartilhar um quarto com Sam por algumas noites era uma coisa. Mas um mês com uma total estranha? Celaena avaliou Ansel pelo canto do olho. Era um pouco mais alta, porém não conseguia ver muito mais a respeito da jovem, graças à armadura. Jamais passara muito tempo com outras meninas, a não ser as cortesãs que Arobynn convidava ao Forte para festas ou levava ao teatro, e a maioria delas não era o tipo de pessoa que Celaena se interessava em conhecer. Não havia outras assassinas na Guilda de Arobynn. Mas ali... Além de Ansel, havia tantas mulheres quanto homens. No Forte, não havia como confundir a assassina. Ali, era apenas mais um rosto na multidão.

Pelo que sabia, Ansel poderia ser melhor que ela. A ideia não foi bem aceita.

— Então... — falou a menina, erguendo as sobrancelhas. — Celaena Sardothien.

— Sim?

Ansel deu de ombros — ou pelo tentou, considerando a armadura.

— Achei que você seria... mais dramática.

— Desculpe se a desapontei — respondeu Celaena, não parecendo nada arrependida. Ansel a guiou por um lance curto de escadas, depois por um longo corredor. Crianças entravam e saíam de quartos ao longo da passagem, baldes e vassouras e esfregões nas mãos. A mais jovem parecia ter uns 8 anos; a mais velha, cerca de 12.

— Acólitos — falou Ansel, em resposta à pergunta silenciosa de Celaena. — Limpar os quartos dos assassinos mais velhos é parte do treinamento. Ensina responsabilidade e humildade. Ou algo assim.

A menina piscou um olho para uma criança que ergueu o olhar, boquiaberta, quando ela passou. De fato, muitas das crianças a encararam, os olhos arregalados com assombro e respeito; ela devia ser bem vista, então. Nenhuma das crianças se incomodou em olhar para Celaena. Ela ergueu o queixo.

— E com quantos anos você veio para cá? — Quanto mais soubesse, melhor.

— Tinha acabado de fazer 13 anos — respondeu Ansel. — Então escapei por pouco de fazer o trabalho maçante.

— E quantos anos tem agora?

— Tentando me avaliar, é?

Celaena manteve o rosto inexpressivo.

— Acabei de fazer 18. Você também parece ter minha idade.

A assassina assentiu. Ela certamente não precisava dar informação nenhuma sobre si mesma. Embora Arobynn tivesse ordenado que não escondesse a identidade, isso não significava que precisava dar detalhes. E pelo menos tinha começado o treinamento aos 8 anos; tinha vários anos de vantagem sobre Ansel. Isso precisava contar para alguma coisa.

— O treinamento com o mestre tem sido eficiente?

A menina deu um sorriso pesaroso.

— Não sei dizer. Estou aqui há cinco anos, e ele ainda se recusa a me treinar pessoalmente. Não que eu me importe. Diria que sou muito boa com ou sem a sabedoria dele.

Bem, *isso* era certamente estranho. Como tinha passado tanto tempo sem trabalhar com o mestre? No entanto, muitos dos assassinos de Arobynn não tinham aulas particulares com ele também.

— De onde você é originalmente? — perguntou Celaena.

— Das Terras Planas.

Terras Planas... Onde ficava aquela porcaria? Ansel respondeu para Celaena.

— Ao longo da costa dos desertos do Oeste, antes conhecido como o Reino das Bruxas.

Os desertos eram certamente familiares. Mas Celaena jamais ouvira falar de Terras Planas.

— Meu pai — continuou a garota — é lorde de Penhasco dos Arbustos. Ele me enviou para cá a fim de treinar, para que "me torne útil". Mas não acho que quinhentos anos bastariam para me ensinar isso.

Apesar de não querer, Celaena riu. Ela deu mais uma olhada na armadura de Ansel.

— Não sente calor com toda essa armadura?

— É claro — respondeu a menina, jogando para trás os cabelos na altura dos ombros. — Mas precisa admitir que é bem impressionante. E muito adequada para passear por uma fortaleza de assassinos. De que outro modo vou me destacar?

— Onde a conseguiu? — Não que Celaena fosse querer uma para si; não tinha utilidade para uma armadura como aquela.

— Ah, mandei fazer. — Então... Ansel tinha dinheiro. Muito, se podia gastar em uma armadura. — Mas a espada — ela bateu no punho em formato de lobo na lateral do corpo — pertence a meu pai. Foi seu presente para mim quando parti. Achei bom fazer uma armadura que combinasse, lobos são um símbolo da família.

As duas entraram em uma passagem aberta, o calor do sol do meio da tarde as golpeou com força total. No entanto, o rosto de Ansel permaneceu jovial, e, se a armadura a deixava realmente desconfortável, a jovem não demonstrava. Ela olhou Celaena de cima a baixo.

— Quantas pessoas matou?

A assassina quase engasgou, mas manteve o queixo alto.

— Não vejo como isso é da sua conta.

Ansel deu um risinho.

— Acho que seria bem fácil descobrir; deve deixar *algum* indicativo, se é tão famosa. — Na verdade, era Arobynn quem costumava fazer com que a notícia se espalhasse pelos canais apropriados. Celaena deixava muito pouco para trás depois de terminar o serviço. Deixar um sinal parecia de alguma forma... de mau gosto. — Eu iria querer que *todos* soubessem que eu tinha feito — acrescentou Ansel.

Bem, a assassina *queria* que todos soubessem que ela era a melhor, mas algo a respeito do modo como Ansel disse aquilo pareceu diferente dos motivos da própria Celaena.

— Então, qual de vocês está pior? — perguntou a garota, subitamente. — Você ou a pessoa que lhe fez isso? — Celaena sabia que a jovem se referia aos hematomas e cortes esmaecidos no rosto.

O estômago se apertou, o que se tornava uma sensação familiar.

— Eu — respondeu a assassina, baixinho.

Não sabia por que havia admitido. Presunção poderia ter sido a melhor escolha. Mas estava cansada e, subitamente, ficara tão carregada com o peso daquela lembrança.

— Foi seu mestre quem fez isso? — perguntou Ansel. Dessa vez, Celaena ficou quieta, e a menina não insistiu.

Na outra ponta da passagem, desceram por uma escadaria de pedra em espiral até um pátio vazio no qual bancos e pequenas mesas ficavam sob a sombra das suntuosas tamareiras. Alguém havia deixado um livro sobre uma das mesas, e, ao passarem, Celaena viu a capa de relance. O título estava em uma letra rabiscada e estranha que ela não reconhecia.

Se estivesse sozinha, talvez tivesse parado para folheá-lo, apenas para ver palavras impressas em uma língua tão diferente de qualquer coisa que conhecia, mas Ansel continuou na direção de um par de portas de madeira entalhada.

— Os banhos. É um dos lugares em que o silêncio é, de fato, exercido, então tente ficar quieta. Não derrame muita água também. Alguns dos assassinos mais velhos ficam irritados até com isso. — A garota empurrou uma das portas para abri-la. — Leve o tempo que precisar. Vou me certificar de que suas coisas sejam levadas para o quarto. Quando terminar, peça a um acólito que a leve até lá. O jantar só será servido em algumas horas; voltarei para o quarto então.

Celaena a olhou por um bom tempo. A ideia de que Ansel — ou qualquer um — manuseasse as armas e o equipamento que havia deixado no portão não era atrativa. Não que tivesse alguma coisa a esconder, embora se contorcesse ao pensar nos guardas tateando sua roupa de baixo ao vasculhar a bolsa. O gosto de Celaena por roupas íntimas muito caras e muito delicadas não ajudaria sua reputação.

Mas estava ali à mercê deles, e a carta de aprovação dependia do bom comportamento. E da boa atitude.

Então a assassina apenas disse:

— Obrigada. — E passou por Ansel, adentrando o ar com perfume de ervas além das portas.

Embora a fortaleza tivesse banheiros compartilhados, felizmente eram separados entre homens e mulheres, e àquela altura do dia, o das mulheres estava vazio.

Escondidos por palmeiras enormes e tamareiras envergadas pelo peso das frutas, os banheiros eram feitos dos mesmos azulejos verde-mar e cobalto que compunham o mosaico da câmara do mestre, além de serem mantidos frescos por toldos brancos que se projetavam das paredes da construção. Havia diversas piscinas amplas — algumas liberavam vapor, outras borbulhavam, outras emitiam vapor *e* borbulhavam —, mas aquela na qual Celaena entrou estava muito quieta e limpa e fria.

A jovem conteve um gemido ao submergir o corpo e ficou abaixada até que seus pulmões doessem. Embora tivesse aprendido a viver sem modéstia, ela se manteve abaixada na água mesmo assim. É claro que não tinha nada a ver com o fato de que as costelas e os braços estavam salpicados de hematomas que esmaeciam e de que vê-los a deixava revoltada. Às vezes era revolta de raiva, outras vezes, de tristeza. Em geral, eram os dois. Queria voltar para Forte da Fenda, ver o que havia acontecido com Sam, retornar à vida que se estilhaçara em poucos minutos agonizantes. Mas também sofria por antecipação com o retorno.

Pelo menos ali, no fim do mundo, aquela noite — e toda Forte da Fenda com as pessoas que a cidade continha — parecia muito distante.

Ela permaneceu na piscina até que as mãos ficassem desconfortavelmente enrugadas.

Ansel não estava no minúsculo quarto retangular quando Celaena chegou, embora alguém tivesse desfeito as malas da assassina. Além da espada e das adagas, algumas roupas íntimas e túnicas, não havia levado muito — e não tinha se incomodado em levar as roupas finas. Celaena estava grata por isso, agora que vira com que rapidez a areia havia desgastado as roupas pesadas que o nômade a fizera usar.

Havia duas camas estreitas, e precisou de um minuto para entender qual era a de Ansel. A parede de pedra vermelha atrás da cama estava vazia. Além da pequena miniatura de lobo na mesa de cabeceira e do manequim de tamanho humano que devia ser usado para guardar a armadura extraordinária, Celaena não teria ideia de que dividia um quarto com alguém.

Olhar dentro do gaveteiro de Ansel era igualmente fútil. Túnicas vinho e calças pretas, todas perfeitamente dobradas. As únicas coisas que perturbavam a monotonia eram diversas túnicas brancas — vestimenta que muitos dos homens e mulheres usavam. Mesmo as roupas íntimas eram simples... e estavam dobradas. Quem dobrava roupas íntimas? Celaena pensou no enorme armário em casa, explodindo com cor e com tecidos e estampas diferentes, todos misturados. As roupas íntimas dela, embora caras, costumavam acabar em uma pilha na gaveta.

Sam provavelmente dobrava as roupas íntimas. No entanto, dependendo de quanto dele Arobynn tivesse deixado intacto, talvez sequer fosse capaz de fazer isso. Arobynn jamais machucaria *Celaena* permanentemente, mas o rapaz poderia ter se saído pior. Sam sempre fora dispensável.

Ela afastou o pensamento e se aninhou mais para cima da cama. Pela pequena janela, o silêncio da fortaleza a embalou até que dormisse.

Jamais vira Arobynn tão irritado, e aquilo a assustava demais. Ele não gritou nem xingou; simplesmente ficou imóvel e calado. Os únicos sinais da raiva do assassino eram os olhos prateados, reluzindo com uma calma mortal.

Celaena tentou não se encolher na cadeira quando Arobynn se levantou de trás da gigantesca mesa de madeira. Sam, sentado ao lado, inspirou. A assassina não conseguia falar; se começasse, a voz trêmula a trairia. Não podia suportar aquele tipo de humilhação.

— Sabe quanto dinheiro me custou? — perguntou Arobynn, baixinho.

As palmas das mãos começaram a suar. Valeu a pena, respondeu ela a si mesma. Libertar aqueles duzentos escravizados valeu a pena. Não importava o que estivesse prestes a acontecer, Celaena jamais se arrependeria de ter feito aquilo.

— Não é culpa dela — interrompeu Sam, e a jovem lançou um olhar de aviso ao companheiro. — Nós dois achamos que era...

— Não minta para mim, Sam Cortland — urrou Arobynn. — O único modo de você ter se envolvido nisso foi porque Celaena decidiu fazê-lo, e podia deixá-la morrer tentando ou ajudar.

Sam abriu a boca para protestar, mas Arobynn o silenciou com um assobio agudo entre os dentes. As portas do escritório se abriram. Wesley, o guarda-costas de Arobynn, entrou. O mestre manteve os olhos em Celaena ao dizer:

— Traga Tern, Mullin e Harding.

Aquilo não era um bom sinal. A assassina manteve o rosto neutro, no entanto, enquanto Arobynn continuava observando-a. Nem Celaena nem Sam ousaram falar durante os longos minutos que se passaram. Ela tentou não estremecer.

Por fim, os três assassinos — todos homens, todos de músculos rasgados e armados até os dentes — entraram em fila.

— Feche a porta — ordenou Arobynn para Harding, o último a entrar. Então disse aos demais: — Segurem-no.

Na mesma hora, Sam foi arrastado para fora da cadeira, os braços presos nas costas por Tern e Mullin. Harding se colocou diante deles, o punho fechado.

— Não — sussurrou Celaena ao ver os olhos arregalados do companheiro. Arobynn não seria tão cruel, não faria com que assistisse enquanto machucava Sam. Um aperto e uma dor se acumularam na garganta se Celaena.

Mas ela manteve a cabeça erguida, mesmo quando Arobynn disse baixinho para a protegida:

— Não vai gostar disso. Não vai se esquecer disso. E quero que seja assim.

A assassina virou a cabeça para Sam, uma súplica nos lábios para que Harding não o machucasse.

Celaena sentiu o golpe apenas um segundo antes de Arobynn atingi-la.

Caiu da cadeira e não teve tempo de se levantar direito antes que o mestre a agarrasse pelo colarinho e atacasse de novo, o punho acertando a bochecha de Celaena. Ela via luz e escuridão passarem. Mais um golpe, forte o bastante para que sentisse o calor do sangue no rosto antes de sentir a dor.

Sam começou a gritar algo. Mas Arobynn bateu nela de novo. Celaena sentiu gosto de sangue, porém não revidou, não ousou. O rapaz se debatia contra Tern e Mullin. Seguravam-no firme, e Harding colocou o braço diante de Sam para bloquear seu caminho.

Arobynn a acertou — as costelas, o maxilar, o estômago. E o rosto. Repetidas vezes. Golpes cuidadosos. Golpes que deveriam infligir o máximo de dor possível sem deixar danos permanentes. E Sam continuava urrando, gritando palavras que Celaena não conseguia ouvir por cima da dor.

A última coisa de que se lembrava era uma pontada de culpa ao ver o próprio sangue manchar o requintado tapete vermelho de Arobynn. Então escuridão, abençoada escuridão, cheia de alívio por não ter visto seu mestre ferir Sam.

❈ 3 ❈

Celaena vestiu a túnica mais bonita que tinha levado — que não era nada admirável, na verdade, mas o azul-escuro com dourado *destacava* os tons de turquesa dos seus olhos. Chegou até a maquiar os olhos, porém decidiu não colocar nada no restante do rosto. Embora o sol tivesse se posto, o calor permanecia. Qualquer coisa que pusesse na pele provavelmente escorreria.

Ansel cumpriu a promessa de buscá-la antes do jantar e a encheu de perguntas sobre a viagem na caminhada até o salão de jantar. Conforme andavam, havia algumas áreas nas quais a menina falava normalmente, outras nas quais abaixava a voz até um sussurro e outras ainda nas quais sinalizava para que sequer falassem. Celaena não sabia por que algumas salas exigiam silêncio absoluto e outras não — todas pareciam iguais. Ainda exausta, apesar do cochilo, e sem saber se podia falar, a assassina manteve as respostas breves. Não teria se importado em pular o jantar e dormir a noite inteira.

Permanecer alerta quando as duas entraram no salão exigiu força de vontade. No entanto, mesmo com a exaustão, Celaena instintivamente avaliou o local. Havia três saídas: as portas gigantes pelas quais haviam entrado e duas portas para os criados em cada ponta. Longas mesas e bancos de madeira, cheios de pessoas, lotavam o salão de uma parede a outra. Pelo menos setenta, no total. Nenhuma das pessoas olhou para Celaena quando Ansel se dirigiu a uma mesa perto da frente da sala de jantar. Se sabiam quem era, certamente não se importavam. Ela tentou não fazer cara feia.

Ansel se sentou à mesa e deu tapinhas no lugar vazio ao seu lado. Os assassinos mais próximos ergueram os olhos da refeição — alguns conversavam baixo, e outros estavam em silêncio — quando Celaena se colocou diante deles.

Ansel gesticulou com a mão na direção dela.

— Celaena, todo mundo. Todo mundo, esta é Celaena. Mas tenho certeza de que vocês fofoqueiros já sabem tudo a respeito dela. — A garota falou baixo, e, embora alguns dos assassinos no salão estivessem conversando, pareceram ouvi-la muito bem. Até mesmo o tilintar dos talheres parecia sussurrado.

Celaena avaliou os rostos daqueles ao redor; todos pareciam observá-la com curiosidade benigna, até entretida. Cuidadosamente, ciente demais de cada movimento, sentou-se no banco e verificou a mesa. Bandejas com carnes grelhadas cheirosas; tigelas cheias de grãos esféricos temperados; frutas e tâmaras; jarra após jarra de água.

Ansel se serviu, a armadura brilhava à luz das lanternas de vidro ornamentadas que pendiam do teto, então empilhou a mesma comida no prato de Celaena.

— Apenas comece a comer — sussurrou ela. — Tudo tem gosto bom, e nada está envenenado. — Para enfatizar o comentário, Ansel colocou um cubo de cordeiro grelhado na boca e mastigou. — Está vendo? — disse ela, entre mordidas. — Lorde Berick pode querer nos matar, mas sabe bem que não deve tentar se livrar de nós com venenos. Somos habilidosos demais para esse tipo de coisa. Não somos? — Os assassinos ao redor sorriram.

— Lorde Berick? — perguntou Celaena, agora encarando o prato e toda a comida nele.

A menina fez uma careta, engolindo alguns grãos cor de açafrão.

— Nosso vilão local. Ou, imagino, nós somos os vilões locais *dele*, dependendo de quem estiver contando a história.

— Ele é o vilão — falou um homem de cabelos enrolados e olhos castanhos diante de Ansel. Era bonito de certa forma, mas tinha um sorriso parecido demais com o do capitão Rolfe para o gosto de Celaena. Não devia ter mais que 25 anos. — Não importa *quem* esteja contando a história.

— Bem, *você* está destruindo *minha* história, Mikhail — falou Ansel, mas sorriu para o homem. Ele jogou uma uva, e a jovem a pegou facilmente com a boca. Celaena ainda não havia tocado na comida. — De toda forma — prosseguiu Ansel, colocando mais comida no prato da assassina —, Lorde Berick comanda a cidade de Xandria e *alega* que comanda também esta parte do deserto. É claro que não concordamos muito com isso, mas... Para encurtar uma história longa e assustadoramente chata, ele nos quer todos mortos há anos e anos. O rei de Adarlan impôs um embargo sobre o deserto Vermelho depois que Lorde Berick deixou de enviar tropas a Eyllwe para acabar com alguma rebelião, e Berick não vê a hora de voltar às graças do rei desde então. De alguma forma, colocou na cabeça dura que nos matar, assim como enviar a cabeça do Mestre Mudo para Adarlan em uma bandeja de prata, resolveria a questão.

Ansel pegou mais uma garfada de carne e continuou.

— Então, de vez em quando, tenta uma ou outra tática: envia víboras em cestas, recruta soldados para fingir serem nossos adorados dignitários estrangeiros — a menina apontou para uma mesa no fim do salão, na qual as pessoas vestiam roupas diferentes —, despacha tropas no meio da noite para atirar flechas em chamas contra nós... Ora, dois dias atrás, flagramos alguns dos soldados dele tentando cavar um túnel sob nossas muralhas. Plano falho desde o início.

Do outro lado da mesa, Mikhail deu um risinho.

— Nada funcionou ainda — disse ele. Ao ouvir o barulho da conversa, uma assassina em uma mesa próxima se virou para levar um dedo aos lábios, calando-os. Mikhail fez um gesto de ombros como se pedisse desculpas. O salão de jantar, ponderou Celaena, devia ser um tipo de lugar em que o silêncio era requerido, mas não obrigatório.

Ansel serviu um copo d'água para Celaena, então um para si e falou mais baixo.

— Imagino que esse seja o problema em atacar uma fortaleza impenetrável cheia de guerreiros habilidosos: é preciso ser mais inteligente que nós. No entanto... Berick é quase brutal o suficiente para compensar essa falha. Os assassinos que caíram nas mãos dele voltaram em pedaços. — A garota sacudiu a cabeça. — Ele gosta de ser cruel.

— E Ansel sabe disso em primeira mão — interrompeu Mikhail, embora sua voz fosse um pouco mais que um murmúrio. — Teve o prazer de conhecê-lo.

Celaena ergueu uma sobrancelha, e Ansel fez uma careta.

— Só porque sou a mais encantadora de vocês. O mestre às vezes me envia para Xandria para encontrar Berick, para tentar negociar algum tipo de acordo entre nós. Ainda bem que ele ainda não ousou violar os termos da trégua, mas... um dia desses, vou pagar pelos serviços de mensageira com a própria pele.

Mikhail revirou os olhos para Celaena.

— Ela gosta de ser dramática.

— Disso eu gosto.

A assassina deu aos dois um sorriso fraco. Alguns minutos se passaram, e Ansel certamente não estava morta, então Celaena mordeu um pedaço de carne, quase gemendo ao sentir a variedade de temperos pungentes e perfumados, e começou a comer. Ansel e Mikhail começaram a tagarelar um com o outro, e a assassina aproveitou a oportunidade para olhar pela mesa.

Além dos mercados de Forte da Fenda e dos navios de escravizados da baía da Caveira, jamais vira tal mistura de reinos e continentes diferentes. E, embora a maioria das pessoas ali fosse assassinos treinados, havia um ar de paz e contentamento — de alegria, até. Voltou os olhos para a mesa dos dignitários estrangeiros que Ansel indicara. Homens e mulheres, encurvados sobre a comida, sussurravam uns com os outros e, de vez em quando, observavam os assassinos no salão.

— Ah — falou Ansel, baixinho. — Só estão discutindo para qual de nós querem fazer uma oferta.

— Oferta?

Mikhail se inclinou para a frente a fim de ver os embaixadores entre a multidão.

— Eles vêm de países distantes para nos oferecer cargos. Fazem ofertas aos assassinos que mais os impressionam, às vezes para uma missão, outras para um contrato vitalício. Qualquer um de nós tem liberdade para ir, se quisermos. Mas nem todos querem partir.

— E vocês dois...?

— Ah, não — disse Ansel. — Meu pai me surraria daqui até o fim do mundo se eu me ligasse a uma corte estrangeira. Diria que é uma forma de prostituição.

Mikhail riu baixo.

— Pessoalmente, gosto daqui. Quando quiser partir, avisarei ao mestre que estou disponível. Mas até então... — Ele olhou para Ansel, e Celaena podia ter jurado que o rosto da garota corou um pouco. — Até então, tenho meus motivos para ficar.

A assassina perguntou:

— De que cortes são os dignitários?

— Nenhuma ao alcance de Adarlan, se é o que está perguntando. — Mikhail coçou a barba por fazer. — Nosso mestre sabe muito bem que tudo desde Eyllwe até Terrasen é território de *seu* mestre.

— Certamente é. — Celaena não sabia por que tinha dito isso. Considerando o que Arobynn fizera, quase não se sentia defensiva em relação aos assassinos do império de Adarlan. Mas... mas ao ver todos aqueles assassinos reunidos ali, tanto poder e conhecimento coletivo, e ao saber que não ousariam se intrometer no território de Arobynn, no território *dela*...

Celaena continuou comendo em silêncio conforme Ansel e Mikhail e alguns dos outros ao redor conversavam em voz baixa. Votos de silêncio, explicara Ansel mais cedo, eram feitos durante quanto tempo a pessoa considerasse adequado. Alguns passavam semanas em silêncio; outros, anos. A jovem alegava um dia ter jurado ficar em silêncio por um mês e durara apenas dois dias antes que desistisse. Ela gostava muito de falar. Celaena não tinha dificuldade em acreditar nisso.

Algumas pessoas ao redor faziam mímica. Embora precisassem de algumas tentativas para discernir os gestos vagos, parecia que Ansel e Mikhail podiam interpretar os sinais.

Celaena sentiu a atenção de alguém sobre si e tentou não piscar quando percebeu um bonito jovem de cabelos escuros observando-a alguns assentos adiante. Na verdade, estava mais para roubando olhadelas na direção da assassina, pois os olhos verde-mar do rapaz desviavam para o rosto de Celaena, então de volta aos colegas. Não abriu a boca nenhuma vez, mas fez mímica para os amigos. Outro silencioso.

Os olhos deles se encontraram, e o rosto do jovem se abriu em um sorriso, revelando dentes brancos estonteantes. Bem, era certamente desejável — tão desejável quanto Sam, talvez.

Sam... quando passou a pensar nele como *desejável*? O assassino riria até morrer se algum dia soubesse que Celaena achava isso.

O jovem inclinou levemente a cabeça como um cumprimento, então se voltou para os amigos.

— Aquele é Ilias — sussurrou Ansel, aproximando-se mais do que Celaena gostaria. Não tinha qualquer noção de espaço pessoal? — O filho do mestre.

Aquilo explicava os olhos verde-mar. Embora o mestre tivesse um ar de santidade, não devia ser celibatário.

— Fico surpresa por você ter chamado a atenção de Ilias — provocou a menina, mantendo a voz baixa o suficiente para que apenas Celaena e Mikhail ouvissem. — Ele costuma se concentrar demais no treinamento e em meditação para reparar em alguém, até mesmo garotas bonitas.

A assassina ergueu as sobrancelhas, suprimindo a resposta de que não queria saber de *nada* disso.

— Eu o conheço há anos e nunca foi outra coisa senão indiferente em relação a mim — continuou Ansel.

— Mas talvez tenha uma queda por loiras. — Mikhail riu com deboche.

— Não estou aqui para nada do tipo — falou Celaena.

— E aposto que tem um rebanho de pretendentes em casa, de qualquer forma.

— Certamente não.

A boca de Ansel se escancarou.

— Mentira.

Celaena tomou um gole muito, muito longo de água. Era aromatizada com fatias de limão — e inacreditavelmente deliciosa.

— Não, não é.

A jovem lançou um olhar inquisidor para Celaena, então voltou a conversar com Mikhail. A assassina empurrou a comida no prato. Não que não fosse romântica. Tivera quedinhas por alguns homens antes — desde Archer, o jovem cortesão que treinara com eles durante alguns meses quando Celaena tinha 13 anos, a Ben, o agora falecido segundo assassino de Arobynn, quando era jovem demais para realmente entender a impossibilidade de tal coisa.

Celaena ousou olhar mais uma vez para Ilias, que ria silenciosamente de algo que um dos companheiros tinha dito. Era lisonjeiro que o jovem sequer a considerasse digna de pensamento; ela evitara se olhar no espelho no mês seguinte à noite com Arobynn, apenas verificava para confirmar que nada estava quebrado ou fora do lugar.

— Então — falou Mikhail, dissipando o pensamento de Celaena ao apontar para ela com o garfo —, quando seu mestre a surrou até cair, mereceu de verdade?

Ansel lançou um olhar sombrio para o rapaz, e Celaena ficou tensa. Até mesmo Ilias estava ouvindo agora, os lindos olhos fixos no rosto dela. Mas ela encarou Mikhail.

— Imagino que depende de quem conta a história.

Ansel deu uma risadinha.

— Se Arobynn Hamel a contar, então, sim, imagino que eu tenha merecido. Custei muito dinheiro a ele, o valor de um reino em riquezas, provavelmente. Fui desobediente e desrespeitosa, e não senti qualquer remorso pelo que fiz.

A assassina não deixou de encarar Mikhail, e o sorriso dele hesitou.

— Mas, se os duzentos escravizados que libertei contassem a história, então, não, imagino que não tenha merecido.

Nenhum dos jovens sorria agora.

— Pelos deuses — sussurrou Ansel. Silêncio verdadeiro recaiu sobre a mesa durante alguns segundos.

Celaena voltou a comer. Não sentia vontade de conversar com eles depois disso.

Sob a sombra das tamareiras que separavam o oásis da areia, Celaena encarava a amplitude do deserto que se estendia diante deles.

— Repita isso — disse ela a Ansel. Depois do jantar sussurrado na noite anterior e das passagens da fortaleza absolutamente silenciosas que as levaram até ali, falar normalmente fazia doerem os ouvidos.

Mas a companheira, que vestia calça e túnica branca e calçava botas revestidas com pele de camelo, apenas sorriu e apertou o lenço branco ao redor dos cabelos vermelhos.

— É uma corrida de quase 5 quilômetros até o próximo oásis. — Ansel entregou a Celaena os dois baldes de madeira que levara consigo. — São para você.

A assassina ergueu as sobrancelhas.

— Achei que iria treinar com o mestre.

— Ah, não. Não hoje — falou Ansel, pegando dois baldes para si. — Quando ele disse "treinar", quis dizer isto. Pode ser capaz de derrubar quatro de nossos homens, mas ainda tem o cheiro do vento do norte. Depois que começar a feder ao deserto Vermelho, então ele se dará o trabalho de treinar você.

— Isso é ridículo. Onde ele está? — Celaena olhou na direção da fortaleza que se erguia atrás das duas.

— Ah, não o encontrará. Não até que se prove digna. Mostre que está disposta a deixar para trás tudo o que sabe e tudo o que foi. Faça com que ele pense que vale o tempo dele. Então o mestre a treinará. Pelo menos foi o que me disseram. — Os olhos cor de mogno reluziam entretidos. — Sabe quantos de nós imploraram e rastejaram para ter apenas *uma* lição com ele? O mestre escolhe como acha adequado. Certa manhã, pode se aproximar de um acólito. Na seguinte, pode ser alguém como Mikhail. Ainda estou esperando a *minha* vez. Acho que nem mesmo Ilias conhece o método por trás das decisões do pai.

Isso não era mesmo o que Celaena havia planejado.

— Mas preciso que ele escreva uma carta de aprovação para mim. *Preciso* que me treine. Estou *aqui* para que ele possa me treinar...

A menina deu de ombros.

— Assim como todos nós. Se eu fosse você, no entanto, sugeriria treinar comigo até que ele decida que você vale a pena. Pelo menos pode entrar no ritmo das coisas. Fazer parecer que se importa mais conosco, e não que está aqui só por essa carta de aprovação. Não que *todos* não tenhamos nossos próprios planos secretos.

Ansel piscou um olho, e Celaena franziu as sobrancelhas. Entrar em pânico agora não faria bem algum. Precisava de tempo para pensar em um plano de ação lógico. Tentaria falar com o mestre depois. Talvez ele não tivesse entendido no dia anterior. Mas, por enquanto... andaria com Ansel durante o dia. O mestre estava no jantar na noite anterior; se precisasse, poderia encurralá-lo no salão naquela noite.

Quando Celaena não fez mais objeções, Ansel ergueu um balde.

— Então, este balde é para sua jornada de volta do oásis, vai precisar dele. E este aqui — ergueu o outro — é apenas para tornar a viagem um inferno.

— Por quê?

A menina prendeu os baldes no jugo sobre os ombros.

— Porque se conseguir correr 5 quilômetros sobre as dunas do deserto Vermelho, então 5 quilômetros de volta, pode fazer quase tudo.

— Correr? — A garganta de Celaena secou ao pensar nisso. Ao redor, assassinos, em geral crianças, além de alguns outros pouco mais velhos que ela, começaram a correr para as dunas, os baldes se chocando.

— Não me diga que a famosa Celaena Sardothien não consegue correr 5 quilômetros!

— Se está aqui há tantos anos, os 5 quilômetros não são fáceis agora?

Ansel alongou o pescoço como um gato se espreguiçando ao sol.

— É claro que são. Mas a corrida me mantém em forma. Acha que eu simplesmente *nasci* com estas pernas? — Celaena trincou os dentes quando a garota deu um sorriso malicioso. Jamais conhecera alguém que sorria e piscava um olho tão frequentemente.

Ansel começou uma corrida leve, deixando a sombra das tamareiras acima, chutando uma onda de areia vermelha atrás de si. Ela olhou por cima do ombro.

— Se caminhar, vai levar o dia todo! E então certamente jamais impressionará ninguém! — Ansel puxou o lenço sobre o nariz e a boca, e disparou.

Respirando fundo, mandando Arobynn para o inferno, Celaena prendeu os baldes ao jugo e correu.

Se fossem 5 quilômetros em plano reto, ou até mesmo acima de uma colina gramada, talvez conseguisse. Mas as dunas eram enormes e intransponíveis; Celaena completou míseros 1,5 quilômetro antes de precisar reduzir até uma caminhada, os pulmões quase em combustão. Era bem fácil encontrar o caminho — as dezenas de pegadas das pessoas que corriam à frente mostravam por onde precisava ir.

Ela corria quando podia e caminhava quando não podia, mas o sol ficava cada vez mais alto, em direção ao perigoso cume do meio-dia. Acima de uma colina, para baixo de outra. Um pé diante do seguinte. Lampejos brilhantes salpicavam a visão, e a cabeça latejava.

A areia vermelha reluzia, e Celaena pendurou os braços sobre o jugo. Os lábios ficaram ressecados, rachando em alguns lugares; a língua parecia pesada na boca.

Cada passo fazia com que a cabeça latejasse, e o sol ficava mais e mais alto...

Mais uma duna. Apenas mais uma duna.

Mas muitas dunas mais depois, ela ainda se arrastava, ainda seguia as escassas pegadas na areia. Será que de alguma forma seguia o grupo *errado*?

Enquanto pensava nisso, assassinos surgiram no alto da duna diante de Celaena, já correndo de volta para a fortaleza, com os baldes pesados de água.

Ela manteve a cabeça erguida conforme passavam, e não os encarou. A maioria não se incomodou em olhar para Celaena, embora alguns tivessem lhe dado um olhar vergonhoso de pena. As roupas das pessoas estavam encharcadas.

A assassina chegou ao topo de uma duna tão íngreme que precisou usar uma das mãos para se impulsionar, e logo quando estava prestes a cair de joelhos no alto da duna, ouviu barulho de água.

Um pequeno oásis, basicamente um círculo de árvores e uma piscina gigante alimentada por um córrego reluzente, estava quase 200 metros adiante.

Ela era a Assassina de Adarlan — pelo menos tinha *chegado* até ali.

Na parte rasa do lago, muitos discípulos jogavam água ou se banhavam ou apenas ficavam sentados, refrescando-se. Ninguém falava... e mal gesticulavam. Outro dos lugares absolutamente silenciosos, então. A jovem viu Ansel com os pés na água, jogando tâmaras na boca. Nenhum dos demais deu qualquer atenção a Celaena. E, pelo menos uma vez, estava feliz por isso. Talvez devesse ter encontrado um modo de desafiar a ordem de Arobynn e ido até lá sob um pseudônimo.

Ansel acenou para que Celaena se aproximasse. Se desse qualquer olhar que indicasse a lentidão da assassina...

Mas a menina apenas estendeu uma tâmara, oferecendo-a.

Celaena, tentando controlar a falta de fôlego, não se incomodou em pegar a tâmara conforme caminhava para dentro da água fresca até estar completamente submersa.

Celaena bebeu um balde inteiro antes de sequer estar a meio caminho da fortaleza, e, quando chegou ao complexo de arenito e à gloriosa sombra, havia consumido todo o segundo balde.

No jantar, Ansel não mencionou que a assassina levara muito, muito tempo para voltar. Ela precisou esperar à sombra das palmeiras até o fim daquela tarde para ir embora; e acabou andando o caminho todo de volta. Chegou à fortaleza perto do anoitecer. Um dia todo passado "correndo".

— Não fique tão triste — sussurrou Ansel, pegando uma garfada daqueles deliciosos grãos temperados. Ela vestia a armadura de novo. — Sabe o que aconteceu em meu primeiro dia aqui?

Alguns dos assassinos sentados à longa mesa deram sorrisos astutos.

A menina engoliu e apoiou os braços à mesa. Até mesmo as manoplas da armadura eram delicadamente entalhadas com lobos.

— Em minha primeira corrida, desmaiei. No terceiro quilômetro. Completamente inconsciente. Ilias me encontrou no caminho de volta e me carregou até aqui. Nos braços e tudo. — Os olhos de Ilias encontraram os de Celaena, e ele sorriu para ela. — Se não estivesse prestes a morrer, teria suspirado — finalizou Ansel, e os demais sorriram, alguns rindo em silêncio.

Celaena corou, subitamente consciente demais da atenção de Ilias, e tomou um gole do copo de água com limão. Conforme a refeição prosseguiu, as bochechas permaneceram vermelhas, pois Ilias continuou voltando o olhar em sua direção.

Ela tentou não ficar muito convencida. Mas então se lembrou de como tinha se saído mal durante o dia — como sequer tivera a chance de treinar — e o orgulho morreu um pouco.

Celaena manteve os olhos no mestre, que jantava no centro do salão, oculto, em segurança, entre fileiras de assassinos mortais. Sentava-se em uma mesa de acólitos, cujos olhos estavam tão arregalados que a assassina só podia presumir que a presença do mestre à mesa era uma surpresa inesperada.

Celaena esperou e esperou até que ele se levantasse, e, quando ficou de pé, a jovem tentou ao máximo parecer casual ao se levantar também, dando boa-noite a todos. Quando se virou, reparou que Mikhail pegara a mão de Ansel e a segurava à sombra sob a mesa.

O mestre saía do salão quando Celaena o alcançou. Com todos ainda comendo, os corredores iluminados por tochas estavam vazios. Ela deu um passo ruidoso, sem saber se o mestre gostaria que tentasse fazer silêncio e como, exatamente, se dirigiria a ele.

O homem parou, as roupas brancas farfalhavam atrás do corpo, e ofereceu um leve sorriso a Celaena. De perto, a assassina conseguia ver as semelhanças entre o mestre e o filho. Havia uma linha pálida ao redor de um dos dedos — talvez onde um dia estivera um anel de casamento. Quem era a mãe de Ilias?

É claro que não era a hora de perguntas como aquela. Ansel dissera a Celaena que tentasse impressionar o Mestre Mudo; fazer com que ele pensasse que ela *queria* estar ali. Talvez o silêncio funcionasse. Mas como comunicar o que precisava ser dito? A assassina deu a ele seu melhor sorriso, embora estivesse com o coração acelerado, e começou a fazer uma série de gestos, a maioria era apenas sua melhor impressão da corrida com o jugo e muitos eram acenos de cabeça, além da testa franzida, o que ela esperava que fosse entendido como "Vim aqui para treinar com *você*, não com os outros".

O mestre assentiu, como se já soubesse. Celaena engoliu em seco, o gosto daqueles temperos que usavam na carne ainda na boca. Ela sinalizou entre os dois diversas vezes, dando um passo adiante para indicar que queria trabalhar *apenas* com o mestre. Poderia ter sido mais agressiva com os gestos, poderia ter deixado que o temperamento e a exaustão realmente tomassem conta, mas... aquela porcaria de carta!

O mestre fez que não com a cabeça.

Celaena trincou os dentes e tentou gesticular entre os dois de novo.

Ele sacudiu a cabeça mais uma vez e abaixou as mãos no ar, como se pedisse para ela ficar mais calma, para esperar. Esperar que ele a treinasse.

A assassina repetiu o gesto, erguendo uma sobrancelha, como se dissesse: "Esperar por você?" O mestre assentiu. Que merda de mímica poderia usar para perguntar "Até quando?" Celaena expôs as palmas das mãos, implorando, fazendo o melhor para parecer confusa. Mesmo assim, não conseguia afastar a irritação do rosto. Estaria ali por apenas um mês. Quanto tempo precisaria esperar?

O mestre entendeu muito bem. Ele deu de ombros, um gesto irritantemente casual, e Celaena trincou o maxilar. Então Ansel estava certa — deveria esperar que o homem a chamasse. Ele deu a Celaena aquele sorriso gentil e se virou, voltando a caminhar. A jovem deu um passo em sua direção, para implorar, para gritar, para fazer o que quer que o corpo conseguisse fazer, mas alguém lhe agarrou o braço.

Celaena deu meia-volta, já levando a mão às adagas, porém viu que estava diante dos olhos verde-mar de Ilias.

Ele sacudiu a cabeça, o olhar movendo-se do mestre para Celaena, em seguida para o mestre de novo. A jovem não deveria segui-lo.

Então talvez Ilias não tivesse prestado atenção em Celaena por admiração, mas porque não confiava nela. E por que deveria? A reputação da assassina não inspirava exatamente confiança. Devia tê-la seguido pelo corredor no momento em que a viu indo atrás de seu pai. Se as posições fossem inversas — se *ele* estivesse visitando Forte da Fenda —, Celaena não teria ousado deixar Ilias sozinho com Arobynn.

— Não tenho planos de feri-lo — disse ela, baixinho. Contudo, o rapaz deu a Celaena um meio-sorriso, as sobrancelhas levantando como se para perguntar se a assassina podia culpá-lo por proteger o pai.

Ilias soltou seu braço devagar. Ele não levava armas na lateral do corpo, contudo a assassina tinha a impressão de que o rapaz não precisaria delas. Era alto — até mais que Sam — e tinha ombros largos. Forte, mas não muito. O sorriso de Ilias se abriu um pouco mais conforme estendeu a mão na direção de Celaena. Uma saudação.

— Sim — disse ela, lutando contra o próprio sorriso. — Imagino que não fomos apresentados adequadamente.

Ilias assentiu e levou a outra mão ao coração. Cicatrizes marcavam a mão; eram pequenas e finas, sugerindo anos de treinamento com lâminas.

— Você é Ilias, e eu sou Celaena. — Ela levou a mão ao próprio peito, então tomou a mão estendida do jovem e a apertou. — É um prazer conhecê-lo.

Os olhos de Ilias eram vívidos à luz da tocha, a mão era firme e quente sobre a de Celaena. Ela soltou os dedos do rapaz. O filho do Mestre Mudo e a protegida do rei dos Assassinos. Se alguém ali era de alguma forma semelhante a Celaena, percebeu ela, era Ilias. Forte da Fenda poderia ser o reino dela, mas aquele era o do rapaz. E pelo modo casual com que caminhava, pela forma com que Celaena vira os colegas olhando para Ilias com admiração e respeito, ela percebia que Ilias se sentia completamente em casa ali — como se aquele lugar tivesse sido feito para ele, e o rapaz jamais precisasse questionar sua posição lá dentro. Um tipo estranho de inveja abriu caminho até o coração de Celaena.

Ilias subitamente começou a fazer uma série de gestos com os dedos longos, mas a assassina riu baixinho.

— Não faço ideia do que está tentando dizer.

Ele olhou para cima e suspirou pelo nariz. Estendendo as mãos para o ar fingindo derrota, apenas deu um tapinha no ombro de Celaena antes de seguir o pai, que havia desaparecido no corredor.

Embora Celaena tivesse ido de volta para o quarto — na outra direção —, não acreditou nem por um minuto que o filho do Mestre Mudo ainda não a estivesse observando, certificando-se de que a assassina não iria atrás de seu pai.

Não que você tenha qualquer coisa com que se preocupar, era o que queria gritar por cima do ombro. Não podia correr 10 míseros quilômetros no deserto.

Conforme voltava para o quarto, Celaena teve uma sensação horrível de que, ali, ser a Assassina de Adarlan podia não valer muito.

Mais tarde naquela noite, quando já estavam na cama, Ansel sussurrou para a escuridão:

— Amanhã será melhor. Talvez apenas mais 30 centímetros que hoje, mas 30 centímetros mais do que você consegue correr.

Era fácil para Ansel dizer. *Ela* não tinha uma reputação para manter; uma reputação que poderia estar desabando a sua volta. Celaena encarou o teto, subitamente com saudade de casa, desejando, estranhamente, que Sam estivesse ali. Pelo menos se falhasse, falharia com ele.

— Então — disse Celaena, de repente, precisando afastar tudo da mente, principalmente Sam. — Você e Mikhail...

Ansel resmungou.

— É tão óbvio assim? Embora realmente a gente não faça tanto esforço para esconder. Bem, *eu* tento, mas ele não. *Ficou* muito irritado quando descobriu do nada que eu ia ter uma colega de quarto.

— Há quanto tempo estão juntos?

Ansel ficou em silêncio por um bom tempo antes de responder.

— Desde que eu tinha 15 anos.

Quinze! Mikhail tinha uns 20 e poucos anos, então, mesmo que aquilo tivesse começado há quase três anos, ele ainda seria muito mais velho que Ansel. Isso deixou Celaena um pouco desconfortável.

— As garotas nas Terras Planas se casam cedo, até com 14 anos — explicou a menina.

A assassina engasgou. A ideia de ser a *esposa* de alguém aos 14 anos, quem dirá ser mãe logo depois...

— Ah. — Foi tudo que conseguiu dizer.

Quando Celaena ficou calada, Ansel caiu no sono. Sem nada para distraí-la, por fim, voltou a pensar em Sam. Mesmo semanas depois, não sabia como, de alguma forma, se apegara a ele, o que o rapaz gritara quando Arobynn a surrou e por que Arobynn achara que precisava de três assassinos experientes para conter Sam naquele dia.

⊰ 4 ⊱

Embora Celaena não quisesse admitir, Ansel estava certa. Correra mais longe no dia seguinte. E no dia depois desse, e no seguinte. Mas ainda demorava tanto para voltar que não tinha tempo de procurar o mestre. Não que pudesse. Ele chamaria *Celaena*. Como um lacaio.

Ela conseguiu encontrar *algum* tempo no fim da tarde para treinar com Ansel. A única instrução que recebera fora de alguns assassinos de aparência mais velha que posicionavam as mãos e os pés de Celaena, batiam em seu estômago e golpeavam a coluna da jovem para que ficasse com a postura correta. De vez em quando, Ilias treinava com ela, nunca perto *demais*, mas o suficiente para que Celaena soubesse que a presença dele não era uma coincidência.

Como os assassinos em Adarlan, os Assassinos Silenciosos não eram conhecidos por nenhuma habilidade especial — exceto pelo modo perturbadoramente silencioso como se moviam. As armas eram basicamente as mesmas, embora os arcos e as lâminas fossem um pouco diferentes em comprimento e forma. Mas apenas os observando... parecia haver muito menos... *perversidade* ali.

Arobynn encorajava o comportamento cruel. Mesmo quando eram crianças, o mestre costumava colocar Celaena e Sam um contra o outro, usar as vitórias e as derrotas dos discípulos contra eles. Arobynn fizera com que Celaena visse todos, exceto ele e Ben, como inimigos em potencial.

Como aliados, sim, mas também como competidores que deviam ser observados de perto. Fraquezas jamais deveriam ser mostradas, a qualquer custo. Brutalidades eram recompensadas. E educação e cultura eram igualmente importantes — palavras podiam ser tão mortais quanto o aço.

Mas os Assassinos Silenciosos... Também podiam ser assassinos, porém buscavam uns aos outros para o aprendizado. Aceitavam a sabedoria coletiva. Guerreiros mais velhos sorriam conforme ensinavam os acólitos; assassinos experientes trocavam técnicas. E, embora fossem todos concorrentes, parecia que um elo invisível os unia. Algo os havia levado àquele lugar nos confins da Terra. Celaena descobriu que alguns eram, na verdade, mudos de nascença. Mas todos pareciam cheios de segredos. Como se a fortaleza e o que ela oferecia, de alguma forma, guardasse as respostas que buscavam. Como se pudessem encontrar o que quer que estivessem procurando no silêncio.

Mesmo assim, enquanto corrigiam a postura de Celaena e mostravam novas formas de controlar a respiração, a assassina tentava ao máximo não rosnar para os instrutores. Sabia muito; não era a Assassina de Adarlan sem motivo. Mas precisava daquela carta de bom comportamento como prova do treinamento. Todas aquelas pessoas poderiam ser chamadas pelo Mestre Mudo para dar uma opinião a respeito dela. Talvez, se demonstrasse ser habilidosa o bastante naquelas práticas, o mestre reparasse nela.

Conseguiria aquela carta. Mesmo que precisasse segurar uma adaga contra o pescoço do Mestre Mudo enquanto ele a escrevesse.

O ataque de Lorde Berick aconteceu na quinta noite. Não havia lua, e Celaena não fazia ideia de como os Assassinos Silenciosos viram os cerca de trinta soldados se esgueirando pelas dunas sombrias. Mikhail invadiu o quarto delas e sussurrou para que fossem até as muralhas da fortaleza. Celaena esperava que aquela fosse mais uma oportunidade de provar suas habilidades. Com apenas pouco mais de três semanas restantes, estava ficando sem opções. Mas o mestre não estava nas muralhas, assim como muitos dos assassinos. Ela ouviu uma mulher perguntar a outra como os homens de Berick sabiam que um grande número deles estaria fora naquela noite, ocupados escoltando alguns dignitários estrangeiros de volta ao porto mais próximo. Era conveniente demais para ser coincidência.

Agachada no alto do parapeito, com uma flecha posicionada no arco, Celaena olhava por uma das janelas da construção. Ansel, abaixada ao lado, também se virou para olhar. Acima e abaixo da muralha, assassinos se escondiam à sombra das paredes, vestidos de preto e com arcos nas mãos. E no centro, Ilias estava ajoelhado, movendo as mãos com agilidade conforme passava ordens para a fileira. Mais parecia a linguagem silenciosa de soldados que os gestos básicos usados para representar a língua comum.

— Prepare a flecha — murmurou Ansel, mergulhando a ponta do objeto coberto por tecido dentro da pequena tigela de óleo entre as duas. — Quando Ilias der o sinal, acenda-a na tocha o mais rápido possível e atire. Mire a elevação na areia logo abaixo dos soldados.

Celaena olhou para a escuridão além da muralha. Em vez de se revelarem ao extinguir as luzes da fortaleza, os defensores mantiveram as luzes acesas — o que tornava a visualização no escuro quase impossível. Mas ainda conseguia distinguir as formas contra o céu iluminado pelas estrelas: trinta homens deitados de bruços, preparados para fazer o que quer que tivessem planejado. Atacar os assassinos de frente, assassiná-los no sono, queimar o lugar...

— Não vamos matá-los? — sussurrou Celaena de volta, sentindo o peso da arma nas mãos. O arco dos Assassinos Silenciosos era diferente, mais curto, espesso e mais difícil de envergar.

Ansel fez que não com a cabeça, observando Ilias diante da fileira.

— Não, embora eu adoraria, se pudéssemos. — Celaena não gostou muito do modo casual como ela falou, mas Ansel continuou. — Não queremos começar uma batalha aberta com Lorde Berick. Só precisamos afugentá-los. Mikhail e Ilias ergueram aquela elevação na semana passada; a linha na areia é uma corda encharcada de óleo.

Celaena começava a entender o que fariam. Ela mergulhou a flecha na tigela de óleo, ensopando completamente o tecido ao redor da ponta.

— Vai ser uma longa parede de fogo — disse ela, seguindo o caminho da elevação.

— Você não faz ideia. Ela se estende ao redor da fortaleza inteira. — Ansel esticou o corpo, e Celaena olhou por cima do ombro para ver o braço de Ilias fazer um gesto perfeito de corte.

Instantaneamente, colocaram-se de pé. Ansel alcançou a tocha no suporte mais próximo antes de Celaena e estava na muralha um segundo depois. Ágil como relâmpago.

Celaena quase deixou cair o arco ao passar a flecha pela chama e o calor tocar seus dedos. Os homens de Lorde Berick começaram a gritar, e, por cima do crepitar das flechas acesas, a assassina ouviu sons metálicos conforme os soldados disparavam a própria munição.

Mas Celaena já estava na muralha, encolhendo o corpo ao puxar a flecha para trás, o suficiente para que chamuscasse os dedos. Ela disparou.

Como uma onda de estrelas cadentes, as flechas em chamas subiram, subiram e subiram, depois caíram. Mas a assassina não teve tempo de ver o círculo de fogo se acender entre os soldados e a fortaleza. Abaixou-se contra a muralha, colocando as mãos sobre a cabeça. Ao lado dela, Ansel fez o mesmo.

Luz irrompeu ao redor, e o rugido da parede de chamas abafou os gritos dos homens de Lorde Berick. Flechas pretas choviam do céu, ricocheteando nas pedras da muralha. Dois ou três assassinos grunhiram, engolindo os gritos, mas Celaena manteve a cabeça baixa, prendendo a respiração até que a última das flechas do inimigo caísse.

Quando não restava nada além dos gemidos abafados dos assassinos feridos e o crepitar da parede de fogo, a jovem ousou olhar para Ansel, cujos olhos brilhavam.

— Bem — sussurrou Ansel —, *isso* foi divertido, não é?

Celaena sorriu, com o coração acelerado.

— Sim. — Virando-se, viu os homens de Lorde Berick fugirem pelas dunas. — Sim, foi.

Quase ao alvorecer, quando as meninas estavam de volta ao quarto, uma batida leve soou. Ansel se pôs instantaneamente de pé e abriu a porta apenas o bastante para que Celaena visse Mikhail do outro lado. Ele entregou a Ansel um pergaminho enrolado.

— Deve ir a Xandria hoje e entregar isto a ele. — A assassina viu os ombros de Ansel ficarem tensos. — Ordens do mestre — acrescentou o rapaz.

Celaena não conseguia ver seu rosto quando a garota assentiu, mas poderia ter jurado que Mikhail acariciara a bochecha dela antes de se virar. Ansel soltou um longo suspiro e fechou a porta. À luz crescente que precede a alvorada, Celaena viu a jovem esfregar os olhos para afastar o sono.

— Quer se juntar a mim?

A assassina se ergueu sobre os cotovelos.

— Isso não fica a dois dias daqui?

— Sim. Dois dias pelo deserto, com apenas esta que vos fala como companhia. A não ser que prefira ficar aqui, correndo todos os dias e esperando como um cão até que o mestre repare em você. Na verdade, ir comigo pode ajudar a fazê-lo pensar em treinar você. Ele certamente veria sua dedicação em nos manter a salvo. — Ansel ergueu as sobrancelhas para Celaena, que revirou os olhos.

De fato, era uma argumentação sólida. Havia melhor modo de provar sua dedicação do que sacrificar quatro dias do precioso tempo para ajudar os Assassinos Silenciosos? Era arriscado, sim, mas... poderia ser ousado o bastante para chamar a atenção dele.

— E o que faremos em Xandria?

— Isso você vai descobrir.

Pelo brilho malicioso nos olhos castanho-avermelhados de Ansel, Celaena podia só imaginar o que esperava por elas.

⇥ 5 ⇤

Celaena estava deitada no manto, tentando imaginar que a areia era o colchão de Forte da Fenda e que não estava completamente exposta no meio do deserto. A última coisa de que precisava era acordar com um escorpião nos cabelos. Ou algo pior.

Virou-se de lado, apoiando a cabeça na dobra do braço.

— Não consegue dormir? — perguntou Ansel, a alguns metros de distância. A assassina tentou não resmungar. As duas tinham passado o dia todo se arrastando pela areia, parando apenas ao meio-dia para dormir sob os mantos e evitar o brilho do sol de rachar a cabeça.

E um jantar de tâmaras e pão não tinha sido exatamente satisfatório também. Mas Ansel quisera viajar com pouco e dissera que podiam conseguir mais comida ao chegarem a Xandria na tarde do dia seguinte. Quando Celaena reclamou *disso*, a menina apenas disse que deveria ficar grata por não ser temporada de tempestade de areia.

— Tenho areia em todas as partes do corpo — murmurou a assassina, encolhendo o corpo ao sentir os grãos friccionando-se contra a pele. Como a merda da areia entrara nas roupas dela? A túnica e a calça branca tinham camadas o suficiente para que nem *Celaena* encontrasse a própria pele por baixo.

— Tem *certeza* de que é Celaena Sardothien? Porque não acho que ela seria tão reclamona. Aposto que está acostumada a passar por apertos.

— Estou bem acostumada a apertos — respondeu Celaena, as palavras sendo sugadas para dentro das dunas que se erguiam ao redor. — Isso não quer dizer que eu precise *gostar* disso. Imagino que alguém dos desertos do Oeste ache isto um luxo.

Ansel gargalhou.

— Não faz ideia.

A assassina parou de provocar quando a curiosidade tomou conta.

— Suas terras são amaldiçoadas como dizem?

— Bem, as Terras Planas costumavam ser parte do Reino das Bruxas. E sim, acho que se pode dizer que são de alguma forma amaldiçoadas. — Ansel suspirou alto. — Quando as rainhas Crochan governavam há quinhentos anos, era muito lindo. Pelo menos as ruínas por toda parte parecem ter sido lindas. Mas então os três clãs Dentes de Ferro destruíram tudo quando depuseram a dinastia Crochan.

— Dentes de Ferro?

Ansel emitiu um chiado baixo.

— Algumas bruxas, como as Crochan, tinham o dom da beleza etérea. Mas os clãs Dentes de Ferro têm dentes de ferro, afiados como os de um peixe. Na verdade, as unhas de ferro são mais perigosas; podem cortar com um golpe.

Um calafrio percorreu a espinha de Celaena.

— Mas, quando os clãs Dentes de Ferro destruíram o reino, dizem que a última rainha Crochan lançou um feitiço que voltou a terra contra qualquer um que empunhasse o estandarte dos Dentes de Ferro, assim, nenhuma plantação cresceria, os animais definhariam e morreriam, e as águas se tornariam lamacentas. Mas não é assim agora. A terra está fértil desde que os clãs Dentes de Ferro viajaram para o leste... na direção das terras de vocês.

— Então... *você* já viu uma das bruxas?

A garota ficou em silêncio por um momento antes de responder:

— Sim.

Celaena se virou na direção da jovem, apoiando a cabeça na mão. Ansel continuou olhando para o céu.

— Quando eu tinha 8 anos e minha irmã tinha 11, ela, eu e Maddy, uma das amigas dela, saímos de fininho da Mansão de Penhasco dos Arbustos. Alguns quilômetros depois, havia um rochedo gigante com uma

154

torre de vigia no topo. As partes mais altas estavam todas destruídas por causa das guerras das bruxas, mas o resto permanecia intacto. Tipo, havia um arco que passava pela base da torre, então dava para ver o outro lado da colina através dele. E um dos cocheiros contou a minha irmã que, se você olhasse pelo arco na noite do solstício de verão, poderia ver outro mundo.

Os pelos no pescoço de Celaena se arrepiaram.

— Então você entrou?

— Não — respondeu Ansel. — Cheguei quase ao topo do rochedo e fiquei tão apavorada que não coloquei os pés lá. Fiquei escondida atrás de uma pedra. Minha irmã e Maddy me deixaram ali enquanto seguiam o restante do caminho. Não lembro quanto tempo esperei, mas então ouvi gritos.

"Minha irmã veio às pressas. Ela simplesmente pegou meu braço e corremos. Não foi revelado a princípio, mas, quando chegamos à mansão de meu pai, ela contou o que havia acontecido. Passaram pelo arco da torre e viram uma porta aberta que dava para o interior, porém havia uma senhora com dentes de metal de pé às sombras. Ela agarrou Maddy e a arrastou pelas escadas."

A assassina prendeu o fôlego.

— Maddy começou a gritar, e minha irmã correu. Quando contou a meu pai e aos homens dele, todos foram até o rochedo. Chegaram ao anoitecer, mas não havia sinal de Maddy ou da senhora.

— Sumiram? — sussurrou Celaena.

— Eles encontraram uma coisa — disse Ansel, baixinho. — Subiram até a torre e, em um dos patamares, encontraram os ossos de uma criança. Brancos como marfim e completamente limpos.

— Pelos deuses — falou Celaena.

— Depois disso, nosso pai nos bateu até quase morrermos e ficamos nas tarefas da cozinha durante seis meses, mas ele sabia que a culpa da minha irmã seria punição suficiente. Jamais perdeu aquele brilho assombrado nos olhos.

A assassina estremeceu.

— Bem, agora certamente não conseguirei dormir esta noite.

A companheira riu.

— Não se preocupe — disse ela, aninhando-se no manto. — Vou contar um segredo valioso: o único modo de matar uma bruxa é cortando sua cabeça. Além disso, não acho que uma Dentes de Ferro tenha muita chance contra nós.

— Espero que esteja certa — murmurou Celaena.

— Estou certa — falou Ansel. — Podem ser cruéis, mas não são invencíveis. E, se eu tivesse um exército próprio... se tivesse vinte dos Assassinos Silenciosos sob meu comando, caçaria todas as bruxas. Não teriam a mínima chance. — A mão dela acertou a areia; devia ter golpeado o chão. — Sabe, esses assassinos estão aqui há anos, porém o que *fazem*? As Terras Planas *prosperariam* se tivessem um exército de assassinos para defendê-las. Mas não, apenas ficam sentados no oásis, silenciosos e pensativos, e se vendem para cortes estrangeiras. Se *eu* fosse mestre, usaria nossos números para a grandiosidade, para a glória. Defenderíamos cada reino desprotegido lá fora.

— Que nobre de sua parte — falou Celaena. — Ansel de Penhasco dos Arbustos, Defensora do Reino.

Ela apenas riu e logo caiu no sono.

Celaena, no entanto, ficou acordada um pouco mais, incapaz de parar de imaginar o que aquela bruxa tinha feito quando arrastou Maddy para as sombras da torre.

Era dia de feira em Xandria, e, embora a cidade tivesse sofrido muito tempo com o embargo de Adarlan, ainda parecia haver mercadores de todos os reinos no continente — e além. Estavam amontoados em todos os espaços possíveis na pequena cidade portuária fortificada. Ao redor de Celaena, havia temperos, joias, roupas e comida, algumas vendidas diretamente de carroças pintadas com cores fortes, outras espalhadas sobre cobertores em reentrâncias sombreadas. Não havia sinal de que alguém soubesse qualquer coisa a respeito do ataque fracassado aos Assassinos Silenciosos na outra noite.

A assassina se manteve próxima a Ansel ao caminharem, a garota de cabelos ruivos ziguezagueava em meio à multidão com um tipo de graciosidade casual que Celaena, apesar de não querer, invejava. Não importava quantas pessoas esbarrassem nela, ou se pusessem em seu caminho, ou a xingassem por entrar no caminho delas, Ansel não titubeava, e o sorriso jocoso apenas aumentava. Muitas pessoas paravam para encarar os cabelos ruivos e os olhos combinando, mas ela continuava seu passo. Mesmo sem a armadura, era deslumbrante. Celaena tentou não pensar em quão poucas pessoas tinham se incomodado em reparar *nela*.

Com os corpos e o calor, a assassina pingava de suor quando Ansel parou perto do fim da feira.

— Vou demorar umas duas horas — falou a menina, acenando com a mão longa e elegante para o palácio de arenito que se estendia acima da pequena cidade. — O velho animal gosta de falar e falar e falar. Por que não faz umas compras?

Celaena esticou o corpo.

— Não vou com você?

— Para o palácio de Berick? É lógico que não. É negócio do mestre.

Ela sentiu as narinas se dilatarem. Ansel deu um tapinha no ombro da colega.

— Acredite, preferirá passar as próximas horas na feira a esperar no estábulo com os homens de Berick a olhando com desejo. Ao contrário de nós — a garota deu aquele sorriso —, não têm acesso a banhos sempre que precisam.

Ansel continuou olhando para o palácio, ainda a alguns quarteirões de distância. Nervosa porque se atrasaria? Ou nervosa porque iria confrontar Berick em nome do mestre? Ela afastou o restante de areia vermelha das camadas de roupas brancas.

— Encontro você naquela fonte às 15 horas. Tente não se meter em *muita* confusão.

E, com isso, sumiu para dentro da prensa de corpos, os cabelos vermelhos reluzindo como um ferro quente. Celaena pensou em segui-la. Mesmo que fosse uma forasteira, por que deixá-la acompanhar na viagem se só deveria ficar sentada esperando? O que poderia ser tão importante e secreto que Ansel não permitiria que ela participasse da reunião? A assassina deu um passo na direção do palácio, mas os transeuntes a empurraram para a frente e para trás, então um vendedor começou a cozinhar algo que tinha um cheiro divino, e ela se viu seguindo o próprio nariz.

Passou as duas horas caminhando de barraca em barraca. Celaena se amaldiçoou por não ter levado mais dinheiro consigo. Em Forte da Fenda, tinha uma linha de crédito com todas as lojas preferidas e jamais precisava se incomodar em levar dinheiro, a não ser pequenas moedas de cobre e uma ou outra de prata para gorjetas e propinas. Mas ali... bem, a bolsa com prata que levara parecia bem leve.

A feira dava voltas por todas as ruas, grandes ou pequenas, para baixo de escadarias estreitas e por dentro de becos semienterrados que deviam estar ali há milhares de anos. Portas antigas se abriam para pátios entulhados de vendedores de temperos ou centenas de lanternas, brilhando como estrelas no interior sombreado. Para uma cidade tão remota, Xandria estava agitada e cheia de vida.

Celaena estava de pé sob o toldo listrado de uma barraca do continente ao sul, debatendo se tinha o suficiente para comprar o par de sapatos com a ponta curvada para cima diante de si *e* o perfume de lilás que sentira na barraca das senhoras de cabelos brancos. As senhoras alegavam serem as sacerdotisas de Lani, a deusa dos Sonhos — e do perfume, pelo visto.

A jovem passou o dedo pela linha de seda cor de esmeralda bordada nos delicados sapatos, seguindo a curva da ponta conforme se erguia e enrolava sobre ele próprio. Certamente chamariam atenção em Forte da Fenda. E ninguém mais na capital os teria. Embora fossem estragar facilmente na imundície das ruas da cidade.

Ela relutantemente devolveu os sapatos, e o vendedor ergueu as sobrancelhas. Celaena fez que não com a cabeça, um sorriso tímido no rosto. O homem ergueu sete dedos — um a menos que o preço pedido originalmente —, e ela mordeu o lábio, sinalizando de volta:

— Seis moedas de cobre?

O homem cuspiu no chão. Sete moedas. Sete moedas era risivelmente barato.

Celaena olhou para a feira ao redor de si, então de volta para os lindos sapatos.

— Volto mais tarde — mentiu ela, e, com um último e pesaroso olhar, seguiu caminho. O homem começou a gritar em uma língua que ela jamais ouvira, sem dúvida oferecendo os sapatos por seis moedas de cobre, mas a assassina se forçou a continuar andando. Além disso, já estava com a bolsa bem pesada; carregar os sapatos seria um fardo a mais. Mesmo que fossem lindos e diferentes e não *tão* pesados. E a linha que detalhava as laterais era precisa e linda como caligrafia. E, na verdade, podia apenas usá-los do lado de *dentro*, então...

Estava prestes a dar meia-volta quando algo reluzindo às sombras sob o arco entre as construções chamou sua atenção. Havia alguns guardas contratados de pé ao redor da carroça coberta, e um homem alto e magro estava atrás da mesa disposta diante do veículo. Mas não foram os guardas ou o homem ou a carroça que chamaram a atenção dela.

Não, era o que estava *sobre* a mesa que deixou Celaena sem fôlego e a fez amaldiçoar a bolsa de dinheiro leve demais.

Seda de Aranha.

Havia lendas sobre as aranhas estígias do tamanho de cavalos que espreitavam os bosques das montanhas Ruhnn, ao norte, tecendo seus fios a altos custos. Alguns diziam que elas os ofereciam em troca de carne humana; outros alegavam que as aranhas negociavam anos e sonhos, podendo aceitar qualquer um desses como pagamento. Independentemente, era um tecido delicado, mais lindo que a seda, mais forte que aço. E Celaena jamais vira tanto dele antes.

Era tão raro que, se alguém o quisesse, talvez fosse preciso buscar por conta própria. Mas ali estavam metros de material cru esperando para ser moldado. O valor de um reino.

— Sabe — falou o mercador na língua comum, observando o olhar arregalado da jovem —, você é a primeira pessoa hoje a reconhecer isso pelo que é.

— Eu saberia o que é mesmo que fosse cega. — A assassina se aproximou da mesa, contudo não ousou tocar o tecido iridescente. — Mas o que está fazendo aqui? Certamente não consegue fazer muitos negócios em Xandria.

O homem gargalhou. Era de meia-idade, com cabelos castanhos cortados rentes e olhos azul-escuros que pareciam assombrados, embora agora brilhassem entretidos.

— Eu também poderia perguntar o que uma jovem do Norte está fazendo em Xandria. — O olhar do homem se voltou para as adagas enfiadas no cinto marrom sobre as roupas brancas de Celaena. — E com tantas armas lindas.

Ela deu um meio-sorriso.

— Pelo menos seu olho é digno de sua mercadoria.

— Eu tento. — O homem fez uma reverência, então indicou que se aproximasse. — Então, diga-me, garota do norte, quando viu Seda de Aranha?

Celaena fechou os dedos em punhos para evitar tocar no material inestimável.

— Conheço um cortesão em Forte da Fenda cuja madame tinha um lenço feito desse tecido, dado a ela por um cliente extraordinariamente rico.

E aquele lenço devia ter custado mais do que a maioria dos camponeses ganhava durante a vida.

— Um presente nobre. Devia ser habilidosa.

— Não foi à toa que se tornou madame dos melhores cortesãos de Forte da Fenda.

O mercador soltou uma risada baixa.

— Então, se você se associa com os melhores cortesãos de Forte da Fenda, o que a traz a este trecho de vegetação desértica?

Celaena deu de ombros.

— Isso e aquilo. — À luz fraca sob o dossel, a Seda de Aranha ainda reluzia como a superfície do mar. — Mas eu gostaria de saber como *você* arranjou tanto disso. Comprou ou encontrou aranhas estígias sozinho?

O homem passou um dedo pela barra do tecido.

— Eu mesmo fui até lá. O que mais há para saber? — Os olhos soturnos escureceram. — Nas profundezas das montanhas Ruhnn, tudo é um labirinto de névoa e árvores e sombras. Portanto, não se encontra as aranhas estígias, elas encontram você.

Celaena enfiou as mãos nos bolsos para evitar tocar a Seda de Aranha. Embora estivesse com os dedos limpos, ainda havia grãos de areia vermelha sob as unhas.

— Então, por que está aqui?

— Meu navio para o continente ao sul não zarpa por mais dois dias; por que não montar a loja? Xandria pode não ser Forte da Fenda, mas nunca se sabe quem pode se aproximar de sua barraca. — O homem piscou um olho para ela. — Quantos anos você tem?

Celaena ergueu o queixo.

— Fiz 17 anos há duas semanas. — E que aniversário horrível foi aquele. Arrastando-se pelo deserto sem ninguém com quem comemorar a não ser o guia recalcitrante, que apenas deu tapinhas no ombro dela quando a menina anunciou que era seu aniversário. Terrível.

— Não muito mais jovem que eu — disse ele. A assassina riu para dentro, mas parou ao ver que o homem não sorria.

— E quantos anos *você* tem? — perguntou ela. Não havia como errar, o homem *devia* ter pelo menos 40 anos. Mesmo que os cabelos não estivessem salpicados de prateado, a pele estava envelhecida.

— Tenho 25 anos — respondeu ele. Celaena se espantou. — Eu sei. Chocante.

Os metros de Seda de Aranha se ergueram com uma brisa do mar próximo.

— Tudo tem um preço — falou o homem. — Vinte anos por 90 metros de Seda de Aranha. Achei que os tirariam do fim da minha vida. Mas, mesmo que tivessem avisado, eu responderia que sim. — Celaena olhou para a carroça atrás dele. Essa quantidade de Seda de Aranha era o bastante para que vivesse os anos que restavam como um homem muito, muito rico.

— Por que não levar para Forte da Fenda?

— Porque já vi Forte da Fenda, e Orynth, e Banjali. Gostaria de ver o que 90 metros de Seda de Aranha me conseguiriam fora do império de Adarlan.

— Alguma coisa pode ser feita com relação aos anos que perdeu?

O homem gesticulou com a mão.

— Segui o lado oeste das montanhas a caminho daqui e conheci uma velha bruxa. Perguntei se poderia me consertar, mas a mulher disse que o que fora tomado, estava tomado, e apenas a morte da aranha que consumira meus vinte anos poderia devolvê-los a mim. — Ele avaliou as próprias mãos, já enrugadas pela idade. — Por mais uma moeda de cobre, ela me contou que apenas um grande guerreiro poderia matar uma aranha estígia. O maior guerreiro no continente... Embora talvez uma assassina do norte consiga.

— Como você...

— Não pode realmente achar que ninguém sabe sobre os *sessiz suikast*? Por que mais uma garota de 17 anos carregando belas adagas estaria aqui desacompanhada? E uma que tem companhias tão nobres em Forte da Fenda. Está aqui para espionar para Lorde Berick?

Celaena fez o possível para esconder a surpresa.

— Como?

O mercador deu de ombros, olhando na direção do alto palácio.

— Ouvi de um guarda da cidade que negócios estranhos ocorrem entre Berick e alguns dos Assassinos Silenciosos.

— Talvez. — Foi tudo que a assassina disse. O mercador assentiu, não mais tão interessado. Mas ela guardou a informação para mais tarde. Será que alguns dos Assassinos Silenciosos realmente trabalhavam *para* Berick? Talvez por isso Ansel tivesse insistido em manter o encontro tão secreto, talvez o mestre não quisesse que os nomes dos suspeitos de traição fossem revelados.

— Então? — perguntou o mercador. — Vai recuperar os anos perdidos para mim?

Celaena mordeu o lábio, os pensamentos de espiões instantaneamente se dissipando. Aventurar-se nas profundezas das montanhas Ruhnn para matar uma aranha estígia. Certamente conseguia se ver lutando contra as monstruosidades de oito pernas. E bruxas. Embora encontrar uma bruxa — principalmente uma dos clãs Dentes de Ferro — depois da história de Ansel fosse a última coisa que Celaena quisesse fazer. Por um segundo, desejou que Sam estivesse ali. Mesmo que contasse a ele sobre o encontro, o rapaz jamais acreditaria. Mas será que *alguém* acreditaria?

Como se pudesse ler os devaneios da assassina, o homem falou:

— Posso fazê-la mais rica do que jamais imaginaria.

— Já sou rica. E estou indisponível até o fim do verão.

— Não voltarei do continente ao sul por pelo menos um ano, de toda forma — replicou ele.

Celaena examinou o rosto do mercador, o brilho no olhar. Aventura e glória à parte, qualquer um que vendesse vinte anos de vida por uma fortuna não podia ser de confiança. Mas...

— Da próxima vez que for a Forte da Fenda — disse ela, devagar —, procure Arobynn Hamel. — Os olhos do homem se arregalaram. Celaena imaginou qual seria a reação se soubesse quem *ela* era. — Ele saberá onde me encontrar. — A assassina se voltou da mesa.

— Mas qual é seu nome?

Ela olhou por cima do ombro.

— Ele saberá onde me encontrar — repetiu a jovem, começando a caminhar de volta para a barraca dos sapatos pontudos.

— Espere! — Celaena parou a tempo de vê-lo remexendo nas dobras da túnica. — Aqui. — Ele apoiou uma caixa de madeira lisa sobre a mesa. — Um lembrete.

Celaena abriu a tampa e ficou sem fôlego. Um pedaço dobrado de Seda de Aranha tecida estava do lado de dentro, não maior que 38 centímetros quadrados. Ela poderia comprar dez cavalos com aquilo. Não que fosse vender o tecido. Não, aquilo era uma herança para ser passada de geração em geração. Se algum dia tivesse filhos, o que parecia muito improvável.

— Um lembrete de quê? — Celaena fechou a tampa e enfiou a pequena caixa no bolso interno da túnica branca.

O mercador deu um sorriso triste.

— De que tudo tem um preço.

Um fantasma de dor percorreu o rosto da jovem.

— Eu sei — disse ela, então partiu.

Celaena acabou comprando os sapatos, embora fosse quase impossível deixar o perfume de lilás, que cheirava ainda mais delicioso da segunda vez em que se aproximou da barraca das sacerdotisas. Quando os sinos da cidade soaram 15 horas, estava sentada na borda da fonte, lanchando o que *esperava* serem feijões macerados dentro de um pão quente enrolado.

Ansel se atrasou 15 minutos e não pediu desculpas. Apenas pegou o braço de Celaena e começou a levá-la pelas ruas ainda lotadas, o rosto coberto de sardas brilhando com suor.

— O que foi? — perguntou a assassina. — O que aconteceu em sua reunião?

— Não é da sua conta — falou Ansel, um pouco grosseira. Então acrescentou: — Apenas me siga.

As duas acabaram se esgueirando para dentro da muralha do palácio do senhor de Xandria, e Celaena sabia que não deveria fazer perguntas conforme seguiam, sorrateiras, pela área. Contudo, não se dirigiram ao enorme prédio central. Não, elas se aproximaram dos estábulos, onde passaram despercebidas pelos guardas e entraram nas sombras fétidas.

— É melhor haver um bom motivo para isso — avisou Celaena ao ver Ansel seguir na direção de uma baia.

— Ah, há sim — ciciou ela de volta, e parou diante de um portão, indicando que Celaena se aproximasse.

A assassina franziu a testa.

— É um cavalo. — Mas, enquanto pronunciava as palavras, já sabia que não era qualquer cavalo.

— É um cavalo Asterion — falou Ansel, ofegante, os olhos castanho-avermelhados se arregalando.

O cavalo era preto como breu, com olhos escuros que encaravam intensamente os de Celaena. Ouvira falar de cavalos Asterion, é claro. A raça mais antiga de Erilea. Dizia a lenda que os feéricos haviam feito esses animais com os quatro ventos — espírito do norte, força do sul, velocidade do leste e sabedoria do oeste, todos dentro da linda criatura de focinho fino e cauda alta que estava diante da assassina.

— Já viu algo tão lindo? — sussurrou Ansel. — O nome dela é Hisli. — Éguas, lembrou-se Celaena, eram mais valiosas, pois o pedigree dos Asterion era traçado pela linhagem da fêmea. — E aquela — falou a menina, apontando para a baia seguinte — se chama Kasida, significa "bebedora do vento" no dialeto do deserto.

O nome de Kasida era adequado. A égua esguia era cinza malhada, com uma crina branca como a espuma do mar e a pelagem como uma nuvem carregada. Ela bufou e bateu as patas dianteiras, encarando Celaena com olhos que pareciam mais velhos que a própria terra. Subitamente a assassina entendeu por que os cavalos Asterion valiam o próprio peso em ouro.

— Lorde Berick as comprou hoje de um mercador a caminho de Banjali. — Ansel entrou na baia de Hisli. A jovem arrulhou e murmurou, acariciando a crina da égua. — Está planejando testá-las em meia hora. — Aquilo explicava por que já estavam seladas.

— E? — sussurrou Celaena, erguendo a mão para que Kasida cheirasse. As narinas da égua se dilataram, o nariz aveludado fez cócegas na ponta dos dedos da jovem.

— E então ele vai dá-las como suborno ou perder interesse nas éguas e deixar que definhem aqui pelo resto da vida. Lorde Berick costuma se cansar dos brinquedos bem rapidamente.

— Que desperdício.

— É mesmo — murmurou Ansel de dentro da baia. Celaena tirou os dedos do focinho de Kasida e olhou dentro da baia de Hisli. A menina percorria a mão sobre o flanco preto de Hisli, o rosto ainda maravilhado, então se virou: — Você cavalga bem?

— É claro — respondeu a assassina, devagar.

— Que bom.

Celaena conteve o grito de susto quando Ansel destrancou a porta da baia e levou Hisli para fora. Em um movimento sutil e ágil, a garota se colocou sobre o animal, segurando as rédeas com uma das mãos.

— Porque vai precisar cavalgar como nunca.

Com isso, Ansel disparou Hisli em um galope, seguindo direto para as portas do estábulo.

Celaena não teve tempo de arquejar ou sequer processar o que estava prestes a fazer ao destrancar a baia de Kasida, puxar a égua de dentro e se impulsionar para a sela. Com um xingamento abafado, pressionou as solas dos sapatos contra os flancos do cavalo e disparou.

6

Os guardas só perceberam o que estava acontecendo depois de os cavalos já terem passado por eles em um borrão de preto e cinza, e as duas atravessaram o portão principal do palácio antes de os gritos dos guardas terminarem de ecoar. Os cabelos ruivos de Ansel brilhavam como um farol conforme seguiu para a saída lateral da cidade, com as pessoas saltando para longe para deixá-las passar.

Celaena voltou o rosto para as ruas lotadas apenas uma vez — e foi o suficiente para ver três guardas a cavalo em disparada atrás delas, gritando.

Mas as garotas já haviam cruzado o portão da cidade em direção ao mar de dunas vermelhas que se estendia adiante, Ansel cavalgando como se os habitantes do inferno a perseguissem. Celaena conseguia apenas correr atrás, fazendo o melhor para se manter na sela.

Kasida se movia como um trovão e se virava com a agilidade de um relâmpago. A égua era tão rápida que os olhos da assassina se enchiam d'água ao vento. Os três guardas, montados em cavalos comuns, ainda estavam distantes, mas não o bastante para tranquilizá-las. Na imensidão do deserto Vermelho, Celaena não tinha escolha a não ser seguir Ansel.

Ela se agarrou à crina de Kasida e avançou, duna após duna, para cima e para baixo, para baixo e para cima, até que houvesse apenas areia vermelha e céu aberto e o murmurar de cascos, cascos, cascos percorrendo o mundo.

Ansel reduziu o bastante para que Celaena a alcançasse, e as duas galoparam pelo topo amplo e plano de uma duna.

— Perdeu completamente o juízo? — gritou a assassina.

— Não quero andar até em casa! Estamos tomando um atalho! — argumentou Ansel de volta. Atrás delas, os três guardas ainda disparavam adiante.

Celaena ponderou se deveria chocar Kasida contra Hisli para fazer Ansel cair nas dunas — deixando que os guardas cuidassem dela —, mas a menina apontou por cima da cabeça escura de Hisli.

— Viva um pouco, Sardothien!

E então as dunas simplesmente se abriram para revelar a vastidão turquesa do golfo de Oro. A brisa fresca do mar beijou o rosto de Celaena, e ela se inclinou naquela direção, quase gemendo de prazer.

Ansel emitiu um hurra, desembestando para baixo da última duna e seguindo diretamente para a praia e para as ondas que quebravam. Mesmo a contragosto, Celaena sorriu e segurou com mais força.

Kasida alcançou a areia vermelha dura e compacta, ganhando velocidade, mais e mais rápida.

Então Celaena teve um momento repentino de clareza, conforme os cabelos se soltavam da trança e o vento soprava suas roupas. Entre todas as garotas no mundo inteiro, ali estava ela, em um fiapo de praia no deserto Vermelho, montada em um cavalo Asterion, correndo mais rápido que o vento. A maioria das jovens jamais vivenciaria aquilo — *Celaena* jamais teria uma experiência como aquela de novo. E, durante esse segundo, quando tudo se resumiu àquilo, sentiu uma felicidade tão completa que virou a cabeça para o céu e gargalhou.

Os guardas chegaram à praia, os gritos determinados eram quase engolidos pela arrebentação ruidosa.

Ansel desviou, dirigindo-se para as dunas e para a muralha gigante de pedras que se erguia perto: o Cutelo do Deserto, se Celaena conhecia sua geografia; e ela conhecia, pois estudava mapas da Terra Desértica havia semanas. Uma parede gigante que se erguia da terra, estendendo-se da costa leste até as dunas escuras do sul — perfeitamente dividida no meio por uma enorme fissura. As garotas tinham dado a volta pela formação ao saírem da fortaleza, que ficava do outro lado do Cutelo, e isso tornava a jornada insuportavelmente longa. Mas naquele dia...

— Mais rápido, Kasida — sussurrou Celaena à orelha do cavalo. Como se entendesse, a égua disparou e logo estava novamente ao lado de Ansel, ultrapassando duna após duna conforme seguiam direto para a muralha vermelha de pedra. — O que está fazendo? — gritou a assassina.

Ansel deu um sorriso malicioso.

— Vamos atravessar. Para que serve um cavalo Asterion se não consegue pular?

O estômago de Celaena pesou.

— Não pode estar falando sério.

A menina olhou por cima do ombro, com os cabelos ruivos esvoaçantes sobre o rosto.

— Eles nos perseguirão até as portas da fortaleza se pegarmos o caminho mais longo! — Mas os guardas não poderiam saltar, não com cavalos comuns.

Uma abertura estreita na muralha de rocha vermelha surgiu, uma torção que saía do campo de visão. Ansel seguiu diretamente para a fenda. Como *ousava* tomar uma decisão tão inconsequente e idiota sem consultar Celaena primeiro?

— Planejou isso o tempo todo — disparou ela. Embora os guardas ainda estivessem a uma boa distância, estavam perto o bastante para que Celaena visse as armas, inclusive arcos longos, presas a eles.

Ansel não respondeu, apenas ordenou que Hisli disparasse.

A assassina precisava escolher entre as cruéis muralhas do Cutelo e os três guardas atrás das duas. Poderia derrotar os homens em alguns segundos se reduzisse a velocidade o bastante para sacar as adagas. Mas eles estavam montados e mirar talvez fosse impossível. O que significava que precisaria se aproximar o bastante para matá-los, contanto que não começassem a atirar contra ela primeiro. Provavelmente não disparariam contra Kasida, não quando a égua valia mais que todas as vidas dos guardas juntas, mas Celaena não tinha coragem de arriscar o animal magnífico. E, se os matasse, ficaria ainda sozinha no deserto, pois Ansel certamente não pararia até estar do outro lado do Cutelo. E como não tinha o menor desejo de morrer de sede...

Xingando absurdamente, disparou atrás de Ansel até a passagem pelo cânion.

A passagem era tão estreita que as pernas de Celaena quase roçaram as paredes laranja suavizadas pela chuva. O bater dos cascos ecoava como fogos de artifício, o som apenas piorava conforme os três guardas entravam no cânion. Teria sido legal, percebeu Celaena, se Sam estivesse ali. Podia ser um mala, mas havia provado ser mais que útil em uma briga. Extraordinariamente habilidoso, se a assassina quisesse admitir.

Ansel ziguezagueou e virou acompanhando a passagem, rápida como um córrego descendo a montanha, e Celaena quase não conseguia conter Kasida ao seguir a menina.

Um ruído estalou no cânion, e Celaena se abaixou até a altura da cabeça de Kasida no momento em que uma flecha ricocheteou na rocha alguns metros distante. E ela pensara que não atirariam nos cavalos. Outra curva acentuada a livrou do perigo, mas o alívio durou pouco, pois em seguida viu a longa e estreita passagem — e a ravina além dela.

O fôlego ficou preso. O salto tinha de ser de, pelo menos, 10 metros — e nem queria saber quanto tempo a queda levaria, caso errasse.

Ansel disparava à frente; então o corpo ficou tenso, e Hisli saltou da borda do penhasco.

A luz do sol refletiu nos cabelos de Ansel, que esvoaçavam acima da ravina, e a garota soltou um grito de alegria que fez o cânion inteiro murmurar. Um momento depois, aterrissou do outro lado, com uma margem de apenas alguns centímetros.

Não havia espaço o bastante para que Celaena parasse — mesmo que tentasse, não teriam espaço suficiente para diminuir a velocidade, então cairiam pela borda. Assim, começou a rezar para qualquer um, qualquer coisa. Kasida teve um rompante súbito de velocidade, como se a égua também entendesse que apenas os deuses a manteriam a salvo agora.

Então as duas estavam à borda da ravina, a qual descia e descia até um rio cor de jade dezenas de metros abaixo. E Kasida parecia voar, apenas ar abaixo delas, nada que a salvasse da morte que agora a envolvia por completo.

Celaena conseguiu apenas se segurar e esperar pela queda, pela morte, pelo grito ao encontrar seu fim terrível...

Mas então havia um rochedo sob elas, rocha sólida. A assassina segurou Kasida com mais força quando aterrissaram na passagem estreita do outro lado, o impacto explodindo pelos ossos, e continuaram galopando.

Do outro lado da ravina, os guardas haviam parado subitamente, e as amaldiçoavam em uma língua que Celaena agradecia por não entender.

Ansel emitiu outro urro quando saíram daquele lado do Cutelo e se virou para encontrar Celaena ainda cavalgando logo atrás. As duas seguiram pelas dunas, na direção oeste, o sol poente tornava o mundo inteiro vermelho-sangue.

Quando os cavalos estavam exaustos demais para continuar correndo, Ansel finalmente parou no topo de uma duna, e Celaena estacou ao seu lado. A menina olhou para a assassina, ainda com o olhar selvagem.

— Não foi maravilhoso?

Com a respiração ofegante, Celaena não respondeu nada ao socar Ansel no rosto com tanta força que a garota saiu voando do cavalo e rolando pela areia.

Ansel apenas segurou o maxilar e riu.

Embora pudessem ter voltado antes da meia-noite, e por mais que Celaena tivesse compelido Ansel a continuar cavalgando, a jovem insistiu em parar. Então, quando a fogueira do acampamento não passava de brasas e os cavalos estavam dormindo atrás delas, as meninas se deitaram de costas ao lado de uma duna e observaram as estrelas.

Com as mãos atrás da cabeça, Celaena inspirou longa e profundamente, saboreando a brisa noturna acolhedora, a exaustão se dissipando das pernas e dos braços. Raramente conseguia ver as estrelas tão brilhantes; não com as luzes de Forte da Fenda. O vento se movia pelas dunas, e a areia suspirava.

— Jamais aprendi as constelações, sabia? — falou Ansel, baixinho. — Embora ache que as nossas sejam diferentes das suas, os nomes, quero dizer.

Celaena precisou de um momento para perceber que com "nossas" Ansel não falava dos Assassinos Silenciosos, e sim das pessoas nos desertos do Oeste. Apontando para um aglomerado de estrelas à esquerda, disse:

— Aquela é o dragão. — A assassina tracejou o formato. — Está vendo a cabeça, as pernas e o rabo?

— Não. — Ansel riu.

Celaena cutucou a jovem com o cotovelo e apontou para outro grupo de estrelas.

— Aquela é o cisne. As linhas de cada lado são as asas, e o arco é o pescoço.

— E quanto àquela? — perguntou Ansel.

— Aquela é o cervo — sussurrou a jovem. — O Senhor do Norte.

— Por que ele tem um título chique? E quanto ao cisne e ao dragão?

Celaena riu com deboche, mas o sorriso sumiu ao encarar a constelação familiar.

— Porque o cervo permanece constante; não importa a estação, está sempre lá.

— Por quê?

Celaena inspirou fundo.

— Para que as pessoas de Terrasen sempre saibam como encontrar o caminho de volta para casa. Assim podem olhar para o céu, não importa onde estejam, e saberão que Terrasen está com elas para sempre.

— Você quer voltar para Terrasen algum dia?

Celaena virou a cabeça para olhar para Ansel. Não tinha contado que era de Terrasen. A garota falou:

— Você fala de Terrasen como meu pai costumava falar de nossa terra.

A assassina estava prestes a responder quando percebeu a palavra *costumava*.

A atenção de Ansel permanecia nas estrelas.

— Menti para o mestre quando vim para cá — sussurrou ela, como se tivesse medo de que outra pessoa as ouvisse no ermo deserto. Celaena voltou a cabeça para o céu. — Meu pai jamais me enviou para treinar. E não existe Penhasco dos Arbustos, ou a Mansão. Não existe há cinco anos.

Uma dezena de perguntas irrompeu, mas ela manteve a boca fechada, permitindo que Ansel falasse:

— Eu tinha 12 anos — falou a menina — quando Lorde Loch tomou diversos territórios ao redor de Penhasco dos Arbustos, então exigiu que nos curvássemos a ele também, que o reverenciássemos como o alto rei dos desertos. Meu pai se recusou. Disse que já havia um tirano conquistando tudo a leste das montanhas, não queria um a oeste também. — O sangue de Celaena ficou gelado ao se preparar para o que certamente viria. — Duas semanas depois, Lorde Loch marchou para nossa terra com seus homens, tomando nossos vilarejos, nosso sustento, nosso povo. E, quando chegou à Mansão Penhasco dos Arbustos...

Ansel tomou um fôlego entrecortado.

— Quando chegou à Mansão, eu estava na cozinha. Vi o exército pela janela e me escondi em um armário quando entraram. Minha irmã e meu pai estavam no andar de cima, e Loch ficou na cozinha enquanto os homens levavam os dois para baixo e... Não ousei emitir um som quando Lorde Loch obrigou meu pai a assistir enquanto ele... — Ela engasgou, mas obrigou as palavras a saírem, cuspindo-as como se fossem veneno. — Meu pai implorou de joelhos, mas Loch mesmo assim o fez assistir enquanto cortava a garganta da minha irmã, então cortou a dele. E apenas fiquei escondida ali, até quando mataram nossos criados também. Fiquei escondida ali e não fiz nada.

"E, quando se foram, peguei a espada de papai do cadáver e corri. Corri e corri até não conseguir mais correr, ao pé das montanhas Canino Branco. Foi quando desabei no acampamento de uma bruxa — uma das Dentes de Ferro. Nem mesmo me importaria se ela me matasse. Mas a bruxa me contou que não era meu destino morrer ali, que eu deveria viajar para o sul, para os Assassinos Silenciosos no deserto Vermelho, e ali... ali eu encontraria meu destino. Ela me alimentou e fez curativos em meus pés ensanguentados, e me deu ouro, que mais tarde usei para fazer a armadura, depois me mandou embora."

Ansel limpou os olhos.

— Assim, estou aqui desde então, treinando para o dia em que serei forte e rápida o suficiente para voltar a Penhasco dos Arbustos e tomar de volta o que é meu. Algum dia, vou marchar para dentro do salão do alto rei Loch e fazer com que ele pague pelo que fez com minha família. Com a espada de papai. — A mão dela acariciou o cabo com a cabeça de lobo. — Esta espada vai acabar com a vida dele, porque esta espada é tudo o que me resta deles.

Celaena não tinha percebido que Ansel estava chorando até que a jovem tentou respirar fundo. Dizer que sentia muito não parecia adequado. Sabia como era aquele tipo de perda, e palavras não adiantavam nada.

Ansel vagarosamente se virou para Celaena, os olhos reluziam prateados. Ela passou as mãos sobre a maçã do rosto da assassina, onde os hematomas estiveram um dia.

— De onde os homens tiram forças para fazer coisas tão monstruosas? Como acham isso aceitável?

— Faremos com que paguem por isso no fim. — Celaena segurou a mão de Ansel. A garota apertou de volta com força. — Nós nos certificaremos de que paguem.

— Sim. — Ansel voltou o olhar para as estrelas. — Sim, nós o faremos.

⊰ 7 ⊱

As meninas sabiam que a pequena fuga com os cavalos Asterion traria consequências. Celaena havia ao menos esperado ter tempo o bastante para contar uma mentira decente sobre como haviam adquirido as éguas. Mas, quando voltaram para a fortaleza e encontraram Mikhail esperando, com mais três assassinos, sabia que a notícia do que haviam aprontado chegara de alguma forma ao mestre.

A assassina ficou de boca fechada ao se ajoelhar com Ansel ao pé da plataforma do mestre, as cabeças curvadas, os olhos no chão. Certamente não o convenceria a treiná-la agora.

A câmara de audiências estava vazia naquele dia, e cada um dos passos dele se arrastava baixinho contra o chão. Celaena sabia que o mestre podia ser silencioso, se quisesse. Ele queria que as duas sentissem o augúrio da aproximação.

E a jovem sentiu. Sentia cada passo, os hematomas fantasmas no rosto latejavam com a lembrança dos punhos de Arobynn. E, subitamente, quando a memória daquele dia ecoou pelo coração, Celaena se lembrou das palavras que Sam gritava para Arobynn conforme o rei dos Assassinos a espancava, as palavras que, por algum motivo, esquecera na névoa de dor: *Vou matar você!*

Sam dissera com sinceridade. Havia bravejado. De novo e de novo e de novo.

A lembrança clara e inesperada a sobressaltou quase o suficiente para que ela se esquecesse de onde estava, mas então as vestes brancas como neve do mestre surgiram em seu campo de visão. A boca de Celaena ficou seca.

— Só queríamos nos divertir — disse Ansel, baixinho. — Podemos devolver os cavalos.

A assassina, com a cabeça ainda baixa, olhou na direção de Ansel, que encarava o mestre enquanto ele se punha de pé diante das duas.

— Desculpe — murmurou Celaena, desejando poder transmitir o pedido com as mãos também. Embora o silêncio pudesse ser preferível, precisava que o mestre ouvisse suas desculpas.

O mestre apenas ficou parado ali.

Ansel foi a primeira a ceder diante do olhar do Mestre Mudo. Ela suspirou.

— Sei que fui tola. Mas não há nada com que se preocupar. Posso lidar com Lorde Berick; estou lidando com ele há séculos.

Havia amargura o suficiente nas palavras da jovem para fazer com que as sobrancelhas de Celaena se erguessem levemente. Talvez a recusa do mestre em treiná-la não fosse fácil para Ansel suportar. Jamais era diretamente competitiva a respeito de conseguir a atenção do mestre, mas... Depois de tantos anos morando ali, ficar empacada como a mediadora entre ele e Berick não parecia exatamente o tipo de glória na qual Ansel estava interessada. Celaena certamente não teria gostado.

As roupas do mestre farfalharam quando ele se moveu, e Celaena encolheu o corpo ao sentir os dedos calejados se prenderem sob seu queixo. O homem ergueu a cabeça da jovem, forçando-a a olhar para ele; o rosto exibia reprovação. Celaena permaneceu perfeitamente imóvel, preparando-se para o golpe, já rezando para que não a ferisse muito seriamente. Mas então os olhos verde-mar do mestre semicerraram levemente, e ele deu um sorriso triste ao soltá-la.

O rosto de Celaena ficou vermelho. O homem não estava prestes a bater nela. Queria que a assassina olhasse para ele, que contasse seu lado da história. Mas, mesmo que não fosse bater nela, ainda poderia punir as duas. E se o mestre expulsasse Ansel pelo que haviam feito... A menina precisava estar ali, aprender tudo o que aqueles assassinos podiam ensinar, porque ela queria *fazer* alguma coisa da própria vida. Ansel tinha um propósito. E Celaena...

— Foi minha ideia — disparou Celaena, as palavras altas demais na câmara vazia. — Não quis caminhar de volta para cá e achei que seria útil se tivéssemos cavalos. E quando vi as éguas Asterion... Achei que poderíamos muito bem viajar com estilo. — Ela deu ao homem um meio sorriso trêmulo, e as sobrancelhas do mestre se ergueram ao olhar de uma para outra. Por um longo, longo momento, ele simplesmente as observou.

O que quer que tivesse visto no rosto de Ansel fez com que ele subitamente assentisse. Ansel rapidamente fez uma reverência com a cabeça.

— Antes que escolha uma punição... — Ela se virou para a assassina, então olhou de volta ao mestre. — Como gostamos tanto de cavalos, talvez pudéssemos... ficar com as tarefas do estábulo? Durante o turno da manhã. Até Celaena ir embora.

Celaena quase engasgou, mas forçou as feições a ficarem neutras.

Um leve brilho entretido surgiu nos olhos do mestre, e ele considerou as palavras de Ansel por um momento. Então assentiu de novo. A menina expirou.

— Obrigada pela leniência — disse ela. O mestre olhou na direção das portas atrás das jovens. Estavam dispensadas.

Ansel ficou de pé, e Celaena a imitou, mas, assim que a assassina se virou, o mestre a pegou pelo braço. Ansel parou para observar quando o mestre fez alguns gestos com a mão. Ao terminar, as sobrancelhas de Ansel se ergueram. O mestre repetiu os gestos de novo — mais devagar, apontando para Celaena repetidas vezes. Quando pareceu estar certa de que havia entendido, Ansel se virou para Celaena.

— Você deve se apresentar a ele amanhã ao pôr do sol. Para a primeira lição.

A assassina conteve o suspiro de alívio, então deu ao mestre um sorriso sincero. Ele devolveu com um sorriso ínfimo. Ela fez uma reverência acentuada e não conseguia parar de sorrir ao sair do salão em direção aos estábulos com Ansel. Tinha mais três semanas e meia ainda; seria tempo mais que suficiente para conseguir aquela carta.

O que quer que o mestre tivesse visto em seu rosto, o que quer que tivesse dito... De alguma forma, havia se provado digna para ele, por fim.

No fim das contas, as duas não ficaram apenas responsáveis por limpar cocô de cavalo. Ah, não. Eram responsáveis por limpar as baias de *todo* gado de quatro patas na fortaleza, uma tarefa que levava do café da manhã até o meio-dia. Pelo menos o faziam pela manhã, antes que o calor da tarde tornasse o cheiro insuportável.

Outra vantagem era que não precisavam correr. No entanto, depois de quatro horas limpando excrementos de animal, Celaena teria implorado pela corrida de 10 quilômetros.

Por mais ansiosa que estivesse para sair dos estábulos, mal conseguia conter a agitação crescente conforme o sol percorria seu arco pelo céu, em direção ao poente. Não sabia o que esperar; mesmo Ansel não fazia ideia do que o mestre podia ter em mente. As duas passaram a tarde treinando como sempre — uma com a outra e com quaisquer assassinos que atravessassem as sombras do pátio de treinamento a céu aberto. E, quando o sol finalmente pairou perto do horizonte, Ansel deu um apertão no ombro de Celaena e a mandou para o salão do mestre.

Contudo, ele não estava no salão de audiências. Ao esbarrar em Ilias, o rapaz apenas sorriu como sempre e apontou para o telhado. Depois de alguns lances de escada, ao subir uma escada de madeira e se espremer por uma escotilha no teto, Celaena estava a céu aberto, no alto da fortaleza.

O mestre estava no parapeito, olhando para o deserto. Ela pigarreou, mas o homem permaneceu de costas.

O telhado não poderia ter mais que 2 metros quadrados, e a única coisa nele era uma cesta de palha coberta, posicionada no centro. Tochas queimavam, iluminando o telhado.

Celaena pigarreou de novo, e o mestre finalmente se virou. Ela fez uma reverência, o que, estranhamente, era algo que a jovem sentia que ele merecia, e não simplesmente algo que ela devia fazer. O Mestre Mudo assentiu e apontou para a cesta de palha, pedindo que Celaena abrisse a tampa. Fazendo o melhor para não parecer cética, esperando que houvesse uma linda arma nova do lado de dentro, aproximou-se. Celaena parou quando ouviu o sibilo.

Um sibilo desagradável de "não se aproxime" vindo de dentro da cesta.

Virou-se para o mestre, que saltou para um dos merlões da fortificação, os pés descalços agitando-se no espaço vazio entre um bloco de pedra e o seguinte, e pediu novamente a ela. Com as palmas das mãos suando, Celaena respirou fundo e puxou a tampa.

Uma áspide preta se enroscou, a cabeça retraída e baixa conforme o animal sibilava.

Celaena saltou 1 metro para longe, em direção ao parapeito, mas o mestre emitiu um estalo baixo com a língua.

As mãos dele se moveram, fluidas e sinuosas pelo ar como um rio — como uma cobra. *Observe-a*, era o que parecia dizer. *Mova-se com ela*.

A assassina olhou de volta para a cesta a tempo de ver a cabeça fina e escura da áspide deslizar sobre a borda, então para baixo, para o telhado.

O coração batia forte no peito. Era venenosa, não era? Só podia ser. Parecia venenosa.

A cobra serpenteou pelo telhado, e Celaena se afastou, sem ousar desviar os olhos nem por um segundo. Ela pegou uma adaga, mas o mestre novamente estalou a língua. Um olhar na direção dele era suficiente para que a jovem compreendesse o significado do som.

Não mate. Absorva.

A cobra se moveu com facilidade, preguiçosamente, sentindo o gosto do ar da noite com a língua escura. Com um fôlego profundo para se acalmar, Celaena observou.

Celaena passou todas as noites daquela semana no telhado com a áspide, observando-a, copiando seus movimentos, internalizando o ritmo e os sons da cobra até ser capaz de se mexer como ela, até que conseguissem se encarar e a assassina pudesse antecipar de que modo o animal daria o bote; até que conseguisse atacar como a áspide, com agilidade e sem hesitação.

Depois disso, passou três dias pendurando-se nas vigas dos estábulos da fortaleza com os morcegos. Levou mais tempo para entender os pontos fortes deles — como se tornavam tão silenciosos que ninguém reparava que estavam ali, como conseguiam abafar os barulhos externos e se concentrar apenas no ruído da presa. E, depois disso, foram duas noites passadas com as lebres do deserto nas dunas, aprendendo a quietude delas, absorvendo como usavam velocidade e destreza para fugir de patas e garras, como dormiam no solo para ouvir melhor os inimigos se aproximando. Noite após noite, o mestre observava de perto, sem jamais dizer uma palavra, sem nunca fazer nada, exceto ocasionalmente indicar de que forma um animal se movia.

Conforme as semanas restantes transcorriam, Celaena via Ansel apenas durante as refeições e durante as poucas horas que ficavam limpando esterco todas as manhãs. E, depois de uma longa noite passada correndo ou pendurada de cabeça para baixo ou andando de lado para ver por que caranguejos se incomodavam em se mover dessa forma, Celaena não costumava estar com humor para conversa. Mas Ansel estava feliz — quase extasiada, mais e mais, a cada dia que se passava. Jamais disse por quê exatamente, mas a assassina achou aquilo muito contagiante.

E, todos os dias, Celaena ia dormir depois do almoço e cochilava até o sol se pôr, os sonhos eram povoados por cobras e coelhos e o canto dos besouros do deserto. Às vezes via Mikhail treinando os acólitos ou encontrava Ilias meditando em uma sala vazia, mas raramente tinha a oportunidade de passar algum tempo com eles.

Não houve mais ataques de Lorde Berick também. O que quer que Ansel tivesse dito durante aquela reunião em Xandria, o que quer que contivesse a carta do mestre, parecia ter funcionado, mesmo depois do roubo dos cavalos.

Havia momentos de quietude também, quando não estava treinando ou limpando com Ansel. Momentos nos quais os pensamentos voltavam para Sam, para o que ele tinha dito. Sam ameaçara *matar* Arobynn. Por ter ferido Celaena. Tentou entender, tentou descobrir o que havia mudado em baía da Caveira para fazer com que Sam ousasse dizer tal coisa ao rei dos Assassinos, mas, sempre que se via pensando muito nisso, afastava os pensamentos para o fundo da mente.

❧ 8 ❧

— Quer dizer que faz isso *todo dia*? — disse Ansel, as sobrancelhas erguidas conforme Celaena pincelava blush vermelho nas bochechas da jovem.

— Às vezes duas vezes por dia — respondeu a assassina, e Ansel abriu um olho. Estavam sentadas na cama de Celaena, com um amontoado de cosméticos entre elas, uma pequena fração da enorme coleção que a assassina tinha em Forte da Fenda. — Além de ser útil para meu trabalho, é divertido.

— Divertido? — A menina abriu outro olho. — Esfregar toda essa meleca no rosto é divertido?

Celaena apoiou o pote de blush.

— Se não calar a boca, vou desenhar um bigode em você.

Os lábios de Ansel se contorceram, mas ela fechou os olhos de novo quando Celaena ergueu o pequeno recipiente de pó bronze para passar um pouco nas pálpebras.

— Bem, é meu aniversário. E véspera do Solstício de Verão — falou a garota, com os cílios trêmulos sob as cócegas do pincel delicado da assassina. — É tão raro nos divertirmos, então acho que eu deveria me arrumar para ficar bonita.

Ansel sempre estava bonita — mais que bonita, na verdade —, mas Celaena não precisava dizer isso.

— No mínimo, pelo menos não cheira a excremento de cavalo.

A menina emitiu uma **ris**ada sussurrada, o ar soprou quente nas mãos de Celaena, que estavam sobre seu rosto. Ansel ficou quieta conforme a companheira terminava com o pó, depois ficou imóvel enquanto os olhos eram delineados com Kohl, e os cílios, escurecidos.

— Pronto — falou Celaena, afastando-se para poder ver o rosto. — Abra.

Ansel abriu os olhos, e a assassina franziu a testa.

— O quê? — perguntou a menina.

Celaena sacudiu a cabeça.

— Vai ter que tirar tudo.

— Por quê?

— Porque está mais bonita que eu.

Ansel beliscou o braço de Celaena, que a beliscou de volta, com um sorriso nos lábios. Mas então a única semana restante da assassina pesou sobre ela, breve e imperdoável; o peito se apertou ao pensar em partir. Ainda nem ousara pedir a carta ao mestre. Contudo, mais que isso... Bem, ela jamais tivera uma amiga mulher — jamais tivera amigo *nenhum* — e, de alguma forma, a ideia de voltar a Forte da Fenda sem Ansel era um pouco insuportável.

O festival da véspera do Solstício de Verão foi diferente de tudo que Celaena já vira. Esperava música, bebidas e risadas, mas, em vez disso, os assassinos se reuniram no maior pátio da fortaleza e todos, inclusive Ansel, estavam em absoluto silêncio. A lua era a única luz, formando uma silhueta com as tamareiras ao longo das paredes do pátio.

No entanto, a parte mais estranha era a dança. Embora não houvesse música, a maioria das pessoas dançava — algumas das danças eram de terras distantes e estranhas, algumas eram familiares. Todos sorriam, mas, além do farfalhar de roupas e do roçar dos pés alegres contra as pedras, não havia som.

Mas *havia* vinho, e Celaena e Ansel encontraram uma mesa no canto do pátio e se serviram muito bem.

Embora amasse, amasse, *amasse* festas, Celaena teria preferido passar a noite treinando com o mestre. Com apenas uma semana restante, queria passar cada momento trabalhando com ele. Mas o homem insistira para que a assassina fosse à festa — mesmo se apenas porque *ele* queria ir. O velho dançou em um ritmo que Celaena não conseguia ouvir ou distinguir, e mais parecia o avô bonzinho e desastrado de alguém do que o mestre de alguns dos maiores assassinos do mundo.

Ela não podia deixar de pensar em Arobynn, cheio de graciosidade calculada e agressividade contida. Arobynn, que dançava com um grupo seleto e cujo sorriso era afiado como uma lâmina.

Mikhail arrastara Ansel para a dança, e ela sorria conforme girava e se agitava e quicava de parceiro em parceiro, todos os assassinos agora mantinham o mesmo ritmo silencioso. Ansel vivenciara tanto horror, mas ainda era tão despreocupada, tão incrivelmente viva. Mikhail a pegou nos braços, abaixando-a o suficiente para que os olhos dela se arregalassem.

Ele gostava mesmo de Ansel — isso era óbvio. Sempre encontrava desculpas para tocar a garota, sempre sorria para ela, sempre olhava para Ansel como se ela fosse a única pessoa no salão.

Celaena girou o vinho no copo. Para ser sincera, às vezes achava que Sam a olhava daquela forma, mas então ele dizia algo absurdo, ou tentava sabotá-la, e Celaena se repreendia por sequer pensar isso a respeito do rapaz.

O estômago dela se apertou. O que Arobynn tinha feito com Sam naquela noite? Deveria ter perguntado pelo rapaz. Contudo, nos dias que se seguiram, Celaena ficara tão ocupada, tão envolta na própria raiva... Não ousara procurar por ele, na verdade. Porque, se Arobynn tivesse ferido Sam do modo como a havia ferido, se tivesse ferido Sam *mais* do que aquilo...

Celaena entornou o restante do vinho. Durante os dois dias após acordar da surra, usou uma boa parte das economias para comprar o próprio apartamento, longe e bem escondido do Forte dos Assassinos. Não contara a ninguém — em parte porque temia mudar de ideia enquanto estivesse fora —, mas a cada dia ali, a cada lição com o mestre, estava mais e mais determinada a contar a Arobynn que se mudaria. Na verdade, estava ansiosa para ver o olhar no rosto dele. Ainda devia dinheiro ao mentor, é claro — ele se certificara de que as dívidas da jovem a manteriam com a Guilda durante um tempo —, mas não havia regra que dissesse que precisava morar *com* ele. E se Arobynn algum dia colocasse um dedo nela de novo...

Se Arobynn encostasse um dedo nela *ou* em Sam de novo, Celaena se certificaria de que ele perdesse esse dedo. Na verdade, se certificaria de que ele perdesse tudo até a altura do cotovelo.

Alguém tocou seu ombro, e ela ergueu o rosto da taça vazia de vinho para ver Ilias parado atrás de si. Não vira muito do rapaz nos últimos dias, além do jantar, no qual ele ainda olhava para Celaena, dando-lhe aqueles lindos sorrisos. Ilias estendeu a mão para a assassina.

O rosto de Celaena ficou instantaneamente quente, e ela fez que não com a cabeça, tentando ao máximo passar a noção de que não conhecia aquelas danças.

Ilias deu de ombros, os olhos brilhavam. A mão do jovem continuava estendida.

A assassina mordeu o lábio e olhou para os pés dele. O rapaz deu de ombros de novo, dessa vez como que para sugerir que seus dedos dos pés não eram tão importantes assim.

Celaena olhou para Mikhail e Ansel, girando descontroladamente a um ritmo que apenas os dois ouviam. Ilias ergueu as sobrancelhas. *Viva um pouco, Sardothien!*, dissera Ansel naquele dia em que roubaram os cavalos. Por que não viver um pouco naquela noite também?

Ela fez um gesto dramático com os ombros para o rapaz e lhe aceitou a mão, lançando um sorriso irônico para ele. *Acho que poderia lhe conceder uma ou duas danças*, era o que queria dizer.

Embora não houvesse música, Ilias guiou Celaena pelas danças com facilidade, cada um dos movimentos era seguro e firme. Ficava difícil desviar o rosto — não apenas do de Ilias, mas também da felicidade que irradiava dele. E o jovem a encarava também com tanta concentração que ela se perguntava se o rapaz estivera mesmo a observando todas aquelas semanas apenas para proteger o pai.

Os dois dançaram até bem depois da meia-noite; danças selvagens que não eram nada como as valsas que Celaena aprendera em Forte da Fenda. Mesmo quando trocou de parceiro, Ilias estava sempre lá, esperando pela próxima dança. Era quase tão inebriante quanto a estranheza de dançar sem música, ouvir um ritmo coletivo silencioso — deixar que o vento e a areia sibilante do lado de fora da fortaleza fornecessem a batida e a melodia. Era agradável e estranho, e, conforme as horas se passaram, Celaena imaginou se não havia entrado em algum sonho.

Quando a lua descia no céu, a assassina se viu deixando a pista de dança, fazendo o melhor para mostrar o quanto estava exausta. Não era mentira. Os pés doíam, e ela não descansava decentemente à noite havia semanas e semanas. Ilias tentou puxá-la de volta à pista para uma última dança, mas Celaena se desvencilhou com destreza, sorrindo ao fazer que não com a cabeça. Ansel e Mikhail ainda dançavam, segurando um ao outro mais próximos que qualquer outro par na pista. Sem querer interromper a amiga, Celaena saiu do salão com Ilias no encalço.

Não podia negar que o coração acelerado não se devia apenas à dança conforme os dois seguiram pelo corredor vazio. Ilias caminhava ao lado de Celaena, silencioso como sempre, e ela engoliu em seco.

O que ele diria — quer dizer, se pudesse falar — se soubesse que a Assassina de Adarlan jamais tinha sido beijada? Celaena matara homens, libertara escravizados, roubara cavalos, mas jamais beijara ninguém. Era ridículo, de certa forma. Algo que deveria ter tirado do caminho em algum momento, porém jamais encontrara a pessoa certa.

Rápido demais, os dois estavam de pé em frente à porta do quarto de Celaena. Ela não tocou a maçaneta e tentou acalmar a respiração ao se virar para encará-lo.

O rapaz sorria. Talvez não tivesse a intenção de beijá-la. Afinal de contas, o quarto dele era apenas algumas portas adiante.

— Bem — falou Celaena. Depois de tantas horas de silêncio, a palavra saiu assustadoramente alta. O rosto dela corou. Ilias se aproximou, e ela tentou não encolher o corpo quando ele passou a mão por sua cintura. Seria tão simples beijá-lo, percebeu Celaena.

A outra mão de Ilias deslizou contra o pescoço da jovem, o polegar acariciava o maxilar dela conforme o rapaz, carinhosamente, inclinava a cabeça de Celaena para trás. O sangue da assassina latejava em cada centímetro do corpo. Os lábios dela se entreabriram... mas, quando Ilias inclinou a própria cabeça, Celaena enrijeceu o corpo e recuou.

O jovem imediatamente se afastou, as sobrancelhas franzidas de preocupação. A assassina queria se dissolver nas pedras e sumir.

— Desculpe — disse ela, roucamente, tentando não parecer muito envergonhada. — Eu... eu não posso. Quero dizer, vou partir em uma semana. E... e você mora aqui. E estou em Forte da Fenda, então... — Celaena estava balbuciando. Deveria parar. Na verdade, deveria simplesmente parar de falar. Para sempre.

Mas, se Ilias sentiu a vergonha da jovem, não mostrou. Em vez disso, fez uma reverência com a cabeça e deu um aperto no ombro dela. Então fez um daqueles gestos de ombro, o qual Celaena interpretou como, *Se pelo menos não vivêssemos a milhares de quilômetros de distância. Mas pode me culpar por tentar?*

Com isso, Ilias caminhou os poucos metros até o próprio quarto, acenando amigavelmente antes de desaparecer.

Sozinha no corredor, Celaena observou as sombras lançadas pelas tochas. Não fora a mera impossibilidade de um relacionamento com o rapaz que a fez se afastar.

Não; foi a lembrança do rosto de Sam que a impediu de beijar Ilias.

Ansel não voltou para o quarto naquela noite. E, quando entrou aos tropeços no estábulo na manhã seguinte, ainda com as mesmas roupas da festa, Celaena presumiu que a colega passara a noite inteira dançando ou com Mikhail. Pela vermelhidão das bochechas sardentas de Ansel, imaginou que poderiam ser as duas coisas.

A menina olhou uma vez para o sorriso no rosto de Celaena e fez cara de raiva.

— Nem comece.

A assassina jogou uma pilha de excremento com uma pá para dentro da carroça próxima. Mais tarde, levaria a carroça para os jardins, nos quais o excremento serviria de fertilizante.

— O quê? — disse Celaena, sorrindo ainda mais. — Eu não ia dizer nada.

Ansel pegou a pá da parede de madeira na qual estava encostada, diversas baias adiante de onde Kasida e Hisli agora moravam.

— Que bom. Já aturei o bastante dos outros a caminho daqui.

Celaena se apoiou na pá sob o portão aberto.

— Tenho certeza de que Mikhail receberá sua parte de provocações também.

A companheira enrijeceu o corpo, com os olhos surpreendentemente sombrios.

— Não, não vai. Vão parabenizá-lo, como sempre fazem, por uma boa conquista. — Ela emitiu um longo suspiro pelo nariz. — Mas eu? Vão debochar de mim até o dia em que perder a calma com eles. É sempre assim.

As duas continuaram o trabalho em silêncio. Depois de um momento, Celaena falou:

— Mesmo com as provocações, ainda quer ficar com Mikhail?

Ansel deu de ombros de novo, jogando esterco na pilha que reunia na carroça.

— Ele é um guerreiro incrível; me ensinou muito mais do que eu teria aprendido sem ele. Então podem me provocar o quanto quiserem, mas no fim do dia Mikhail ainda é quem me dá atenção extra ao treinarmos.

Isso não caiu bem para Celaena, mas ela optou por manter a boca fechada.

— Além disso — disse Ansel, olhando de esguelha para a jovem —, nem todos nós podemos convencer o mestre a nos treinar tão facilmente.

O estômago de Celaena se revirou um pouco. Será que Ansel estava com inveja daquilo?

— Não tenho muita certeza do que o fez mudar de ideia.

— Hã? — exclamou Ansel, em tom mais afiado do que a assassina jamais ouvira. Aquilo a assustou, surpreendentemente. — A nobre, inteligente e linda assassina do norte, a *grande* Celaena Sardothien, não faz ideia de por que o mestre iria querer treiná-la? Ideia alguma de que talvez ele queira deixar sua marca em você também? Ter certa participação em moldar seu glorioso destino?

A garganta de Celaena ficou apertada, e ela se amaldiçoou por se sentir tão magoada pelas palavras. Não achava que o mestre sentia isso, mas mesmo assim replicou, em um sussurro:

— Sim, meu destino glorioso. Limpar excremento de um celeiro. Uma tarefa digna para mim.

— Mas é certamente digna para uma garota das Terras Planas?

— Não falei isso — respondeu Celaena, com os dentes trincados. — Não coloque palavras em minha boca.

— Por que não? Sei que é o que pensa... e sabe que estou dizendo a verdade. Não sou boa o bastante para que o mestre me treine. Comecei a sair com Mikhail para conseguir atenção a mais durante as lições e certamente não tenho um nome famoso para exibir por aí.

— Tudo bem — retrucou a assassina. — Sim: a maioria das pessoas dos reinos sabe meu nome, sabe que deve me temer. — O temperamento dela se alterava com uma velocidade atordoante. — Mas você... Quer saber a verdade sobre você, Ansel? A verdade é que mesmo que volte para casa e consiga o que quer, ninguém vai dar a mínima se tomar de volta seu território miserável, ninguém jamais saberá disso. Porque ninguém, além de *você*, se importa.

Celaena se arrependeu das palavras assim que saíram de sua boca. O rosto de Ansel ficou lívido de raiva, e os lábios tremiam ao se contraírem. A menina jogou a pá no chão. Por um momento, a assassina achou que a garota a atacaria, e até chegou a dobrar levemente os joelhos antecipando uma briga.

Mas Ansel saiu batendo os pés e falou:

— Você é só uma vaca mimada e egoísta. — Com isso, partiu, deixando que Celaena terminasse as tarefas matinais das duas.

❧ 9 ❧

Celaena não conseguiu se concentrar na lição com o mestre naquela noite. O dia todo, as palavras de Ansel ecoaram em seus ouvidos. Não via a amiga havia horas — e temia o momento em que teria de voltar ao quarto para encará-la de novo. Embora odiasse admitir, a alegação final de Ansel soara verdadeira. Ela *era* mimada. E egoísta.

O mestre estalou os dedos, e Celaena, que estava de novo estudando uma áspide, ergueu o rosto. Embora estivesse imitando os movimentos da cobra, não reparara que o animal aos poucos se aproximava.

Ela saltou alguns metros para trás, agachando-se perto da parede do telhado, mas parou ao sentir a mão do mestre no ombro. Ele indicou que a jovem deixasse a cobra em paz e se sentasse ao seu lado nos merlões que circundavam o telhado. Grata por uma pausa, a jovem subiu, tentando não olhar para o chão muito, muito abaixo. Embora estivesse muito familiarizada com alturas e não tivesse problemas com equilíbrio, sentar-se em uma borda jamais parecia *natural*.

O mestre ergueu as sobrancelhas. *Fale*, foi o que pareceu dizer.

Celaena colocou o pé esquerdo sob a coxa direita, certificando-se de ficar de olho na áspide, a qual deslizou para as sombras do telhado.

Mas contar ao mestre sobre a briga com Ansel parecia tão... infantil. Como se o mestre dos Assassinos Silenciosos fosse querer ouvir a respeito de uma discussão boba.

Cigarras zumbiam nas árvores da fortaleza, e, em algum lugar dos jardins, um rouxinol cantava seu lamento. *Fale.* Falar sobre o quê?

Não tinha nada a dizer, então os dois se sentaram no parapeito em silêncio durante um tempo — até as próprias cigarras irem dormir, e a lua deslizar para longe atrás deles, e o céu começar a clarear. *Fale.* Falar sobre o que a assombrava nos últimos meses. Assombrava cada pensamento, cada sonho, cada respiração. *Fale.*

— Tenho medo de voltar para casa — falou Celaena, por fim, encarando as dunas além das muralhas.

A luz que precedia o alvorecer era forte o bastante para que ela visse as sobrancelhas do mestre se erguerem. *Por quê?*

— Porque tudo será diferente. Tudo já é diferente. Acho que tudo mudou quando Arobynn me puniu, mas... Alguma parte de mim ainda acha que o mundo vai voltar ao modo como era antes daquela noite. Antes de eu ir para baía da Caveira.

Os olhos do mestre brilharam como esmeraldas. Com compaixão... tristeza.

— Não tenho certeza se *quero* voltar para o modo como era antes — admitiu ela. — E acho... Acho que é isso que me assusta mais.

Ele sorriu para Celaena de modo reconfortante, então girou o pescoço e alongou os braços sobre a cabeça antes de ficar de pé no merlão.

A assassina ficou tensa, sem saber se deveria acompanhar.

Mas, sem olhar para ela, o mestre começou uma série de movimentos, graciosos e sinuosos, tão elegantes quanto uma dança e mortais como a áspide que espreitava no telhado.

A áspide.

Enquanto observava, Celaena conseguia ver cada uma das qualidades que havia copiado nas últimas semanas — o poder contido e a agilidade, a astúcia e o controle suave.

Ele repassou os movimentos de novo, e precisou de apenas um olhar na direção de Celaena para que ela se colocasse de pé sobre o parapeito da muralha. Atenta ao equilíbrio, a jovem o imitou devagar, os músculos ressoando com a *certeza* dos movimentos. A assassina sorriu quando noite após noite de observação cuidadosa e mímica se encaixaram.

Repetidas vezes, o deslizar e a curva do braço, o giro do torso, até mesmo o ritmo da respiração. Repetidas vezes, até que se tornasse a áspide, até que o sol surgisse no horizonte, banhando os dois em luz vermelha.

Repetidas vezes, até que não restasse nada além do mestre e Celaena quando cumprimentaram o novo dia.

Uma hora depois do nascer do sol, Celaena se esgueirou para dentro do quarto, preparando-se para mais uma briga, mas viu que Ansel tinha ido aos estábulos. Já que Ansel a abandonara com as tarefas no dia anterior, Celaena decidiu devolver o favor e suspirou satisfeita ao desabar na cama.

Mais tarde, ela foi acordada por alguém sacudindo seu ombro — alguém com cheiro de esterco.

— É melhor que já seja de tarde — resmungou a assassina, rolando sobre a barriga e enterrando o rosto no travesseiro.

Ansel gargalhou.

— Ah, é quase jantar. E os estábulos e as baias estão em ordem, mas não graças a você.

— Você me deixou para fazer tudo ontem — murmurou Celaena.

— É, bem... desculpe.

Celaena tirou o rosto do travesseiro e olhou para Ansel, que estava de pé ao lado da cama contorcendo as mãos. Ela vestia a armadura de novo. Quando viu o aparato, Celaena encolheu o corpo ao se lembrar do que dissera sobre a terra natal da amiga.

Ansel afastou os cabelos ruivos para trás das orelhas.

— Eu não deveria ter dito aquelas coisas sobre você. Não acho que seja mimada ou egoísta.

— Ah, não se preocupe. Eu sou... e muito. — Celaena se sentou. Ansel deu um sorriso fraco. — Mas — continuou ela — peço desculpas pelo que disse também. Não foi sincero.

A menina assentiu, olhando para a porta fechada, como se esperasse que alguém estivesse ali.

— Tenho muitos amigos aqui, mas você é a primeira amiga *de verdade* que tenho. Vou ficar triste quando partir.

— Ainda tenho cinco dias — falou Celaena. Considerando a popularidade de Ansel, era surpreendente, e de certa forma um alívio, saber que a jovem também se sentia um pouco só.

A garota voltou os olhos para a porta de novo. Por que estava nervosa?

—Tente se lembrar de mim com carinho, está bem?

—Tentarei. Mas pode ser difícil.

Ansel soltou uma risada baixa e pegou duas taças da mesa sob a janela.

—Trouxe vinho para nós. — Entregou uma taça para Celaena e ergueu sua taça de cobre. — Um brinde a reconciliações... e a memórias carinhosas.

— A sermos as garotas mais temidas e imponentes que o mundo já viu. — A assassina ergueu a própria taça antes de beber.

Ao engolir um gole grande de vinho, teve dois pensamentos.

O primeiro foi que os olhos de Ansel estavam agora cheios de tristeza visível.

E o segundo — que explicava o primeiro — foi que o vinho tinha um gosto estranho.

Mas Celaena não teve tempo de considerar qual era o veneno antes de ouvir a taça cair tilintando no chão; o mundo girou e ficou escuro.

⊰ 10 ⊱

Alguém martelava uma bigorna em algum lugar muito, muito próximo da cabeça de Celaena. Tão próximo que ela sentia cada batida no corpo, o som estilhaçando sua mente, tirando-a do sono.

Com um sobressalto, Celaena se sentou. Não havia martelo nem bigorna — apenas uma dor de cabeça latejante. E não havia fortaleza dos assassinos, apenas quilômetros intermináveis de dunas vermelhas e Kasida, que a vigiava. Bem, pelo menos não estava morta.

Xingando, levantou-se. O que Ansel tinha feito?

A lua iluminava o deserto o suficiente para que a assassina percebesse que a fortaleza não estava em seu campo de visão e que a sela de Kasida estava cheia dos pertences de Celaena. Exceto pela espada. Ela procurou e procurou, porém não estava ali. Levou a mão a uma das duas longas adagas, mas enrijeceu ao sentir um pergaminho enfiado no cinto.

Alguém também havia deixado uma lanterna ao seu lado, e ela precisou de apenas alguns momentos para acendê-la e prendê-la à duna. Ajoelhando-se diante da luz fraca, Celaena desenrolou o papel com as mãos trêmulas.

Era a caligrafia de Ansel, e não era um bilhete longo.

Sinto muito por terminar dessa forma. O mestre falou que seria mais fácil dispensá-la assim em vez de envergonhá-la ao pedir publicamente que saísse mais cedo. Kasida é sua — assim como a carta de aprovação do mestre, a qual está na sela. Volte para casa.

Sentirei saudades,
Ansel.

Celaena leu a carta três vezes para se certificar de que não tinha deixado nada de fora. Estava sendo dispensada... mas por quê? Tinha a carta de aprovação pelo menos, mas... mas o que fizera para tornar tão urgente que se livrassem dela que a drogaram e largaram no meio do deserto? Ainda tinha cinco dias; o mestre não poderia ter esperado até que partisse?

Os olhos de Celaena ardiam conforme relembrava os eventos dos dias anteriores em busca de formas pelas quais pudesse ter ofendido o mestre. Ela ficou de pé e vasculhou as sacolas na sela até que tirou de dentro uma carta de aprovação. Era um pedaço de papel dobrado, selado com parafina verde — a cor dos olhos do mestre. Um pouco vaidoso, mas...

Os dedos percorreram o selo. Se o abrisse, então Arobynn poderia acusá-la de adulterar a carta. Mas e se contasse coisas horríveis a respeito dela? Ansel dissera que era uma carta de aprovação, portanto não poderia ser tão ruim. Celaena enfiou a carta de volta na sela.

Talvez o mestre também tivesse percebido que ela era mimada e egoísta. Talvez todos estivessem apenas a tolerando, e... talvez tivessem ouvido sobre a briga com Ansel e decidido mandá-la embora. Não a surpreenderia. Estavam cuidando dos seus, afinal de contas. Não importava que, por um tempo, *Celaena* tivesse se sentido um deles — sentira, pela primeira vez em muito, muito tempo, como se existisse um lugar ao qual pertencesse. No qual poderia aprender algo além de trapaça e de como acabar com vidas.

Mas Celaena estivera errada. De alguma forma, perceber isso doía muito mais do que a surra que Arobynn lhe dera.

Os lábios da assassina estremeceram, mas ela endireitou os ombros, avaliando o céu noturno até encontrar o Cervo e a estrela que formava a coroa e levava ao norte. Suspirando, apagou a lanterna, montou em Kasida e cavalgou para a noite.

Celaena seguiu na direção de Xandria, escolhendo encontrar um navio ali em vez de desbravar a trilha ao norte pelas Areias Cantantes até Yurpa — o porto para o qual havia originalmente velejado. Sem guia, não tinha muita escolha. Ela se demorou, frequentemente caminhando em vez de montar Kasida, que parecia tão triste quanto Celaena por ter de deixar os Assassinos Silenciosos e seus estábulos luxuosos.

No dia seguinte, percorrera alguns quilômetros do caminho de fim da tarde quando ouviu *tum, tum, tum*. Ficou mais alto, os movimentos agora pontuados por retinires e tilintares e vozes grossas. Celaena montou Kasida e subiu em uma duna.

Ao longe, pelo menos duzentos homens marchavam... direto para o deserto. Alguns exibiam estandartes vermelhos e pretos. Os homens de Lorde Berick. Era uma longa coluna, com soldados montados galopando nos flancos. Embora Celaena jamais tivesse visto Berick, uma avaliação rápida do exército não mostrava sinais da presença de um lorde. Ele devia ter ficado para trás.

Mas não havia nada para lá. Nada, a não ser...

A boca de Celaena secou. Nada, a não ser a Fortaleza dos Assassinos.

Um soldado montado parou de cavalgar, a pelagem da égua preta reluzindo com suor, e olhou na direção de Celaena. Com as roupas brancas escondendo tudo menos os olhos, o homem não tinha como identificá-la, não tinha como saber o que ela era.

Mesmo de longe, a assassina podia ver o arco e a aljava que o homem carregava. Será que tinha boa mira?

Celaena não ousou se mover. A última coisa da qual precisava era a atenção de toda aquela tropa sobre si. Todos tinham espadas largas, adagas, escudos e flechas. Aquilo definitivamente não seria uma visita amigável, não com tantos homens.

Seria por isso que o mestre a havia mandado partir? Será que sabia que aquilo aconteceria e não queria Celaena envolvida?

Ela assentiu para o soldado e continuou cavalgando para Xandria. Se o mestre não queria nada com a jovem, então certamente não precisava avisar a Guilda. Principalmente porque o mestre devia saber. E tinha uma fortaleza cheia de assassinos. Duzentos soldados não eram nada comparados com setenta ou mais dos *sessiz suikast*.

Os assassinos podiam cuidar de si mesmos. Não precisavam dela. Tinham deixado isso bem claro.

Mesmo assim, o estampido abafado dos passos de Kasida para longe da fortaleza tornara-se cada vez mais difícil de suportar.

Na manhã seguinte, Xandria estava surpreendentemente silenciosa. A princípio, Celaena achou que fosse porque os cidadãos estivessem todos esperando notícias do ataque aos assassinos, mas logo percebeu que achou a cidade silenciosa porque a vira apenas no dia da feira. As ruas estreitas e sinuosas, apinhadas de barracas, estavam agora vazias, cheias de folhas de palmeira e pilhas de areia que serpenteava aos ventos intensos do mar.

Ela comprou passagem em um navio que zarparia para Amier, o porto em Melisande do outro lado do golfo de Oro. Celaena esperara conseguir um navio para Innish, outro porto, para que pudesse perguntar sobre uma jovem curandeira que conhecera na jornada até ali, mas não havia. E, com o embargo aos navios de Xandria em direção a outras partes do império de Adarlan, um porto distante e esquecido como Amier seria sua melhor chance. Dali, a assassina viajaria montada em Kasida de volta a Forte da Fenda, esperando conseguir outro barco, em algum lugar ao longo do rio Avery, que cobriria o último trecho até a capital.

O navio só partiria durante a maré alta da tarde, o que a deixava com algumas horas para perambular pela cidade. O mercador de Seda de Aranha tinha ido embora havia muito tempo, junto ao sapateiro e às sacerdotisas do templo.

Com medo de a égua ser identificada na cidade, no entanto mais preocupada que alguém a roubasse caso não fosse vigiada, Celaena levou Kasida por becos até encontrar um cocho semiprivado. A assassina se recostou em uma parede de arenito enquanto o cavalo matava a sede. Será que os homens do Lorde Berick já haviam chegado à fortaleza? No ritmo em que seguiam, provavelmente o fariam naquela noite ou no início da manhã do dia seguinte. Celaena apenas esperava que o mestre estivesse preparado — e que tivesse pelo menos reconstruído o muro de chamas depois do último ataque. Será que mandara Celaena embora pela segurança dela, ou será que seria atacado de surpresa?

A jovem olhou para o palácio que se erguia sobre a cidade. Berick não estava com seus homens. Entregar a cabeça do Mestre Mudo ao rei de Adarlan certamente faria com que o embargo fosse revogado. Será que o fazia pelo bem de seu povo ou por si mesmo?

Mas o deserto Vermelho também precisava dos assassinos — e do dinheiro e do comércio que emissários estrangeiros traziam.

Berick e o mestre certamente estavam se comunicando nas últimas semanas. O que dera errado? Ansel fizera outra viagem uma semana antes para vê-lo e não mencionara problemas. Parecera bastante alegre, na verdade.

Celaena não entendeu bem por que um calafrio percorreu sua coluna naquele momento. Ou por que se viu subitamente vasculhando a sela até tirar de dentro a carta de aprovação do mestre, junto ao bilhete de Ansel.

Se o mestre soubesse do ataque, já estaria fortificando as defesas; não teria enviado Celaena para longe. Ela era a maior assassina de Adarlan, e, se duzentos homens estivessem marchando contra a fortaleza, o mestre *precisaria* dela. Ele não era orgulhoso; não como Arobynn. Amava de verdade seus discípulos; cuidava e tinha carinho por eles. Mas jamais treinara Ansel. Por quê?

E, com tantos entes queridos na fortaleza, por que mandar apenas Celaena embora? Por que não enviar todos?

O coração batia tão forte que parecia tropeçar, e a assassina abriu a carta de aprovação.

Estava em branco.

Ela virou o papel. O outro lado também estava em branco. Erguer a carta contra o sol não revelou qualquer tinta oculta ou marca d'água. Mas tinha sido selada por ele, não? Era o selo *dele* na...

Era fácil roubar um anel de selo. Celaena o fizera com o capitão Rolfe. E vira a linha branca ao redor do dedo do mestre — o anel *tinha* sumido.

Mas se Ansel a dopara e dera um documento selado com o anel do mestre...

Não, não era possível. E não fazia sentido. Por que Ansel mandaria Celaena embora e fingiria que o mestre tinha feito isso? A não ser...

Ela ergueu o rosto para o palácio de Lorde Berick. A não ser que Ansel não o estivesse visitando em nome do mestre. Ou talvez estivesse, a princípio, por tempo suficiente para ganhar a confiança do mestre. Então, enquanto ele achava que a menina estava consertando a relação com o Lorde,

Ansel fazia, na verdade, o oposto. E aquele mercador de Seda de Aranha mencionara algo a respeito de um espião entre os assassinos — um espião trabalhando para Berick. Mas por quê?

Celaena não tinha tempo de imaginar. Não com duzentos homens tão perto da fortaleza. Poderia ter interrogado Lorde Berick, mas isso também levaria um tempo precioso.

Um guerreiro podia não fazer diferença contra duzentos, mas ela era Celaena Sardothien. Isso precisava fazer alguma diferença. Isso *fazia* alguma diferença.

Ela montou Kasida e a virou na direção dos portões da cidade.

— Vamos ver o quanto consegue correr — sussurrou Celaena na orelha da égua, então partiu.

❧ 11 ❧

Como uma estrela cadente pelo céu, Kasida voou pelas dunas e saltou sobre o Cutelo como se saltasse sobre um riacho. As duas pararam apenas o suficiente para que a égua descansasse e bebesse água, e, embora Celaena tivesse pedido desculpas por ser tão dura com Kasida, esta jamais hesitou. O animal também parecia entender a urgência.

Cavalgaram pela noite, até que o alvorecer carmesim irrompesse sobre as dunas e fumaça manchasse o céu com a fortaleza se estendendo diante delas.

Incêndios queimavam aqui e ali, gritos ecoavam com o choque de armas. Os assassinos ainda não haviam se rendido, por mais que as muralhas tivessem sido invadidas. Alguns corpos estavam jogados sobre a areia a caminho dos portões, mas os próprios portões não mostravam sinal de entrada forçada — como se alguém os tivesse deixado abertos.

Celaena desceu de Kasida antes da última duna, permitindo que égua a seguisse ou encontrasse o próprio caminho, então percorreu o restante do trajeto sorrateiramente até a fortaleza. Parou por tempo suficiente para tirar a espada de um soldado morto e enfiá-la no cinto. Era de material barato e não tinha equilíbrio, mas a ponta era afiada o bastante para o trabalho. Pelos estalos abafados de cascos atrás de si, ela soube que Kasida a havia seguido. Mesmo assim, não ousou tirar os olhos da cena diante de si ao sacar as duas adagas longas.

Dentro das paredes, corpos encontravam-se por toda parte — de assassinos e de soldados. Fora isso, o pátio principal estava vazio, os pequenos rios agora fluíam vermelhos. Ela tentou não olhar muito para os rostos dos mortos.

Incêndios se extinguiam, a maioria meras pilhas fumegantes de cinzas. Restos chamuscados de flechas revelavam que provavelmente estavam acesas quando acertaram. Cada passo para dentro do pátio parecia durar uma vida. Os gritos e o tilintar das armas vinham de outras partes da fortaleza. Quem estava vencendo? Se todos os soldados tinham se infiltrado com tão poucos mortos na areia, então alguém *tinha* de ter permitido a entrada — provavelmente na calada da noite. Quanto tempo levara até que a guarda noturna visse os soldados se esgueirando para o interior? A não ser que a guarda noturna tivesse sido derrubada antes de conseguir soar o alarme.

Mas, ao dar um passo após o outro, Celaena percebeu que a pergunta que *deveria* fazer era muito pior. *Onde está o mestre?*

Era o que Lorde Berick queria... a cabeça do mestre.

E Ansel...

A assassina não quis terminar esse pensamento. Ansel não a mandara embora por causa daquilo. Não podia estar por trás daquilo. Mas...

Celaena disparou na direção da câmara de audiências, ignorando o barulho. Sangue e destruição estavam por toda parte. Ela passou por pátios cheios de soldados e assassinos, concentrados na batalha mortal.

A jovem estava no meio das escadas para a sala do mestre quando um soldado desceu correndo, a espada em punho. Celaena desviou do ataque direcionado a sua cabeça e golpeou baixo e profundamente, a longa adaga se enterrou no estômago do soldado. Com o calor, as tropas haviam abandonado as armaduras de metal — e a armadura de couro não conseguia entortar uma lâmina feita com aço de Adarlan.

Celaena saltou para o lado quando o homem gemeu e rolou escada abaixo. Ela não se incomodou em olhar uma última vez para o corpo conforme continuou a subida. O nível superior estava completamente silencioso.

Com o fôlego queimando a garganta, Celaena disparou para as portas abertas da câmara de audiências. Os duzentos soldados deveriam destruir a fortaleza... e fornecer uma distração. O mestre poderia estar sozinho com todos concentrados no ataque. Mas ainda era o mestre. Como Ansel esperava superá-lo?

A não ser que usasse aquela droga nele também. De que outro modo conseguiria desarmá-lo e pegá-lo desprevenido?

A assassina impulsionou-se contra as portas de madeira abertas e quase tropeçou no corpo caído entre elas.

Mikhail estava de costas, com a garganta aberta e os olhos encarando o teto de ladrilhos. Morto. Ao lado estava Ilias, lutando para se levantar enquanto segurava a barriga ensanguentada. Celaena conteve o grito, e o rapaz ergueu a cabeça, sangue pingando dos lábios. Ela fez menção de se ajoelhar ao seu lado, mas ele resmungou, apontando para a sala adiante.

Para o pai.

O mestre estava deitado de lado sobre a plataforma, os olhos abertos e as vestes ainda não manchadas de sangue. Contudo, tinha a quietude de alguém que fora drogado — paralisado pelo que quer que Ansel tivesse lhe dado.

A garota estava de pé sobre o mestre, com as costas para Celaena conforme falava, ágil e baixinho. Balbuciando. Ansel segurava a espada do pai com uma das mãos, a lâmina ensanguentada pingando no chão. Os olhos do mestre se voltaram para o rosto de Celaena, então para o filho. Estavam cheios de dor. Não por si, mas por Ilias — seu garoto, sangrando. O homem olhou de volta para ela, os olhos verde-mar agora implorando. *Salve meu filho.*

Ansel respirou fundo, e sua espada se ergueu no ar, com a menção de decapitar o mestre.

Celaena teve um segundo para virar a faca nas mãos. Dobrando o pulso, deixou a adaga voar.

A arma acertou o antebraço de Ansel, exatamente no ponto em que havia mirado. A menina soltou um grito, abrindo os dedos. A espada do pai caiu no chão com um ruído alto. O rosto da jovem ficou pálido de choque quando ela se virou, segurando o ferimento ensanguentado, mas a expressão se tornou algo sombrio e obstinado ao ver Celaena. Ansel procurou a espada caída.

Mas a assassina já corria.

Ansel pegou a espada, voltou-se para o mestre e ergueu a arma, mergulhando a espada na direção do pescoço do mestre.

Celaena conseguiu derrubá-la antes que a lâmina acertasse, lançando as duas ao chão. Tecidos, aço e ossos, contorciam-se e rolavam. A assassina ergueu as pernas o bastante para chutar Ansel. As garotas se separaram, e Celaena levantou-se assim que parou de se mover.

No entanto, Ansel já estava de pé, com a espada ainda nas mãos, ainda entre Celaena e o mestre paralisado. O sangue do braço da menina pingava no chão.

Elas ofegavam, e a assassina equilibrou a cabeça, que girava.

— Não faça isso — arfou ela.

Ansel soltou uma risada baixa.

— Achei que tivesse mandado você para casa.

Celaena sacou a espada do cinto. Se ao menos tivesse uma lâmina como a de Ansel, não um estilhaço de sucata. A espada tremeu nas mãos quando ela se deu conta de quem exatamente estava entre ela e o mestre. Não um soldado sem nome, não algum estranho ou uma pessoa que fora contratada para matar. Mas Ansel.

— Por quê? — sussurrou Celaena.

A menina inclinou a cabeça, erguendo um pouco mais a arma.

— Por quê? — A assassina nunca vira algo mais feio que o ódio que contorcia as feições de Ansel. — Porque Lorde Berick me prometeu mil homens para marchar para as Terras Planas, por isso. Roubar aqueles cavalos foi exatamente a desculpa pública da qual ele precisava para atacar a fortaleza. E tudo que precisei fazer foi cuidar dos guardas e deixar o portão aberto ontem à noite. Além de levar isto para ele. — A garota gesticulou com a espada na direção do mestre atrás dela. — A cabeça do mestre. — Ansel percorreu os olhos pelo corpo de Celaena, que se odiou por estremecer mais. — Abaixe a espada, Celaena.

A jovem não se moveu.

— Vá para o inferno.

Ansel riu.

— Estive no inferno. Passei um tempo lá quando tinha 12 anos, lembra? E, quando marchar para as Terras Planas com as tropas de Berick, me certificarei de que o alto rei Loch veja um pouco do inferno também. Mas antes...

Ela se virou para o mestre, e Celaena inspirou.

— *Não* — falou a assassina. Daquela distância, a menina o mataria antes que ela pudesse fazer qualquer coisa para impedir.

— Apenas vire para o outro lado, Celaena. — Ansel se aproximou do homem.

— Se tocar nele, vou enfiar esta espada em seu pescoço — rosnou Celaena. As palavras saíram embargadas, e a assassina piscou para afastar a umidade que se acumulava nos olhos.

Ansel olhou por cima do ombro.

— Não acho que vá.

A garota deu mais um passo para perto do mestre, e a segunda adaga de Celaena voou. Roçou na lateral da armadura, deixando uma longa marca antes de retinir até parar ao pé da plataforma.

Ansel parou, dando um leve sorriso para Celaena.

— Errou.

— Não faça isso.

— Por quê?

A assassina levou a mão ao coração, segurando firme a espada com a outra.

— Porque sei como é. — Ela ousou dar outro passo. — Porque *sei* como é ter esse tipo de ódio, Ansel. Sei qual é a sensação. E esse não é o caminho. *Este* — falou Celaena, mais alto, indicando a fortaleza e todos os corpos dentro dela, todos os soldados e os assassinos ainda lutando. — Este não é o caminho.

— Diz uma assassina — disparou Ansel.

— Eu me tornei uma assassina porque não tive escolha. Mas *você* tem escolha, Ansel. Sempre teve escolha. Por favor, não o mate.

Por favor, não me obrigue a matar você, era o que queria dizer, na verdade.

Ansel fechou os olhos. Celaena firmou o pulso, testando o equilíbrio da espada, tentando sentir o peso da arma. Quando abriu os olhos, havia pouco da garota com quem a assassina passara a se importar durante o último mês.

— Estes homens — falou Ansel, a espada se erguendo. — Estes homens destroem *tudo*.

— Eu sei.

— Sabe, mas não faz nada! É apenas um cachorro acorrentado ao dono. — A jovem encurtou a distância entre as duas, a espada se abaixando. Celaena quase suspirou de alívio, mas não afrouxou a mão na própria arma. A respiração de Ansel estava entrecortada. — Você poderia vir comigo. — Ela afastou uma mecha dos cabelos de Celaena. — Nós duas, sozinhas, poderíamos conquistar as Terras Planas, e com as tropas do Lorde Berick... — A mão de Ansel acariciou a bochecha de Celaena, que tentou não se encolher ao toque e às palavras que saíam da boca da garota. — Eu tornaria você meu braço direito. Tomaríamos as Terras Planas de volta.

— Não posso — respondeu Celaena, embora pudesse visualizar o plano com perfeita clareza, mesmo sendo tentador.

Ansel recuou.

— O que Forte da Fenda tem de tão especial? Por quanto tempo vai se curvar àquele monstro?

— Não posso ir com você, e sabe disso. Então pegue suas tropas e vá, Ansel.

Celaena observou as expressões mudarem no rosto da menina. Mágoa. Negação. Raiva.

— Que seja — replicou Ansel.

Ela golpeou, e Celaena apenas teve tempo de desviar a cabeça para fugir da adaga escondida que disparou do pulso de Ansel. A lâmina roçou a bochecha, e o sangue aqueceu seu rosto. O *rosto*.

Ansel atacou com a espada, tão próxima que a assassina precisou dar uma cambalhota para trás. Caiu de pé, mas a garota era rápida e estava perto o bastante para que Celaena conseguisse apenas erguer a lâmina. As duas cruzaram espadas.

A assassina girou, empurrando a espada de Ansel para longe. A menina cambaleou, e Celaena usou o momento para ganhar vantagem, golpeando diversas vezes. A lâmina superior de Ansel quase não sofreu.

As duas passaram pelo mestre caído e pela plataforma. Celaena se abaixou, deslizando a perna contra Ansel. A garota saltou para trás e desviou. A assassina usou os preciosos segundos para pegar a adaga que jogara dos degraus da plataforma.

Quando Ansel golpeou de novo, se chocou contra as lâminas cruzadas da espada e da adaga.

A menina soltou uma risada baixa.

— Como imagina que isso vai terminar? — Ela fez força contra as armas de Celaena. — Ou é uma luta até a morte?

A assassina forçou os pés contra o chão. Jamais percebera que Ansel era tão forte, ou tão mais alta que ela. E a armadura, como atravessaria *aquilo*? Havia uma articulação entre a axila e as costelas, então ao redor do pescoço...

— Diga você — retrucou Celaena. O sangue da bochecha escorria pela garganta. — Parece ter tudo planejado.

— Tentei protegê-la. — Ansel empurrou com força as lâminas de Celaena, mas não o bastante para separá-las. — E você voltou mesmo assim.

— Chama aquilo de proteger? Me drogar e me deixar no deserto? — A assassina exibiu os dentes.

Mas, antes que pudesse atacar novamente, Ansel a golpeou com a mão livre, bem entre o X formado pelas armas, o punho acertando entre os olhos de Celaena.

A cabeça foi empurrada para trás, o mundo virou um clarão, e ela caiu forte de joelhos. A espada e a adaga desabaram no chão.

A garota estava sobre Celaena em um segundo, o braço ensanguentado sobre o peito da assassina, a outra mão pressionando a ponta da lâmina contra a bochecha intocada de Celaena.

— Dê um motivo para eu não matar você bem aqui — sussurrou Ansel ao ouvido dela, chutando a espada da assassina. A adaga caída ainda estava perto, mas fora de alcance.

Celaena se debateu, tentando colocar alguma distância entre a espada de Ansel e seu rosto.

— Nossa, como você é *vaidosa*! — falou Ansel, e a assassina encolheu o corpo quando a espada se enterrou na pele. — Com medo que eu deixe uma cicatriz em seu rosto? — Ela inclinou a arma para baixo, a lâmina agora empurrando a garganta de Celaena. — Que tal o pescoço?

— Pare.

— Eu não queria que terminasse dessa forma entre nós. Não queria que você fosse parte disso.

A assassina acreditava nela. Se Ansel quisesse matá-la, já teria feito. Se quisesse matar o mestre, também já teria feito. E toda aquela oscilação entre ódio sádico e paixão e arrependimento...

— Você perdeu o juízo — disse Celaena.

A menina riu com deboche.

— Quem matou Mikhail? — indagou Celaena. Qualquer coisa para mantê-la falando, para manter a garota concentrada nela. Porque a alguns centímetros de distância estava a adaga...

— Eu matei — respondeu Ansel. Um pouco da ferocidade se dissipou da voz. Com as costas pressionadas contra o peito de Ansel, Celaena não tinha certeza, pois não via o rosto da garota, mas poderia ter jurado que as palavras estavam cheias de remorso. — Quando os homens de Berick atacaram, me certifiquei de que seria aquela que avisaria ao mestre; o tolo nem cheirou a jarra da qual bebeu antes de ir até os portões. Só que Mikhail descobriu o que eu estava fazendo e invadiu a sala... mas foi tarde demais para impedir o mestre de beber. Então Ilias apenas... se meteu no caminho.

Celaena olhou para Ilias, ainda prostrado no chão, ainda respirando. O mestre o observava, os olhos arregalados e implorando. Se alguém não estancasse a hemorragia, o rapaz morreria em breve. Os dedos do mestre se torceram levemente, curvando-se.

— Quantos outros matou? — perguntou a assassina, tentando manter Ansel distraída conforme o mestre fazia o movimento de novo. Um tipo de oscilação esquisita e lenta...

— Apenas eles. E os três da guarda noturna. Deixei os soldados fazerem o resto.

O dedo do mestre se torceu e serpenteou... como uma víbora.

Um golpe — era só o que seria preciso. Assim como a áspide.

Ansel era rápida. Celaena precisava ser mais rápida.

— Sabe de uma coisa, Ansel? — Celaena respirou, memorizando os movimentos que precisaria fazer nos segundos seguintes, imaginando os músculos se movendo, rezando para não vacilar, para se manter concentrada.

A menina pressionou a ponta da lâmina contra a garganta da assassina.

— O quê, *Celaena*?

— Quer saber o que o mestre me ensinou durante todas aquelas lições?

Celaena sentiu Ansel ficar tensa, sentiu que a pergunta a distraiu. Era a oportunidade de que precisava.

— Isto. — Ela girou, golpeando o tronco de Ansel com o ombro. Os ossos se chocaram contra a armadura com um estampido terrível, e a espada cortou o pescoço de Celaena, mas Ansel perdeu o equilíbrio e recuou cambaleando. A assassina acertou os dedos da garota com tanta força que eles deixaram a espada cair bem na sua mão paciente.

Com um lampejo, como uma cobra se revirando, Celaena prendeu Ansel com o rosto para baixo no chão, a arma do pai da jovem agora lhe pressionando a nuca.

A assassina não havia percebido como a sala estava silenciosa até se agachar ali, um joelho prendendo Ansel ao chão e o outro firme contra o piso. Sangue escorria do pescoço de Ansel no local que a ponta da espada tocava, mais vermelho que seus cabelos.

— Não faça isso — sussurrou Ansel, com aquela voz que Celaena ouvira tantas vezes, aquela voz de garota, despreocupada. Mas será que sempre fora atuação?

Ela empurrou com mais força, e a menina inspirou, fechando os olhos.

Celaena apertou o cabo da espada, desejando reunir mais coragem. Ansel precisava morrer; pelo que tinha feito, merecia morrer. E não apenas por todos aqueles assassinos caídos, mortos, ao redor deles, mas também pelos soldados que tinham dado as vidas pelos interesses da garota. E pela própria Celaena, que sentia o coração se partir mesmo ainda ajoelhada ali. Por mais que não enterrasse a espada no pescoço de Ansel, ainda a perderia. Já havia perdido a amiga.

Mas talvez o mundo a tivesse perdido muito antes daquele dia.

Celaena não conseguia impedir os lábios de tremerem ao perguntar:

— Algum dia foi real?

A garota abriu um dos olhos, encarando a parede mais afastada.

— Em alguns momentos foi. Quando mandei você embora, foi real.

A assassina conteve o choro e respirou fundo para se acalmar. Devagar, tirou a espada do pescoço de Ansel — apenas uma fração de centímetro.

Ansel fez menção de se mover, mas Celaena pressionou o aço contra a pele dela de novo, fazendo-a ficar imóvel. Do lado de fora, ouviram-se gritos de vitória — e de preocupação — em vozes que pareciam roucas pela falta de uso. Os assassinos tinham ganhado. Quanto tempo antes de chegarem ali? Se vissem Ansel, se vissem o que havia feito... eles a matariam.

— Tem cinco minutos para juntar suas coisas e deixar a fortaleza — falou Celaena, baixinho. — Porque em vinte minutos vou subir na muralha e vou atirar uma flecha em você. É melhor torcer para que esteja fora do alcance; se não estiver, aquela flecha vai atravessar seu pescoço.

A assassina ergueu a espada. Ansel ficou de pé devagar, mas não fugiu. Ela levou um segundo para perceber que a jovem esperava pela espada do pai.

Celaena olhou para o punho em formato de lobo e para o sangue que manchava o aço. O único elo que Ansel tinha com o pai, com a família e com qualquer pedaço deturpado de esperança que ainda queimasse em seu coração.

Ela virou a lâmina e entregou a espada com o punho voltado para Ansel. Os olhos da garota estavam cheios d'água quando pegou a arma. A menina abriu a boca, mas Celaena a interrompeu.

— Vá para casa, Ansel.

O rosto de Ansel ficou branco de novo. Ela embainhou a espada na lateral do corpo e olhou para Celaena apenas uma vez antes de partir em disparada, saltando sobre o cadáver de Mikhail como se não passasse de destroços.

Então Ansel se foi.

❧ 12 ❧

Celaena correu até Ilias, que gemeu quando ela o virou. O ferimento na barriga ainda sangrava. A assassina arrancou tiras do próprio manto, já encharcado de sangue, e gritou por ajuda ao atar com força o rapaz.

Um farfalhar de roupas sobre pedra soou, e Celaena olhou por cima do ombro para ver o mestre tentando se arrastar até o filho. O efeito da droga paralisante devia estar passando.

Cinco assassinos ensanguentados vieram correndo pelas escadas, os olhos ficaram arregalados e os rostos lívidos quando viram Mikhail e Ilias. Celaena deixou Ilias aos cuidados deles ao correr até o mestre.

— Não se mova — disse ela, encolhendo o corpo quando sangue de seu rosto pingou nas vestes brancas do homem. — Pode se machucar.

Celaena verificou a plataforma em busca de qualquer sinal do veneno e correu até a taça de bronze caída. Cheirando algumas vezes, percebeu que o vinho fora contaminado com uma pequena porção de gloriella, apenas o bastante para paralisá-lo, e não para matar. Ansel devia querer o mestre totalmente imobilizado para o assassinar — devia querer que ele *soubesse* que fora ela quem o traíra. Queria que o mestre estivesse consciente quando decepasse sua cabeça. Como ele não havia notado antes de beber? Talvez não fosse tão humilde quanto parecia; talvez fosse arrogante o suficiente para acreditar que estava a salvo ali.

— Vai passar logo — assegurou Celaena, mas mesmo assim pediu um antídoto para acelerar o processo. Um dos assassinos saiu correndo.

Ela permaneceu sentada ao lado do mestre, uma das mãos segurando o próprio pescoço ensanguentado. Os assassinos do outro lado da sala levaram Ilias para fora, parando para tranquilizar o mestre de que o filho ficaria bem.

Celaena quase gemeu de alívio ao ouvir isso, mas enrijeceu o corpo quando a mão seca e calejada segurou a dela, apertando levemente. Abaixou o rosto e olhou para o homem, cujos olhos se voltaram para a porta aberta. Ele a estava lembrando da promessa que fizera. Ansel recebera vinte minutos para fugir do alcance da flecha.

Estava na hora.

Ansel já tinha virado um borrão escuro a distância, Hisli galopava como se demônios estivessem mordendo seus cascos. Seguia para noroeste sobre as dunas, na direção das Areias Cantantes, para a ponte estreita de selva feroz que separava a Terra Desértica do resto do continente, e então para a extensão aberta dos desertos do Oeste além delas. Na direção de Penhasco dos Arbustos.

Do alto da muralha, Celaena sacou uma flecha da aljava e alojou no arco.

A corda do arco grunhiu quando a assassina a puxou, mais e mais, enrijecendo o braço.

Concentrando-se na minúscula figura no alto do cavalo preto, ela mirou.

No silêncio da fortaleza, o arco rangeu como uma harpa lamuriante.

A flecha deslizou, girando implacavelmente. As dunas vermelhas passaram sob a arma como um borrão, encurtando a distância. Um fiapo de escuridão alada com ponta de aço. Uma morte rápida e sangrenta.

A cauda de Hisli se moveu para o lado quando a flecha se enterrou na areia, apenas centímetros atrás dos cascos traseiros.

Mas Ansel não ousou olhar por cima do ombro. Continuou cavalgando, e não parou.

Celaena abaixou o arco e observou até que a menina desaparecesse além do horizonte. Uma flecha, essa fora sua promessa.

Contudo, também havia prometido a Ansel que ela teria vinte minutos para sair do alcance.

Celaena atirara depois de 21 minutos.

O mestre chamou Celaena para sua câmara na manhã seguinte. Fora uma longa noite, mas Ilias estava se curando, o ferimento por pouco não perfurara os órgãos. Todos os soldados estavam mortos e eram levados de volta a Xandria em uma carroça, como lembrete para que Lorde Berick procurasse a aprovação do rei de Adarlan em outro lugar. Vinte assassinos haviam morrido, e um silêncio pesado, de luto, preenchia a fortaleza.

Celaena se sentou em uma cadeira de madeira entalhada, observando o mestre enquanto ele olhava pela janela para o céu. A assassina quase caiu do assento quando o homem começou a falar.

— Fico feliz por não ter matado Ansel. — A voz era áspera, e o sotaque era pesado com os sons estalados porém fluidos de alguma língua que a jovem nunca tinha ouvido antes. — Estava imaginando quando ela decidiria o que fazer com o próprio destino.

— Então você sabia...

O mestre se voltou da janela.

— Sei há anos. Muitos meses depois da chegada de Ansel, mandei inquisidores para as Terras Planas. Como a família dela não escreveu carta alguma, eu estava preocupado que algo tivesse acontecido. — O mestre se sentou em uma cadeira diante de Celaena. — Meu mensageiro voltou meses depois, dizendo que não havia Penhasco dos Arbustos. O lorde e a filha mais velha foram assassinados pelo alto rei, e a mais nova, Ansel, estava desaparecida.

— Por que não... a confrontou? — A assassina tocou a ferida estreita na bochecha esquerda. Não deixaria cicatriz se ela cuidasse bem. E se *deixasse* uma cicatriz... então talvez caçasse Ansel para devolver o favor.

— Porque eu esperava que ela, por fim, confiasse em mim o suficiente para contar. Precisava dar essa chance a Ansel, embora fosse um risco. Esperava que aprendesse a lidar com a dor, que aprendesse a suportá-la. — O mestre sorriu com tristeza. — Se você aprende a suportar sua dor, pode sobreviver a qualquer coisa. Algumas pessoas aprendem a acolhê-la, a amá-la. Algumas suportam a dor ao afogá-la em mágoa, ou ao se fazerem esquecer. Outras a transformam em raiva. No entanto, Ansel deixou sua dor se tornar ódio, e deixou que a consumisse até que se tornasse outra coisa, uma pessoa que jamais achei que ela gostaria de ser.

Celaena absorveu as palavras, mas guardou-as para considerar mais tarde.

— Vai contar a todos o que ela fez?

— Não. Vou poupá-los da raiva. Muitos acreditavam que Ansel era sua amiga, e parte de mim também acredita que, às vezes, ela era.

A jovem olhou para o chão, pensando no que fazer com a dor no peito. Será que transformá-la em fúria, como dissera o mestre, ajudaria a suportar?

— Se faz alguma diferença, Celaena — disse o mestre, com a voz grossa —, acredito que você tenha sido o mais próximo de uma amiga que ela se permitiu ter. E acho que Ansel mandou você embora porque se importava de verdade.

Ela odiou a própria boca por estremecer.

— Isso não torna a mágoa menor.

— Não achei que tornaria. Mas acho que você vai deixar uma impressão eterna no coração de Ansel, pois poupou a vida dela e devolveu a espada de seu pai. Ela não vai se esquecer disso tão cedo. E, quando fizer a próxima manobra para reconquistar seu título, talvez se lembre da assassina do Norte, assim como do carinho que mostrou a ela, e tente deixar menos corpos ao encalço.

O mestre caminhou até uma caixa de treliça, como se desse a Celaena tempo para se recompor, e tirou de dentro uma carta. Quando voltou, os olhos dela estavam secos.

— Ao dar isto ao seu mestre, mantenha a cabeça erguida.

Ela pegou a carta. A recomendação. Parecia insignificante diante de tudo que acabara de acontecer.

— Por que está falando comigo agora? Achei que o voto de silêncio fosse eterno.

O mestre deu de ombros.

— O mundo parece achar que sim, mas, até onde a memória me serve, jamais jurei oficialmente ficar em silêncio. Escolho fazê-lo na maior parte do tempo, e me acostumei tanto com isso que às vezes esqueço que tenho a capacidade de falar, mas em certas ocasiões as palavras são necessárias, quando é preciso uma explicação que os gestos não conseguem comunicar.

Celaena assentiu, tentando ao máximo esconder a surpresa. Depois de uma pausa, o mestre falou:

— Se algum dia quiser deixar o Norte, sempre terá um lar aqui. Prometo que os meses de inverno são muito melhores que os de verão. E acho que meu filho ficaria muito feliz se você decidisse retornar também. — O mestre deu uma risadinha, e a jovem corou. Ele pegou a mão dela. — Quando partir amanhã, estará acompanhada de alguns dos meus.

— Por quê?

— Porque serão necessários para levar a carroça para Xandria. Sei que está presa ao seu mestre, que ainda deve muito dinheiro antes de estar livre para viver a própria vida. Ele a está fazendo pagar pela fortuna que a obrigou a pegar emprestada. — O Mestre Mudo apertou a mão de Celaena antes de se aproximar de um dos três baús encostados à parede. — Por salvar minha vida, e por poupar a dela. — Abriu a tampa de um baú, então de outro e mais outro.

A luz do sol refletiu o ouro do interior, iluminando o salão como luz sobre água. Todo aquele ouro... e mais o pedaço de Seda de Aranha que o mercador lhe dera... não conseguia pensar nas possibilidades que a riqueza abriria para ela, não naquele momento.

— Quando der esta carta ao seu mestre, dê também isto a ele. E diga que no deserto Vermelho não agredimos nossos discípulos.

Celaena sorriu devagar.

— Acho que consigo fazer isso.

Ela olhou pela janela aberta para o mundo lá fora. Pela primeira vez em muito tempo, ouviu o canto de um vento norte, chamando-a para casa. E Celaena não teve medo.

A
ASSASSINA
e o
SUBMUNDO

✥ 1 ✥

O cavernoso corredor de entrada da Guilda dos Assassinos estava silencioso, e Celaena Sardothien caminhava pelo piso de mármore com uma carta entre os dedos. Ninguém a havia cumprimentado nas enormes portas de carvalho, exceto pela governanta, que pegara seu manto encharcado de chuva — e que, depois de uma boa olhada para o sorriso malicioso no rosto da assassina, optou por não dizer nada.

As portas do escritório de Arobynn Hamel ficavam na outra ponta do corredor e estavam fechadas no momento. Mas Celaena sabia que ele estava lá. Wesley, o guarda-costas de Arobynn, montava guarda do lado de fora, com olhos sombrios e indecifráveis ao vê-la caminhar até lá. Embora não fosse oficialmente um assassino, ela não tinha dúvidas de que o homem podia manejar as lâminas e adagas presas ao corpo imenso com habilidade mortal.

Também não duvidava de que o mestre tinha olhos em todos os portões daquela cidade. Assim que Celaena pisara em Forte da Fenda, o assassino fora alertado de seu retorno. Ela deixou um rastro de lama das botas molhadas e imundas ao seguir na direção das portas do escritório — e de Wesley.

Fazia três meses desde a noite em que Arobynn a surrara até que ficasse inconsciente; punição por arruinar o acordo de comércio de escravizados com o lorde pirata, capitão Rolfe. Fazia três meses desde que Arobynn a mandara ao deserto Vermelho para aprender obediência e disciplina, assim como para conquistar a aprovação do Mestre Mudo dos Assassinos Silenciosos.

A carta na mão da assassina era prova de que havia conseguido. Prova de que Arobynn não a havia destruído naquela noite.

E Celaena mal podia *esperar* para ver o olhar no rosto do mentor quando lhe entregasse a carta.

Sem falar de quando contasse sobre os três baús de ouro que havia levado consigo e que estavam a caminho do quarto naquele momento. Com poucas palavras, explicaria que a dívida com ele estava paga, que sairia da Fortaleza e se mudaria para o novo apartamento que comprara. Que estava livre de Arobynn.

Celaena chegou à outra ponta do corredor, e Wesley se colocou diante das portas do escritório. Parecia cinco anos mais jovem que Arobynn, e as cicatrizes finas no rosto e nas mãos sugeriam que a vida como guarda-costas servindo ao rei dos Assassinos não fora fácil. Celaena suspeitava que havia mais cicatrizes sob as roupas escuras — talvez algumas violentas.

— Ele está ocupado — avisou Wesley, com as mãos pendendo casualmente na lateral do corpo, prontas para pegar as armas. Celaena podia ser a protegida de Arobynn, mas o guarda-costas sempre deixara claro que, caso ela se tornasse uma ameaça para o mestre, não hesitaria em acabar com sua vida. Ela não precisava vê-lo em ação para saber que seria um oponente interessante. Imaginava que era por isso que Wesley treinava escondido, além de o homem manter a própria vida em segredo também. Quanto menos soubesse a respeito dele, mais vantagem o guarda-costas teria se essa briga acontecesse. Inteligente e lisonjeiro, pensava Celaena.

— Também é bom ver você, Wesley — disse ela, lançando um sorriso. Ele ficou tenso, mas não a impediu de o ultrapassar e escancarar as portas do escritório de Arobynn.

O rei dos Assassinos estava sentado na cadeira ornamentada, debruçado sobre uma pilha de papéis. Sem sequer um oi, Celaena foi direto até a mesa e atirou a carta na superfície de madeira polida.

Ela abriu a boca, as palavras quase explodindo de dentro de si. Contudo, Arobynn simplesmente ergueu um dedo, com um sorriso fraco, e voltou para os papéis. Wesley fechou as portas atrás de Celaena.

A assassina congelou. Arobynn virou a página, avaliando rapidamente o documento que estava diante dele, e fez um gesto vago com a mão. *Sente-se.*

Com a atenção ainda no documento que lia, ele pegou a carta de aprovação do Mestre Mudo e a colocou sobre uma pilha de papéis próxima. Celaena piscou. Uma vez. Duas. O assassino não ergueu os olhos para ela. Apenas continuou lendo. A mensagem era bem direta: a jovem deveria esperar até que *ele* estivesse pronto. Naquele momento, mesmo que gritasse até que os pulmões estourassem, Arobynn não reconheceria sua existência.

Assim, Celaena sentou-se.

Chuva gotejava nas janelas do escritório. Segundos se passaram, depois minutos. Seus planos de um discurso grandioso com gestos dramáticos se dissiparam no silêncio. Arobynn leu mais três documentos antes de sequer pegar a carta do Mestre Mudo.

E, conforme ele lia a carta, Celaena pensava somente na última vez em que estivera naquela cadeira.

Ela olhou para o tapete vermelho requintado sob os pés. Alguém fizera um excelente trabalho ao limpar todo o sangue. Quanto do sangue no carpete tinha sido dela — e quanto havia pertencido a Sam Cortland, seu rival e comparsa na destruição do acordo de comércio de escravizados de Arobynn? Celaena ainda não sabia o que o mestre fizera com o rapaz naquela noite. Momentos antes, quando chegara, não tinha visto Sam no corredor de entrada. Mas, por outro lado, não vira nenhum dos outros assassinos que moravam ali. Então talvez estivesse ocupado. *Esperava* que ele estivesse ocupado, porque isso significaria que Sam estava vivo.

Arobynn finalmente olhou para Celaena, deixando de lado a carta do Mestre Mudo como se não passasse de um rascunho. A jovem manteve as costas esticadas e o queixo erguido, mesmo quando os olhos prateados avaliaram cada centímetro dela. Eles se detiveram mais tempo na pequena cicatriz rosada na lateral do pescoço, a centímetros do maxilar e da orelha.

— Bem — falou o mentor, por fim —, achei que estaria mais bronzeada de sol.

Ela quase riu, mas conteve a expressão do rosto.

— Roupas da cabeça aos pés para evitar o sol — explicou Celaena. As palavras saíram mais baixas, mais fracas, do que ela queria. Eram as primeiras palavras que falava a Arobynn desde que ele a havia espancado até que desmaiasse. Não eram exatamente satisfatórias.

— Ah — exclamou o mestre, com os dedos longos e elegantes girando um anel dourado no indicador.

Celaena inspirou pelo nariz, lembrando-se de tudo que ansiava dizer ao homem nos últimos meses e durante a viagem de volta a Forte da Fenda. Algumas frases e tudo estaria terminado. Mais de oito anos com ele, encerrados com uma sequência de palavras e uma montanha de ouro.

Preparou-se para começar, mas Arobynn falou primeiro.

— Desculpe — disse ele.

Mais uma vez, as palavras sumiram dos lábios de Celaena.

Os olhos de Arobynn estavam fixos nos dela, e ele parou de brincar com o anel.

— Se eu pudesse apagar aquela noite, Celaena, apagaria.

O homem se inclinou sobre a borda da mesa, as mãos agora formando punhos. Na última vez que Celaena vira aquelas mãos, estavam sujas com o sangue dela.

— Desculpe — repetiu Arobynn. Ele tinha quase vinte anos a mais que ela, e, embora os cabelos ruivos tivessem algumas mechas prateadas, o rosto permanecia jovem. Feições elegantes e finas, olhos cinza, ofuscantemente claros... Talvez não fosse o homem mais lindo que Celaena já vira, mas era um dos mais atraentes.

— Todo dia — continuou ele. — Todo dia, desde que partiu, fui ao templo de Kiva para rezar por perdão. — A jovem quase debochou da ideia de o rei dos Assassinos se ajoelhar diante da estátua da deusa da Penitência, mas as palavras pareceram tão naturais. Seria possível que de fato se arrependesse do que havia feito? — Eu não devia ter deixado meu temperamento vencer. Não podia ter mandado você embora.

— Então por que não me resgatou? — As palavras saíram antes que ela tivesse a chance de controlar o tom afiado na voz.

Os olhos de Arobynn semicerraram levemente, o mais próximo de uma retração que se permitiria, imaginou Celaena.

— Com o tempo que levaria para que os mensageiros a encontrassem, você provavelmente já estaria no caminho de volta.

Ela trincou o maxilar. Uma desculpa fácil.

Arobynn viu a ira nos olhos dela — e a incredulidade.

— Permita que eu me redima. — O homem se levantou da cadeira de couro e deu a volta na mesa. As longas pernas e anos de treinamento tornavam seus movimentos tranquilamente graciosos, até mesmo ao pegar uma caixa na borda da mesa. Ele se apoiou sobre um joelho diante de Celaena, o rosto quase nivelado com o dela. A jovem havia se esquecido de como Arobynn era alto.

O assassino estendeu o presente a ela. A própria caixa era uma obra de arte, revestida com madrepérola, mas Celaena manteve o rosto inexpressivo ao abrir a tampa.

Um broche de esmeralda e ouro reluzia à iluminação da tarde cinzenta. Era deslumbrante, o trabalho de um mestre artesão; e Celaena instantaneamente soube quais vestidos e mantos o broche melhor complementaria. Arobynn o havia comprado porque também conhecia o guarda-roupa dela, assim como os gostos e tudo a seu respeito. De todas as pessoas no mundo, apenas o mentor a conhecia de verdade.

— Para você — disse ele. — O primeiro de muitos. — Celaena estava completamente ciente dos movimentos de Arobynn e se preparou quando ele ergueu uma das mãos, cuidadosamente a levando à face da assassina. O homem deslizou o dedo da têmpora até a curva das maçãs do rosto da jovem. — Desculpe — sussurrou ele de novo, e Celaena ergueu os olhos para encará-lo.

Pai, irmão, amante — Arobynn jamais se declarara nenhum desses. Certamente não havia a relação de amantes, embora talvez tivesse chegado a isso, se Celaena fosse outro tipo de garota e Arobynn a tivesse criado de outra forma. Ele a amava como família, contudo, a colocava nas situações mais perigosas. O mentor cuidara dela e a educara, mas acabou com a inocência de Celaena na primeira vez que a obrigou a tirar uma vida. Dera tudo à jovem, mas também lhe tirara tudo. Ela não conseguia decifrar os sentimentos em relação ao rei dos Assassinos mais do que conseguia contar as estrelas do céu.

Celaena virou o rosto, e Arobynn se levantou. Ele se recostou na borda da mesa, sorrindo levemente.

— Tenho outro presente para você, se quiser.

Todos aqueles meses em que sonhou em ir embora, em pagar as dívidas... Por que não conseguia abrir a boca e simplesmente *dizer* a ele?

— Benzo Doneval vem a Forte da Fenda — falou Arobynn.

Celaena inclinou a cabeça. Tinha ouvido falar de Doneval; era um comerciante muito poderoso de Melisande, uma terra distante ao sudoeste e uma das mais recentes conquistas de Adarlan.

— Por quê? — perguntou ela, baixinho, com cuidado.

Os olhos de Arobynn reluziram.

— Faz parte de um grande comboio que Leighfer Bardingale está levando até a capital. Leighfer é muito amiga da antiga rainha de Melisande, que a pediu para vir aqui expor seu caso diante do rei de Adarlan.

Melisande, lembrou-se Celaena, foi um dos poucos reinos cuja família real não fora executada. Em vez disso, entregaram as coroas e juraram lealdade ao rei e às legiões de conquistadores. A jovem não sabia dizer o que era pior: uma decapitação rápida ou curvar-se ao rei de Adarlan.

— Aparentemente — continuou o homem — o comboio vai tentar demonstrar tudo que Melisande tem a oferecer: cultura; mercadorias; riqueza para convencer o rei a conceder a eles a permissão e os recursos necessários para construir uma estrada. Considerando que a jovem rainha de Melisande é agora mera representante simbólica, admito que estou impressionado com a ambição, assim como com a ousadia de perguntar ao rei.

Celaena mordeu o lábio, visualizando o mapa do continente.

— Uma estrada para ligar Melisande a Charco Lavrado e Adarlan?

Durante anos, o comércio com Melisande fora complicado devido à localização do reino. Ladeado por montanhas quase intransponíveis e pela floresta Carvalhal, a maior parte do comércio local fora reduzida ao que quer que se conseguisse mandar pelos portos. Uma estrada poderia mudar tudo isso. Poderia tornar Melisande rica, além de influente.

Arobynn assentiu.

— O comboio ficará aqui por uma semana, com festas e feiras planejadas, inclusive um baile de gala em três dias para celebrar a Lua da Colheita. Talvez se os cidadãos de Forte da Fenda se apaixonarem pelas mercadorias, o rei leve o caso a sério.

— Então o que Doneval tem a ver com a estrada?

Arobynn deu de ombros.

— Ele veio discutir acordos de negócios em Forte da Fenda. E provavelmente também veio sabotar a ex-mulher, Leighfer. E completar um negócio muito específico que a fez querer mandar matá-lo.

As sobrancelhas de Celaena se ergueram. *Um presente*, dissera o mestre.

— Doneval está viajando com documentos muito importantes — falou Arobynn, tão baixo que a chuva açoitando a janela quase abafou as palavras. — Não apenas seria preciso matá-lo, mas também recuperar os papéis.

— Que tipo de documentos?

Os olhos prateados se iluminaram.

— Doneval quer montar um negócio de tráfico de escravizados com alguém em Forte da Fenda. Se a estrada for aprovada e construída, ele quer ser o primeiro em Melisande a lucrar com a importação e exportação de escravizados. Os documentos, aparentemente, contêm provas de que certos cidadãos de Melisande em Adarlan se opõem ao comércio. Considerando o quanto o rei de Adarlan já fez para punir aqueles que são contra as políticas dele... Bem, saber quem o contraria no que diz respeito ao tráfico, principalmente quando parece que estão se mobilizando para *ajudar* a libertar os escravizados do domínio real, é uma informação na qual o rei estaria *extremamente* interessado. Doneval e seu novo parceiro em Forte da Fenda planejam usar a lista para chantagear essas pessoas a mudar de ideia, impedindo sua resistência e as convencendo a investir com ele na construção do comércio de escravizados em Melisande. Ou, caso se recusem, Leighfer acredita que o ex-marido se certificará de que o rei receba esse documento com nomes.

Celaena engoliu em seco. Aquilo era uma oferta de paz, então? Alguma indicação de que Arobynn, na verdade, tinha mudado de ideia a respeito do tráfico de escravizados e a perdoara por baía da Caveira?

Mas se envolver nesse tipo de coisa de novo...

— O que Bardingale ganha com isso? — perguntou ela, com cuidado. — Por que nos contratar para matar Doneval?

— Porque Leighfer não acredita em escravidão e quer proteger as pessoas naquela lista, pessoas que estão se preparando para tomar as medidas necessárias para suavizar o impacto da escravidão sobre Melisande. E possivelmente até contrabandear escravizados cativos até a segurança. — Arobynn falou como se conhecesse Bardingale pessoalmente, como se fossem mais que parceiros de negócios.

— E o parceiro de Doneval em Forte da Fenda? Quem é? — Celaena precisava considerar todos os ângulos antes de aceitar, precisava pensar direito.

— Leighfer não sabe; as fontes dela não conseguiram encontrar um nome nas correspondências codificadas de Doneval com o parceiro. Só conseguiu descobrir que, daqui a seis dias, ele vai trocar os documentos com alguém em algum horário na casa alugada. Ela não tem certeza de quais documentos o parceiro de negócios vai levar à mesa, mas aposta que inclui uma lista de pessoas importantes que se opõem à escravidão em Adarlan.

Leighfer diz que Doneval provavelmente terá um quarto particular na casa para fazer a troca, talvez um escritório no andar de cima ou algo assim. Ela o conhece bem o suficiente para garantir isso.

Celaena estava começando a entender o que ele queria. Doneval estava praticamente embrulhado com fita para ela. Só precisava descobrir que horas a reunião ocorreria, descobrir as defesas dele e pensar em uma forma de contorná-las.

— Então não devo apenas matar Doneval, mas também esperar até a conclusão da troca para pegar os documentos dele *e* quaisquer documentos que o parceiro leve? — Arobynn deu um pequeno sorriso. — E quanto ao parceiro? Devo matar essa pessoa também?

O sorriso do homem se tornou uma linha fina.

— Como não sabemos com quem ele lidará, você não foi contratada para eliminar a pessoa. Mas foi fortemente insinuado que Leighfer e seus aliados querem o contato morto também. Talvez lhe deem um bônus por isso.

Celaena avaliou o broche esmeralda no colo.

— E quanto isso vai pagar?

— Extraordinariamente bem. — A assassina ouviu o sorriso na voz de Arobynn, mas manteve a atenção na linda joia verde. — E não vou tirar uma parte. Será tudo seu.

Celaena ergueu a cabeça diante disso. Havia um brilho de súplica nos olhos dele. Talvez realmente se ressentisse pelo que havia feito. E talvez tivesse escolhido aquela missão especialmente para ela; para provar, do próprio jeito, que entendia por que a jovem havia libertado aqueles escravizados em baía da Caveira.

— Posso presumir que Doneval é bem protegido?

— Muito — respondeu Arobynn ao pegar uma carta da mesa atrás de si. — Ele está esperando para fazer o negócio depois das comemorações pela cidade, para que possa correr para casa no dia seguinte.

Celaena olhou para o teto, como se pudesse ver através das vigas de madeira o próprio quarto no andar de cima, no qual os baús de ouro agora estavam. Não *precisava* do dinheiro, mas, se pagasse a dívida com Arobynn, seu orçamento ficaria gravemente comprometido. E aceitar a missão não se trataria apenas do assassinato, seria para ajudar os outros também. Quantas vidas seriam destruídas se não acabasse com Doneval e o parceiro e recuperasse aqueles documentos importantes?

Arobynn se aproximou novamente, e Celaena se levantou da cadeira. Ele afastou os cabelos da jovem do rosto.

— Senti sua falta — disse o mestre.

O homem abriu os braços para a assassina, mas não fez outro movimento para abraçá-la. Celaena avaliou o rosto dele. O Mestre Mudo dissera a ela que as pessoas lidavam com a dor de modos diferentes — que algumas escolhiam afogá-la, algumas escolhiam amá-la, e algumas escolhiam permitir que se tornasse raiva. Embora não se arrependesse de ter libertado aqueles duzentos escravizados da baía da Caveira, havia traído Arobynn ao fazê-lo. Talvez feri-la tivesse sido o jeito dele de lidar com essa dor.

E, embora não houvesse desculpa no mundo pelo que o mentor fizera, ele era tudo que Celaena tinha. A história entre os dois, sombria e deturpada e cheia de segredos, era forjada por mais que apenas ouro. E se a assassina o deixasse, se pagasse as dívidas naquele momento e jamais o visse de novo...

Celaena deu um passo atrás, e Arobynn casualmente abaixou os braços, nem um pouco afetado pela rejeição da jovem.

— Vou pensar em aceitar Doneval. — Não era mentira. Sempre tomava tempo para considerar as missões, o mentor encorajara a isso desde sempre.

— Desculpe — disse ele de novo.

A assassina lançou mais um longo olhar na direção de Arobynn antes de partir.

A exaustão atingiu Celaena no momento em que começou a subir os degraus de mármore polido da grandiosa escadaria. Um mês de viagens difíceis — depois de um mês de treinamento incansável e sentimentos feridos. Sempre que via a cicatriz no pescoço, ou a tocava, ou sentia as roupas roçarem a marca, um tremor de dor percorria seu corpo ao lembrar da traição que a causara. Acreditava que Ansel era sua amiga; uma amiga para a vida, uma amiga do coração. Mas a necessidade da menina por vingança fora maior que qualquer outra coisa. Mesmo assim, onde quer que Ansel estivesse agora, Celaena esperava que a garota finalmente enfrentasse aquilo que a havia assombrado por tanto tempo.

Um criado que passava fez uma reverência com a cabeça, desviando o olhar. Todos que trabalhavam ali sabiam mais ou menos quem ela era, e manteriam a identidade de Celaena oculta sob pena de morte. Não que houvesse muito sentido nisso agora, considerando que cada um dos Assassinos Silenciosos poderia identificá-la.

Celaena tomou um fôlego entrecortado e passou a mão pelos cabelos. Antes de entrar na cidade naquela manhã, tinha parado em uma taverna fora de Forte da Fenda para tomar banho, lavar as roupas imundas, além de usar alguns cosméticos. Não queria entrar na Fortaleza parecendo um rato de esgoto, mas ainda se sentia *suja*.

Ela passou pela sala de estar do andar de cima, erguendo as sobrancelhas ao ouvir o som de um piano e de pessoas rindo no interior. Se Arobynn tinha companhia, então por que estava no escritório, *tão ocupado*, quando ela chegou?

Celaena trincou os dentes. Então aquela besteira de tê-la feito esperar enquanto terminava de trabalhar...

Fechou as mãos em punhos; estava prestes a dar meia-volta e descer as escadas batendo os pés para dizer a Arobynn que estava partindo e que ele não era mais seu dono quando alguém entrou no corredor elegantemente mobiliado.

Sam Cortland.

Os olhos castanhos de Sam estavam arregalados; o corpo, rígido. Como se fosse preciso algum esforço de sua parte, ele fechou a porta do toalete do corredor e caminhou na direção de Celaena, passando pelas cortinas de veludo verde azuladas que pendiam sobre as janelas do chão ao teto, pelas pinturas emolduradas, aproximando-se mais e mais. A jovem permaneceu imóvel, absorvendo cada centímetro de Sam antes de ele parar a alguns metros de distância.

Nenhum membro decepado, sem mancar, sem qualquer indicação de qualquer coisa que o assombrasse. Os cabelos avelã estavam um pouco mais longos, mas se adequavam a ele. E Sam estava queimado de sol — um lindo bronzeado, como se tivesse passado o verão inteiro tomando banho de sol. Será que Arobynn não o havia punido?

— Você voltou — disse Sam, como se não conseguisse acreditar.

Celaena ergueu o queixo, colocando as mãos nos bolsos.

— Obviamente.

Ele inclinou a cabeça levemente para o lado.

— Como foi o deserto?

Não havia um arranhão em Sam. É claro que o rosto de Celaena também havia cicatrizado, mas...

— Quente — respondeu ela, e Sam soltou uma risadinha sussurrada.

Não que a assassina estivesse com *raiva* dele por não estar ferido. Estava tão aliviada que poderia ter vomitado, na verdade. Mas jamais imaginou que vê-lo naquele dia fosse parecer tão... estranho. E, depois do que havia acontecido com Ansel, poderia mesmo dizer que confiava em Sam?

No quarto algumas portas adiante, uma mulher soltou uma risadinha esganiçada. Como era possível que Celaena tivesse tantas perguntas e tão pouco a dizer?

Os olhos do rapaz passaram do rosto para o pescoço de Celaena, ele franziu as sobrancelhas por um segundo ao ver a nova e fina cicatriz.

— O que aconteceu?

— Alguém segurou uma espada contra meu pescoço.

O olhar de Sam ficou sombrio, mas ela não queria explicar a longa e infeliz história. Não queria falar sobre Ansel e, certamente, não queria falar sobre o que acontecera com Arobynn na noite em que voltaram de baía da Caveira.

— Está ferida? — perguntou Sam, baixinho, dando mais um passo adiante.

Celaena precisou de um momento para perceber que a imaginação dele provavelmente o havia levado a um lugar muito, muito pior quando ela contou que alguém segurara uma lâmina contra seu pescoço.

— Não — respondeu ela. — Não dessa forma.

— De que forma, então? — O jovem agora olhava com mais atenção para ela, para a linha quase invisível ao longo da bochecha, mais um presente de Ansel, para as mãos dela, para tudo. O corpo esguio e musculoso ficou tenso. O peito do rapaz também tinha ficado mais largo.

— Da forma que não é da sua conta — replicou Celaena.

— Conte o que aconteceu — disse Sam, entre dentes.

A assassina deu um daqueles sorrisinhos afetados, os quais sabia que Sam odiava. As coisas não estavam ruins entre os dois desde baía da Caveira, mas, depois de tantos anos o tratando mal, ela não sabia como voltar àquele respeito e à camaradagem recém-encontrados que haviam descoberto um pelo outro.

— Por que eu deveria contar qualquer coisa a você?

— Porque — ciciou Sam, dando mais um passo adiante — da última vez que a vi, Celaena, você estava inconsciente no tapete de Arobynn e tão ensanguentada que eu não conseguia ver a porcaria do seu rosto.

O rapaz estava tão perto que Celaena poderia tocá-lo agora. A chuva continuava açoitando as janelas do corredor, um lembrete distante de que ainda havia um mundo lá fora.

— Conte — disse ele.

Vou matar você!, gritara Sam para Arobynn enquanto o rei dos Assassinos a espancava. Ele urrara. Naqueles minutos terríveis, qualquer que fosse o laço que surgira entre Sam e Celaena não havia se partido. Ele havia mudado sua lealdade — escolhera ficar ao lado dela, lutar por *ela*. Se significava alguma coisa, era que *isso* o tornava diferente de Ansel. Sam poderia ter ferido ou traído Celaena dezenas de vezes, mas jamais aproveitara a oportunidade.

Um meio-sorriso surgiu nos cantos dos lábios da assassina. Celaena sentira saudade dele. Ao ver a expressão em seu rosto, Sam deu a jovem um sorriso perplexo. Ela engoliu em seco, sentindo as palavras subindo — *senti sua falta* —, mas a porta da sala de estar se abriu.

— Sam! — cantarolou uma jovem de cabelos pretos e olhos verdes, com um sorriso nos lábios. — Aí está... — Os olhos da garota encontraram os de Celaena, que parou de sorrir ao reconhecê-la.

Um tipo de risinho felino se abriu nas lindas feições da menina, e ela saiu pela porta, deslizando até os dois. Celaena avaliou cada ondulação do quadril da jovem, o ângulo elegante da mão, o vestido delicado, um decote baixo revelando o busto generoso.

— Celaena — arrulhou a garota, e Sam olhou para as duas com cautela quando a jovem parou ao lado dele. Perto demais para uma simples conhecida.

— Lysandra — imitou Celaena. Conhecera Lysandra quando tinham 10 anos, e nos sete anos em que conviveram, a assassina não se lembrava de uma vez na qual não quisesse acertar a cara da garota com um tijolo. Ou atirá-la por uma janela. Ou fazer qualquer das muitas coisas que aprendera com Arobynn.

Não ajudava que o mentor tivesse gastado muito dinheiro ajudando Lysandra a se erguer de uma órfã de rua até uma das cortesãs mais esperadas da história de Forte da Fenda. Ele era muito amigo da madame da menina — e tinha sido o benfeitor de seu dote durante anos. Ainda por cima, Lysandra e a madame eram as únicas cortesãs cientes de que a garota que Arobynn chamava de "sobrinha" era, na verdade, sua protegida. Celaena jamais soubera por que o mestre contara a elas, mas, sempre que reclamava do risco de Lysandra revelar sua identidade, Arobynn parecia certo de que a cortesã não o faria. Não era surpreendente que a assassina tivesse problemas para acreditar nisso; mas talvez ameaças do rei dos Assassinos bastassem para manter até mesmo a tagarela Lysandra calada.

— Achei que tivesse sido despachada para o deserto — falou Lysandra, passando os olhos espertos pelas roupas de Celaena. Graças a Wyrd que decidira trocar de roupa naquela taverna. — É possível que o verão tenha passado *tão* rápido? Acho que quando a gente se diverte tanto...

Uma calma mortal e cruel percorreu as veias da assassina. Perdera a cabeça com Lysandra uma vez — quando tinham 13 anos e a menina arrancou um lindo leque de renda das mãos de Celaena. A briga que se seguiu mandara as duas rolando escada abaixo. Celaena passara a noite na masmorra da Fortaleza devido aos hematomas que deixara no rosto da garota ao golpeá-la com o próprio leque.

Ela tentou ignorar o quanto Lysandra estava próxima de Sam. Ele sempre fora bondoso com as cortesãs, e todas o adoravam. A mãe do rapaz fora uma e pedira a Arobynn — um de seus clientes — que cuidasse do filho, que tinha apenas 6 anos quando a mulher foi morta por um cliente ciumento. Celaena cruzou os braços.

— Eu deveria me incomodar em perguntar o que você está fazendo aqui?

Lysandra deu um sorriso sábio.

— Ah, Arobynn — a jovem ronronou o nome como se fossem os amigos mais íntimos — organizou um almoço para mim em homenagem ao meu Leilão que está próximo.

É claro que organizou.

— Ele convidou seus futuros clientes para cá?

— Ah, não. — A cortesã deu risinhos. — É apenas para mim e para as garotas. E Clarisse, é claro. — A jovem também usava o nome da madame como uma arma, uma palavra destinada a esmagar e dominar, uma palavra que sussurrava: *sou mais importante que você; tenho mais influência que você; sou tudo, e você não é nada.*

— Encantador — respondeu Celaena. Sam ainda não dissera nada.

Lysandra ergueu o queixo, abaixando os olhos sobre o nariz cheio de sardas para Celaena.

— Meu Leilão será em seis dias. Esperam que eu quebre todos os recordes.

A assassina vira algumas jovens cortesãs passarem pelo processo de Leilão — garotas que treinavam até os 17 anos, então sua virgindade era vendida a quem pagasse mais.

— Sam — continuou Lysandra, apoiando a mão esguia no braço dele — tem sido *tão* prestativo ao se certificar de que todos os preparativos estejam em ordem para a festa do meu Leilão.

Celaena ficou surpresa com o ímpeto do desejo de arrancar aquela mão do pulso da garota. Só porque Sam simpatizava com as cortesãs, não significava que precisava ser tão... amigável.

Ele pigarreou, esticando as costas.

— Não tão prestativo assim. Arobynn queria que eu me certificasse de que os fornecedores e o local fossem seguros.

— Clientela importante *deve* receber o melhor tratamento — completou Lysandra. — Eu queria poder contar quem vai participar, mas Clarisse me mataria. É absurdamente sigiloso e exclusivo.

Bastava. Mais uma palavra da boca da cortesã e Celaena tinha quase certeza de que socaria os dentes dela garganta abaixo. A assassina inclinou a cabeça, os dedos se fechando em um punho. Sam viu o gesto familiar e tirou a mão da menina de seu braço.

— Volte para o almoço — disse o rapaz.

Lysandra deu mais um daqueles sorrisos a Celaena, virando-o depois para Sam.

— Quando vai voltar para a sala? — Os lábios carnudos e vermelhos da jovem formaram um biquinho.

Basta, basta, *basta*.

Celaena deu meia-volta.

— Aproveite a companhia de qualidade — disse ela, por cima do ombro.

— Celaena — falou Sam.

Mas a assassina não ia se virar, nem mesmo ao ouvir a cortesã rir e sussurrar alguma coisa, nem mesmo quando tudo que queria no mundo inteiro era pegar a adaga e *atirar* com o máximo de força possível, bem na direção do rosto impossivelmente lindo de Lysandra.

Sempre odiou Lysandra, disse Celaena a si mesma. *Sempre* a odiou. E que a jovem tocasse Sam daquela forma, *falasse* com Sam daquela forma, não mudava as coisas. Mas...

Embora a virgindade da cortesã fosse inquestionável — *precisava* ser —, havia muitas outras coisas que ainda poderia fazer. Coisas que poderia ter feito com Sam...

Sentindo-se enjoada e furiosa e pequena, Celaena chegou ao quarto e bateu a porta com tanta força que chacoalhou as janelas salpicadas de chuva.

⇥ 2 ⇤

A chuva não parou no dia seguinte. Celaena acordou com o estrondo de trovões e com uma criada apoiando uma caixa longa e lindamente embrulhada na cômoda. Ela abriu o presente enquanto tomava o chá da manhã, demorando-se com a fita turquesa, fazendo o melhor para fingir que não estava tão interessada no que Arobynn havia lhe mandado. Nenhum daqueles presentes chegava perto de ganhar qualquer tipo de perdão, mas não conseguiu conter um gritinho quando abriu a caixa e viu dois pentes de cabelo dourados brilhando para ela. Eram maravilhosos, com o formato de afiadas barbatanas de peixe, cada ponta adornada com uma linha de safira.

Celaena quase derrubou a bandeja de café da manhã ao correr da mesa na janela até a penteadeira de pau-rosa. Com mãos ágeis, passou um dos pentes pelos cabelos, fazendo o movimento contrário antes de prender o adorno. Rapidamente repetiu isso do outro lado da cabeça e, ao terminar, sorriu para o próprio reflexo. Interessante, hipnotizante, imperiosa.

Arobynn podia ser um canalha, e podia estar associado à Lysandra, mas tinha ótimo gosto. Ah, era tão *gostoso* estar de volta à civilização, com as lindas roupas e sapatos e joias e cosméticos e todo o luxo sem o qual passara o verão!

Celaena examinou as pontas do cabelo e franziu a testa. A expressão se intensificou quando a atenção se voltou para as mãos — para as cutículas levantadas e as unhas irregulares. Então emitiu um assobio baixo, olhando para as janelas em uma das paredes do quarto decorado. Era o início do outono; o que significava que a chuva costumava ficar sobre Forte da Fenda durante umas duas semanas.

Pelas nuvens baixas e pela chuva fustigante, ela conseguia ver o restante da capital reluzindo à luz cinzenta. Pálidas casas de pedra geminadas, ligadas por avenidas largas, que se estendiam das paredes de alabastro ao cais no quarteirão leste da cidade, desde o centro abarrotado, até o amontoado de prédios em ruínas nos cortiços na ponta sul, onde o rio Avery fazia a curva para o interior do continente. Até mesmo os telhados esmeralda de cada construção pareciam cobertos de prateado. O castelo de vidro se erguia sobre todos, as torres de vigia mais altas ocultas pela névoa.

O comboio de Melisande não poderia ter escolhido uma hora pior para visitar. Se quisessem fazer os festivais de rua, encontrariam poucos participantes dispostos a se aventurar pela chuva inclemente.

Celaena retirou os pentes do cabelo devagar. O comboio chegaria naquele dia, Arobynn revelara na noite anterior, em um jantar particular. Ainda não respondera se mataria Doneval em cinco dias, e o mestre não insistira em relação a isso. Tinha sido gentil e gracioso, servira-lhe a comida, falara baixo, como se ela fosse algum bicho de estimação assustado.

A jovem olhou de novo para os cabelos e as unhas. Um bicho de estimação muito desleixado e selvagem.

Celaena foi para o quarto de vestir. Decidiria o que fazer em relação a Doneval e aos compromissos dele depois. Por enquanto, nem mesmo a chuva a impediria de se mimar um pouco.

Todos na loja que a assassina frequentava para se cuidar ficaram animadíssimos ao recebê-la... e absolutamente horrorizados diante do estado de seu cabelo. E das unhas. *E das sobrancelhas! Não pôde se dar o trabalho de fazer as sobrancelhas enquanto viajava?* Meio dia depois — com os cabelos cortados e brilhantes, as unhas macias e reluzentes —, Celaena desbravava as ruas encharcadas da cidade.

Mesmo chovendo, as pessoas encontravam desculpas para sair e passear conforme o enorme comboio de Melisande chegava. Ela parou sob o toldo de uma floricultura; o dono estava de pé à porta observando a grande procissão. Os cidadãos de Melisande serpenteavam pela ampla avenida que se estendia desde o portão oeste da cidade até as portas do castelo.

Havia os malabaristas e engolidores de fogo de sempre, seus trabalhos infinitamente dificultados pela chuva irritante; as dançarinas cujas calças esvoaçantes estavam encharcadas até os joelhos, e havia a fileira de Pessoas Muito Importantes e Muito Ricas, que estavam amontoadas sob mantos e não pareciam tão altivas quanto imaginaram que pareceriam.

Celaena enfiou os dedos dormentes nos bolsos do manto. Carroças cerradas, de cores vibrantes, passavam. As janelas tinham sido fechadas devido ao tempo — e isso significava que a jovem voltaria para a Fortaleza imediatamente.

Melisande era conhecida pelos funileiros, por mãos habilidosas que criavam pequenos dispositivos inteligentes. Relojoaria tão sofisticada que se podia jurar que estava viva, instrumentos musicais tão apurados e lindos que podiam partir o coração, brinquedos tão elegantes que era possível acreditar que a magia não havia desaparecido do continente. Se as carroças que continham tais coisas estavam fechadas, então Celaena não tinha interesse em assistir a uma parada de pessoas ensopadas e deprimidas.

As multidões ainda seguiam para a avenida principal, então a assassina pegou os becos estreitos e sinuosos para evitá-las. Imaginou se Sam estaria a caminho da procissão... e se Lysandra estaria com ele. E a lealdade inabalável do rapaz fora por água abaixo. Quanto tempo levara, depois que ela fora para o deserto, até que ele e Lysandra se tornassem amigos *tão* queridos?

As coisas eram melhores quando Celaena se deliciava com a ideia de abrir as vísceras de Sam. Aparentemente, ele era tão suscetível a um rosto bonito quanto Arobynn. Não sabia por que achara que seria diferente. Ela fez uma cara feia e andou mais rápido, os braços congelados cruzados sobre o peito conforme curvou os ombros contra a chuva.

Vinte minutos depois, estava pingando água sobre o piso de mármore da entrada da Fortaleza. E um minuto mais tarde, pingava água por todo o tapete do escritório de Arobynn enquanto contava a ele que aceitaria matar Doneval, pegar os documentos de chantagem do comércio de escravizados e quem quer que fosse o comparsa.

Na manhã seguinte, Celaena olhava para o próprio corpo, a boca hesitante entre um sorriso e uma careta. O traje preto do pescoço até os pés era todo feito do mesmo tecido escuro — grosso como couro, mas sem o brilho. Era como uma armadura, porém colada ao corpo e feita de algum tecido estranho, não era de metal. Podia sentir o peso das armas onde estavam escondidas — tão perfeitamente que, mesmo se a apalpassem para revistá-la, poderiam pensar que eram apenas parte da costura —, e girou os braços, experimentando o movimento.

— Cuidado — disse o homem baixinho diante da assassina, com os olhos arregalados. — Pode arrancar minha cabeça.

Atrás deles, Arobynn, que estava recostado contra a parede de painéis da sala de treinamento, riu. Celaena não fizera perguntas quando o mestre a convocou e disse que vestisse a roupa preta e as botas combinando, que eram revestidas de lã.

— Quando quiser desembainhar as armas — falou o inventor, dando um longo passo para trás —, faça um movimento para baixo e mais um giro do pulso.

O homem demonstrou o movimento com o braço franzino, e a assassina imitou.

Ela sorriu quando uma lâmina fina disparou de dentro de uma aba oculta no antebraço. Permanentemente presa à roupa, era como ter uma espada curta soldada ao braço. Fez o mesmo gesto com o outro pulso, e uma lâmina idêntica surgiu. Algum mecanismo interno tinha de ser responsável por aquilo — alguma invenção brilhante de molas e engrenagens. Celaena fez alguns gestos mortais no ar diante de si, deliciando-se com o *vush-vush-vush* das espadas. Eram de material sofisticado também. Ela ergueu as sobrancelhas em admiração.

— Como elas voltam?

— Ah, um pouco mais difícil — respondeu o inventor. — Pulso voltado para cima, e pressione este botãozinho aqui. Deve acionar o mecanismo, aí está.

A jovem observou a lâmina deslizar para dentro da roupa, então a soltou e devolveu diversas vezes.

O negócio entre Doneval e o parceiro seria em quatro dias, apenas o suficiente para que Celaena tentasse usar a nova roupa. Quatro dias era bastante tempo para descobrir as defesas da casa dele e descobrir quando exatamente a reunião ocorreria, principalmente porque já sabia que seria em algum escritório particular.

Por fim, ela ergueu os olhos para Arobynn.

— Quanto custa?

Ele se desencostou da parede.

— É um presente, assim como as botas.

Celaena bateu com o dedo do pé contra o piso de ladrilhos, sentindo as pontas afiadas e as reentrâncias das solas. Era perfeito para escalar. O interior de pele de ovelha manteria os pés à temperatura do corpo, dissera o inventor, mesmo que os encharcasse. A assassina jamais sequer *ouvira falar* de uma roupa daquelas. Aquilo mudaria completamente o modo como conduzia as missões. Não que precisasse da roupa para lhe dar alguma vantagem. Mas ela era Celaena Sardothien, pelos deuses, então não merecia o melhor equipamento? Com aquele traje, ninguém questionaria sua posição como a Assassina de Adarlan. Jamais. E se questionassem... Que Wyrd os ajudasse.

O inventor pediu para tirar as medidas finais de Celaena, embora as que Arobynn tivesse fornecido fossem quase perfeitas. Ela ergueu os braços conforme o homem fazia seu trabalho, perguntando gentilmente sobre a viagem desde Melisande e o que o homem pretendia vender ali. Era um mestre funileiro, respondeu ele — e se especializava em criar coisas que se acreditava serem impossíveis. Como uma roupa que era ao mesmo tempo armadura *e* arsenal, além de leve o bastante para ser usada confortavelmente.

A jovem olhou por cima do ombro para Arobynn, que observava o interrogatório com um sorriso interessado.

— Vai mandar fazer uma para você?

— É claro. E para Sam também. Só o melhor para meus melhores. — Celaena reparou que Arobynn não disse "assassinos", mas, o que quer que o funileiro pensasse a respeito de quem eram, o rosto não deu sinal.

A assassina não conseguiu esconder a surpresa.

— Você nunca dá presentes a Sam.

O mestre deu de ombros, limpando as unhas.

— Ah, ele vai pagar pela roupa. Não posso ter meu segundo melhor completamente vulnerável, não é?

Celaena escondeu melhor o choque daquela vez. Uma roupa assim devia custar uma pequena fortuna. Deixando de lado os materiais, apenas as horas passadas para que o funileiro a criasse... Arobynn devia ter encomendado logo depois de mandar Celaena para o deserto Vermelho. Talvez realmente se sentisse mal pelo que aconteceu. Mas obrigar Sam a comprar...

O relógio bateu 11 horas, e o mentor soltou um longo suspiro.

— Tenho uma reunião. — Ele gesticulou com a mão do anel para o funileiro. — Entregue a conta para meu criado ao terminar. — O homem assentiu, ainda medindo Celaena.

Arobynn se aproximou, cada passo era tão gracioso quanto um movimento de dança, e deu um beijo no alto da cabeça de Celaena.

— Fico feliz por ter você de volta — murmurou o assassino para os cabelos da jovem. Com isso, saiu caminhando da sala, assobiando consigo mesmo.

O funileiro se ajoelhou para medir a distância entre o joelho e a ponta da bota, para qualquer que fosse o propósito daquilo. A jovem pigarreou, esperando até ter certeza de que Arobynn estivesse fora do alcance da voz.

— Se eu desse a você um pedaço de Seda de Aranha, poderia incorporar a um desses uniformes? É pequeno, então só quero que seja colocado na área do coração. — Ela usou as mãos para mostrar o tamanho do material que recebera do mercador na cidade desértica de Xandria.

Seda de Aranha era um material quase mítico, feito por aranhas estígias do tamanho de cavalos — tão raro que era preciso enfrentar as próprias aranhas para obtê-lo. E elas não comercializavam com ouro. Não, desejavam coisas como sonhos e lembranças e almas. O mercador que Celaena conhecera tinha trocado vinte anos da juventude por 90 metros do material. E, depois de uma longa e estranha conversa, ele dera alguns centímetros quadrados de Seda de Aranha à assassina. *Um lembrete*, dissera o homem. *De que tudo tem um preço.*

As sobrancelhas fartas do mestre funileiro se ergueram.

— Eu... eu acho que sim. No interior ou no exterior? Acho que no interior — continuou o homem, respondendo à própria pergunta. — Se eu costurasse ao exterior, a iridescência poderia estragar a camuflagem do preto. Contudo, curvaria qualquer lâmina e é exatamente o tamanho certo para proteger o coração. Ah, o que eu não daria por 10 metros de Seda de Aranha! Você seria invencível, minha querida.

Celaena deu um sorriso lento.

— Contanto que proteja o coração.

Ela deixou o funileiro na sala. A roupa estaria pronta em dois dias.

Celaena não ficou surpresa quando esbarrou em Sam ao sair, pois vira o manequim que sustentava o traje dele à espera na sala de treinamento. Sozinhos no corredor, ele avaliou a roupa da assassina. Celaena ainda precisava tirá-la para levar de volta ao andar de baixo a fim de que o funileiro pudesse fazer os ajustes finais onde quer que tivesse montado sua loja enquanto estava em Forte da Fenda.

— Chique — falou Sam. Ela fez menção de levar as mãos aos quadris, mas parou. Até que dominasse o traje, precisava tomar cuidado com os movimentos, ou poderia perfurar alguém. — Outro presente?

— Algum problema se for?

Celaena não vira Sam no dia anterior, mas, por outro lado, também tinha se esquivado bem. Não que o estivesse evitando; só não queria ver o rapaz se isso significasse esbarrar em Lysandra também. No entanto parecia estranho que ele não estivesse em missão alguma. A maioria dos outros assassinos estava fora, fazendo algum trabalho, ou tão ocupada que quase não ficava em casa. Contudo, Sam parecia ficar pela Fortaleza, ou ajudar Lysandra e a madame desta.

O rapaz cruzou os braços. A camisa branca era apertada o bastante para que Celaena conseguisse ver os músculos se movendo por baixo.

— Claro que não. Embora eu esteja um pouco surpreso por você aceitar os presentes dele. Como pode perdoá-lo depois do que fez?

— Perdoá-lo! Não sou eu que estou de casinho com Lysandra e participando de almoços e fazendo... fazendo o que quer que você tenha passado o verão fazendo!

Sam soltou um resmungo baixo.

— Acha que gosto disso?

— Não foi você que despacharam para o deserto Vermelho.

— Acredite em mim, teria preferido estar a milhares de quilômetros de distância.

— Eu *não* acredito em você. Como posso acreditar em qualquer coisa que diz?

As sobrancelhas dele se franziram.

— Do que está *falando*?

— Nada. Não é da sua conta. Não quero falar sobre isso. E não quero, especialmente, falar com *você*, Sam Cortland.

— Então vá em frente — disse o rapaz, expirando. — Rasteje de volta para o escritório de Arobynn e fale com *ele*. Deixe que Arobynn compre presentes e faça carinho em seus cabelos e ofereça a você as missões mais caras que tivermos. Não vai levar muito tempo para ele descobrir o preço de seu perdão, não quando...

Celaena o empurrou.

— Não *ouse* me julgar. Não diga mais uma palavra.

Um músculo se contraiu no maxilar de Sam.

— Por mim tudo bem. Você não ouviria mesmo. Celaena Sardothien e Arobynn Hamel: só vocês dois, inseparáveis, até o fim do mundo. O resto de nós poderia muito bem ser invisível.

— Isso parece muito com ciúme. Principalmente considerando que teve três meses ininterruptos com ele este verão. O que aconteceu, hein? Não conseguiu convencê-lo a fazer de *você* o favorito? Ele achou que você não tinha o que era preciso, foi isso?

Sam avançou na direção da assassina tão rapidamente que ela lutou contra a vontade de recuar.

— Não sabe *nada* sobre como foi esse verão para mim. *Nada*, Celaena.

— Que bom. Não me importo mesmo.

Os olhos do companheiro estavam tão arregalados que ela se perguntou se o teria golpeado sem perceber. Por fim, Sam recuou e ela passou por ele batendo os pés. Contudo, parou quando o rapaz falou de novo.

— Quer saber qual foi o preço que pedi para perdoar Arobynn, Celaena?

Ela se virou devagar. Com a chuva ininterrupta, o corredor estava cheio de sombras e luz. Sam estava tão imóvel que poderia ser uma estátua.

— Meu preço foi a promessa de que ele jamais colocaria as mãos em você de novo. Eu disse que o perdoaria em troca disso.

Celaena desejou que Sam a tivesse socado no estômago. Teria doído menos. Como não confiava em si mesma para evitar cair de joelhos de vergonha bem ali, ela apenas saiu andando pelo corredor.

A jovem não queria falar com Sam, nunca mais. Como poderia encará-lo? Ele fizera com que Arobynn jurasse *por ela*. Não sabia que palavras poderiam comunicar a mistura de gratidão e culpa. Odiar Sam tinha sido tão mais fácil... E teria sido muito mais simples se ele a tivesse culpado pela punição de Arobynn. Dissera coisas tão cruéis para o rapaz no corredor, como poderia começar a pedir desculpas?

Arobynn foi ao quarto de Celaena depois do almoço para dizer a ela que mandasse passar um vestido. Doneval, ouvira o mestre, estaria no teatro naquela noite, e, com quatro dias até a troca, seria do interesse da assassina ir também.

Ela formulou um plano para perseguir o alvo, mas não era orgulhosa o bastante para recusar a oferta de Arobynn de usar seu camarote no teatro para espionar — para ver com quem Doneval falava, quem se sentava ao seu lado, quem o vigiava. E para ver uma dança clássica apresentada com uma orquestra completa... Bem, Celaena jamais recusaria isso. Mas Arobynn deixou de informar quem se juntaria a eles.

Celaena descobriu da forma mais difícil quando entrou na carruagem do mentor e encontrou Lysandra junto de Sam esperando no interior. Com quatro dias até o Leilão, a jovem cortesã precisava de toda exposição que conseguisse, explicou Arobynn calmamente. E Sam estava ali para fornecer segurança adicional.

A assassina arriscou um olhar para Sam ao se sentar no banco ao lado dele. O rapaz a observou, com os olhos cautelosos, os ombros tensos, como se esperasse que Celaena começasse um ataque verbal bem ali. Como se fosse debochar dele pelo que tinha feito. Será que Sam acreditava mesmo que ela podia ser tão cruel? Sentindo-se um pouco enjoada, desviou os olhos dos de Sam. Lysandra apenas sorriu para Celaena do outro lado da carruagem e cruzou o braço com o de Arobynn.

❧ 3 ❧

Dois criados os receberam no camarote particular, pegando os mantos ensopados e trocando-os por taças de espumante. Imediatamente, um conhecido surgiu do corredor para cumprimentar Arobynn, que permaneceu com Sam e Lysandra na antecâmara revestida de veludo enquanto conversavam. Celaena, que não tinha interesse em ver Lysandra testar seus flertes com o amigo do mentor, passou pela cortina carmesim para ocupar o assento de sempre, mais próximo do palco.

O camarote ficava na lateral do teatro cavernoso, perto o bastante do centro para que Celaena tivesse uma visão quase totalmente desobstruída do palco e do fosso da orquestra, mas ainda inclinado o suficiente para que ela pudesse olhar com anseio para os camarotes reais. Todos ocupavam a almejada posição central e todos estavam vazios. Que desperdício.

A jovem observou os assentos do primeiro piso e os outros camarotes, detendo-se nas joias reluzentes, nos vestidos de seda, no brilho dourado do espumante em taças tipo flauta, no murmúrio crescente da multidão que socializava. Se havia um lugar no qual mais se sentia em casa, um lugar no qual se sentia mais feliz, era ali, naquele teatro, com as almofadas de veludo vermelho e os lustres de vidro e o teto circular folheado a ouro muito, muito acima. Teria sido coincidência ou planejamento que levara o teatro a ser construído bem no coração da cidade, a meros vinte minutos de caminhada da Fortaleza dos Assassinos? Celaena sabia que seria difícil se ajustar ao novo apartamento, que ficava a quase o dobro de distância do teatro. Um sacrifício que estava disposta a fazer — se algum dia encontrasse o momento certo para contar a Arobynn que pagaria a dívida e se mudaria. O que ela faria. Em breve.

Celaena sentiu o andar tranquilo e confiante de Arobynn pelo carpete e endireitou as costas quando ele se inclinou sobre seu ombro.

— Doneval está logo à frente — sussurrou Arobynn, com o hálito quente na pele da jovem. — Terceiro camarote a partir do palco, segunda fileira de assentos.

Imediatamente encontrou o homem que tinha sido designada para matar. Era alto e de meia-idade, com cabelos loiros claros e pele marrom. Não era especialmente bonito, mas não feria os olhos também. Não era pesado, nem musculoso. Além da túnica violeta — a qual, mesmo de longe, parecia cara —, não havia nada notável a respeito do homem.

Havia outros no camarote. Uma mulher alta e elegante, no fim dos 20 anos, estava perto da cortina separadora com um aglomerado de homens ao redor. Portava-se como nobre, embora nenhum diadema reluzisse nos brilhantes cabelos pretos.

— Leighfer Bardingale — murmurou Arobynn, seguindo o olhar de Celaena. Ex-mulher de Doneval e quem a contratara. — Foi um casamento arranjado. Ela queria o dinheiro dele, e ele, a juventude dela. Mas, quando não conseguiram ter filhos e parte do comportamento menos... desejável do marido foi revelado, Leighfer conseguiu se livrar do casamento, ainda jovem, porém muito mais rica.

Era esperto da parte de Bardingale, na verdade. Se planejava que Doneval fosse assassinado, então fingir ser amiga dele ajudaria a evitar que os dedos apontassem em sua direção. Embora a mulher pudesse parecer uma dama educada e elegante, Celaena sabia que aço gelado devia percorrer aquelas veias. E um senso obstinado de dedicação aos amigos e aliados; sem falar dos direitos comuns de todo ser humano. Foi difícil não admirar a mulher imediatamente.

— E as pessoas ao redor deles? — perguntou a assassina. Por uma pequena fenda nas cortinas atrás de Doneval, conseguia ver de lampejo três homens altos, todos vestidos de cinza-escuro, todos parecendo guarda-costas.

— Os amigos e investidores. Bardingale e Doneval ainda têm negócios juntos. Os três homens ao fundo são os seguranças dele.

Celaena assentiu, e poderia ter perguntado ao mestre algumas outras coisas se Sam e Lysandra não tivessem entrado no camarote por trás, dando adeus ao amigo de Arobynn. Havia três assentos diante do parapeito do camarote e mais três assentos atrás desses. Lysandra, para infelicidade de Celaena, se sentou ao lado dela, e Arobynn e Sam ocuparam os assentos da segunda fileira.

— Ah, *olhe* quanta gente está aqui — falou a cortesã. O vestido azul-gelo decotado fazia pouco para esconder o busto conforme a jovem inclinava o pescoço sobre o parapeito. Celaena bloqueou as tagarelices de Lysandra quando ela começou a cuspir nomes importantes.

A assassina conseguia sentir Sam atrás de si, sentia o olhar dele concentrado apenas nas cortinas de veludo dourado que escondiam o palco. Devia dizer algo a ele; pedir desculpas ou agradecer ou apenas... dizer algo gentil. Celaena o sentiu ficar tenso, como se ele também quisesse dizer algo. Em algum lugar do teatro, um gongo começou a sinalizar ao público que ocupasse os assentos.

Era agora ou nunca. Não sabia por que o coração batia como batia, mas Celaena não se deu a chance de pensar duas vezes antes de se virar e olhar para Sam. Observou uma vez as roupas dele, então falou:

— Você está bonito.

As sobrancelhas do rapaz se ergueram, e Celaena se virou agilmente no assento, concentrando-se na cortina. Ele estava mais que bonito, porém... Bem, pelo menos dissera uma coisa boa. *Tentara* ser agradável. De alguma forma, isso não a fez se sentir tão melhor.

A jovem uniu as mãos sobre o colo do vestido vermelho-sangue. Não tinha um decote tão baixo quanto o de Lysandra, mas, com as mangas curtas e os ombros à mostra, sentia-se bastante exposta a Sam. Ela se curvou e passou os cabelos por cima de um dos ombros, certamente *não* para esconder a cicatriz no pescoço.

Doneval se sentou, com os olhos no palco. Como um homem que parecia tão entediado e inútil podia ser responsável não apenas pelo destino de diversas vidas, mas por seu país inteiro? Como podia se sentar naquele teatro e não curvar a cabeça de vergonha pelo que estava prestes a fazer com os conterrâneos e com quaisquer escravizados que fossem pegos no meio? Os homens ao redor de Bardingale beijaram as bochechas da mulher e foram para os próprios camarotes. Os três brutamontes de Doneval observaram os homens muito, muito de perto ao partirem. Não eram vigias preguiçosos e entediados, então. Celaena franziu a testa.

Mas, então, os lustres foram erguidos para o alto do domo e apagados, em seguida a multidão ficou em silêncio para ouvir as notas de abertura quando a orquestra começou a tocar. No escuro, era quase impossível ver Doneval.

A mão de Sam tocou o ombro de Celaena, que quase deu um salto quando o rapaz aproximou a boca do ouvido dela e murmurou:

— Você está linda. Mas aposto que já sabe disso.

Celaena sabia mesmo.

A jovem lançou a ele um olhar de esguelha e viu que Sam sorria ao se recostar de volta no assento.

Reprimindo a vontade de sorrir, ela se virou para o palco quando a música montou o clima do espetáculo. Um mundo de sombras e névoa. Um mundo no qual criaturas e mitos lutavam nos momentos de escuridão antes do amanhecer.

Celaena ficou imóvel quando a cortina dourada recuou, e tudo que ela conhecia e tudo que era se dissipou em nada.

A música a aniquilou.

A dança era de tirar o fôlego, sim, e a história que contava era certamente linda — a lenda de um príncipe que queria resgatar sua noiva, e o pássaro astuto que ele capturou para que o ajudasse —, mas a música...

Será que havia algo mais lindo, mais absurdamente doloroso? Ela se agarrou aos braços do assento, os dedos cravados no veludo conforme a música ascendia até o fim, arrebatando Celaena em uma enchente.

A cada batida do tambor, cada sopro da flauta e berro da corneta, a jovem sentiu tudo aquilo na pele, nos ossos. A música a despedaçou, em seguida a montou de volta, apenas para desmontá-la de novo e de novo.

E então o clímax, a compilação de todos os sons que mais amara, ampliados até ecoarem para a eternidade. Quando a nota final foi tocada, Celaena soltou um arquejo que levou as lágrimas em seus olhos a escorrerem pelo rosto. Não se importava com quem visse.

Depois, silêncio.

O silêncio foi a pior coisa que já ouvira. O silêncio levou de volta tudo que estava ao redor dela. Aplausos irromperam, e Celaena estava de pé, ainda chorando enquanto batia palmas até que as mãos doessem.

— Celaena, não sabia que havia um pingo de emoção humana em você. — Lysandra se aproximou para sussurrar. — Nem achei o espetáculo *tão* bom.

Sam segurou o encosto da cadeira da cortesã.

— Cale a boca, Lysandra.

Arobynn estalou a língua em aviso, mas a assassina continuou batendo palmas, mesmo que a defesa de Sam tivesse feito uma leve corrente de prazer percorrer seu corpo. A ovação continuou por um tempo, com os dançarinos emergindo da cortina diversas e diversas vezes para fazerem reverências e serem cobertos por flores. Celaena bateu palmas durante o tempo todo, mesmo quando as lágrimas secaram, mesmo quando a multidão começou a ir embora.

Ao se lembrar de olhar para Doneval, o camarote estava vazio.

Arobynn, Sam e Lysandra saíram do camarote também, muito antes de a jovem estar pronta para terminar os aplausos. Mas, depois que parou de bater palmas, permaneceu encarando o palco oculto pela cortina, observando a orquestra começar a embalar os instrumentos.

Ela foi a última pessoa a sair do teatro.

Havia mais uma festa na Fortaleza naquela noite — uma festa para Lysandra e a sua madame, e quaisquer artistas e filósofos e escritores de que Arobynn mais gostasse no momento. Ainda bem que era confinada a um dos salões, as risadas e música ainda preenchiam o segundo andar. Na carruagem de volta para casa, Arobynn pedira a Celaena que se juntasse a eles, mas a última coisa que queria ver era Lysandra sendo cortejada por Arobynn, Sam e todo mundo. Então respondeu que estava cansada e precisava dormir.

No entanto, a assassina não estava nem um pouco cansada. Emocionalmente exaurida, talvez, mas eram apenas 22h30 e a ideia de tirar o vestido para deitar na cama a fez se sentir muito patética. Ela era a Assassina de Adarlan; libertara escravizados e roubara cavalos Asterion e ganhara o respeito do Mestre Mudo. Certamente poderia fazer algo melhor que ir para cama cedo.

Então, Celaena entrou de fininho em um dos salões de música, onde estava silencioso o suficiente para que ela só ouvisse um rompante de risadas de vez em quando. Os outros assassinos estavam na festa ou em alguma missão. O farfalhar de seu vestido era o único ruído ao tirar a capa do piano. Ela aprendera a tocar quando tinha 10 anos — sob ordens de Arobynn para que encontrasse pelo menos *uma* habilidade refinada além de tirar vidas —, e tinha se apaixonado imediatamente. Embora não tivesse mais aulas, tocava sempre que conseguia alguns minutos.

A música do teatro ainda ecoava na mente de Celaena. De novo e de novo, o mesmo grupo de notas e harmonias. Conseguia sentir aquilo murmurando sob a superfície da pele, batendo com o ritmo do coração. O que não daria para ouvir a música mais uma vez!

Ela tocou algumas notas com uma das mãos, franziu a testa, ajustou os dedos e tentou de novo, atendo-se à música na mente. Devagar, a melodia familiar começou a parecer certa.

Contudo, eram apenas algumas notas, e era o piano, não uma orquestra; Celaena bateu as teclas com mais força, trabalhando nas sequências. Estava *quase* lá, mas não exatamente. Não conseguia se lembrar das notas tão perfeitamente quanto soavam em sua cabeça. Não as sentia do modo como sentira uma hora antes.

Tentou de novo por alguns minutos, porém, por fim, fechou a tampa e saiu do salão, batendo os pés. A jovem encontrou Sam recostado em uma parede no corredor. Será que estava ouvindo enquanto ela tateava o piano aquele tempo todo?

— Perto, mas não exatamente, não é? — indagou o rapaz. Celaena lançou um olhar desapontador para ele e seguiu na direção do quarto, embora não tivesse qualquer desejo de passar o resto da noite sentada lá sozinha.

— Deve tirar você do sério não conseguir acertar exatamente como se lembra. — Sam sincronizou o passo ao lado dela. A túnica azul-escuro destacava os tons da sua pele.

— Eu só estava brincando — falou Celaena. — Não posso ser a melhor em *tudo*, sabe. Não seria justo com o restante de vocês, seria?

No fim do corredor, alguém começou uma melodia alegre nos instrumentos da sala de jogos.

Sam mordeu o lábio.

— Por que não seguiu Doneval depois do teatro? Não tem apenas quatro dias? — A assassina não estava surpresa por ele saber; suas missões não costumavam ser *tão* secretas.

Celaena parou, ainda ansiosa por ouvir a música mais uma vez.

— Algumas coisas são mais importantes que a morte.

Os olhos de Sam brilharam.

— Eu sei.

Ela tentou não encolher o corpo quando o rapaz se recusou a desviar o olhar.

— Por que está ajudando Lysandra? — Celaena não sabia por que havia perguntado.

Sam franziu a testa.

— Ela não é tão ruim, sabe. Quando está longe de outras pessoas é... melhor. Não me bata por dizer, mas, embora você implique com ela por isso, Lysandra não escolheu esse caminho para si, assim como nós. — Ele sacudiu a cabeça. — Só quer sua atenção, e que reconheça a existência dela.

Celaena trincou o maxilar. É claro que ele havia passado bastante tempo sozinho com Lysandra. E é claro que se identificava com ela.

— Não me importo muito com o *que* ela quer. Você ainda não respondeu minha pergunta. *Por que* a está ajudando?

Sam deu de ombros.

— Porque Arobynn mandou. E, como não tenho vontade de ter meu rosto espancado de novo, não vou questioná-lo.

— Ele... ele também machucou muito você?

O rapaz soltou uma risada baixa, mas não respondeu até depois de um criado passar, levando uma bandeja cheia de garrafas de vinho. Provavelmente seria melhor conversarem em um quarto no qual não seriam ouvidos, mas a ideia de ficar completamente sozinha com Sam fazia a pulsação de Celaena disparar.

— Fiquei inconsciente durante um dia, e dormindo e acordando durante três depois disso — falou Sam.

A assassina soltou um xingamento cruel.

— Ele mandou você para o deserto Vermelho — continuou ele, as palavras baixas e graves. — Mas *minha* punição foi assistir a Arobynn espancar você naquela noite.

— Por quê? — Mais uma pergunta que Celaena não queria fazer.

Sam se aproximou, perto o suficiente para que ela pudesse ver a linha dourada delicada que detalhava a túnica dele.

— Depois do que passamos em baía da Caveira, deveria saber a resposta.

Celaena não *queria* saber a resposta, agora que pensava a respeito.

— Vai fazer um Lance por Lysandra?

Uma risada irrompeu do jovem.

— Lance? Celaena, não tenho dinheiro algum. E o dinheiro que *tenho* vai ser usado para pagar Arobynn. Mesmo que eu *quisesse*...

— Você *quer*?

Ele deu um sorriso preguiçoso para ela.

— Por que quer saber?

— Porque estou curiosa para saber se a surra de Arobynn danificou seu cérebro, é por isso.

— Está com medo de que ela e eu tenhamos tido um romance de verão? — Aquele sorriso insuportável ainda estava ali.

Celaena poderia ter cravado as unhas no rosto de Sam. Em vez disso, escolheu outra arma.

— Espero que tenha. *Eu* certamente me diverti neste verão.

O sorriso sumiu diante disso.

— O que quer dizer?

A assassina afastou um grão de poeira invisível do vestido vermelho.

— Digamos que o filho do Mestre Mudo tenha sido *muito* mais acolhedor que os outros Assassinos Silenciosos. — Não era bem uma mentira. Ilias *tinha* tentado beijá-la, e ela *havia* gostado da atenção, mas não quisera começar nada entre os dois.

O rosto de Sam empalideceu. As palavras de Celaena acertaram em cheio, porém não foi tão satisfatório quanto ela achou que seria. Em vez disso, o simples fato de tê-lo afetado fez com que ela se sentisse... sentisse... Ah, por que dissera *qualquer coisa* a respeito de Ilias?

Bem, sabia muito bem por quê. O rapaz começou a se virar, mas Celaena o segurou pelo braço.

— Me ajude com Doneval — disparou ela. Não que precisasse, mas aquilo era o melhor que poderia oferecer em troca do que Sam tinha feito por ela. — Eu... eu lhe darei metade do dinheiro.

Ele riu com deboche.

— Fique com o dinheiro. Não preciso. Estragar mais um acordo de comércio de escravizados será o bastante para mim. — Sam a avaliou por um momento, a boca se repuxou para o lado. — Tem certeza de que quer minha ajuda?

— Sim — respondeu Celaena. A palavra saiu um pouco embargada. O rapaz avaliou os olhos dela em busca de algum sinal de deboche. A assassina se odiou por fazê-lo desconfiar tanto dela.

Mas Sam assentiu por fim.

— Então começaremos amanhã. Vamos verificar a casa dele. A não ser que já tenha feito isso. — Celaena fez que não com a cabeça. — Passarei em seu quarto depois do café da manhã.

Ela assentiu. Havia mais que queria dizer e não queria que Sam partisse, mas a garganta dela se fechou, cheia demais de todas aquelas palavras não ditas. Celaena fez menção de se virar.

— Celaena. — Ela olhou novamente para ele, o vestido vermelho girando em volta do corpo. Os olhos brilharam quando ele deu um sorriso torto. — Senti sua falta este verão.

Ela o encarou de volta sem hesitar, devolvendo o sorriso ao dizer:

— Odeio admitir, Sam Cortland, mas também senti saudade dessa sua cara boba.

Ele apenas riu antes de seguir para a festa com as mãos nos bolsos.

❊ 4 ❊

Agachada às sombras de uma gárgula na tarde seguinte, Celaena moveu as pernas dormentes e resmungou baixinho. Costumava preferir usar máscara, mas, com a chuva, a visão ficaria ainda mais limitada. Sair sem o disfarce, no entanto, fazia com que se sentisse de alguma forma exposta.

A chuva também tornava o chão escorregadio, e ela tomou cuidado redobrado enquanto se ajustava. Seis horas. Seis horas passadas naquele telhado, encarando o outro lado da rua, a casa de dois andares que Doneval havia alugado para a estadia. Ficava logo após a avenida mais badalada da cidade e era enorme, se comparada com as demais casas da cidade. Feita de pedra branca maciça e coberta por telhas verdes de barro, parecia qualquer outra casa rica da cidade, e possuía batentes das janelas e portais de entalhamento detalhado. O jardim da frente estava cuidado, e, mesmo com chuva, criados perambulavam pela propriedade, levando comida, flores e outros suprimentos.

Foi a primeira coisa que ela notou — que as pessoas entravam e saíam o dia todo. E havia guardas por toda parte; eles olhavam com atenção para os rostos dos criados que entravam, apavorando alguns deles.

Um sussurro de botas contra a borda soou, e Sam deslizou agilmente para as sombras da gárgula, retornando da avaliação que fizera do outro lado da construção.

— Um guarda em cada canto — murmurou Celaena, quando Sam parou ao lado dela. — Três à porta da frente, dois no portão. Quantos viu nos fundos?

— Um de cada lado da casa, mais três no estábulo. E não parecem guardas fracos também. Vamos acabar com eles, ou passar despercebidos?

— Eu preferiria não matá-los — admitiu a assassina. — Mas veremos se conseguimos passar quando a hora chegar. Parece que estão trocando o posto a cada duas horas. Os guardas fora de serviço vão para dentro da casa.

— Doneval ainda está fora?

Celaena assentiu, aproximando-se dele. É claro que era apenas para absorver o calor de Sam contra a chuva congelante. Ela tentou não reparar quando o rapaz chegou mais perto também.

— Ele não voltou.

Doneval tinha saído havia quase uma hora, acompanhado de perto por um brutamontes troncudo que parecia esculpido em granito. O guarda-costas inspecionou a carruagem, examinou o cocheiro e o criado, segurou a porta até que Doneval estivesse oculto do lado de dentro, então entrou ele mesmo. Parecia que o homem sabia muito bem o quanto a lista de simpatizantes dos escravizados era desejada e delicada. Celaena raramente vira aquele tipo de segurança.

Os dois já haviam avaliado a casa e a propriedade, reparando em tudo, desde as pedras da construção até que tipo de escotilhas selava as janelas, e qual era a distância entre os telhados próximos e o telhado da própria casa. Mesmo chovendo, ela conseguia ver bem o suficiente dentro da janela do segundo andar para distinguir um longo corredor. Alguns criados saíram de cômodos segurando lençóis e cobertores — eram quartos, então. Quatro deles. Havia um armário de mantimentos perto da escada, no centro do corredor. Pela luz que iluminava a passagem, Celaena sabia que a escada principal só podia ser ampla e longa, exatamente como a da Fortaleza dos Assassinos. Não havia como se esconder, a não ser que encontrassem a entrada dos criados.

Tiveram sorte, no entanto, pois Celaena viu uma criada entrando em um dos quartos do segundo andar, carregando uma pilha dos jornais da tarde. Alguns minutos depois, uma faxineira entrou com um balde e ferramentas para varrer uma lareira, em seguida, um criado levou o que parecia ser uma garrafa de vinho. A assassina não vira ninguém trocando a roupa de cama naquele cômodo, então ela e Sam observaram com cuidado os criados que entravam e saíam.

Só podia ser o escritório particular que Arobynn mencionara. Doneval provavelmente mantinha um escritório formal no primeiro andar, mas, se estivesse fazendo acordos escusos, então levar os verdadeiros negócios para um local mais reservado da casa faria sentido. Contudo, ainda precisavam descobrir que horas a reunião aconteceria. Àquela altura, poderia ser a qualquer momento do dia combinado.

— Ali está ele — ciciou Sam.

A carruagem encostou, e o guarda-costas corpulento saiu, verificando a rua por um momento antes de gesticular para que o comerciante saísse. Celaena teve a sensação de que a pressa de Doneval para entrar na casa não se devia somente à chuva.

Os dois se esconderam às sombras de novo.

— Aonde acha que ele foi? — perguntou Sam.

A jovem deu de ombros. A festa da Colheita da ex-mulher de Doneval seria naquela noite; talvez tivesse algo a ver com isso, ou com o festival de rua que Melisande estava oferecendo no centro da cidade naquele dia. Ela e Sam estavam agora agachados tão próximos que um calor aconchegante pairava na lateral do corpo de Celaena.

— Nenhum lugar bom, tenho certeza.

Sam emitiu uma risada sussurrada, os olhos ainda na casa. Ficaram em silêncio por alguns minutos. Por fim, o rapaz falou:

— Então, o filho do Mestre Mudo...

Celaena quase resmungou.

— O quão próximos vocês eram, exatamente? — Ele se concentrou na casa, embora Celaena tivesse reparado nas mãos fechadas em punhos.

Apenas conte a verdade, sua idiota!

— Nada aconteceu com Ilias. Só alguns flertes, mas... nada aconteceu — falou a jovem de novo.

— Bem — disse Sam, depois de um momento —, nada aconteceu com Lysandra. E nada vai acontecer. Nunca.

— E *por que*, exatamente, acha que me importo? — Era a vez dela de manter os olhos fixos na casa.

Ele a cutucou com o ombro.

— Como somos *amigos* agora, imaginei que iria querer saber.

Celaena agradeceu pelo capuz esconder a maior parte do rosto corado e quente.

— Acho que preferia quando você queria me matar.

— Às vezes também acho. Certamente tornava minha vida mais interessante. Mas fico pensando... se a estou ajudando, significa que serei o segundo líder quando você estiver no comando da Guilda dos Assassinos? Ou isso apenas significa que posso me gabar porque a famosa Celaena Sardothien finalmente me acha digno?

Ela o cutucou com o cotovelo.

— Significa que deve calar a boca e prestar atenção. — Sorriram um para o outro, então esperaram. Por volta do pôr do sol, que pareceu ter sido especialmente cedo naquele dia, considerando a cobertura de nuvens carregadas, o guarda-costas surgiu. Doneval não estava à vista, e o brutamontes gesticulou para os guardas, falando baixinho com eles antes de sair pela rua.

— Vai resolver alguma coisa? — indagou Celaena. Sam inclinou a cabeça na direção do homem, uma sugestão para o seguirem. — Boa ideia.

Os braços e as pernas de Celaena estavam tensos e doeram em protesto ao se afastar devagar e com cuidado da gárgula. A assassina manteve os olhos nos guardas próximos, sem jamais desviar enquanto se agarrava à borda do telhado e se impulsionava para cima, com Sam ao encalço.

Celaena desejou ter as botas que o mestre funileiro estava ajustando, mas não chegariam até o dia seguinte. As botas de couro preto que usava, embora flexíveis e firmes, pareciam um pouco vacilantes sobre a calha do telhado, escorregadia devido à água. Mesmo assim, ela e Sam se mantiveram abaixados e foram ágeis ao dispararem pela borda, seguindo o homem corpulento rua abaixo. Por sorte, ele virou em um beco traseiro e a casa seguinte estava perto o suficiente para que a assassina pudesse agilmente saltar para o telhado adjacente. As botas escorregaram, mas os dedos enluvados se agarraram nas telhas verdes de pedra. Sam aterrissou com perfeição ao lado de Celaena, e, para a surpresa da jovem, ela não o atacou quando ele segurou a parte de trás do manto para ajudá-la a se levantar.

O guarda-costas continuou pelo beco, e os dois seguiram por cima, como sombras na escuridão crescente. Por fim, chegou a uma rua mais ampla na qual os espaços entre as casas eram grandes demais para saltar, então Celaena e Sam desceram por um cano de drenagem. As botas não fizeram ruído quando tocaram o chão. Tomando um ritmo casual, foram atrás da presa, de braços dados, apenas dois cidadãos da capital a caminho de algum lugar, ansiosos para sair da chuva.

Foi fácil ver o homem em meio à multidão, mesmo ao chegarem à avenida principal da cidade. As pessoas saíam da frente dele, na verdade. O festival de rua de Melisande em homenagem à Lua da Colheita fervilhava, e as pessoas compareciam em procissão, apesar do temporal. Celaena e Sam acompanharam o guarda-costas durante mais alguns quarteirões, descendo por mais becos. O homem se virou e olhou para trás apenas uma vez, mas os viu recostados casualmente contra a parede de um beco, apenas figuras cobertas se abrigando da chuva.

Com toda a sujeira trazida pelo comboio de Melisande e pelos festivais de rua menores que já haviam acontecido, as ruas e os esgotos estavam quase transbordando com lixo. Conforme seguiam o guarda-costas, Celaena ouviu as pessoas falando sobre como as sentinelas da cidade tinham represado partes dos esgotos para permitir que se enchessem de água da chuva. Na noite seguinte, abririam as represas, causando uma torrente forte o bastante para varrer todo o lixo em direção ao rio Avery. Tinham feito isso antes, aparentemente; se os esgotos não fossem esvaziados de vez em quando, a imundície ficaria estagnada e federia cada vez mais. Mesmo assim, a jovem planejava estar bem acima das ruas quando liberassem aquelas represas. Certamente haveria algum transbordamento para as ruas antes de escorrer, e ela não queria caminhar em meio àquilo.

O guarda-costas por fim entrou em uma taverna próxima aos cortiços em ruínas, e os dois esperaram do outro lado da rua. Pelas janelas rachadas, conseguiam vê-lo sentado no bar, bebendo caneca após caneca de cerveja. Celaena começou a desejar fervorosamente poder estar no festival em vez de ali.

— Bem, se ele tem uma fraqueza por álcool, então talvez essa possa ser nossa forma de eliminá-lo — observou Sam. A assassina assentiu, mas não disse nada. Ele olhou na direção do castelo de vidro, com as torres envoltas em névoa. — Será que Bardingale e os demais estão dando alguma sorte em convencer o rei a custear a estrada? — disse o rapaz. — Me pergunto por que ela sequer iria querer construí-la, considerando que parece tão ávida por se certificar de que o comércio de escravizados fique fora de Melisande por quanto tempo for possível.

— Se isso significa alguma coisa, é que ela tem fé absoluta em que não falharemos — respondeu Celaena.

Quando a jovem não disse mais nada, Sam ficou em silêncio. Uma hora se passou, e o guarda-costas não falou com ninguém, pagou a conta toda com uma moeda de prata e voltou para a casa de Doneval. Apesar da cerveja que consumira, os passos eram firmes, e, quando Sam e Celaena chegaram à casa, a assassina estava quase chorando de tédio, sem falar que tremia de frio e não tinha certeza se os dedos dos pés haviam caído dentro das botas.

Os dois observaram de uma esquina próxima quando o homem subiu os degraus da entrada. Tinha uma posição de respeito, pois não era obrigado a entrar pela porta dos fundos. Contudo, mesmo com os fragmentos de informação que reuniram naquele dia, conforme faziam a caminhada de vinte minutos pela cidade até a Fortaleza, Celaena não deixou de se sentir bem inútil e deprimida. Até Sam estava em silêncio ao chegarem em casa e meramente disse que a veria em algumas horas.

A festa da Lua da Colheita seria naquela noite — e o negócio com Doneval estava a três dias de acontecer. Considerando quão pouco tinha conseguido reunir de verdade naquele dia, talvez ela precisasse trabalhar mais do que havia pensado para encontrar um modo de eliminar o alvo. Talvez o "presente" de Arobynn fosse mais uma maldição.

Que desperdício.

Celaena passou uma hora mergulhada na banheira, com a água quente ligada até que tivesse certeza de que não sobrara nem uma gota para mais ninguém na Fortaleza. O próprio Arobynn tinha projetado o encanamento de água quente para a casa, e tinha custado quase tanto quanto o imóvel, mas a jovem era eternamente grata por aquilo.

Depois de o gelo derreter dos ossos, Celaena vestiu a camisola preta de seda que Arobynn lhe dera naquela manhã; mais um dos presentes, contudo ainda não era suficiente para que o perdoasse tão cedo. Ela caminhou até o quarto. Uma criada tinha acendido a lareira, e a assassina estava prestes a começar a se vestir para a festa da Lua da Colheita quando viu uma pilha de papéis na cama.

Estavam amarrados com fita vermelha, e o estômago se apertou quando ela pegou o bilhete no topo.

Tente não manchá-los com suas lágrimas ao tocar. Foram necessários muitos subornos para consegui-los.

Poderia ter revirado os olhos se não tivesse visto o que estava diante de si.

Partituras. Para o espetáculo que vira na noite anterior. Para as notas que não conseguia tirar da mente, mesmo um dia depois. Celaena olhou de novo para o bilhete. Não era a letra elegante de Arobynn, mas os rabiscos apressados de Sam. Quando teria encontrado tempo naquele dia para conseguir aquilo? Devia ter ido logo depois que voltaram.

Celaena afundou na cama, virando as páginas. O espetáculo estreara poucas semanas antes; as partituras ainda nem estavam em circulação. Nem estariam, até que fosse um sucesso de fato. Isso poderia levar meses, até anos.

Ela não conseguiu conter o sorriso.

Apesar da chuva incessante naquela noite, a festa da Lua da Colheita na casa de Leighfer Bardingale diante do rio estava tão cheia que Celaena mal teve espaço para exibir o belo vestido azul e dourado, ou os pentes de nadadeiras de peixe que tinha colocado nas laterais dos cabelos presos para o alto. Todo mundo que era alguém em Forte da Fenda estava ali. Quer dizer, todo mundo *sem* sangue real, embora pudesse jurar que tinha visto alguns membros da nobreza socializando com a multidão coberta de joias.

O salão de baile era enorme, o teto, alto e adornado com lanternas de papel de todas as cores, formatos e tamanhos. Guirlandas tinham sido trançadas ao redor das pilastras em um dos lados do cômodo, e, nas muitas mesas, cornucópias transbordavam comida e flores. Jovens mulheres vestindo nada além de corseletes e lingerie de renda pendiam de balanços presos ao teto filigranado, e rapazes com o peitoral exposto e colares ornamentados de marfim distribuíam vinho.

Celaena tinha participado de diversas festas extravagantes enquanto crescia em Forte da Fenda; tinha se infiltrado em bailes oferecidos por dignitários estrangeiros e pela nobreza local; vira tudo e qualquer coisa até achar que nada poderia surpreendê-la. Mas aquela festa ganhava de todas.

Havia uma pequena orquestra acompanhada por duas cantoras gêmeas idênticas — ambas jovens, de cabelos escuros e equipadas com vozes absolutamente etéreas. Faziam com que as pessoas se balançassem no lugar, as vozes puxavam todos para a pista de dança lotada.

Com Sam ao encalço, a assassina saiu das escadas no alto do salão. Arobynn se mantinha à esquerda dela, os olhos prateados avaliavam a multidão. Eles se contorceram de prazer quando a anfitriã os cumprimentou na base das escadas. Com a túnica cor de estanho, Arobynn era uma figura deslumbrante ao se curvar sobre a mão de Bardingale e beijá-la.

A mulher o observou com atentos olhos castanhos, um sorriso gracioso nos lábios vermelhos.

— Leighfer — cantarolou Arobynn, dando uma meia-volta para chamar Celaena. — Deixe-me apresentar minha sobrinha, Dianna, e meu sentinela, Sam.

A sobrinha. Era sempre a história, sempre o ardil quando participavam juntos de eventos. Sam se curvou, e Celaena fez uma reverência. O brilho no olhar de Bardingale mostrava que ela sabia muito bem que a jovem não era a sobrinha de Arobynn. A assassina tentou não franzir a testa. Não gostava de conhecer os clientes pessoalmente; era melhor se passassem pelo mentor.

— Encantada — disse Bardingale para ela, então fez uma reverência para Sam. — Os dois são encantadores, Arobynn. — Uma afirmação elegante e insensata, dita por alguém acostumado a usar palavras elegantes e insensatas para conseguir o que queria. — Caminha comigo? — pediu ela ao rei dos Assassinos, e Arobynn estendeu um braço.

Logo antes de entrarem na multidão, o homem olhou por cima do ombro, lançando a Celaena um sorriso malicioso.

— Tente não se meter em muitos problemas. — Então Arobynn e a dama foram engolidos pelo amontoado de pessoas, deixando Sam e Celaena ao pé das escadas.

— E agora? — murmurou ele, ainda encarando Bardingale. A túnica verde-escuro ressaltava os leves tons de esmeralda nos olhos castanhos do rapaz. — Viu Doneval?

Os dois tinham ido até lá para ver com quem Doneval se associava, quantos guardas estavam esperando do lado de fora e se ele parecia nervoso.

A troca ocorreria em três noites, no escritório do andar de cima. Mas a que horas? Era *isso* que ela precisava descobrir mais que qualquer coisa. E aquela noite era a única chance que teria de se aproximar o bastante para fazer isso.

— Está perto da terceira pilastra — respondeu Celaena, mantendo o olhar na multidão.

Às sombras dos pilares que ladeavam metade do salão, pequenas áreas com assentos foram montadas em plataformas altas. Eram separadas por cortinas de veludo preto; áreas reservadas aos convidados mais ilustres de Bardingale. A jovem viu Doneval se encaminhando para um desses espaços, o guarda-costas corpulento logo atrás. Assim que o homem se sentou nas almofadas luxuosas, quatro garotas vestidas em corseletes deslizaram para o lado dele, com sorrisos estampados nos rostos.

— Como parece estar confortável — ponderou Sam. — Imagino quanto Clarisse espera ganhar com esta festa. — Aquilo explicava de onde vinham as garotas. Celaena apenas esperou que Lysandra não estivesse lá.

Um dos lindos garçons ofereceu a Doneval e às cortesãs taças de espumante. O guarda-costas, que estava perto das cortinas, bebericou primeiro, antes de assentir para o patrão. O homem, com uma das mãos já ao redor dos ombros expostos da garota ao lado, não agradeceu ao guarda-costas ou ao garçom. Celaena sentiu o lábio se contrair quando Doneval levou a boca ao pescoço da cortesã. A garota não devia ter mais de 20 anos. Não a surpreendia nem um pouco que aquele homem achasse o crescente mercado de escravizados atraente — e que estivesse disposto a destruir os oponentes para tornar seu acordo de negócios um sucesso.

— Tenho a sensação de que ele não vai se levantar durante um tempo — falou Celaena, e, quando se virou, Sam estava franzindo a testa. Sempre tivera um misto de pena e empatia pelas cortesãs; e muito ódio pelos clientes. O fim da mãe do rapaz não fora feliz. Talvez por isso tolerasse a insuportável Lysandra e as companhias insossas da jovem.

Alguém quase esbarrou nas costas da assassina, mas ela sentiu o homem cambaleante e desviou com facilidade.

— Isto é um manicômio — murmurou a assassina, erguendo o olhar para as garotas nos balanços conforme flutuavam pelo salão. Arqueavam tanto as costas que era um milagre que os seios permanecessem nos corseletes.

— Nem consigo imaginar quanto Bardingale gastou na festa. — Sam estava tão próximo que o hálito acariciou as bochechas de Celaena. Na verdade, ela estava mais curiosa a respeito de quanto a anfitriã estava gastando para manter Doneval distraído; obviamente, nenhum gasto era excessivo se havia contratado Celaena para ajudar a destruir o comércio do homem e levar aqueles documentos para segurança. No entanto, talvez houvesse mais a respeito daquela missão que apenas o tráfico de escravizados e a lista de chantagem. Talvez Bardingale estivesse cansada de sustentar o estilo de vida decadente do ex-marido. Celaena não conseguia culpar a mulher.

Embora o nicho almofadado de Doneval devesse ser privado, ele certamente *queria* ser visto. E pelas garrafas de espumante que tinham sido arrumadas na mesa baixa diante de si, Celaena podia ver que ele não tinha intenção de se levantar. Um homem que queria ser abordado por outros — que queria se sentir poderoso. Ele gostava de ser adorado. E, em uma festa oferecida pela ex-mulher, era ousadia se associar com aquelas cortesãs. Era mesquinho... e cruel, pensando a respeito. Mas de que modo aquilo a ajudaria?

Doneval raramente falava com outros homens, parecia. Mas quem disse que o parceiro de negócios era homem? Talvez fosse uma mulher. Ou uma cortesã.

O homem estava agora babando no pescoço da garota do outro lado, com a mão percorrendo sua coxa exposta. Mas, se Doneval estava mancomunado com uma cortesã, por que esperaria três dias a partir dali para fazer a troca dos documentos? Não poderia ser uma das garotas de Clarisse. Ou a própria Clarisse.

— Acha que ele vai se encontrar com o comparsa esta noite? — perguntou Sam.

Celaena se voltou para o colega.

— Não. Tenho a sensação de que não é tolo o bastante para realmente fazer negócios aqui. Pelo menos não com ninguém além de Clarisse. — O rosto de Sam ficou sombrio.

Se Doneval gostava de companhia feminina, bem, isso certamente funcionava a favor do plano de Celaena de aproximação, não? A assassina começou a abrir caminho pela multidão.

— O que está fazendo? — disse Sam, conseguindo acompanhar a colega.

Ela lançou um olhar por cima do ombro, cutucando as pessoas para que saíssem do caminho conforme se dirigia até o nicho.

— Não me siga — falou Celaena, mas não com rispidez. — Vou tentar uma coisa. Apenas fique aqui. Virei encontrá-lo quando terminar.

Sam a encarou por um segundo, então assentiu.

Celaena respirou fundo pelo nariz ao subir os degraus e caminhar até o nicho elevado no qual Doneval estava sentado.

⚜ 5 ⚜

As quatro cortesãs repararam nela, mas Celaena manteve os olhos em Doneval, que ergueu o rosto do pescoço da menina, até então alvo de sua afeição. O guarda-costas estava alerta, contudo não impediu Celaena. Tolo. Ela forçou um leve sorriso nos lábios quando os olhos de Doneval se moveram livremente. Para cima e para baixo, para baixo e para cima. Por *isso* escolhera um vestido com decote maior que o habitual. Aquilo fazia seu estômago se revirar, porém se aproximou, deixando somente a mesa baixa entre ela e o sofá de Doneval, e fez uma reverência profunda e elegante.

— Meu lorde — ronronou a jovem.

Ele não era um lorde em sentido algum, mas um homem como ele devia gostar de títulos chiques, independentemente de serem merecidos.

— Posso ajudar? — falou Doneval, observando o vestido de Celaena. Ela estava definitivamente mais coberta que as cortesãs em volta. Mas às vezes havia mais sedução em não revelar tudo.

— Ah, sinto interromper — falou a assassina, inclinando a cabeça para que a luz das lanternas refletisse em seus olhos e os fizesse brilhar. Sabia muito bem quais de seus atributos os homens mais costumavam notar, e apreciar. — Mas meu tio é mercador e fala tão bem de você que eu... — Celaena agora olhou para as cortesãs como se reparasse nelas subitamente, como se fosse uma garota boa e decente percebendo a companhia que Doneval cultivava e tentando não ficar constrangida demais.

O homem pareceu sentir o desconforto de Celaena e se sentou com o corpo ereto, retirando a mão da coxa da garota ao lado. Todas as cortesãs ficaram um pouco tensas, olhando para Celaena com irritação. Poderia ter sorrido para as moças caso não estivesse tão concentrada na atuação.

— Vá em frente, querida — falou Doneval, os olhos agora fixos nos dela. Sério, era fácil demais.

Celaena mordeu o lábio, abaixou o queixo — recatada, tímida, esperando ser resgatada.

— Meu tio está doente esta noite e não pôde vir. Ele estava *tão* ansioso para conhecer você, e achei que poderia me apresentar em nome dele, mas sinto muitíssimo por ter interrompido. — Fez menção de se virar, contando os segundos até que...

— Não, não, eu ficaria feliz em conhecê-la. Qual é seu nome, minha querida?

Ela se virou, permitindo que a luz refletisse em seus olhos azul-dourados de novo.

— Dianna Brackyn; meu tio é Erick Brackyn... — Celaena encarou as cortesãs, fazendo o melhor olhar de moça inocente e alarmada. — Eu... eu realmente não quero interromper. — O homem continuou observando a jovem. — Talvez, se não for inconveniente ou impertinente, podemos visitar você? Não amanhã ou no dia seguinte, pois meu tio precisa trabalhar em alguns contratos com o vice-rei de Enseada do Sino, mas no seguinte depois *daquele*? Daqui a três dias, é o que quero dizer. — Ela soltou uma risadinha arrulhada.

— Não seria nada impertinente — cantarolou Doneval, inclinando o corpo para a frente. Mencionar a cidade mais rica de Charco Lavrado, assim como o governante, tinha resolvido tudo. — Na verdade, admiro muito que tenha tido coragem de me abordar. Muitos homens o fariam, que dirá jovens moças.

Ela quase revirou os olhos, mas acabou apenas piscando levemente os cílios.

— Obrigada, meu lorde. Que horas seria conveniente para o senhor?

— Ah — falou Doneval. — Bem, tenho planos para o jantar neste dia. — Sequer um toque de nervoso ou ansiedade nos olhos. — Mas estou livre para o café da manhã ou para o almoço — acrescentou o homem, com um sorriso crescente.

Celaena soltou um suspiro dramático.

— Ah, não... acho que posso ter me comprometido a essa hora, na verdade. Que tal um chá na mesma tarde? Diz que tem planos para o jantar, mas talvez algo antes...? Ou talvez o vejamos no teatro naquela noite.

Ele ficou em silêncio, e Celaena se perguntou se estaria desconfiado. Mas ela piscou, pressionando os braços contra a lateral do corpo o suficiente para que os seios parecessem um pouco mais fartos no decote. Era um truque que usava com frequência e sabia que funcionava.

— Eu certamente gostaria de tomar chá — falou o homem, por fim —, mas também estarei no teatro após o jantar.

Ela deu um sorriso alegre.

— Gostaria de se juntar a nós em nosso camarote? Dois dos contatos de meu tio da corte do vice-rei de Enseada do Sino se juntarão a nós, mas *sei* que ele ficará honrado se também estiver conosco.

Doneval inclinou a cabeça, e Celaena praticamente via os pensamentos frios e calculados à toda. *Vamos lá*, pensou ela, *morda a isca...* Contatos com um comerciante rico e o vice-rei de Enseada do Sino deveriam bastar.

— Seria um prazer — respondeu o homem, dando um sorriso que fedia a charme ensaiado.

— Tenho certeza de que tem uma bela carruagem para levá-lo ao teatro, mas ficaríamos duplamente honrados se usasse a nossa. Poderíamos buscá-lo depois do jantar, talvez?

— Creio que meu jantar será bem tarde. Detestaria fazer com que você ou seu tio se atrasassem para o teatro.

— Ah, não seria um problema. A que horas começa seu jantar, ou termina, imagino que seja a melhor pergunta! — Uma risadinha. Um brilho nos olhos dela sugeria uma curiosidade a respeito do que um homem como Doneval estaria ansioso para mostrar a uma jovem inexperiente. Ele se inclinou mais adiante. Celaena queria rasgar a pele que o olhar do comerciante cobiçava com tanta sensualidade.

— A refeição deve terminar em uma hora — ponderou o homem —, se não antes; apenas uma refeição rápida com um velho amigo. Por que não passam em minha casa às 20h30?

O sorriso dela aumentou, dessa vez sincero. Então, 19h30. Era quando o negócio ocorreria. Como podia ser *tão* tolo, tão arrogante? Merecia morrer apenas por ser tão irresponsável, tão facilmente seduzido por uma garota jovem demais para ele.

— Ah, sim! — respondeu Celaena. — É claro. — Ela tagarelou detalhes sobre os negócios do tio e sobre como se dariam bem, e logo fazia outra reverência, dando ao homem mais uma longa visão do decote antes de ir embora. As cortesãs ainda estavam irritadas com ela, e Celaena conseguia sentir o olhar de Doneval devorando-a antes que a multidão a engolisse. A assassina deixou claro que iria até a comida, mantendo a fachada de donzela recatada, e, quando Doneval finalmente parou de olhar, ela emitiu um suspiro. *Aquilo* certamente dera certo. Celaena encheu um prato com comida que fazia a boca aguar — javali assado, amoras e creme, bolo quente de chocolate...

A alguns metros de distância, viu Leighfer Bardingale observando-a, os olhos castanhos estavam notavelmente tristes. Com pena. Ou seria arrependimento pelo que havia contratado Celaena para fazer? A mulher se aproximou, roçando a saia de Celaena a caminho da mesa do bufê, porém a jovem escolheu não reconhecer sua presença. O que quer que Arobynn tivesse contado à mulher a respeito dela, não queria saber. Mas *teria* gostado de saber qual perfume Bardingale usava; cheirava a jasmim e baunilha.

Sam estava subitamente ao lado dela, surgindo daquele modo silencioso como a morte.

— Conseguiu o que precisava? — O rapaz a seguiu enquanto ela acrescentava mais comida ao prato. Leighfer pegou algumas colheradas de amoras e um punhado de creme e desapareceu de volta na multidão.

Celaena sorriu, olhando para o nicho no qual Doneval agora retornava à companhia contratada. Ela apoiou o prato na mesa.

— Certamente. Parece que ele está indisponível às 19h30 daquele dia.

— Então temos o horário da reunião — falou Sam.

— Temos sim. — Ela se virou para ele com um sorrisinho triunfante, mas o rapaz agora observava Doneval, a expressão cada vez mais fechada conforme o homem continuava apalpando as garotas ao redor.

A música mudou, tornou-se mais alegre, as vozes das gêmeas ficaram mais altas em uma harmonia fantasmagórica.

— E, agora que consegui aquilo que vim obter, quero dançar — falou Celaena. — Então aproveite, Sam Cortland. Não vamos sujar as mãos de sangue esta noite.

Ela dançou e dançou. Os lindos jovens de Melisande tinham se reunido perto da plataforma onde estavam as cantoras gêmeas, e Celaena havia deslizado até lá. Garrafas de espumante passavam de mão em mão, boca em boca. Ela tomou um gole de todas.

Perto da meia-noite, a música mudou, passou de danças organizadas e elegantes para um som caótico e sensual que a fez bater as palmas e os pés ao ritmo. Os cidadãos de Melisande pareciam ansiosos por se contorcer e saltar. Se havia música e movimentos que personificavam a selvageria, a despreocupação e a imortalidade da juventude, estavam ali, naquela pista.

Doneval permaneceu onde estava, nas almofadas, bebendo garrafa após garrafa. Não olhou na direção dela sequer uma vez; quem quer que achasse que Dianna Brackyn era, estava agora esquecida. Que bom.

Escorria suor por cada parte do corpo, mas Celaena inclinou a cabeça para trás, com os braços erguidos, feliz por se deliciar com a música. Uma das cortesãs nos balanços voou tão baixo que os dedos tocaram os da assassina, o que lançou fagulhas por seu corpo. Aquilo era mais que uma festa; aquilo era um espetáculo, uma orgia, um chamado para adoração ao altar dos excessos. Celaena era um sacrifício voluntário.

A música mudou de novo, um protesto de tambores retumbantes e as notas *staccato* das gêmeas. Sam mantinha uma distância respeitosa; dançando sozinho, de vez em quando se soltando dos braços de uma jovem que via o lindo rosto e tentava tomar o rapaz para si. Celaena tentou não sorrir quando o viu educadamente, porém de forma firme, dizer a uma menina para encontrar outra pessoa.

Muitos dos festejadores mais velhos tinham partido havia muito tempo, cedendo a pista de dança aos jovens e belos. Celaena se concentrou por tempo o bastante para verificar Doneval — e para ver Arobynn sentado com Bardingale em outro dos nichos próximos. Algumas outras pessoas estavam com eles, e, embora taças de vinho lotassem a mesa, todas tinham as sobrancelhas franzidas e expressões tensas. Enquanto Doneval fora até lá para se regozijar com a fortuna da ex-mulher, parecia que Bardingale tinha ideias diferentes sobre como aproveitar a festa. Que tipo de força tinha sido necessária para aceitar que assassinar o ex-marido era a única opção? Ou seria fraqueza?

O relógio soou 3 horas — 3 horas! Como tantas horas tinham se passado? Um lampejo de movimento chamou a atenção de Celaena perto das enormes portas no alto das escadas. Quatro rapazes mascarados estavam ali, avaliando a multidão. Só precisou de dois segundos para perceber que o jovem de cabelos castanhos era o líder e que as roupas finas, assim como as máscaras que usavam, os destacavam como nobreza. Provavelmente nobres procurando fugir de um baile pomposo e aproveitar os prazeres de Forte da Fenda.

Os estranhos mascarados desceram as escadas, um deles mantendo-se próximo do jovem de cabelos castanhos. Aquele tinha uma espada, reparou Celaena, e, pelos ombros tensos, via que ele não estava muito feliz por estar ali. Contudo, os lábios do líder se abriram em um sorriso ao caminhar para a multidão. Pelos deuses, mesmo com a máscara ocultando metade das feições, ele era bonito.

Ela dançou conforme observava o homem, e, como se ele de alguma forma a tivesse sentido aquele tempo todo, os olhos dos dois se encontraram de cada ponta do salão. Celaena deu um sorriso, então deliberadamente se voltou para as cantoras, a dança um pouco mais cautelosa, mais convidativa. Viu que Sam franzia a testa e gesticulou com os ombros para ele.

O estranho mascarado precisou de alguns minutos — e um sorriso compreensivo de Celaena para sugerir que ela também sabia exatamente onde ele estava —, mas logo a jovem sentiu a mão de alguém deslizando ao redor da cintura.

— Que festa — sussurrou o estranho no ouvido dela. A jovem se virou e viu olhos cor de safira brilhando para ela. — Você é de Melisande?

Celaena se movia com a música.

— Talvez.

O sorriso do homem aumentou. A assassina não via a hora de tirar aquela máscara. Quaisquer jovens nobres na rua àquela hora certamente não tinham propósitos inocentes. Mesmo assim — quem disse que ela não podia se divertir também?

— Qual é seu nome? — perguntou ele por cima da música aos berros.

Celaena se aproximou.

— Meu nome é Vento — sussurrou ela. — E Chuva. E Osso e Pó. Meu nome é um trecho de uma música da qual não se lembra inteira.

O jovem gargalhou, um som grave e delicioso. Ela estava bêbada e tola e tão cheia da glória de ser jovem e estar viva na capital do mundo que mal conseguia se conter.

— Não tenho nome — ronronou Celaena. — Sou quem quer que os guardiões de meu destino me mandem ser.

O rapaz a agarrou pelo pulso, passando o polegar pela pele sensível.

— Então vou chamá-la de Minha por uma ou duas danças.

A jovem sorriu, mas alguém se colocou subitamente entre eles, uma pessoa alta e de compleição forte. Sam. Ele arrancou a mão do estranho do pulso de Celaena.

— Ela é comprometida — urrou o assassino, próximo demais do rosto mascarado. O amigo do estranho ficou atrás dele em um instante, os olhos cor de bronze fixos em Sam.

Celaena agarrou o cotovelo do companheiro.

— Chega — avisou ela.

O estranho mascarado olhou Sam de cima a baixo, então ergueu as mãos.

— Erro meu — disse ele, mas piscou um olho para Celaena antes de desaparecer na multidão, com o amigo armado logo atrás.

A jovem se virou para encarar Sam.

— Que merda foi essa?

— Você está bêbada — disse Sam, tão próximo que o peito de Celaena roçou o dele. — E ele sabia disso.

— E daí? — Enquanto falava, alguém dançando descontroladamente se chocou contra ela e a mandou ao chão. Sam a segurou pela cintura, as mãos firmes evitaram que a companheira caísse.

— Vai me agradecer de manhã.

— Só porque estamos trabalhando juntos, não quer dizer que de repente sou incapaz de me cuidar. — As mãos dele ainda estavam na cintura de Celaena.

— Vou levá-la para casa. — Ela olhou na direção dos nichos. Doneval estava desmaiado nos ombros de uma cortesã de aparência muito entediada. Arobynn e Bardingale ainda estavam envolvidos na conversa.

— Não — respondeu Celaena. — Não preciso de escolta. Vou para casa quando quiser. — Ela se desvencilhou da mão de Sam, chocando-se contra o ombro de alguém atrás. O homem pediu desculpas e seguiu. — Além

265

disso — falou a jovem, incapaz de conter as palavras ou o ciúme idiota e inútil que tomou conta de si —, não tem Lysandra ou alguém igualmente contratável com quem estar?

— Não quero estar com Lysandra ou *qualquer outra pessoa contratável* — retrucou o rapaz, com os dentes trincados. Estendeu a mão até a de Celaena. — E você é uma tola por não ver isso.

Ela se soltou.

— Sou o que sou, e não me importo muito com o que pensa de mim. — Talvez um dia Sam pudesse ter acreditado nisso, mas agora...

— Bem, eu me importo com o que *você* pensa de *mim*. Me importo tanto que fiquei nesta festa nojenta só por você. E me importo tanto que iria a mil outras só para passar algumas horas com você *sem* que me olhe como se eu não valesse a terra sob seus sapatos.

Isso fez a raiva de Celaena hesitar. Ela engoliu em seco, com a cabeça girando.

— Já temos problemas demais com Doneval. Não preciso brigar com você. — A assassina queria esfregar os olhos, mas teria estragado a maquiagem. Então soltou um longo suspiro. — Não podemos apenas... tentar nos divertir agora?

Sam deu de ombros, porém os olhos ainda estavam sombrios e reluzentes.

— Se quiser dançar com aquele homem, vá em frente.

— Não é isso.

— Então diga o que é.

Celaena começou a apertar os dedos, depois se interrompeu.

— Olhe — disse ela, a música tão alta que era difícil ouvir os próprios pensamentos. — Eu... Sam, não sei como ser sua amiga ainda. Não sei se sei ser amiga de *alguém*. E... Podemos falar sobre isso só amanhã?

Ele balançou a cabeça devagar, mas deu um sorriso, embora seus olhos não o expressassem.

— Claro. *Se* conseguir se lembrar de alguma coisa amanhã — falou Sam, com uma casualidade forçada. Celaena se obrigou a sorrir de volta. Ele indicou a dança com o queixo. — Vá se divertir. Conversaremos de manhã. — Aproximou-se, como se fosse beijar a bochecha de Celaena, mas então achou melhor não fazê-lo. Ela não sabia se estava desapontada ou não quando Sam apertou seu ombro em vez disso.

Depois, o rapaz sumiu em meio à multidão. Celaena o seguiu com o olhar até que uma moça a puxou para um círculo de jovens que dançavam, e as comemorações tomaram conta dela de novo.

O telhado do novo apartamento dava para o rio Avery, e Celaena se sentou no muro do telhado, com as pernas penduradas na lateral. A pedra estava fria e úmida, mas a chuva tinha parado durante a noite; ventos fortes haviam soprado as nuvens conforme as estrelas se apagavam e o céu ficava claro.

O sol despontou no horizonte, inundando o braço serpenteante do rio com luz. Ele se tornou uma fita de ouro viva.

A capital começou a se agitar: chaminés soprando fumaça com as primeiras lareiras do dia, pescadores gritando uns com outros no cais próximo, crianças pequenas correndo pelas ruas com montes de lenha ou os jornais da manhã ou baldes d'água. Atrás dela, o castelo de vidro brilhava ao alvorecer.

Celaena não ia ao novo apartamento desde que voltara do deserto, então tirara alguns minutos para caminhar pelos cômodos espaçosos escondidos no andar de cima de um falso armazém. Era o último lugar em que alguém esperaria que ela comprasse uma casa, e o próprio armazém estava cheio de garrafas de tinta — um carregamento que ninguém devia invadir para roubar. Aquele era um lugar dela, somente dela. Ou seria, assim que contasse a Arobynn que estava partindo, o que faria assim que terminasse aquele negócio com Doneval. Ou algum tempo logo depois. Talvez.

A jovem inspirou o ar úmido da manhã, permitindo que a invadisse. Sentada na beira do telhado, sentiu-se maravilhosamente insignificante; apenas uma mancha na amplidão da cidade grande. E, no entanto, tudo aquilo era dela.

Sim, a festa fora encantadora, mas havia mais no mundo do que aquilo. Coisas maiores, mais lindas, mais *reais*. O futuro de Celaena era dela, e a assassina tinha três baús de ouro escondidos no quarto para tornar isso concreto. Poderia fazer o que quisesse da vida.

Celaena se apoiou nas mãos, absorvendo a cidade que despertava. Ao observar a capital, tinha a sensação alegre de que a capital a observava de volta.

267

❧ 6 ❧

Como havia se esquecido de agradecer Sam pela partitura na festa da noite anterior, Celaena queria fazer isso nas habituais aulas de queda depois do café da manhã. Contudo, diversos dos outros assassinos também estavam no salão de treino, e ela não tinha vontade de explicar o presente a nenhum dos homens mais velhos, que sem dúvida entenderiam da forma errada. Não que particularmente se importassem com o que Celaena fazia; tentavam ao máximo manter a distância, e ela não se incomodava em conhecê-los melhor também. Além disso, a cabeça da jovem estava latejando por ter ficado acordada até o alvorecer e ter bebido todo aquele espumante, então não conseguia nem pensar nas palavras certas no momento.

Celaena executou os exercícios do treino até o meio-dia, impressionando o instrutor com as novas formas de se mover que aprendera enquanto estava no deserto Vermelho. Sentia Sam observando-a nos tatames a poucos metros. A assassina tentou não olhar para o peito exposto, brilhando com suor, quando o rapaz tomou impulso e deu um salto, fazendo uma ágil cambalhota no ar e aterrissando quase silenciosamente no chão. Por Wyrd, ele era rápido. Certamente passara o verão treinando também.

— Milady — tossiu o instrutor, e Celaena se voltou para ele, com um olhar que o desafiava a fazer um comentário. Ela deslizou com as costas para o chão, então deu uma cambalhota para sair da posição, com as pernas se erguendo suavemente sobre a cabeça e de volta ao chão.

A jovem terminou o movimento ajoelhada e, quando ergueu o rosto, viu Sam se aproximando. Ao parar diante de Celaena, ele fez um gesto brusco com o queixo para que o instrutor atarracado e compacto encontrasse outro lugar para ir.

— Ele estava me ajudando — falou Celaena. Os músculos estremeceram quando se levantou. Tinha treinado pesado naquela manhã, apesar do pouco que dormira, o que não tinha nada a ver com o fato de que não quisera passar um segundo sozinha com Sam no salão de treinamento.

— Ele está aqui dia sim, dia não. Não acho que esteja perdendo alguma coisa vital — respondeu Sam.

A jovem manteve o olhar no rosto dele. Tinha visto o companheiro sem camisa antes, tinha visto todos os assassinos em diversos estágios de nudez graças ao treinamento, mas aquilo parecia diferente.

— Então — disse Celaena —, vamos invadir a casa de Doneval esta noite? — Ela manteve a voz baixa. Não gostava muito de compartilhar qualquer coisa com os colegas assassinos. Outrora contara tudo a Ben, mas ele estava morto e enterrado. — Agora que sabemos o horário da reunião, deveríamos entrar no escritório do andar de cima e ter uma noção do que são os papéis e de quantos documentos existem antes que ele os compartilhe com o parceiro.

Como o sol tinha finalmente decidido aparecer, aquilo tornava a espionagem durante o dia quase impossível.

Sam franziu a testa, passando a mão pelo cabelo.

— Não posso. Eu *quero*, mas não posso. Lysandra tem um ensaio pré--Leilão, e estou na guarda. Poderia encontrar você depois, se quiser esperar por mim.

— Não. Vou sozinha. Não deve ser tão difícil. — Ela andou em direção à saída do salão de treinamento, e Sam a seguiu, mantendo-se ao seu lado.

— Vai ser perigoso.

— Sam, libertei duzentos escravizados em baía da Caveira e derrotei Rolfe. Acho que posso dar conta disso.

Eles chegaram à entrada principal da Fortaleza.

— E fez isso com a *minha* ajuda. Por que não passo na casa de Doneval depois que terminar para ver se precisa de mim?

Celaena deu um tapinha no ombro do rapaz, a pele exposta estava grudenta de suor.

269

— Faça o que quiser. Contudo, tenho a sensação de que já terei terminado a essa altura. Mas contarei tudo a respeito amanhã de manhã — cantarolou a assassina, parando ao pé da enorme escadaria.

Sam segurou a mão da companheira.

— Por favor, tome cuidado. Apenas olhe os documentos e vá embora. Ainda temos dois dias até a troca; se for perigoso demais, então podemos tentar amanhã. Não se coloque em perigo.

As portas da Fortaleza se abriram, e Sam soltou sua mão quando Lysandra e Clarisse entraram.

O rosto da jovem cortesã estava vermelho, o que deixava os olhos verdes brilhantes.

— Ah, *Sam* — falou Lysandra, correndo na direção dele com as mãos esticadas. Celaena sentiu-se tomada pela raiva. O rapaz segurou os dedos magros de Lysandra com educação. Pelo modo como o observou, principalmente o tronco sem camisa, a assassina não teve problemas para acreditar que dali a dois dias, assim que a noite do Leilão acabasse e Lysandra pudesse ficar com quem quisesse, a cortesã procuraria Sam. E quem não procuraria?

— Outro almoço com Arobynn? — perguntou o jovem, mas Lysandra não soltava as mãos dele. Madame Clarisse assentiu bruscamente para Celaena ao passar apressada, seguindo diretamente para o escritório de Arobynn. A madame do bordel e o rei dos Assassinos eram amigos desde que a assassina chegara ali, e Clarisse jamais dirigira mais que algumas palavras a ela.

— Ah, não... viemos para o chá. Arobynn prometeu um bufê de chá de prata — falou Lysandra, as palavras de alguma forma parecendo lançadas na direção de Celaena. — Você *precisa* se juntar a nós, Sam.

Normalmente, Celaena teria arrancado a cabeça da garota pelo insulto. Lysandra ainda segurava as mãos do rapaz.

Como se sentisse, Sam desvencilhou os dedos.

— Eu... — Ele começou a dizer.

— Você deveria ir — interrompeu a assassina. A cortesã olhou de um para o outro. — Preciso trabalhar mesmo. Não sou a melhor simplesmente por passar o dia deitada. — Um golpe baixo, mas os olhos de Lysandra brilharam. Celaena deu a ela um sorriso afiado como lâmina. Não que quisesse continuar falando com Sam, ou convidá-lo para ouvi-la treinar a música que conseguira para ela, ou passar *mais* tempo com o rapaz do que era absolutamente necessário.

Ele engoliu em seco.

— Almoce comigo, Celaena.

Lysandra estalou a língua e saiu murmurando:

— Por que você iria querer almoçar com *ela*?

— Estou ocupada — respondeu Cclaena. Não era mentira; ainda precisava finalizar o plano de invadir a casa para descobrir mais a respeito dos documentos de Doneval. Ela inclinou o queixo na direção da cortesã e da sala de estar logo atrás. — Divirta-se.

Sem querer ver o que ele escolheria, a assassina manteve os olhos no piso de mármore, nas cortinas verde-azuladas e no teto folheado a ouro ao caminhar para o quarto.

O muro da casa de Doneval não era vigiado. Aonde quer que ele tivesse ido naquela noite — pela aparência das roupas, provavelmente para o teatro ou para uma festa — levara diversos guardas consigo, embora Celaena não tivesse contabilizado o guarda-costas troncudo entre aqueles. Talvez o brutamontes tivesse a noite de folga. Isso ainda deixava diversos vigias patrulhando a propriedade, sem falar de quem quer que estivesse do lado de dentro.

Por mais que odiasse a ideia de molhar o novo traje preto, estava grata pela chuva que começara novamente ao pôr do sol, mesmo que isso significasse abandonar a máscara costumeira para manter livres os sentidos limitados pelo mau tempo. Ainda bem que o temporal também significava que o vigia na lateral da casa sequer notou quando ela se esgueirou além dele. O segundo piso ficava relativamente alto, porém a janela estava escura e a tranca abria facilmente pelo lado de fora. Celaena já havia mapeado a casa. Se estivesse certa — e tinha certeza de que estava —, aquela janela levaria diretamente ao escritório do segundo andar.

Ouvindo com cuidado, esperou até que o segurança estivesse olhando para o outro lado e começou a subir. As novas botas aderiram à pedra, e os dedos não tiveram qualquer problema ao procurar rachaduras. O traje era um pouco mais pesado que o manto usual, mas com as lâminas embutidas nas luvas, Celaena não tinha o fardo adicional de uma espada às costas ou adagas à cintura. Havia até mesmo duas facas embutidas nas botas. Aquele era um presente de Arobynn do qual faria bom proveito.

No entanto, embora a chuva silenciasse e ocultasse *Celaena*, também mascarava o som de qualquer um que se aproximasse. Ela manteve os olhos e os ouvidos atentos, mas nenhum outro guarda virou a esquina da casa. O risco adicional valia a pena. Agora que sabia a que horas ocorreria a reunião, tinha dois dias para reunir o máximo de informações específicas que pudesse sobre os documentos, principalmente quantas páginas havia e onde Doneval os escondia. Em alguns segundos, Celaena estava no parapeito da janela do escritório. O vigia abaixo nem mesmo virou o rosto para a casa que se erguia atrás. Guardas de primeira, aqueles.

Um olhar para o interior revelou um quarto escuro — uma mesa cheia de papéis e nada mais. Ele não seria tão tolo de deixar as listas à vista, mas...

A assassina se impulsionou sobre o parapeito, e a faca fina retirada da bota reluziu ao se encaixar na estreita fenda entre as portinholas da janela. Duas estocadas inclinadas, um giro com o pulso e...

Celaena abriu a janela com cuidado, rezando por dobradiças silenciosas. Uma delas rangeu baixo, mas a outra se abriu sem um ruído. Ela entrou no escritório, as botas silenciosas no tapete ornamentado. Com cuidado, prendendo a respiração, fechou as janelas outra vez.

Celaena sentiu o ataque um segundo antes de acontecer.

☙ 7 ❧

Celaena girou e se abaixou, a outra faca da bota instantaneamente na mão, e o vigia caiu com um gemido. Ela golpeou rápido como uma áspide — uma manobra que aprendera no deserto Vermelho. Quando puxou a faca da coxa do homem, sangue quente jorrou em sua mão. Outro guarda desceu a espada contra ela, mas Celaena bloqueou a arma com as duas facas antes de chutá-lo bem no estômago. Ele cambaleou para trás, mas não rápido o suficiente para escapar do ataque à cabeça que o fez desmaiar. Outra manobra que o Mestre Mudo ensinara a Celaena ao fazê-la estudar o modo como os animais do deserto se moviam. Na escuridão do cômodo, ela sentiu as reverberações com o desabar do corpo no chão.

Mas havia outros, e ela contou mais três — mais três resmungando e gemendo conforme a cercavam — antes que alguém a puxasse pelas costas. Celaena ouviu um estampido cruel contra a cabeça e algo molhado e pútrido foi pressionado contra seu rosto, então...

Esquecimento.

Celaena acordou, mas não abriu os olhos. Manteve a respiração equilibrada, mesmo ao inspirar o fedor da imundície e do ar úmido e pútrido em volta. E manteve os ouvidos atentos, mesmo ao escutar vozes masculinas rindo e o gorgolejar de água. Ela ficou bem imóvel, mesmo ao sentir as cordas que a atavam à cadeira e a água que já estava na altura de suas canelas. Estava no esgoto.

A água agitada se aproximava; tão forte que a água do esgoto cobriu seu colo.

— Acho que já chega de dormir — falou uma voz grave. A mão forte de alguém deu um tapa na bochecha de Celaena. Pelos olhos doloridos, a assassina encontrou o rosto deformado do guarda-costas de Doneval sorrindo para ela. — Oi, querida. Achou que não notaríamos que nos espionava havia dias, não é? Pode ser boa, mas não é invisível.

Atrás do homem, quatro guardas se postavam diante de uma porta de ferro — e além dessa, havia outra porta, através da qual Celaena conseguia ver um lance de degraus que levava para cima. Devia ser uma porta para o porão da casa. Diversas das casas mais antigas de Forte da Fenda tinham dessas portas: rotas de fuga durante guerras, formas de levar para fora sorrateiramente convidados dignos de um escândalo ou apenas um modo fácil de depositar o lixo da casa. As portas duplas serviam para manter a água do lado de fora; seladas e feitas há muito tempo por artesãos habilidosos que usaram magia para cobrir as ombreiras com feitiços repelentes de água.

— Há muitos cômodos para invadir nesta casa — falou o guarda-costas. — Por que escolheu o escritório do andar de cima? E onde está seu amigo?

Celaena deu um sorriso torto, o tempo inteiro observando o esgoto cavernoso ao redor. A água estava subindo. Não queria pensar no que boiava ali.

— Isto vai ser um interrogatório, depois tortura, *então* morte? — perguntou ela. — Ou entendi errado?

O homem sorriu de volta.

— Espertinha. Gosto disso. — O sotaque do guarda-costas era pesado, mas a assassina o entendeu muito bem. Ele apoiou as mãos dos lados da cadeira dela. Com os próprios braços atados às costas, Celaena só tinha liberdade para mover o rosto. — Quem a enviou?

O coração batia descontroladamente, mas o sorriso da assassina não se desfez. Suportar tortura era uma lição que havia aprendido há muito tempo.

— Por que presume que alguém me *enviou*? Uma garota não pode ser independente?

A cadeira de madeira rangeu sob o peso do guarda-costas quando ele se aproximou tanto que o nariz quase tocou o de Celaena. Ela tentou não inspirar o hálito quente do homem.

— Por que outro motivo uma cadelinha como você invadiria esta casa? Não acho que esteja atrás de joias ou ouro.

Celaena sentiu as narinas se dilatarem. Mas não reagiria — não até ter certeza de que não havia chance de arrancar informação *dele*.

— Se vai me torturar — disse ela, preguiçosamente —, então comece. Não gosto muito do cheiro daqui.

O brutamontes recuou, o sorriso não vacilou.

— Ah, não vamos torturar você. Sabe quantos espiões e ladrões e assassinos tentaram matar Doneval? Estamos além de fazer perguntas. Se não quiser falar, tudo bem. Não fale. Já aprendemos a lidar com sua corja.

— Philip — falou um dos guardas, apontando com a espada para o túnel escuro do esgoto. — Precisamos ir.

— Certo — disse Philip, voltando-se para Celaena. — Sabe, imagino que se alguém foi tolo o bastante para enviar você até *aqui*, então deve ser dispensável. E não acho que alguém virá procurar por você quando inundarem os esgotos, nem mesmo seu amigo. Na verdade, a maioria das pessoas está se mantendo fora das ruas agora. Vocês, habitantes da capital, não gostam de sujar os pés, não é?

O coração de Celaena bateu mais acelerado, mas ela não desviou o olhar.

— Que pena que não vão limpar *todo* o lixo — disse ela, piscando os cílios.

— Não — retrucou o homem —, mas vão levar você. Ou pelo menos o rio vai levar seus restos, se os ratos deixarem o bastante. — Philip bateu na bochecha dela com força suficiente para doer. Como se os esgotos tivessem ouvido, uma corrente de água começou a soar da escuridão.

Ai, não. Não.

Agitando água, o guarda-costas disparou até a elevação na qual estavam os guardas. Celaena os observou saindo pela segunda porta, então subindo as escadas e depois...

— Aproveite o nado — provocou Philip, e bateu a porta de ferro atrás de si.

Escuridão e água. Durante o momento que levou para Celaena se acostumar a ver com a luz fraca da rua que entrava pela grade do bueiro muito, muito acima, água se chocava contra as pernas dela. O nível subiu até as coxas em pouco tempo.

Ela xingou violentamente e se agitou com força contra as amarras. Ao roçarem cortando seus braços, lembrou: as lâminas embutidas. Era uma prova da habilidade do inventor que Philip não as tenha encontrado, embora devesse tê-la revistado. Mesmo assim, as cordas estavam quase apertadas demais para liberar as armas...

Celaena torceu os punhos, lutando por qualquer espaço ínfimo para girar a mão. A água estava ao redor da cintura. Deviam ter construído a represa do esgoto na outra ponta da cidade; levaria alguns minutos até que inundasse completamente aquela parte.

A amarra não afrouxava, mas Celaena girou o punho, fazendo como o mestre funileiro havia ensinado, diversas vezes. Então, por fim, ouviu o ranger e o agitar de água quando a lâmina disparou. Dor latejou na lateral da mão, e ela xingou. Havia se cortado com aquela porcaria. Ainda bem que não parecia profundo.

Imediatamente, começou a trabalhar nas cordas, seus braços doíam enquanto ela as torcia ao máximo para mirar os nós. Deveriam ter usado grilhões.

A assassina sentiu um alívio súbito de pressão no tronco e quase caiu de cara na água escura rodopiante quando a corda cedeu. Dois segundos depois, o restante das cordas havia se soltado, embora Celaena tivesse se encolhido ao mergulhar as mãos na água imunda para soltar os pés das pernas da cadeira.

Ao se levantar, a água estava na altura das coxas. E fria. Gélida, congelante. Ela sentia coisas roçando contra o corpo conforme agitava a água em busca da elevação, lutando para se manter de pé na forte corrente. Ratos eram varridos às dezenas, os guinchos de terror dos animais eram quase inaudíveis sobre o rugido da água. Quando ela chegou aos degraus de pedra, a água já estava empoçada ali também. Celaena tentou a maçaneta de ferro. Estava trancada. Tentou enfiar uma das lâminas no portal, mas a arma quicou de volta. A porta estava tão bem selada que nada passaria.

Celaena estava presa.

Olhou para a extensão do esgoto. Chuva ainda caía do alto, mas a iluminação da rua estava forte o bastante para que visse as paredes curvas. Devia haver alguma escada para a rua... *devia* haver.

Celaena não via nenhuma — não por perto. E os bueiros estavam tão altos que precisaria esperar até que o esgoto enchesse por completo antes de tentar a sorte. Contudo, a corrente estava tão forte que ela provavelmente seria levada para longe.

— Pense — sussurrou a jovem. — Pense, pense.

Água subiu mais na elevação, agora se batendo contra os tornozelos de Celaena.

Ela manteve a respiração calma. Entrar em pânico não levaria a nada.

— *Pense.* — Celaena avaliou o esgoto.

Podia haver uma escada, mas estaria mais abaixo. Isso significava se aventurar no esgoto — e no escuro.

À esquerda, a água subia sem parar, fluindo da outra ponta da cidade. Celaena olhou para a direita. Mesmo que não houvesse um bueiro, era possível que chegasse ao Avery.

Era uma possibilidade muito, muito grande.

Mas era melhor que esperar para morrer ali.

Celaena embainhou as lâminas, mergulhando na água fedida e oleosa. A garganta se fechou, mas a assassina se obrigou a não vomitar. *Não* estava nadando em meio aos dejetos da capital inteira. *Não* estava nadando em águas infestadas de ratos. *Não morreria.*

O fluxo estava mais rápido do que esperava, e ela se forçou contra a correnteza. Bueiros passaram acima, mais próximos, mas ainda tão distantes. E então ali, à direita! Meio caminho para cima da parede, diversos metros acima da linha da água, havia uma pequena abertura para um túnel. Tinha sido feita para um único trabalhador. Água da chuva descia pela abertura do túnel; em algum lugar, *tinha* de dar na rua.

Ela nadou com força até a parede, lutando para evitar que a corrente a levasse para além do túnel. Celaena se chocou contra a superfície e se agarrou, indo mais devagar. O túnel estava tão alto que ela precisou esticar a mão, os dedos doeram quando se cravaram na pedra. Contudo, tinha conseguido segurar, e, embora a dor lancinasse pelas unhas, a assassina se impulsionou para a passagem estreita.

Era tão pequeno lá dentro que ela precisou deitar de barriga no chão. Estava cheio de lama e os deuses sabiam o que mais, mas ali — distante — havia um vão iluminado. Um túnel vertical em direção à rua. Atrás de Celaena, o esgoto continuava subindo, as águas rugiam, atordoantes. Se não corresse, ficaria presa.

Com o teto baixo, Celaena precisava manter a cabeça baixa, o rosto quase na lama pútrida conforme esticava os braços e *puxava*. Centímetro a centímetro, ela se arrastou pela passagem, encarando a luz adiante.

Então a água chegou ao nível do túnel. Em segundos, fluiu por pés, pernas, então pelo abdômen, depois pelo rosto. A assassina rastejou mais rápido, sem precisar de luz para lhe dizer o quanto as mãos estavam ensanguentadas. Cada fragmento de sujeira dentro dos cortes era como fogo. *Vá*, pensou Celaena, a cada impulso e puxão dos braços, a cada chute dos pés. *Vá, vá, vá.* A palavra era a única coisa que a impedia de gritar. Porque se começasse a gritar... então cederia à morte.

A água na passagem estava poucos centímetros mais alta quando Celaena chegou ao túnel vertical, e ela quase chorou ao ver a escada. Deviam ser 4,5 metros até a superfície. Por buracos circulares no bueiro amplo, a assassina viu um poste de rua no alto. Esqueceu-se da dor nas mãos ao subir a escada enferrujada, desejando que o objeto não quebrasse. Água preencheu a base do túnel, rodopiando dejetos.

Celaena chegou rapidamente ao topo e até se permitiu um sorrisinho ao fazer força contra o bueiro redondo.

Mas ele não cedeu.

Ela equilibrou os pés na escada bamba e empurrou com as duas mãos. Ainda assim, não se moveu. A jovem apoiou o corpo no último degrau, de modo que as costas e os ombros empurrassem o bueiro, então fez força contra o objeto. Nada. Sequer um ranger ou um indício de metal cedendo. Devia estar selada por ferrugem. Celaena bateu contra o tampo até que sentiu algo estalar na mão. A visão lampejou com a dor, fagulhas pretas e brancas dançavam, e ela se certificou de que o osso não estava quebrado antes de bater de novo. Nada. *Nada.*

A água estava próxima agora, o gelo lamacento tão perto que Celaena conseguia estender a mão e tocar.

Atirou-se contra o bueiro uma última vez. Não se moveu.

Se as pessoas estavam fora das ruas até que a enchente obrigatória acabasse... Água da chuva caiu na boca, nos olhos, no nariz. A assassina bateu contra o metal, rezando para que qualquer um a ouvisse sobre o rugido da chuva, para que alguém visse os dedos lamacentos e ensanguentados despontando de um bueiro comum da cidade. A água lhe atingiu as botas. Celaena enfiou os dedos pelos buracos do bueiro e começou a gritar.

Gritou até os pulmões arderem, gritou por ajuda, para que qualquer um ouvisse. Então...

— Celaena?

Foi um berro, e estava próximo; Celaena chorou quando ouviu a voz de Sam, quase abafada pela chuva e pelas águas estrondosas abaixo dela. Ele disse que apareceria depois de ajudar com a festa de Lysandra — devia estar indo para a casa de Doneval ou voltando de lá. Celaena agitou os dedos pelo buraco, batendo com a outra mão contra o tampo.

— *AQUI! No esgoto!*

Ela conseguia sentir o arrastar de passos e então...

— Pelos deuses. — O rosto de Sam surgiu pelo bueiro. — Estou procurando você há vinte minutos — disse ele. — Espere. — Os dedos calejados do rapaz se engancharam nos buracos. Celaena os viu ficarem brancos de tanto puxar, viu o rosto dele ficar vermelho, então... Ele xingou.

A água tinha chegado às panturrilhas da assassina.

— Me tire deste inferno.

— Empurre comigo — disse Sam, sem fôlego, e quando puxou, ela empurrou. O objeto não se movia. Os dois tentaram diversas vezes. A água chegou aos joelhos. Por alguma sorte, o bueiro estava longe o bastante da casa de Doneval para que os guardas não ouvissem.

— Suba o máximo possível — rugiu o companheiro. Celaena já havia subido, mas não disse nada. Ela viu o lampejo de uma faca e ouviu o raspar de uma lâmina contra o bueiro. Ele tentava afrouxar o metal usando a arma como alavanca. — Empurre do outro lado.

Ela empurrou. Água escura se agitou em suas coxas.

A faca se partiu em duas.

Sam xingou com violência e começou a puxar a tampa do bueiro de novo.

— Vamos lá — sussurrou ele, mais para si mesmo do que para Celaena.

— *Vamos lá.*

A água já estava ao redor da cintura, e sobre o peito um segundo depois. A chuva continuou fluindo pelo tampo, ofuscando os sentidos da assassina.

— Sam — falou Celaena.

— Estou tentando!

— Sam — repetiu ela.

— Não — disparou Sam, ao ouvir o tom de voz da assassina. — *Não*.

Ele começou a pedir ajuda naquele momento. Celaena pressionou o rosto contra um dos buracos do bueiro. Ajuda não chegaria... não rápido o suficiente.

Jamais pensara muito em como morreria, mas afogamento, de alguma forma, parecia adequado. Fora um rio em sua terra natal, Terrasen, que quase levara sua vida 9 anos antes — e parecia que qualquer acordo que tivesse feito com os deuses tinha finalmente acabado naquela noite. A água a teria, de um jeito ou de outro, não importava quanto tempo passasse.

— Por favor — implorou o rapaz ao esmurrar e puxar o bueiro, então tentou enfiar outra adaga na tampa. — Por favor, não.

Celaena sabia que Sam não estava falando com ela.

A água chegou ao pescoço.

— *Por favor* — gemeu ele, com os dedos agora tocando os de Celaena. Ela teria um último suspiro. As últimas palavras.

— Leve meu corpo para casa, para Terrasen, Sam — sussurrou ela. E, com um arquejo final, Celaena afundou.

8

— *Respire!* — berrava alguém conforme batiam no peito dela. — *Respire!*

E, do nada, o corpo dela se agitou, jorrando água. Celaena vomitou nos paralelepípedos, tossindo com tanta força que convulsionou.

— Pelos deuses — gemeu Sam. Pelos olhos úmidos, ela viu que o rapaz estava ajoelhado ao seu lado, a cabeça baixa entre os ombros, apoiando as palmas das mãos nos joelhos. Atrás, duas mulheres trocavam expressões aliviadas, porém confusas. Uma delas segurava um pé de cabra. Ao lado dela estava a tampa do bueiro, e em volta do grupo água emergia do esgoto.

Celaena vomitou de novo.

Ela tomou três banhos seguidos e só comeu com a intenção de vomitar para limpar qualquer vestígio do líquido pútrido de dentro de si. Mergulhou as mãos cortadas e doloridas em uma bacia de bebida forte, contendo o grito, mas aproveitando o desinfetante que queimava o que quer que estivesse na água. Depois que isso pareceu acalmar seu nojo, Celaena ordenou que enchessem a banheira com o mesmo líquido e mergulhou nele.

Jamais se sentiria limpa de novo. Mesmo depois do quarto banho — o qual tinha sido logo depois do banho na bebida —, sentia como se a imundície cobrisse cada parte do corpo. Arobynn tinha reclamado e feito alarde, mas Celaena ordenou que ele saísse. Ordenou que *todos* saíssem. Tomaria mais dois banhos pela manhã, prometeu a si mesma ao deitar na cama.

O som de uma batida soou à porta, e ela quase latiu para que a pessoa fosse embora, porém a cabeça de Sam surgiu. O relógio indicava que passava da meia-noite, mas os olhos dele ainda estavam alerta.

— Você está acordada — falou o rapaz, entrando sem sequer um aceno de cabeça que o autorizasse. Não que precisasse. Havia salvado a vida dela. Celaena era eternamente grata a Sam.

A caminho de casa, ele contara que depois do ensaio do Leilão de Lysandra, fora à casa de Doneval para ver se Celaena precisava de ajuda. Contudo, ao chegar, a casa estava em silêncio — exceto pelos guardas que ficavam dando risadinhas a respeito do que acontecera. Sam vasculhava as ruas próximas por qualquer sinal de Celaena quando a ouviu gritando.

Ela olhou para o rapaz de onde estava, na cama.

— O que você quer? — Não eram as palavras mais graciosas para alguém que salvara sua vida. Mas, droga, Celaena deveria ser *melhor* que Sam. Como podia dizer que era a melhor quando precisou que ele a resgatasse? A ideia fez com que a assassina quisesse bater no colega.

Ele apenas deu um leve sorriso.

— Queria ver se tinha finalmente terminado de tomar banho. Não há mais água quente.

Ela franziu a testa.

— Não espere que eu peça desculpas por isso.

— Por acaso espero que se desculpe por alguma coisa?

À luz da vela, a linda pele do rosto dele parecia convidativa e macia como veludo.

— Poderia ter me deixado morrer — ponderou Celaena. — Fico surpresa por não ter ficado dançando de alegria sobre o bueiro.

Ele soltou uma risada baixa que percorreu o corpo da jovem, aquecendo-a.

— Ninguém merece aquele tipo de morte, Celaena. Nem mesmo você. E, além disso, achei que tínhamos superado essa fase.

Ela engoliu em seco, mas não conseguiu desviar do olhar de Sam.

— Obrigada por me salvar.

As sobrancelhas dele se ergueram. Celaena dissera uma vez no caminho de volta, porém tinha sido um conjunto rápido e sem fôlego de palavras.

Dessa vez, era diferente. Embora seus dedos doessem — principalmente as unhas quebradas —, ela estendeu a mão até a de Sam.

— E... E peço desculpas. — Obrigou-se a olhar para o rapaz, mesmo quando as feições dele se rearranjaram em uma expressão de incredulidade. — Peço desculpas por ter envolvido você no que aconteceu em baía da Caveira. E pelo que Arobynn fez a você por causa daquilo.

— Ah — exclamou Sam, como se de alguma forma entendesse um grande enigma. Ele avaliou as mãos unidas, e Celaena soltou rapidamente.

O silêncio ficou subitamente carregado, o rosto do companheiro era lindo demais. A assassina ergueu o queixo e viu que Sam olhava para a cicatriz no pescoço. A fina saliência sumiria — algum dia.

— O nome dela era Ansel — falou Celaena, a garganta se apertando. — Era minha amiga. — Sam se sentou devagar na cama, então a história inteira saiu.

Ele interrompeu apenas nos momentos que precisou de alguma explicação. O relógio bateu 1 hora quando ela terminou de contar sobre a última flecha que atirara em Ansel e como, mesmo com o coração partido, dera à amiga um minuto a mais antes de soltar o que teria sido uma flecha mortal. Ao parar de falar, os olhos de Sam estavam brilhantes com tristeza e assombro.

— Então, esse foi meu verão — disse a jovem, dando de ombros. — Uma grande aventura para Celaena Sardothien, não foi?

Mas ele apenas estendeu a mão e passou os dedos pela cicatriz no pescoço, como se pudesse de alguma forma apagar a ferida.

— Sinto muito — disse o rapaz, e Celaena sabia que era sincero.

— Eu também — murmurou ela. Em seguida, se moveu subitamente, ciente de quão pouco a camisola cobria. Como se Sam tivesse notado, tirou a mão do pescoço de Celaena e pigarreou. — Bem — continuou a assassina —, acho que nossa missão ficou um pouco mais complicada.

— Ah? E por quê?

Afastando a vermelhidão que o toque de Sam levara ao seu rosto, a jovem deu um sorriso lento e malicioso. Philip não tinha *ideia* de quem tentara matar, ou do mundo de dor que estava em seu futuro. Não se tentava afogar a Assassina de Adarlan em um *esgoto* e se vivia para contar. Não em mil vidas.

— Porque — respondeu Celaena — minha lista de pessoas para matar tem agora uma pessoa a mais.

⊰ 9 ⊱

Ela dormiu até meio-dia, tomou os dois banhos que havia prometido a si mesma e então foi até o escritório de Arobynn. Ele tomava uma xícara de chá quando Celaena abriu a porta.

— Fico surpreso por vê-la fora da banheira — falou o mentor.

Contar a Sam a história sobre o mês no deserto a tinha lembrado de por que quisera tanto voltar para casa naquele verão e do que realizara. Não tinha motivo para ser tão cautelosa perto de Arobynn — não depois do que ele havia feito e do que ela havia passado. Portanto, Celaena apenas sorriu para o rei dos Assassinos ao segurar aberta a porta para os criados. Eles entraram com um baú pesado. Então outro. Depois outro.

— Devo perguntar? — Arobynn massageou as têmporas.

Os criados saíram às pressas, e Celaena fechou a porta. Sem dizer uma palavra, abriu as tampas dos baús. Ouro brilhou ao sol do meio-dia.

Voltou-se para Arobynn, agarrando-se à memória de como se sentira ao se sentar no telhado depois da festa. O rosto do mestre estava indecifrável.

— Acho que isso cobre minha dívida — falou ela, obrigando-se a sorrir.

— E mais um pouco.

Arobynn permaneceu sentado.

Ela engoliu em seco, sentindo-se subitamente enjoada. Por que tinha achado que aquilo era uma boa ideia?

— Quero continuar trabalhando com você — prosseguiu Celaena, com cuidado. Ele havia olhado para ela daquela forma antes, na noite em que a espancou. — Mas não é mais meu dono.

Os olhos prateados se voltaram para os baús, então para a jovem. Em um momento de silêncio que durou para sempre, ela permaneceu imóvel enquanto o rei dos Assassinos a avaliou. Depois ele sorriu, com alguma tristeza.

— Pode me culpar por querer que este dia jamais chegasse?

Celaena quase desabou de alívio.

— Estou falando sério: quero continuar trabalhando com você.

Percebeu naquele momento que não poderia contar a Arobynn sobre o apartamento e que se mudaria... não imediatamente. Pequenos passos. Naquele dia, a dívida. Talvez, em algumas semanas, pudesse mencionar que ia embora. Talvez o mentor nem mesmo se importasse por ela ter uma casa própria.

— E eu sempre ficarei feliz em trabalhar com *você* — disse Arobynn, mas continuou sentado. Ele tomou um gole de chá. — Quero saber de onde veio esse dinheiro.

Celaena se tornou ciente da cicatriz no pescoço quando falou:

— O Mestre Mudo. Pagamento por salvar a vida dele.

O mestre pegou o jornal da manhã.

— Bem, permita-me dar-lhe os parabéns. — Olhou para ela por cima do jornal. — Agora é uma mulher livre.

Celaena tentou não sorrir. Talvez não fosse livre no sentido amplo da palavra, mas pelo menos ele não poderia mais usar a dívida contra ela. Aquilo bastaria, por enquanto.

— Boa sorte com Doneval amanhã à noite — acrescentou Arobynn. — Avise se precisar de alguma ajuda.

— Contanto que não me cobre por isso.

Sem sorrir de volta, ele apoiou o jornal.

— Jamais faria isso. — Algo como mágoa cintilou em seus olhos.

Lutando contra a vontade súbita de pedir desculpas, Celaena saiu do escritório sem dar outra palavra.

A caminhada de volta para o quarto foi longa. A assassina esperava cantar de alegria quando entregasse o dinheiro a ele, esperava saltitar pela

Fortaleza. No entanto, ver o modo como Arobynn a olhou fez todo aquele ouro parecer... barato.

Um glorioso começo para o novo futuro.

Embora Celaena jamais quisesse colocar os pés no esgoto da cidade de novo, se viu de volta ao lugar naquela tarde. Ainda havia um rio fluindo pelo túnel, mas a passagem estreita que o ladeava estava seca, mesmo com a tempestade que caía na rua acima deles.

Uma hora antes, Sam aparecera no quarto de Celaena, vestido e pronto para espionar a casa de Doneval. Agora se esgueirava atrás dela, sem dizer nada conforme se aproximavam da porta de ferro da qual a jovem se lembrava bem demais. Ela apoiou a tocha ao lado da porta e passou as mãos pela superfície gasta e enferrujada.

— Precisaremos entrar por aqui amanhã — disse ela, a voz quase inaudível por cima do gorgolejo do rio de esgoto. — A frente da casa está muito bem vigiada.

Sam passou um dedo pela fenda entre a porta e o batente.

— Se não encontrarmos um modo de arrastar um aríete até aqui, acho que não vamos conseguir passar.

Celaena lançou um olhar sombrio ao colega.

— Poderia tentar bater.

Ele deu uma risada sussurrada.

— Tenho certeza de que os guardas vão agradecer por isso. Talvez me convidem para tomar uma cerveja também. Quero dizer, depois que terminarem de encher minha barriga de flechas. — O rapaz deu tapas no abdômen firme. Sam vestia o traje que Arobynn o obrigara a comprar, e Celaena tentava não olhar muito para como a roupa exibia bem sua forma física.

— Então não podemos atravessar essa porta — murmurou Celaena, passando a mão pela porta de novo. — A não ser que descubramos quando os criados jogam o lixo fora.

— Não é confiável — replicou Sam, ainda avaliando a porta. — Podem esvaziar as lixeiras quando tiverem vontade.

Ela xingou e olhou pelo esgoto. Que lugar horrível para quase ter morrido. Celaena certamente esperava que esbarrasse em Philip no dia seguinte. Aquele babaca arrogante nem veria o golpe até que ela estivesse bem diante dele. O homem nem mesmo a reconhecera da festa na outra noite.

Celaena sorriu devagar. Que melhor maneira de se vingar de Philip senão invadir pela mesmíssima porta que ele revelou?

— Então um de nós vai precisar ficar aqui por algumas horas — sussurrou a assassina, ainda encarando a porta. — Com a elevação do lado de fora da porta, os criados precisam dar alguns passos para alcançar a água. — O sorriso aumentou. — E tenho certeza de que se estiverem carregando um monte de lixo, provavelmente não vão pensar em olhar para trás.

Os dentes de Sam refletiram à luz da tocha quando ele sorriu.

— E ficarão ocupados por tempo o suficiente para que alguém entre de fininho e encontre um bom lugar para se esconder no porão e esperar o restante do tempo até 19h30.

— Que surpresa terão amanhã ao encontrarem a porta do porão aberta.

— Acho que essa será a menor das surpresas amanhã.

Celaena pegou a tocha.

— Com certeza será. — Sam a seguiu de volta pela passagem do esgoto. Os dois acharam uma tampa de bueiro em um beco sombrio, longe o bastante da casa para que ninguém suspeitasse. Infelizmente, isso significava uma longa caminhada de volta pelos esgotos.

— Soube que pagou Arobynn esta manhã — falou o rapaz, com os olhos nas pedras escuras sob os pés. Ele ainda mantinha a voz baixa. — Qual é a sensação de estar livre?

A jovem olhou de esguelha para o colega.

— Não é como imaginei.

— Fico surpreso por ele ter aceitado o dinheiro sem discussão.

Celaena não disse nada. À luz fraca, Sam inspirou entrecortado.

— Acho que talvez eu vá embora — sussurrou ele.

A assassina quase tropeçou.

— Embora?

Ele não a olhava.

— Vou para Eyllwe, até Banjali, para ser exato.

— Em uma missão? — Era comum que Arobynn os enviasse por todo o continente, mas o modo como Sam falava parecia... diferente.

— Para sempre — respondeu ele.

— Por quê? — A voz de Celaena pareceu um pouco esganiçada aos próprios ouvidos.

Sam a encarou.

— O que tenho que me prenda aqui? Arobynn já mencionou que posso ser útil nos estabelecermos no sul também.

— Arobynn... — A jovem irritou-se, lutando para manter a voz sussurrada. — Conversou com ele a respeito disso?

Sam fez um movimento interrompido com os ombros.

— Casualmente. Não é oficial.

— Mas... mas Banjali fica a milhares de quilômetros de distância.

— Sim, mas Forte da Fenda pertence a você e Arobynn. Sempre serei... uma alternativa.

— Eu preferiria ser uma alternativa em Forte da Fenda a ser chefe dos assassinos de Banjali. — Celaena odiava precisar manter a voz tão baixa. Queria atirar alguém contra a parede. Queria demolir o esgoto com as próprias mãos.

— Vou partir no fim do mês — disse Sam, ainda calmo.

— Isso é em duas semanas!

— Tenho algum motivo para ficar?

— Sim! — exclamou a assassina, o mais alto possível, embora mantivesse o tom sussurrado. — Tem sim. — Ele não respondeu. — *Não pode* ir.

— Dê um motivo.

— Qual seria o *objetivo* de qualquer coisa se você simplesmente desaparecesse para sempre? — ciciou a jovem, abrindo os braços.

— O objetivo de quê, Celaena?

Como Sam podia estar tão calmo quando ela estava tão agitada?

— O objetivo de baía da Caveira, e o objetivo de me dar aquela partitura, e o objetivo de... o objetivo de contar a Arobynn que o perdoaria se jamais me ferisse de novo.

— Você disse que não se importava com o que eu pensava. Ou com o que eu fizesse. Ou se eu morresse, se não estou enganado.

— Eu menti! E você *sabe* que menti, seu canalha idiota!

Sam riu baixinho.

— Quer saber como passei este verão? — Celaena ficou imóvel. Ele passou a mão pelos cabelos castanhos. — Passei cada dia lutando contra o impulso de cortar o pescoço de Arobynn. E ele *sabia* que eu o queria morto.

Vou matar você!, gritara Sam para Arobynn.

— Assim que acordei depois de ter sido espancado, percebi que *precisava* ir embora. Porque eu o mataria, se não fosse. Mas não podia. — O rapaz avaliou o rosto de Celaena. — Não até que você voltasse. Não até que eu soubesse que estava bem, até que visse que você estava a salvo.

Respirar tornou-se muito, muito difícil.

— Ele também sabia — continuou Sam. — Então decidiu explorar isso. Não me recomendou para as missões. Em vez disso, me obrigou a ajudar Lysandra e Clarisse. Me obrigou a acompanhá-las pela cidade em piqueniques e festas. Isso se tornou um jogo entre nós: quanto dessa porcaria eu suportaria antes de perder a cabeça. Mas nós dois sabíamos que Arobynn sempre teria vantagem. Sempre teria *você*. Mesmo assim, passei cada dia do verão esperando que voltasse inteira. Mais que isso, esperava que voltasse para se vingar do que ele tinha feito a você.

Contudo, Celaena não tinha se vingado. Voltara e permitiu que o mentor a enchesse de presentes.

— E agora que está bem, Celaena, agora que pagou sua dívida, não posso ficar em Forte da Fenda. Não depois de tudo que ele fez conosco.

Ela sabia que era egoísta e horrível, mas sussurrou:

— Por favor, não vá.

Sam deu um suspiro irregular.

— Você vai ficar bem sem mim. Sempre ficou.

Talvez em outra época, mas não agora.

— Como posso convencer você a ficar?

— Não pode.

Celaena jogou a tocha no chão.

— Quer que eu implore, é isso?

— Não, nunca.

— Então diga...

— O que mais posso dizer? — Sam se transtornou, o sussurro ficou áspero e ríspido. — Já contei tudo, já contei que, se ficar aqui, se tiver que morar com Arobynn, vou quebrar a porcaria do pescoço dele.

— Mas por quê? Por que não pode esquecer isso?

O rapaz a agarrou pelos ombros e a sacudiu.

— Porque eu amo você!

A boca de Celaena se escancarou.

— Eu amo você — repetiu Sam, sacudindo-a de novo. — Há *anos*. E ele *machucou* você e me fez assistir porque sempre soube o que eu sentia. Mas, se eu pedisse a você que escolhesse, escolheria Arobynn. E. Não. Posso. Suportar.

Os únicos ruídos eram da respiração dos dois, um ritmo irregular contra o fluxo do esgoto.

— Você é um grande idiota — sussurrou Celaena, segurando a frente do manto dele. — É um imbecil e um babaca e um *grande* idiota. — Pela expressão de Sam, parecia que fora golpeado. Mas ela continuou, segurando os lados do rosto dele. — Porque eu escolheria *você*.

E então Celaena o beijou.

❧ 10 ❧

Celaena jamais tinha beijado alguém. Quando os lábios tocaram os de Sam e ele a envolveu pela cintura com os braços, puxando-a para perto, a assassina sinceramente não fazia ideia de por que havia esperado tanto tempo. A boca do companheiro era quente e macia, o corpo era maravilhosamente sólido contra o dela, os cabelos sedosos entre os dedos de Celaena. Mesmo assim, ela permitiu que Sam a guiasse, obrigou-se a se lembrar de respirar conforme o rapaz abria suavemente os lábios dela com os próprios.

Quando sentiu o toque da língua de Sam contra a sua, foi tão eletrizante que ela achou que poderia morrer de adrenalina. Celaena queria mais. Queria Sam *inteiro*.

Não conseguia segurá-lo forte o bastante, beijá-lo rápido o suficiente. Um gemido soou no fundo da garganta dele, tão cheio de desejo que Celaena o sentia no centro do corpo. Na verdade, mais abaixo.

Ela o empurrou contra a parede, e as mãos de Sam deslizaram pelas costas, pela lateral do corpo, pelos quadris de Celaena. Ela queria se deliciar com aquela sensação — queria arrancar a própria roupa para sentir as mãos calejadas do rapaz contra a pele nua. A intensidade daquele desejo a tomou como um sobressalto.

Ela não dava a mínima para os esgotos. Ou para Doneval, ou Philip, ou Arobynn.

Os lábios de Sam deixaram a boca de Celaena para percorrerem o pescoço. Eles roçaram um ponto sob a orelha, e Celaena perdeu o fôlego.

Não, ela não dava a mínima para nada naquele momento.

Era noite quando os dois deixaram os esgotos, os cabelos embaraçados e as bocas inchadas. Sam não a soltou durante a longa caminhada de volta à Fortaleza e, ao chegarem, Celaena ordenou que os criados mandassem o jantar de ambos para o quarto dela. Embora tivessem ficado acordados noite adentro, conversando ao mínimo, as roupas permaneceram no lugar. Já havia acontecido naquele dia coisas demais que mudavam a vida dela, e Celaena não queria mais uma grande mudança.

Mas o que acontecera no esgoto...

A assassina ficou acordada naquela noite, muito depois de Sam ter saído do quarto, encarando o nada.

Ele a amava. Havia anos. E tinha aturado tanto por ela.

De jeito nenhum, Celaena não conseguia entender o motivo. Só fora ruim com o rapaz e agradecera qualquer gentileza da parte dele com escárnio. E o modo como se sentia em relação a Sam...

Não estava apaixonada por ele havia anos. Até baía da Caveira, Celaena não teria se importado de matá-lo.

Mas agora... Não, não podia pensar naquilo agora. Nem no dia seguinte. Porque no dia seguinte os dois se infiltrariam na casa de Doneval. Ainda era arriscado, mas o pagamento... Ela não podia recusar o dinheiro, não agora que se sustentaria. E não deixaria que o desgraçado do Doneval saísse impune com o acordo de comércio de escravizados, ou com a chantagem contra aqueles que ousavam se colocar contra ele.

Celaena apenas rezou para que Sam não se ferisse.

No silêncio do quarto, fez um juramento ao luar de que se ele fosse ferido, nenhuma força no mundo a impediria de massacrar todos os responsáveis.

Depois do almoço na tarde seguinte, Celaena esperou nas sombras ao lado da porta do esgoto que dava para o porão. Um pouco adiante no túnel, Sam também aguardava, com o traje preto tornando-o quase invisível na escuridão.

O almoço terminaria em breve e seria a melhor chance de Celaena entrar sorrateiramente na casa. Esperava já havia uma hora, cada ruído intensificava a ansiedade que sentia desde o alvorecer. Precisaria ser rápida e silenciosa e cruel. Um erro, um grito — ou mesmo um empregado desaparecido — poderia arruinar tudo.

Um criado *tinha* de descer para jogar o lixo em algum momento próximo. Ela tirou um relógio de bolso do traje. Com cuidado, acendeu um fósforo para enxergar a face do objeto. Eram 14 horas. Tinha cinco horas até precisar entrar de fininho no escritório de Doneval e esperar a reunião de 19h30. E ela estava disposta a apostar que o comerciante não entraria no escritório antes disso; um homem como aquele iria querer cumprimentar o convidado à porta, ver o olhar no rosto do comparsa enquanto o levava pelos corredores opulentos. De repente, ouviu a primeira porta interna que dava para os esgotos ranger, então passos e resmungos ecoaram. O ouvido treinado distinguiu o ruído de uma criada. Ela apagou o fósforo.

Celaena colou o corpo à parede quando a fechadura da porta externa estalou e se abriu; a porta pesada deslizou contra o chão. Não conseguia ouvir outros passos que não os da mulher que puxara uma bacia de lixo até a elevação. A empregada estava sozinha. O porão acima também estava vazio.

A mulher, preocupada demais em virar o balde metálico de lixo, não pensou em olhar para as sombras ao lado da porta. Nem mesmo parou quando Celaena passou de fininho por ela. A assassina atravessou as duas portas, subiu as escadas e entrou no porão antes de sequer ouvir o ruído do lixo caindo e se esparramando na água.

Ao correr na direção do canto mais escuro do porão amplo e mal iluminado, ela observou tantos detalhes quanto conseguiu. Inúmeros barris de vinho e prateleiras entulhadas de comida e mercadorias de toda Erilea. Uma escada que dava para cima. Não dava para ouvir criado algum, exceto em algum lugar acima. Na cozinha, provavelmente.

A porta externa bateu, a tranca soou. Mas Celaena já estava agachada atrás de um enorme barril de vinho. A porta interior também se fechou e foi trancada. A jovem colocou a máscara preta lisa que havia levado, jogando o capuz do manto sobre os cabelos. Ouviu-se o som de passos, e a luz oscilou, então a criada reapareceu no alto da escadaria do esgoto, com o balde de lixo vazio rangendo ao pender de uma das mãos. Ela passou direto, murmurando consigo mesma ao subir as escadas em direção à cozinha.

Celaena expirou quando os passos da mulher se dissiparam, depois sorriu consigo mesma. Se Philip fosse inteligente, teria cortado o pescoço dela naquela noite no esgoto. Talvez, ao matá-lo, Celaena o informasse exatamente como havia entrado na casa.

Quando estava totalmente segura de que a criada não voltaria com um segundo balde de lixo, Celaena correu em direção aos pequenos degraus que davam para o esgoto. Silenciosa como um coelho do deserto Vermelho, destrancou a primeira porta, se esgueirou por ela, então destrancou a segunda. Sam não entraria até logo antes da reunião — ou alguém poderia descer e achá-lo preparando o porão para o incêndio que serviria como distração. E, se alguém encontrasse as duas portas abertas antes disso, poderia simplesmente colocar a culpa na criada que havia jogado o lixo fora.

Celaena cuidadosamente fechou as portas, certificando-se de que as trancas permaneciam abertas, depois retornou para seu lugar às sombras da vasta coleção de vinho do porão.

Então ela esperou.

Às 19 horas, Celaena deixou o porão antes que Sam pudesse chegar com as tochas e o óleo. A quantidade obscena de álcool armazenado ali dentro faria o resto. A assassina apenas esperava que Sam conseguisse sair antes de o incêndio deixar o porão em ruínas.

Ela precisava estar no andar de cima e escondida antes que isso acontecesse... e antes de a troca ser feita. Depois que o incêndio começasse, alguns minutos depois das 19h30, alguns dos guardas seriam chamados para o andar inferior imediatamente, deixando Doneval e o parceiro com muito menos homens para protegê-los.

Os criados estavam fazendo a refeição da noite, e, pelas risadas dentro da cozinha, que ficava em um nível inferior, ninguém parecia ciente do negócio que ocorreria três andares acima. Celaena passou de fininho pela porta da cozinha. Com o traje, o manto e a máscara, era apenas uma sombra sobre as pálidas paredes de pedras. Ela prendeu o fôlego ao subir a escadaria estreita e espiralada dos criados.

Com o novo traje, era muito mais fácil saber onde estavam as armas, e ela deslizou uma adaga longa para fora da aba oculta na bota. Celaena olhou pelo corredor do segundo andar.

As portas de madeira estavam todas fechadas. Nenhum guarda, nenhum criado, nenhum funcionário da casa de Doneval. Ela colocou o pé com cuidado sobre as tábuas do piso. Onde possivelmente estavam os guardas?

Com a destreza e o silêncio de um gato, Celaena estava diante da porta do escritório de Doneval. Nenhuma luz se projetava por baixo da porta. Ela não via sombras ou pés, e não ouvia som algum.

A porta estava trancada. Um pequeno inconveniente. A jovem embainhou a adaga e pegou dois pedaços finos de metal, inclinando-os e enfiando-os na fechadura, até que... *clique*.

Em seguida, estava do lado de dentro, com a porta trancada novamente, e encarava o interior escuro como nanquim. Franzindo a testa, Celaena buscou o relógio de bolso no traje ela acendeu um fósforo.

Ainda tinha tempo o suficiente para averiguar.

A jovem apagou o fósforo e correu até as cortinas, fechando-as bem contra a noite do lado de fora. Chuva ainda caía de leve contra o vidro das janelas. Celaena foi até a enorme mesa de carvalho no centro do quarto e acendeu a lamparina sobre ela, reduzindo a iluminação até que uma leve chama azul emitisse apenas uma luz bruxuleante. A assassina revirou os papéis sobre a mesa. Jornais, cartas corriqueiras, recibos, despesas da casa...

Abriu cada gaveta na mesa. Mais do mesmo. Onde estavam aqueles documentos?

Engolindo um xingamento violento, Celaena levou o punho à boca. Virou-se onde estava. Uma poltrona, um armário, uma cristaleira... Ela verificou a cristaleira e o armário, mas não achou nada. Apenas papéis em branco e tinta. Os ouvidos estavam atentos a qualquer sinal de guardas se aproximando.

Ela avaliou os livros na estante, passando os dedos pelas lombadas, tentando ouvir se algum era oco, tentando ouvir se...

Uma tábua rangeu sob os pés. Celaena se ajoelhou em um segundo, batendo na madeira escura e encerada. Bateu por toda a área até encontrar um ruído oco.

Com cuidado, o coração acelerado, ela enfiou a adaga entre as tábuas do piso e empurrou para cima. Papéis surgiram diante dela.

Celaena os pegou, recolocou a tábua no chão e estava de volta à mesa um momento depois, espalhando os papéis diante de si. Olharia rapidamente, apenas para ter certeza de que eram os documentos certos...

As mãos tremiam conforme a assassina folheava, uma página após a outra. Mapas com marcas vermelhas em lugares aleatórios, tabelas com números e nomes — lista após lista de nomes e lugares. Cidades, vilarejos, florestas, montanhas, tudo em Melisande.

Aquilo não continha apenas os opositores à escravidão em Melisande; aquelas eram localizações de esconderijos planejados para o contrabando de escravizados à liberdade. Aquilo era informação o suficiente para fazer com que todas aquelas pessoas fossem executadas ou, elas mesmas, escravizadas.

E Doneval, aquele canalha desgraçado, usaria as informações para obrigar aquelas pessoas a sustentarem o comércio de escravizados... ou seriam entregues ao rei.

Celaena reuniu os documentos. Jamais deixaria que Doneval saísse impune com aquilo. Jamais.

A assassina deu um passo na direção da tábua falsa. Então ouviu as vozes.

❧ 11 ❧

Celaena apagou a lamparina e abriu as cortinas em um segundo, xingando baixinho ao enfiar os documentos no traje e se esconder no armário. Só levaria alguns momentos antes que Doneval e o parceiro descobrissem que os documentos estavam desaparecidos. Mas era tudo de que precisava — só precisava dos dois ali dentro, longe dos guardas, por tempo o bastante para matá-los. O incêndio começaria no porão a qualquer minuto. A assassina esperava que isso distraísse muitos dos outros guardas e que acontecesse antes de Doneval reparar no sumiço dos papéis. Ela deixou uma fresta aberta na porta do armário e olhou para fora.

A porta do escritório se destrancou, então se abriu.

— Brandy? — dizia Doneval para o homem de manto e capuz que entrou atrás.

— Não — respondeu o homem, retirando o capuz. Tinha altura mediana e era comum, as únicas feições distintas eram o rosto bronzeado de sol e as maçãs do rosto altas. Quem era?

— Ansioso para acabar logo com isso? — Doneval riu, mas havia um tom de alarme na voz.

— Pode-se dizer que sim — respondeu o homem com frieza. Ele olhou ao redor do quarto, e Celaena não ousou se mover, ou respirar, quando os olhos azuis do homem percorreram o armário. — Meus parceiros sabem que devem começar a me procurar em trinta minutos.

— Liberarei você em dez. Preciso ir ao teatro esta noite mesmo. Há uma jovem que quero muito ver — falou Doneval, com o charme de um comerciante. — Imagino que seus sócios estejam prontos para agir com rapidez e me dar uma resposta ao alvorecer?

— Estão, mas mostre os documentos primeiro. Preciso ver o que está oferecendo.

— É claro, é claro — falou Doneval, bebendo o brandy do qual tinha se servido. As mãos de Celaena ficaram suadas, e o rosto umedeceu sob a máscara. — Mora aqui ou está visitando? — Quando o homem não respondeu, Doneval continuou, sorrindo: — De qualquer forma, espero que tenha passado pelo estabelecimento de madame Clarisse. Nunca vi garotas tão bonitas na vida.

O comparsa encarou Doneval com desprazer notável. Se Celaena não estivesse ali para matá-los, poderia ter gostado do estranho.

— Não gosta de conversar? — implicou Doneval, apoiando o brandy e caminhando na direção da tábua. Pelo leve tremor nas mãos dele, ela percebeu que a conversa do comerciante era por nervosismo. Como tal homem tivera contato com informações tão incrivelmente delicadas e importantes?

Doneval se ajoelhou diante da tábua solta e a puxou. Ele xingou.

Celaena puxou a espada do compartimento oculto no traje e se mexeu.

Saiu do armário antes que os homens sequer olhassem para ela, e Doneval morreu um segundo depois disso. Sangue jorrou do ferimento desferido por Celaena na nuca do comerciante, partindo-lhe a coluna, e o outro homem soltou um grito. Ela se virou para ele, com a espada pingando sangue.

Uma explosão estremeceu a casa, tão forte que Celaena perdeu o equilíbrio.

Que merda Sam havia detonado lá embaixo?

Foi tudo de que o homem precisou — ele saiu pela porta do escritório. A velocidade era admirável; movia-se como alguém acostumado a uma vida correndo.

Celaena passou pelo portal quase instantaneamente. Fumaça já subia pelas escadas. Virou para a esquerda atrás do homem, apenas para esbarrar em Philip, o guarda-costas.

Ela quicou para trás quando o homem desceu a espada contra seu rosto. Atrás de Philip, o outro homem continuava correndo, olhando por cima do ombro uma vez antes de disparar pelas escadas.

— O que você *fez*? — disparou o brutamontes ao reparar o sangue na adaga de Celaena. Não precisava ver o rosto sob a máscara para identificá-la, devia ter reconhecido o traje.

Ela posicionou a espada no outro braço também.

— Saia da droga do meu caminho. — A máscara tornou as palavras baixas e graves; a voz de um demônio, não de uma jovem. Celaena deslizou uma lâmina contra a outra diante de si, um gemido mortal foi emitido das armas.

— Vou rasgar cada pedaço de você — urrou Philip.

— Apenas tente.

Ao se lançar contra Celaena, o rosto do guarda-costas se contorceu de raiva.

Ela segurou o primeiro golpe com a lâmina esquerda, o braço doeu sob o impacto, e Philip mal se afastou rápido o bastante para evitar que a assassina enfiasse a lâmina direita no estômago dele. O guarda-costas atacou de novo, uma estocada inteligente na direção das costelas de Celaena, mas ela bloqueou.

O homem obstruiu as duas lâminas de Celaena. De perto, ela via que arma dele era de qualidade impressionante.

— Queria fazer isto durar — disse a jovem. — Mas acho que vai ser rápido. Muito mais limpo que a morte que você tentou me dar.

Philip a empurrou para trás com um rugido.

— Não tem *ideia* do que acaba de fazer!

Celaena agitou as espadas diante de si novamente.

— Sei exatamente o que acabei de fazer. E sei exatamente o que estou prestes a fazer.

Philip atacou, mas o corredor era estreito, e o golpe, indisciplinado demais. Celaena passou pela guarda do homem instantaneamente. O sangue dele ensopou a mão enluvada da assassina.

A espada gemeu contra ossos quando a jovem a desceu novamente.

Os olhos de Philip se arregalaram, e ele cambaleou para trás, agarrando-se ao ferimento fino que subia pelas costelas e chegava ao coração.

— Tola — sussurrou o guarda-costas, caindo no chão. — Leighfer contratou você?

Celaena não disse nada enquanto o homem buscava respirar, embora sangue escorresse dos lábios.

— Doneval... — sussurrou Philip — ... amava seu país... — Ele respirou com dificuldade, ódio e tristeza se misturavam em seus olhos. — Você não sabe de nada. — O guarda-costas estava morto um instante depois.

— Talvez — falou Celaena, ao olhar para o corpo. — Mas sabia o suficiente no momento.

Levara menos de dois minutos. Apenas isso. Ela derrubou dois guardas quando se atirou escada abaixo na casa em chamas e saiu pela porta da frente, desarmando outros três ao saltar sobre a cerca de ferro e ir para as ruas da capital.

Aonde tinha ido a droga do homem?

Não havia becos desde a casa até o rio, então não tinha tomado a esquerda. O que significava que seguira direto pelo beco diante de Celaena, ou pela direita. Ele não teria ido pela direita — era a avenida principal da cidade, na qual moravam os abastados. Ela pegou o beco adiante.

Correu tão rápido que mal conseguia respirar, e deslizou as adagas de volta para o compartimento secreto.

Ninguém reparou nela; a maioria das pessoas estava ocupada demais correndo para as chamas que agora lambiam o céu acima da casa de Doneval. O que tinha acontecido com Sam?

Ela viu o homem então, disparando por um beco que dava no Avery. Celaena quase o perdeu de vista, pois o homem virou a esquina e sumiu no instante seguinte. Ele havia mencionado parceiros — será que se dirigia a eles agora? Seria tão tolo?

A assassina pisou em poças d'água e saltou sobre lixo, em seguida se agarrou à parede de uma construção ao se impulsionar pela esquina. Direto para uma rua sem saída.

O homem tentava escalar a enorme parede de tijolos na outra ponta. Os prédios que os cercavam não tinham portas — e nenhuma janela baixa o bastante para que alcançasse.

Celaena sacou as duas espadas ao reduzir o passo para uma caminhada ágil.

Ele deu um último salto para o alto da parede, mas não conseguiu alcançar. Caiu com força contra a rua de paralelepípedo. Estatelado no chão, virou-se para Celaena. Os olhos estavam brilhantes quando pegou uma pilha de papéis do casaco surrado. Que tipo de documentos levava para Doneval? O contrato oficial de negócios?

— Vá para o inferno — disparou o homem, e acendeu um fósforo. Os papéis pegaram fogo instantaneamente, e ele os atirou ao chão. Tão rápido que Celaena mal conseguiu ver, o homem pegou um frasco no bolso, depois engoliu o conteúdo.

Celaena disparou na direção dele, mas era tarde demais.

Quando o pegou, estava morto. Mesmo com os olhos fechados, a raiva continuava no rosto dele. Tinha partido. Sem retorno. Mas por qual motivo — algum negócio que deu errado?

Após colocá-lo no chão com cuidado, Celaena se pôs de pé com agilidade. Bateu nos papéis, apagando as chamas em segundos, porém metade dos documentos já havia queimado, deixando apenas pedaços.

Ao luar, ela se ajoelhou sobre os paralelepípedos encharcados e pegou o restante dos documentos pelos quais o homem estivera tão disposto a morrer.

Não era apenas um acordo de negócios. Como os papéis que Celaena tinha no bolso, aqueles continham nomes e números, e locais de casas seguras. Contudo, eram em Adarlan — estendendo-se tão ao norte quanto Terrasen.

Ela virou a cabeça para o corpo. Não fazia sentido algum; por que se matar para manter aquela informação em segredo quando planejara compartilhá-la com Doneval e usá-la para obter lucro? Um pesar percorreu as veias de Celaena. *Você não sabe de nada*, dissera Philip.

De alguma forma, aquilo pareceu muito verdadeiro de súbito. Quanto Arobynn sabia? As palavras do guarda-costas soaram nos ouvidos dela diversas vezes. Não fazia sentido. Alguma coisa estava errada; alguma coisa não *encaixava*.

Ninguém dissera a Celaena que tais documentos seriam tão detalhados, tão nocivos às pessoas que listavam. Com as mãos trêmulas, ela moveu o corpo do homem até que ficasse sentado, para que não ficasse de cara para o chão imundo. Por que havia se sacrificado para manter aquela informação em segurança? Nobre ou não, tolo ou não, a assassina não poderia esquecer aquilo. Celaena ajeitou o casaco do homem.

Então pegou os documentos semidestruídos, acendeu um fósforo e os deixou queimar até que não passassem de cinzas. Era a única coisa que tinha a oferecer.

Celaena encontrou Sam caído contra a parede de outro beco. A assassina correu até onde ele estava ajoelhado com a mão sobre o peito, muito ofegante.

— Está ferido? — indagou ela, verificando o beco por qualquer sinal de guardas. Um brilho laranja se alastrava atrás. Celaena esperava que os criados tivessem saído da casa de Doneval a tempo.

— Estou bem — disse Sam, com a voz rouca. Mas ao luar Celaena conseguia ver o corte no braço dele. — Os guardas me viram no porão e atiraram. — Ele segurou o peitoral do traje. — Um deles me acertou bem no coração. Achei que estava morto, mas a flecha ricocheteou. Nem mesmo tocou minha pele.

O rapaz abriu o corte na frente do traje, e um lampejo iridescente reluziu.

— Seda de Aranha — murmurou Sam, com os olhos arregalados.

Celaena deu um sorriso sombrio e tirou a máscara do rosto.

— Não é à toa que esta porcaria de traje foi tão cara — falou ele, soltando uma risada sussurrada. Ela não sentiu necessidade de contar a verdade. Sam avaliou o rosto de Celaena. — Está feito, então?

A jovem se aproximou para beijá-lo, um breve roçar da boca contra a dele.

— Está feito — disse Celaena, na direção dos lábios de Sam.

❧ 12 ❧

As nuvens de chuva tinham sumido, e o sol nascia quando Celaena entrou no escritório de Arobynn, parando diante da mesa dele. Wesley, o guarda-costas do mentor, nem tentou impedi-la, apenas fechou as portas do escritório atrás dela antes de voltar à posição de sentinela no corredor, do lado de fora.

— O comparsa de Doneval queimou os próprios documentos antes que eu pudesse vê-los — disse ela para Arobynn, como cumprimento. — Depois se envenenou. — Celaena tinha enfiado os documentos por baixo da porta do quarto do mestre na noite anterior, mas decidira esperar para explicar tudo naquela manhã.

Ele ergueu o rosto do livro de contas. Estava com o rosto inexpressivo.

— Isso foi antes ou depois de atear fogo à casa de Doneval?

Ela cruzou os braços.

— Faz diferença?

Arobynn olhou para a janela e para o céu limpo acima.

— Mandei os documentos para Leighfer esta manhã. Você os leu?

Celaena riu com deboche.

— É claro que li. Entre matar Doneval e lutar para sair da casa dele, encontrei tempo para me sentar, tomar uma xícara de chá e ler os papéis.

O homem ainda não sorria.

— Jamais a vi deixar uma bagunça tão grande.

— Pelo menos as pessoas pensarão que Doneval morreu no incêndio.

Ele bateu com as mãos na mesa.

— Sem um corpo identificável, como alguém pode ter certeza de que ele está morto?

Celaena se recusou a ceder, se recusou a recuar.

— Ele está morto.

Os olhos prateados ficaram mais rígidos.

— Não receberá por isso. Tenho certeza de que Leighfer não pagará. Ela queria um corpo e os *dois* documentos. Você só me deu um desses três.

A assassina sentiu as narinas se dilatarem.

— Tudo bem. Os aliados de Bardingale estão a salvo agora mesmo. E o comércio não vai acontecer. — Ela não podia mencionar que sequer *vira* um documento de comércio entre os papéis, não sem revelar que lera os documentos.

Arobynn emitiu uma risada baixa.

— Ainda não entendeu, não é?

A garganta de Celaena se apertou.

O mentor se recostou na cadeira.

— Sinceramente, esperava mais de você. Todos os anos que passei treinando-a, e você não conseguiu entender o que estava acontecendo bem diante de seus olhos.

— Apenas diga logo — grunhiu a jovem.

— Não havia acordo — falou Arobynn, com triunfo iluminando os olhos prateados. — Pelo menos não entre Doneval e a fonte dele em Forte da Fenda. As verdadeiras reuniões sobre as negociações de escravizados têm acontecido no castelo de vidro, entre o rei e Leighfer. Foi um ponto chave de persuasão para convencer o rei a deixar que construíssem a estrada.

Celaena manteve o rosto inexpressivo, evitou encolher o corpo. O homem que se envenenou... não estava ali para trocar documentos e delatar aqueles que se opunham à escravidão. Trabalhava com Doneval para...

Doneval ama seu país, dissera Philip.

Doneval buscava montar um sistema de casas seguras e formar uma aliança do povo contra a escravidão no império. Com ou sem os maus hábitos, o homem esforçava-se para *ajudar* os escravizados.

E Celaena o matara.

304

Pior que isso, entregara os documentos a Bardingale... que não queria impedir a escravidão. Não, ela queria lucrar com o comércio de escravizados e usar a nova estrada para isso. E ela e Arobynn tinham bolado a mentira perfeita para fazer com que a assassina cooperasse.

Arobynn ainda sorria.

— Leighfer já se certificou de que os documentos estejam em segurança. Se alivia sua consciência, ela disse que não os entregará ao rei ainda. Não até ter tido a chance de falar com as pessoas naquela lista e... persuadi-las a apoiar as empreitadas de negócios dela. Mas, se não quiserem, talvez os papéis encontrem seu caminho até o castelo de vidro no fim das contas.

Celaena lutou contra o tremor.

— Isso é punição por baía da Caveira?

Ele a avaliou.

— Embora eu possa me arrepender de tê-la espancado, Celaena, você *destruiu* um acordo que teria sido extremamente lucrativo para nós. — "Nós", como se ela fosse parte daquela confusão desprezível. — Pode estar livre de mim, mas não deveria se esquecer de quem sou. Do que sou capaz.

— Enquanto eu viver — falou a jovem —, nunca vou me esquecer disso.

E se virou em direção à porta, mas parou.

— Ontem — prosseguiu Celaena — vendi Kasida para Leighfer Bardingale. — Ela visitara a propriedade de Bardingale na manhã do dia em que deveria se infiltrar na casa de Doneval. A mulher ficara mais que feliz em comprar o cavalo Asterion. Ela não mencionou uma vez a morte iminente do ex-marido.

E, na noite anterior, depois de matar Doneval, a assassina passou um tempo encarando a assinatura na base do recibo de transferência de posse, tão estupidamente aliviada porque Kasida iria para uma mulher boa como Bardingale.

— E? — perguntou Arobynn. — Por que eu deveria me importar com seu cavalo?

Celaena olhou para ele por bastante tempo, com rispidez. Sempre jogos de poder, sempre trapaça e dor.

— O dinheiro está a caminho de seu cofre no banco.

Ele não disse nada.

— A partir de agora, a dívida de Sam está paga — disse ela, uma pontada de vitória brilhando através da vergonha e da tristeza crescentes. — A partir de agora e para sempre, ele é um homem livre.

Arobynn a encarou de volta, então deu de ombros.

— Imagino que seja bom. — Celaena sentiu o golpe final chegando; soube que deveria correr, mas ficou parada como uma idiota e ouviu enquanto o homem falava: — Porque gastei todo o dinheiro que me deu no Leilão de Lysandra ontem à noite. Meu cofre está um pouco vazio por causa disso.

Levou um segundo para as palavras serem absorvidas.

O dinheiro pelo qual ela sacrificara tanto...

Fora usado para vencer o Leilão de Lysandra.

— Vou me mudar — sussurrou a jovem. O mentor apenas observou, a boca inteligente e cruel formando um pequeno sorriso. — Comprei um apartamento e vou me mudar para lá. Hoje.

O sorriso dele aumentou.

— Volte para nos visitar algum dia, Celaena.

Ela tentou morder o lábio e evitar que estremecesse.

— Por que fez isso?

Arobynn deu de ombros de novo.

— Por que não deveria aproveitar Lysandra depois de todos esses anos de investimento na carreira da garota? E por que se importa com o que faço com meu dinheiro? Pelo que ouvi, tem Sam agora. Os dois estão livres de mim.

É claro que Arobynn já tinha descoberto. E é claro que tentaria virar aquilo contra ela... tentaria fazer com que a culpa fosse *de Celaena*. Por que enchê-la de presentes apenas para fazer aquilo? Por que enganá-la a respeito de Doneval e então a torturar com aquilo? Por que salvara a vida dela nove anos antes apenas para tratá-la daquela forma?

Arobynn gastara o dinheiro *dela* em uma pessoa que *sabia* que Celaena odiava. Para depreciá-la. Meses antes, teria funcionado; aquele tipo de traição a teria arrasado. Ainda doía, mas agora, com Doneval e Philip e os outros mortos pela mão *dela*, com aqueles documentos em posse de Bardingale e com Sam seguro ao seu lado... O tiro mesquinho e cruel de despedida errara o alvo por pouco.

— Não me procure por um bom tempo — disse a assassina. — Porque posso matar você se o vir antes disso, Arobynn.

306

Ele gesticulou com a mão para Celaena.

— Estou ansioso pela luta.

Ela saiu. Ao cruzar as portas do escritório, quase se chocou contra os três homens altos que entraram. Todos olharam para a jovem e murmuraram desculpas. Ela os ignorou, e ignorou o olhar sombrio de Wesley quando passou por ele. Os negócios de Arobynn eram dele. Celaena tinha a própria vida agora.

Os saltos das botas estalavam contra o piso de mármore da entrada. Alguém bocejou do outro lado do espaço, e Celaena viu Lysandra recostada contra o corrimão da escada. Ela vestia uma camisola de seda branca que mal cobria as partes mais íntimas.

— Provavelmente já soube, mas cheguei ao lance recorde — ronronou a cortesã, alongando a linda silhueta do corpo. — Obrigada por isso; pode ter certeza de que seu ouro foi muito, muito longe.

Celaena congelou e se virou devagar. Lysandra deu um risinho para ela. Rápida como relâmpago, a assassina atirou uma adaga.

A lâmina ficou cravada no corrimão de madeira, a um fio de cabelo da cabeça da garota.

Lysandra começou a gritar, mas Celaena apenas saiu andando pelas portas da frente, atravessou o jardim da Fortaleza e continuou seguindo até que a capital a engolisse.

Celaena estava sentada na beira do telhado, olhando pela cidade. O comboio de Melisande já havia partido, levando consigo o restante das nuvens de tempestade. Algumas das pessoas usavam preto, em luto pela morte de Doneval. Leighfer Bardingale montara Kasida, trotando pela avenida principal. Ao contrário daqueles em cores de luto, a senhora estava vestida em amarelo-açafrão e exibia um amplo sorriso. É claro que fora apenas porque o rei de Adarlan concordara em dar a eles os fundos e os recursos para construir a estrada. Celaena teve vontade de ir atrás da mulher, pegar os documentos de volta e fazê-la pagar pela trapaça. E tomar Kasida de volta, para aproveitar a viagem.

Mas não o fez. Tinha sido enganada e perdera — feio. Não queria ser parte daquela trama confusa. Não quando Arobynn tinha deixado muito claro que a assassina jamais poderia vencer.

Para distraí-la daquele pensamento miserável, Celaena passou o dia todo mandando criados da Fortaleza para o apartamento, buscando todas as roupas e os livros e as joias que agora pertenciam a ela, e somente a ela. A luz do fim da tarde adquirira um dourado intenso, fazendo com que todos os telhados verdes brilhassem.

— Achei que poderia estar aqui — falou Sam, caminhando pelo telhado plano no qual Celaena ocupava o alto da mureta que ladeava a borda. Ele avaliou a cidade. — Que vista! Entendo por que decidiu se mudar.

Ela deu um leve sorriso, virando-se para olhar para Sam por cima do ombro. O rapaz chegou perto, parando atrás de Celaena, e estendeu a mão hesitante para acariciar os cabelos dela. A jovem se aproximou do toque.

— Soube o que ele fez, a respeito de Doneval e de Lysandra — murmurou Sam. — Nunca imaginei que seria tão baixo, ou usaria seu dinheiro daquela forma. Sinto muito.

— Era do que eu precisava. — Celaena observou a cidade de novo. — Era do que eu precisava para conseguir dizer que me mudaria.

Sam assentiu em aprovação.

— Eu... meio que deixei meus pertences em sua sala principal. Tem problema?

Ela assentiu.

— Vamos encontrar espaço para eles depois.

O jovem ficou em silêncio.

— Então, estamos livres — disse ele, por fim.

Celaena se virou para encarar Sam. Os olhos castanhos do assassino estavam vívidos.

— Também soube que pagou minha dívida — disse ele, a voz embargada. — Você... você vendeu seu cavalo Asterion para fazer isso.

— Não tive escolha. — Ela se virou no lugar no telhado, então ficou de pé. — Jamais deixaria você acorrentado a ele enquanto eu ia embora.

— Celaena. — Sam disse o nome como uma carícia e envolveu a cintura dela com um braço. O rapaz tocou a testa de Celaena com a sua. — Como vou conseguir pagar você de volta?

Ela fechou os olhos.

— Não precisa.

Sam roçou os lábios nos da assassina.

— Amo você — sussurrou Sam contra a boca da jovem. — E, de hoje em diante, nunca quero ficar longe de você. Aonde for, irei. Mesmo que signifique ir até o próprio Inferno, onde estiver, é onde quero estar. Para sempre.

Celaena colocou os braços em volta do pescoço de Sam e o beijou intensamente, respondendo em silêncio.

A distância, o sol se punha sobre a capital, transformando o mundo em luz carmesim e sombras.

A
ASSASSINA
e o
IMPÉRIO

❧ DEPOIS ❧

Encolhida no canto da carruagem da prisão, Celaena Sardothien observava os borrões de sombra e luz passarem na parede. Árvores — apenas começando a adquirir os ricos matizes do outono — pareciam olhar para ela pela pequena janela gradeada.

Celaena apoiou a cabeça contra a parede de madeira mofada, ouvindo o ranger da carruagem, o tilintar dos grilhões ao redor de seus pulsos e tornozelos, a conversa murmurada e a risada ocasional dos guardas que a escoltavam pela trilha havia dois dias.

No entanto, embora estivesse ciente de tudo isso, um tipo de silêncio atordoado recaíra sobre ela como um manto. Ele abafava tudo. A assassina sabia que tinha sede e fome, assim como sabia que seus dedos estavam dormentes de frio, mas não conseguia sentir isso de maneira apurada.

A carruagem atingiu uma depressão, sacudindo Celaena com tanta força que a cabeça se chocou contra a parede. Mesmo aquela dor pareceu distante.

Os pontos de luz nas paredes dançavam como neve caindo.

Como cinzas.

Cinzas de um mundo queimado até sumir — caído em ruínas ao redor dela. Conseguia sentir o gosto das cinzas daquele mundo morto sobre os lábios ressecados, detendo-se na língua pesada.

A assassina preferia o silêncio porque nele não ouvia a pior pergunta de todas: tinha causado aquilo a si mesma?

A carruagem passou debaixo de um dossel de árvores especialmente denso, que bloqueava a luz. Por um segundo, o silêncio se afastou o suficiente para que essa pergunta adentrasse a mente de Celaena, por debaixo da pele, sob a respiração e os ossos.

E, na escuridão, ela lembrou.

❧ 1 ❧

Onze dias antes

Celaena Sardothien esperara por aquela noite durante todo o último ano. Sentada na passarela de madeira na lateral do domo dourado do Teatro Real, ela inspirou a música que vinha da orquestra muito abaixo. As pernas pendiam sobre a beirada da grade, e ela aproximou o corpo, apoiando o queixo nos braços cruzados.

Os músicos estavam sentados em um semicírculo no palco e enchiam o teatro com um barulho tão assombroso que Celaena às vezes se esquecia de como respirar. Vira aquela sinfonia ser apresentada quatro vezes nos últimos quatro anos, mas sempre fora com Arobynn. Tinha se tornado sua tradição anual de outono.

Embora soubesse que não deveria, deixou os olhos vagarem até o camarote particular no qual, até o mês anterior, sempre se sentara.

Seria por rancor ou simples ignorância que Arobynn Hamel agora se sentava ali com Lysandra ao lado? Ele *sabia* o que aquela noite significava para Celaena, sabia o quanto ela ansiava por aquele dia todo ano. E, embora não quisesse ir com ele — e jamais quisesse ter qualquer coisa a ver com Arobynn novamente —, naquela noite o mestre levou Lysandra, como se aquilo não significasse nada para ele.

Mesmo das vigas, Celaena podia ver o rei dos Assassinos segurando a mão da jovem cortesã, a perna encostada na saia do vestido cor-de-rosa. Um mês depois de Arobynn ter vencido o Leilão pela virgindade de Lysandra, parecia que ainda monopolizava o tempo dela. Não seria uma surpresa se tivesse arranjado alguma coisa com a madame da jovem para que ficasse com ela até se cansar.

Celaena não tinha certeza se sentia pena de Lysandra por isso.

A assassina voltou a atenção para o palco. Não sabia por que fora até ali ou por que dissera a Sam que tinha "planos" e não poderia encontrá-lo para jantar na taverna preferida dos dois.

No último mês, Celaena não vira ou falara com Arobynn, nem quisera. Mas aquela era sua sinfonia preferida; a música era tão linda que, para preencher a espera de um ano entre as apresentações, havia dominado grande parte do espetáculo no piano.

O terceiro ato terminou, e aplausos ecoaram no arco reluzente do domo. A orquestra esperou que as palmas diminuíssem antes de passar para o alegro animado que levava ao final.

Pelo menos nas vigas não precisava se incomodar em se arrumar e fingir ser parte da multidão coberta de joias abaixo. Celaena tinha facilmente se esgueirado pelo telhado, e ninguém olhara para cima para ver a figura vestida em preto sentada na grade, quase escondida da vista pelos lustres de cristal que tinham sido erguidos e apagados para a apresentação.

Lá em cima, podia fazer o que gostava. Podia apoiar a cabeça nos braços ou agitar as pernas ao ritmo da música ou se levantar e *dançar* se quisesse. E daí se nunca mais se sentasse naquele amado camarote, tão lindo com os assentos de veludo vermelho e corrimões de madeira polida?

A música entrelaçava o teatro, e cada nota era mais genial que a anterior.

Celaena havia *escolhido* deixar Arobynn. Pagou sua dívida, e a dívida de Sam, e se mudou. Dera as costas à vida como protegida de Arobynn Hamel. Tinha sido decisão dela; e da qual não se arrependia, não depois do mentor tê-la traído tão profundamente. Ele a humilhara e mentira para Celaena, além de usar o dinheiro suado dela para vencer o Leilão de Lysandra apenas para deixá-la ressentida.

Embora ainda fosse a Assassina de Adarlan, parte de Celaena se perguntava quanto tempo Arobynn permitiria que mantivesse o título antes de nomear outra pessoa como sucessora. Mas ninguém a podia substituir *ver-*

dadeiramente. Pertencesse ela ou não a Arobynn, ainda era a melhor. Sempre seria a melhor.

Não seria?

Celaena piscou, percebendo que, de alguma forma, tinha parado de ouvir a música. Ela deveria mudar de lugar — passar para um local no qual os lustres bloqueassem sua visão de Arobynn e Lysandra. Ficou de pé, com a lombar dolorida por se sentar por tanto tempo na madeira.

Ela deu um passo, as tábuas cedendo sob as botas pretas, mas então parou. Embora fosse como se lembrava, cada nota impecável, a música parecia dissonante agora. Por mais que conseguisse tocar de cabeça, era subitamente como se Celaena jamais a tivesse ouvido antes, ou como se o ritmo interno da assassina estivesse de alguma forma *destoante* do resto do mundo.

A assassina olhou mais uma vez para o camarote familiar abaixo, no qual Arobynn agora passava um braço longo e musculoso ao redor do encosto do assento de Lysandra. O antigo assento de *Celaena*, aquele mais perto do palco.

Mas valera a pena. Estava livre, e Sam estava livre, e Arobynn... Ele tinha feito o possível para magoá-la, para destruí-la. Abrir mão daqueles luxos era um preço baixo a pagar por uma vida sem tal homem mandando nela.

A música subiu até o frenesi do clímax, tornando-se um redemoinho de som através do qual Celaena se viu caminhando — não em direção a um novo assento, mas em direção à portinhola que levava ao telhado.

O som rugia, cada nota era um pulso de ar contra sua pele. Celaena jogou o capuz do manto sobre a cabeça ao se esgueirar pela porta e adentrou a noite além.

Eram quase 23 horas quando Celaena destrancou a porta do apartamento, inspirando os odores familiares do lar. Tinha passado grande parte do mês anterior mobiliando o espaçoso imóvel — escondido no andar de cima de um armazém próximo aos cortiços da cidade — que agora compartilhava com Sam.

Ele oferecera diversas vezes pagar por metade do apartamento, e toda vez Celaena o ignorava. Não por não querer o dinheiro dele — embora não quisesse mesmo —, mas porque pela primeira vez aquele era um lugar *dela*. E, por mais que gostasse muito de Sam, queria manter as coisas daquele jeito.

Ela entrou, observando o enorme cômodo que a cumprimentava: à esquerda, uma mesa de jantar de carvalho reluzente, grande o bastante para acomodar oito cadeiras estofadas ao redor; à direita, um sofá de plush vermelho, duas poltronas e uma mesa baixa diante da lareira escura.

A lareira fria dizia bastante. Sam não estava em casa.

Celaena poderia ter entrado na cozinha adjacente para devorar a metade que sobrara da torta de amora que o companheiro não terminara de comer no almoço — poderia ter tirado as botas e se apoiado na janela, que ia do chão ao teto, para observar a deslumbrante vista noturna da capital. Poderia ter feito diversas coisas caso não tivesse visto o bilhete sobre a pequena mesa ao lado da porta de entrada.

Saí, dizia no papel, com a letra de Sam. *Não espere acordada*.

A jovem amassou o bilhete no punho. Sabia *exatamente* aonde ele tinha ido... e *exatamente* por que não queria que ela esperasse acordada.

Porque se estivesse dormindo, então muito provavelmente não veria o sangue e os hematomas quando Sam chegasse cambaleando.

Xingando profundamente, Celaena jogou o bilhete amassado no chão e saiu do apartamento batendo os pés e a porta atrás de si.

Se havia um lugar em Forte da Fenda no qual a escória da capital sempre podia ser encontrada, era o Cofres.

Em uma rua relativamente calma nos cortiços, Celaena exibiu o dinheiro para os brutamontes de pé do lado de fora da porta de ferro e entrou no salão. O calor e o fedor a atingiram quase imediatamente, mas a assassina não permitiu que isso afetasse sua expressão de fria tranquilidade conforme descia até uma ala de câmaras subterrâneas. Olhou uma vez para a multidão agitada ao redor da arena de luta principal e soube exatamente quem fazia o público torcer.

Celaena caminhou pelos degraus de pedra, as mãos a uma distância fácil das espadas e das adagas embainhadas no cinto que pendia baixo no quadril. A maioria das pessoas teria optado por levar ainda mais armas para o Cofres, mas ela fora ao lugar vezes o bastante para antecipar as ameaças que a clientela habitual representava e sabia que podia muito bem se cuidar. Mesmo assim, manteve o capuz sobre a cabeça, escondendo grande parte do rosto na sombra. Ser uma jovem mulher naquele lugar não vinha sem obstáculos; principalmente quando uma grande parte dos homens ia até lá pelo *outro* entretenimento oferecido pelo Cofres.

Ao chegar à base da escadaria estreita, o fedor de corpos sujos, cerveja velha e coisas piores a acertou em cheio. Era o bastante para revirar o estômago, e ela ficou feliz por não ter comido nada recentemente.

Celaena passou pela multidão amontoada ao redor da arena principal, tentando não olhar para os quartos expostos de cada lado — para as garotas e mulheres que não tiveram a sorte de serem vendidas para um bordel da classe alta como Lysandra. Às vezes, quando se sentia particularmente propensa a ficar triste, Celaena imaginava se o seu destino teria sido igual ao das moças caso Arobynn não a tivesse acolhido. Imaginava se encararia os olhos das jovens e veria alguma versão sua olhando de volta.

Então era mais fácil não olhar.

Ela abriu caminho entre os homens e as mulheres reunidos ao redor da arena rebaixada, mantendo-se alerta por mãos ansiosas para levar seu dinheiro... ou uma das adagas.

Encostou-se em uma pilastra de madeira e encarou a arena.

Sam se movia tão rápido que o brutamontes diante dele não tinha a menor chance, desviando de cada nocaute com força e graciosidade — parte disso era natural, parte fora aprendida com anos de treinamento na Fortaleza dos Assassinos. Os dois homens estavam sem camisa, e o peito tonificado de Sam reluzia com suor e sangue. O sangue não era dele, reparou Celaena: os únicos ferimentos que conseguia ver eram o lábio cortado e um hematoma na bochecha.

O oponente atacou, tentando derrubar Sam no chão arenoso, mas ele girou e, quando o gigante cambaleou e o ultrapassou, golpeou o pé descalço nas costas do brutamontes. O homem atingiu a areia com um estampido que Celaena sentiu através do piso de pedras imundas. A multidão comemorou.

Sam poderia ter deixado o homem inconsciente em um segundo. Poderia ter quebrado o pescoço do oponente naquele momento, ou ter terminado a luta de diversas formas. Contudo, pelo brilho meio selvagem de autossatisfação nos olhos do rapaz, Celaena sabia que ele estava brincando com o oponente. Os ferimentos no rosto provavelmente tinham sido erros intencionais — para fazer parecer uma luta mais ou menos equilibrada.

O objetivo de lutar no Cofres não era nocautear o adversário — era fazer da luta um espetáculo. A multidão estava quase selvagem com alegria, Sam devia ter dado uma apresentação e tanto. E, a julgar pelo sangue nele, parecia que a apresentação tinha sido uma de *diversas* repetições.

Um gemido baixo percorreu Celaena. Havia apenas uma regra no Cofres: nenhuma arma, apenas punhos. Mas ainda era possível se machucar feio.

O oponente cambaleou até ficar de pé, mas, para Sam, bastava de esperar.

O coitado do troglodita nem mesmo teve tempo de erguer as mãos quando o jovem o atacou com um chute giratório. O pé acertou o rosto do homem com tanta força que o impacto ressoou acima dos gritos da multidão.

O rival oscilou de lado, sangue escorria da boca. Sam golpeou de novo, um soco no estômago. O homem curvou o corpo, apenas para encontrar o joelho do rapaz em seu nariz. A cabeça foi jogada para o alto, e ele cambaleou para trás, para trás, para trás...

A multidão gritou em triunfo quando o punho de Sam, coberto de sangue e areia, acertou o rosto exposto do brutamontes. Mesmo antes de terminar o golpe, Celaena sabia que seria um nocaute.

O competidor caiu na areia e não se moveu.

Ofegante, Sam ergueu os braços ensanguentados para o público ao redor.

Os ouvidos de Celaena quase estouraram com o rugido de resposta. Ela trincou os dentes quando o mestre de cerimônias caminhou até a areia e proclamou o rapaz o vencedor.

Não era justo, na verdade. Não importava que oponentes fossem jogados no caminho, qualquer pessoa que enfrentasse Sam perderia.

A assassina teve vontade de saltar para a arena e desafiá-lo ela mesma.

Essa seria uma apresentação da qual o Cofres jamais se esqueceria.

Celaena segurou os próprios braços. Não conseguira um contrato no mês desde que deixara Arobynn, e embora ela e Sam continuassem treinando o máximo que podiam... Ah, a vontade de pular naquela arena e acabar com *todos* era tão grande. Um sorriso malicioso se abriu no rosto dela. Se achavam que Sam era bom, então Celaena *realmente* daria à multidão algo pelo qual gritar.

Sam a viu recostada contra a pilastra. O sorriso de triunfo dele permaneceu, mas ela viu um lampejo de desprazer nos olhos castanhos do rapaz.

A jovem inclinou a cabeça na direção da saída. O gesto disse a Sam tudo o que precisava saber: a não ser que quisesse que *Celaena* entrasse na arena com ele, tinha acabado pela noite, e ela o encontraria na rua depois que Sam recolhesse o que ganhara.

E então a briga de verdade começaria.

— Eu deveria ficar aliviado ou preocupado por você não ter dito nada? — perguntou Sam a ela conforme caminhavam pelas ruelas da cidade a caminho de casa.

Celaena desviou de uma poça que poderia ser água da chuva ou urina.

— Estou pensando em formas de começar que não envolvam gritos.

O rapaz riu com deboche, e a assassina trincou os dentes. Uma bolsa de moedas balançava na cintura dele. Embora o capuz do manto de Sam estivesse sobre a cabeça, ela ainda conseguia ver claramente o lábio cortado.

Celaena fechou as mãos em punhos.

— Prometeu que não voltaria lá.

Sam manteve os olhos no beco estreito diante deles, sempre alerta, sempre vigiando por alguma fonte de perigo.

— Eu não *prometi*. Disse que pensaria a respeito.

— As pessoas *morrem* no Cofres! — Celaena falou isso mais alto do que queria, as palavras ecoaram pelas paredes do beco.

— As pessoas morrem porque são tolas em busca de glória. Não são assassinos treinados.

— Acidentes acontecem ainda assim. Qualquer um daqueles homens poderia ter entrado com uma lâmina escondida.

O jovem emitiu uma risada breve e rouca, cheia de pura arrogância masculina.

— Realmente pensa tão pouco das minhas habilidades?

Os dois viraram em outra rua, na qual um grupo de pessoas fumava cachimbo do lado de fora de uma taverna mal iluminada. Celaena esperou até passarem pelo local antes de falar.

— Arriscar a vida por algumas moedas é um absurdo.

— Precisamos de todo dinheiro que pudermos conseguir — falou Sam, baixinho.

Ela ficou tensa.

— Temos dinheiro. — *Algum* dinheiro, menos a cada dia.

— Não vai durar para sempre. Não quando não conseguimos mais contratos. E principalmente não com seu estilo de vida.

— *Meu* estilo de vida! — ciciou Celaena. Mas era verdade. Ela podia viver com modéstia, porém seu coração estava no luxo: em roupas chiques e comida deliciosa e móveis requintados. Tinha subestimado quanto disso lhe era fornecido na Fortaleza dos Assassinos. Arobynn podia ter uma lista detalhada do que a jovem devia a ele, mas jamais cobrou pela comida, ou pelos criados, ou pelas carruagens. E agora que Celaena estava por conta própria...

— O Cofres tem lutas fáceis — argumentou Sam. — Duas horas ali e posso conseguir um dinheiro decente.

— O Cofres é uma pilha fétida de merda — disparou Celaena. — Somos melhores que isso. Podemos conseguir dinheiro em outro lugar. — Não sabia onde, ou como, exatamente, mas poderia encontrar algo melhor que lutar no Cofres.

Sam a segurou pelo braço, fazendo-a parar para encará-lo.

— E se sairmos de Forte da Fenda? — Embora o capuz de Celaena cobrisse a maior parte do rosto, ela ergueu as sobrancelhas para o companheiro. — O que nos mantém aqui?

Nada. Tudo.

Incapaz de responder, Celaena se desvencilhou e continuou andando.

Era uma ideia absurda, na verdade. Deixar Forte da Fenda. Para onde *iriam*?

O casal chegou ao armazém e subiu rapidamente as escadas de madeira nos fundos, então eles entraram no apartamento do segundo andar.

Celaena não disse nada a Sam ao tirar o manto e as botas, acender algumas velas e entrar na cozinha para comer um pedaço de pão com manteiga. E ele não disse nada ao caminhar para o banheiro para se limpar. A água encanada era um luxo no qual o dono gastara uma fortuna; e tinha sido a maior prioridade para Celaena ao procurar lugares para morar.

Benefícios como água encanada eram abundantes na capital, mas não por toda parte. Se saíssem de Forte da Fenda, que tipo de coisas precisaria se acostumar a não ter?

A assassina ainda pensava quando Sam entrou na cozinha, todos os traços de sangue e areia limpos. O lábio inferior ainda estava inchado, e o rapaz tinha um hematoma na bochecha, sem falar dos nós dos dedos esfolados, mas parecia estar inteiro.

Ele se sentou em uma das cadeiras à mesa da cozinha e cortou para si um pedaço de pão. Comprar comida para a casa levava mais tempo do que Celaena imaginara, e ela estava considerando contratar uma empregada, porém... isso custava dinheiro. *Tudo* custava dinheiro.

Sam deu uma mordida, serviu-se de um copo de água da jarra que Celaena deixara sobre a mesa de carvalho, e se recostou na cadeira. Atrás dele, a janela acima da pia revelava a extensão reluzente da capital e o castelo de vidro iluminado erguido acima de todos.

— Simplesmente não vai falar mais comigo?

Celaena olhou para ele.

— Mudar é caro. Se deixássemos Forte da Fenda, precisaríamos de um pouco mais de dinheiro para ter algum sustento, se não conseguirmos emprego imediatamente. — A jovem pensou a respeito. — Mais um contrato para cada — disse ela. — Posso não ser mais a protegida de Arobynn, mas ainda sou a Assassina de Adarlan, e você é... bem, você é *você*. — Sam olhou para ela de modo sombrio, e, apesar de não querer, Celaena sorriu. — Mais um contrato — repetiu ela —, e poderemos nos mudar. Ajudaria com as despesas, nos daria alguma margem.

— Ou poderíamos mandar tudo para o inferno e partir.

— Não vou desistir de tudo para viver na pobreza em algum lugar. *Se* partirmos, faremos do meu jeito.

Sam cruzou os braços.

— Fica dizendo *se*, mas o que mais há para decidir?

De novo: nada. Tudo.

Celaena respirou fundo.

— Como vamos nos estabelecer em uma nova cidade sem o apoio de Arobynn?

Triunfo lampejou nos olhos dele. Celaena conteve a irritação. Não dissera de imediato que concordava em se mudar, mas a pergunta era uma confirmação para os dois.

Antes que Sam pudesse responder, ela continuou:

— Crescemos aqui, mas no último mês não conseguimos nenhum contrato. Arobynn sempre cuidou dessas coisas.

— Intencionalmente — grunhiu o rapaz. — E vamos ficar bem, acho. Não vamos precisar do apoio dele. *Quando* nos mudarmos, deixaremos a Guilda também. Não quero pagar comissões pelo resto da vida nem quero ter nada a ver com aquele trapaceiro desgraçado, nunca mais.

— Sim, mas *sabe* que precisamos da bênção dele. Precisamos... reparar as coisas. E precisamos que Arobynn concorde em nos permitir deixar a Guilda em paz. — Celaena quase engasgou, mas conseguiu dizer as palavras.

Sam pulou da cadeira.

— Preciso lembrá-la do que ele fez conosco? Do que fez com *você?* Sabe que o motivo pelo qual não conseguimos contratos é Arobynn ter se certificado de que espalhassem por aí que não deveríamos ser abordados.

— Exatamente. E só vai piorar. A Guilda dos Assassinos nos puniria por começar um negócio próprio em outro lugar sem a aprovação de Arobynn.

O que era verdade. Embora tivessem pagado as dívidas, ainda eram membros da Guilda e ainda estavam obrigados a pagar uma comissão anual. Todos os assassinos da Guilda respondiam ao mentor. Obedeciam a ele. Celaena e Sam tinham sido mandados mais de uma vez em busca de membros que tinham se rebelado, recusado a pagar as comissões ou infringido alguma regra sagrada da Guilda. Aqueles assassinos tinham tentado se esconder, mas fora apenas uma questão de tempo antes de serem encontrados. E as consequências não foram agradáveis.

Celaena e Sam levaram a Arobynn e à Guilda muito dinheiro, além de terem conquistado bastante notoriedade, então as decisões e carreiras dos dois assassinos tinham sido monitoradas com atenção. Mesmo com as dívidas pagas, seria requisitado que pagassem um montante de rescisão se tivessem sorte. Se não... bem, seria um pedido muito perigoso de se fazer.

— Então — continuou a assassina —, a não ser que queira terminar com a garganta cortada, precisamos conseguir a aprovação de Arobynn para sair da Guilda antes de partirmos. E porque parece tão apressado para sair da capital, vamos falar com ele amanhã.

Sam contraiu os lábios.

— Não vou implorar. Não a ele.

— Nem eu. — Celaena bateu os pés até a pia da cozinha, apoiando as mãos em cada ponta da pia ao olhar pela janela. Forte da Fenda. Será que poderia mesmo deixar a cidade para trás? Podia odiá-la às vezes, mas... Aquela era *sua* cidade. Deixar tudo, recomeçar em uma nova cidade, em algum lugar do continente... Conseguiria fazer aquilo?

Passos estremeceram o piso de madeira, o hálito morno acariciou seu pescoço, e os braços de Sam a envolveram pela cintura. Ele apoiou o queixo na curva entre o ombro e o pescoço da assassina.

— Só quero ficar com você — murmurou o rapaz. — Não me importo para onde vamos. É tudo que quero.

Celaena fechou os olhos e apoiou a cabeça contra a dele. Sam cheirava a sabonete de lavanda, seu *caro* sabonete de lavanda — aquele que já alertara ao jovem para nunca mais usar. Ele provavelmente não fazia ideia de por qual sabonete tinha levado uma bronca. Celaena precisaria começar a esconder os adorados itens de banho e deixar algo barato para ele. Sam não saberia a diferença mesmo.

— Peço desculpas por ter ido ao Cofres — disse o rapaz, na direção da pele dela, dando um beijo sob a orelha.

Um calafrio percorreu a espinha de Celaena. Embora estivessem compartilhando o quarto durante o último mês, ainda não tinham ultrapassado aquele último portal de intimidade. A jovem queria — e Sam *certamente* queria —, mas tanta coisa havia mudado tão rapidamente. Algo tão monumental podia esperar um pouco mais. Contudo, isso não os impedia de aproveitarem um ao outro.

Sam beijou a orelha de Celaena, roçando os dentes no lóbulo, e as batidas do coração da assassina perderam o ritmo.

— Não use beijos para me convencer a aceitar suas desculpas — disparou ela, embora tivesse inclinado a cabeça a fim de permitir acesso a Sam.

Ele deu um risinho, o hálito acariciou o pescoço de Celaena.

— Valeu a tentativa.

— Se for para o Cofres de novo — disse ela, enquanto o rapaz mordiscava sua orelha —, vou entrar na arena e deixá-lo inconsciente.

Celaena sentiu um sorriso contra a pele.

— Você poderia tentar. — Ele mordeu a orelha da assassina, não com força o suficiente para doer, mas o bastante para dizer que tinha parado de prestar atenção.

Celaena se virou nos braços de Sam, olhando com irritação para ele, para o rosto lindo de Sam, iluminado pelo brilho da cidade, para os olhos, tão castanhos e expressivos.

— E *você* usou meu sabonete de lavanda. Nunca mais faça isso...

Mas então os lábios de Sam encontraram os dela, e Celaena parou de falar por um bom tempo.

No entanto, enquanto estavam ali, os corpos entrelaçados, ainda havia uma pergunta não feita — uma pergunta que nenhum dos dois ousava proferir.

Será que Arobynn Hamel os deixaria partir?

❧ 2 ❧

Quando Celaena e Sam entraram na Fortaleza dos Assassinos no dia seguinte, era como se nada tivesse mudado. A mesma governanta trêmula os recebeu à porta antes de desaparecer, e Wesley, o guarda-costas de Arobynn, estava de pé na posição familiar do lado de fora do escritório do rei dos Assassinos.

Caminharam direto para a porta; Celaena usava cada passo, cada fôlego, para observar os detalhes. Duas lâminas presas às costas de Wesley, uma na lateral do corpo, duas adagas embainhadas à cintura, o lampejo de outra brilhando na bota do homem — provavelmente mais uma escondida na segunda bota. O guarda-costas estava com os olhos atentos, aguçados; nenhum sinal de exaustão ou doença ou nada que Celaena pudesse usar em vantagem própria caso acontecesse uma briga.

Mas Sam, apesar do quanto estivera silencioso na longa caminhada até lá, apenas foi até Wesley, estendendo a mão, e disse:

— Bom ver você, Wesley.

O homem apertou a mão de Sam e deu um meio-sorriso.

— Eu diria que você parece bem, rapaz, mas esse hematoma diz o contrário. — Wesley olhou para Celaena, que ergueu o queixo e bufou. — *Você* parece mais ou menos igual — disse ele, com um brilho desafiador nos olhos. O guarda-costas jamais gostara de Celaena, jamais se incomodara em ser agradável. Como se sempre soubesse que ela e Arobynn acabariam de lados opostos, e que ele seria a primeira linha de defesa.

Celaena passou direto por Wesley.

— E você ainda parece um babaca — disse éla, com doçura, e abriu as portas do escritório. Sam murmurou um pedido de desculpas quando Celaena entrou no cômodo e encontrou Arobynn esperando.

O rei dos Assassinos os observava com um sorriso, as mãos apoiadas na mesa diante de si. Wesley fechou a porta atrás de Sam, e o casal silenciosamente ocupou os dois assentos diante da enorme mesa de carvalho.

Um olhar para o rosto fechado de Sam informou a Celaena que o rapaz também estava se lembrando da última vez em que tinham estado ali juntos. Aquela noite acabou com os dois espancados até ficarem inconscientes pelas mãos de Arobynn. Fora a noite em que a lealdade de Sam havia mudado — quando ameaçara matar o mentor por ter ferido Celaena. Fora a noite que mudou tudo.

O sorriso de Arobynn cresceu, uma expressão ensaiada e elegante, disfarçada de benevolência.

— Por mais que esteja radiante por ver ambos em boa saúde — disse ele —, por acaso quero saber o que os traz de volta ao lar. — *Lar*, aquele não era o lar de Celaena agora, e Arobynn sabia disso. A palavra era apenas mais uma arma.

Sam fechou a cara, mas Celaena se aproximou. Tinham combinado que ela falaria, pois era mais provável que o rapaz perdesse a calma ao se dirigir a Arobynn.

— Temos uma proposta para você — falou a jovem, mantendo-se perfeitamente imóvel. Ficar cara a cara com o mentor depois de toda a traição fazia o estômago dela se revirar. Quando Celaena saíra do escritório de Arobynn Hamel um mês antes, tinha jurado que o mataria se a incomodasse de novo. E ele, surpreendentemente, havia mantido distância.

— Hã? — Arobynn se recostou na cadeira.

— Vamos deixar Forte da Fenda — declarou Celaena, a voz fria e calma. — E gostaríamos de deixar a Guilda também. Idealmente, montaríamos um negócio próprio em outra cidade do continente. Nada que rivalizasse com a Guilda — acrescentou ela, com sutileza —, apenas um negócio privado para nos virarmos. — A assassina podia precisar da aprovação de Arobynn, mas não precisava implorar.

O homem olhou de Celaena para Sam. Os olhos prateados semicerraram no lábio cortado do rapaz.

— Briga de namorados?

— Um mal-entendido — falou Celaena, antes que Sam pudesse disparar uma réplica. É claro que Arobynn se recusaria a dar uma resposta imediatamente. O companheiro se agarrou aos braços de madeira da cadeira.

— Ah — respondeu Arobynn, ainda sorrindo, calmo e gracioso e mortal. — E onde, exatamente, estão morando agora? Algum lugar bom, espero. Não seria apropriado que meus melhores assassinos estivessem morando em um barraco.

O mentor os faria jogar aquele jogo de trocar gentilezas até que *ele* quisesse responder à pergunta. Ao lado de Celaena, Sam estava rígido no assento. Ela praticamente sentiu a raiva que emanou do rapaz quando Arobynn disse *meus assassinos*. Outro uso afiado das palavras. Celaena suprimiu a própria raiva, que aumentava.

— Você parece bem, Arobynn — falou a jovem. Se ele não pretendia responder às perguntas dela, então Celaena certamente não responderia às dele. Principalmente aquelas sobre a localização atual dos dois, embora o mestre provavelmente já soubesse.

Arobynn gesticulou com a mão, recostando-se no assento.

— Esta Fortaleza parece muito vazia sem vocês.

Ele disse isso com tanta convicção, como se eles tivessem partido apenas para causar rancor, que Celaena ponderou se estava falando sério, se havia de alguma forma esquecido o que fizera com ela e como tratara Sam.

— E agora estão falando em mudar da capital e deixar a Guilda... — A expressão de Arobynn era indecifrável. Celaena manteve a respiração tranquila, evitou que o coração acelerasse. Uma não resposta à pergunta.

A assassina manteve o queixo erguido.

— Então é aceitável à Guilda se partirmos? — Cada palavra equilibrada no fio de uma lâmina.

Os olhos de Arobynn brilharam.

— Estão livres para se mudarem. — Mudar. Não tinha dito nada sobre deixar a Guilda.

Celaena abriu a boca para exigir uma afirmativa mais direta, mas então...

— Dê uma droga de resposta. — Sam exibia os dentes, o rosto estava lívido de raiva.

Arobynn olhou para Sam, o sorriso era tão mortal que Celaena lutou contra a vontade de levar a mão à adaga.

— Acabei de dar. Estão livres para fazer o que quiserem.

A assassina tinha segundos, talvez, antes que Sam realmente explodisse — antes que começasse uma briga que estragaria tudo. O sorriso do mestre aumentou, e as mãos de Sam casualmente penderam na lateral do corpo — os dedos muito, muito próximos dos cabos da espada e da adaga.

Merda.

— Estamos dispostos a oferecer esta quantia para deixar a Guilda — interrompeu Celaena, desesperada por qualquer coisa para evitar que tudo fosse pelos ares. Pelos deuses, queria tanto brigar, mas não *aquela* briga, não contra Arobynn. Felizmente, tanto o mentor quanto Sam se voltaram para ela quando a quantia foi proferida. — Esse preço é mais que satisfatório para partirmos e montarmos nosso negócio em outro lugar.

O homem olhou para a jovem por um momento longo demais antes de fazer uma contraoferta.

Sam se pôs de pé.

— Perdeu a *cabeça*?

Celaena estava chocada demais para se mover. Tanto dinheiro... Ele tinha que saber, de algum jeito, quanto ela ainda tinha no banco. Porque pagar o que Arobynn pedia acabaria com tudo. O único dinheiro que teriam seria da poupança minguada de Sam e o que Celaena conseguisse pelo apartamento — o qual poderia ser difícil de vender, considerando a localização e a disposição incomum.

A assassina rebateu a oferta com outra, mas Arobynn apenas sacudiu a cabeça e encarou Sam.

— Vocês dois são meus melhores — falou ele, com uma calma irritante. — Se partirem, então o respeito *e* o dinheiro que fornecem à Guilda estariam perdidos. Preciso contabilizar isso. Esse preço é generoso.

— *Generoso* — ciciou o rapaz.

Mas Celaena, com o estômago revirado, ergueu o queixo. Podia continuar atirando quantias até ficar com o rosto roxo, no entanto, Arobynn obviamente escolhera aquele número por um motivo. Ele não cederia. Era um último tapa na cara — uma última pisada na ferida, apenas com a intenção de puni-la.

— Aceito — falou a jovem, dando um sorriso inexpressivo. Sam virou o rosto, mas Celaena manteve os olhos nas feições elegantes de Arobynn. — Transferirei os fundos para sua conta imediatamente. E, depois que isso estiver feito, vamos partir, e espero jamais ser incomodada por você ou pela Guilda novamente. Entendido?

Ela ficou de pé. Precisava ir para longe dali. Voltar tinha sido um erro. A assassina enfiou as mãos nos bolsos para esconder que começavam a tremer.

Arobynn sorriu para a jovem, fazendo-a perceber que ele já sabia.
— Entendido.

— Você não tinha o direito de aceitar a oferta — vociferou Sam, com a expressão do rosto tão enfurecida que as pessoas na ampla avenida da cidade praticamente saltavam para longe do caminho dele. — Não tinha direito de fazer isso sem me consultar. Nem mesmo *negociou*!

Celaena olhava as vitrines conforme caminhava. Amava o distrito de compras no coração da capital — as calçadas limpas ladeadas com árvores, a avenida principal que dava nos degraus de mármore do Teatro Real, o modo como conseguia encontrar qualquer coisa, desde sapatos até perfumes, joias e belas armas.

— Se pagarmos isso, então definitivamente precisaremos encontrar um contrato antes de partirmos!

Se pagarmos.

— *Vou* pagar — retrucou a jovem.

— Não vai mesmo.

— É meu dinheiro e posso fazer o que quiser com ele.

— Já pagou por sua dívida e pela minha, não vou deixar que dê mais um centavo a ele. Podemos encontrar alguma alternativa para quitar a rescisão.

Os dois passaram pela entrada lotada de uma casa de chá popular na qual mulheres bem-vestidas conversavam ao sol morno do outono.

— A questão é ele ter exigido tanto dinheiro, ou o fato de que *eu* pagarei?

Sam parou subitamente, e, embora não tivesse olhado duas vezes para as moças da casa de chá, elas certamente repararam nele. Mesmo transbordando raiva, o rapaz era lindo. E estava irritado demais para perceber que aquele *não* era um lugar para discutir.

Celaena segurou o braço dele, puxando-o. Ela sentiu os olhos das moças sobre si quando o fez. Não podia deixar de sentir um lampejo de orgulho ao ver as mulheres observarem a túnica azul-escuro com o bordado dourado delicado sobre a lapela e os punhos, a calça justa marfim, as botas marrons na altura do joelho, feitas com couro maleável como manteiga. Embora a maioria das mulheres — principalmente as de origem rica ou nobre — optasse por usar vestidos e corseletes cruéis, calças e túnicas eram comuns o suficiente para que as roupas chiques de Celaena não escapassem à apreciação das moças desocupadas do lado de fora da casa de chá.

— A questão — falou Sam, entre dentes — é que estou cheio de fazer os joguetes dele, e prefiro cortar logo a garganta de Arobynn a pagar a quantia.

— Então é um tolo. Se deixarmos Forte da Fenda em circunstâncias desagradáveis, jamais conseguiremos nos estabelecer em lugar algum, não se quisermos manter a ocupação atual. E, se decidirmos encontrar profissões honestas, sempre imaginarei se ele ou a Guilda vão aparecer um dia e exigir esse dinheiro. Por isso, se eu precisar dar a Arobynn até a última moeda de cobre em minha conta bancária para garantir que conseguirei dormir em paz pelo resto da vida, que seja.

O casal chegou à enorme interseção no coração do distrito de compras, na qual o domo do Teatro Real se erguia acima das ruas lotadas de cavalos, carruagens e pessoas.

— Qual o limite? — perguntou Sam, baixinho. — Quando dizemos *basta*?

— Esta é a última vez.

Sam soltou um risinho de escárnio.

— Tenho certeza de que é. — Ele virou em uma das avenidas, na direção oposta de casa.

— Aonde vai?

Sam olhou por cima do ombro.

— Preciso espairecer. Vejo você em casa. — Celaena o observou atravessar a avenida movimentada, observou até que fosse engolido pela agitação da capital.

A assassina começou a caminhar também, para onde os pés a levassem. Passou pelos degraus do Teatro Real e continuou andando, as lojas e as barracas se misturavam em um borrão. O dia passava, mostrando-se um exemplar realmente lindo do clima de outono — o ar estava frio, mas o sol era morno.

Por alguns motivos, Sam estava certo. Mas Celaena o havia arrastado para aquela confusão: fora ela quem começara as coisas em baía da Caveira.

Embora o rapaz alegasse estar apaixonado por ela havia anos, se a jovem tivesse mantido distância nos últimos meses, Sam não estaria naquela situação. Talvez se tivesse sido esperta, teria apenas partido o coração dele e permitido que ficasse com Arobynn. Era mais fácil que o rapaz a odiasse do que estar naquela situação. Celaena era... responsável por Sam agora. E isso era apavorante.

Ela se importava com ele mais do que se importara com qualquer um. Agora que havia estragado a carreira pela qual Sam trabalhara a vida toda, entregaria todo seu dinheiro para garantir que ele pudesse ao menos ser livre. Contudo, não podia simplesmente explicar que pagara por tudo porque se sentia culpada. Sam se ressentiria disso.

Celaena parou de andar e se viu no outro extremo da ampla avenida, do outro lado da rua dos portões do castelo de vidro. Não percebera que tinha caminhado tanto — nem que estava tão perdida nos próprios pensamentos. Costumava evitar se aproximar assim do castelo.

Os portões de ferro intensamente vigiados levavam para um caminho longo, ladeado por árvores, que serpenteava até a famigerada construção. Ela inclinou a cabeça para trás e viu as torres que tocavam o céu, as torretas refletindo o sol do meio da manhã. Tinha sido construído sobre o castelo de pedra original e era a grande realização do império de Adarlan.

Celaena o odiava.

Mesmo da rua, conseguia ver as pessoas perambulando pela propriedade distante do castelo — guardas uniformizados, damas em vestidos volumosos, criados usando as roupas de suas estações de trabalho... que tipo de vidas levavam, morando à sombra do rei?

Os olhos da assassina se ergueram até a mais alta torre de pedras cinza, na qual uma pequena varanda se projetava para fora, coberta de trepadeiras. Era tão fácil imaginar que as pessoas do lado de dentro não tinham com o que se preocupar.

No entanto, dentro daquele prédio brilhante, decisões que alteravam o curso de Erilea eram tomadas diariamente. Dentro daquele prédio, fora decretado que a magia era ilegal e que campos de trabalhos forçados como Calaculla e Endovier deveriam ser estabelecidos. Dentro daquele prédio, morava o assassino que se chamava de rei, o homem que Celaena temia acima de todos os outros. Se o Cofres era o coração do submundo de Forte da Fenda, então o castelo de vidro era a alma do império de Adarlan.

333

A jovem sentia como se o castelo a observasse, uma besta gigante de vidro e pedra e ferro. Encarar a construção fazia com que os problemas com Sam e Arobynn parecessem irrelevantes — como mosquitos zumbindo diante da boca escancarada de uma criatura pronta para devorar o mundo.

Um vento frio soprou, soltando fios de cabelo de sua trança. Não deveria ter se permitido chegar tão perto, embora as chances de encontrar o rei fossem quase zero. Apenas pensar nele fazia um medo insuportável percorrer o corpo da assassina.

O único consolo era que a maioria das pessoas dos reinos conquistados pelo rei provavelmente se sentia da mesma forma. Quando ele marchou para Terrasen nove anos antes, a invasão fora ágil e brutal; tão brutal que até mesmo Celaena se sentia enojada ao se lembrar de algumas das atrocidades que foram cometidas para assegurar o domínio do rei.

Estremecendo, a assassina deu meia-volta e foi para casa.

***

Sam não voltou até a hora do jantar.

Celaena estava jogada no sofá diante da lareira incandescente, com um livro na mão, quando ele entrou no apartamento. O capuz ainda cobria metade do rosto, e o cabo da espada, presa às costas, reluzia à luz laranja do cômodo. Quando Sam trancou a porta, Celaena viu o reflexo fosco das luvas amarradas nos antebraços dele — do couro espesso e entremeado que ocultava adagas. O rapaz se moveu com uma eficiência tão precisa e um poder tão controlado que Celaena piscou. Às vezes era fácil esquecer que o jovem com quem dividia o apartamento também era um assassino treinado e implacável.

— Encontrei um cliente. — Sam tirou o capuz e se recostou à porta, os braços cruzados sobre o peito largo.

Ela fechou o livro que estava devorando e o apoiou no sofá.

— Hã?

Os olhos castanhos de Sam brilhavam, embora o rosto fosse indecifrável.

— Vão pagar. Muito. E querem evitar que chegue aos ouvidos da Guilda dos Assassinos. Têm até um contrato para você.

— Quem é o cliente?

— Não sei. O homem com quem falei tinha os disfarces de sempre: capuz, roupas comuns. Poderia estar agindo em nome de outra pessoa.

— Por que querem evitar usar a Guilda? — Ela se mexeu para se apoiar no braço do sofá. A distância entre Celaena e Sam parecia tão grande, tão carregada.

— Porque querem que eu mate Ioan Jayne e seu segundo no comando, Rourke Farran.

Celaena o encarou.

— Ioan Jayne. — O maior lorde do crime de Forte da Fenda.

Sam assentiu.

Um rugido tomou conta dos ouvidos de Celaena.

— Ele é muito bem protegido — disse ela. — E Farran... Aquele homem é um psicopata. É *sádico*.

Sam se aproximou.

— Você disse que, para nos mudarmos para outra cidade, precisaríamos de dinheiro. E, como insiste em pagar a Guilda, precisamos *mesmo* de dinheiro. Portanto, a não ser que queira que acabemos como ladrões, sugiro aceitarmos.

Celaena precisou inclinar a cabeça para trás para olhar para o rapaz.

— Jayne é perigoso.

— Então que bom que somos os melhores, não? — Embora Sam tivesse dado um sorriso despreocupado, a assassina via a tensão nos ombros dele.

— Deveríamos encontrar outro contrato. Deve haver outra pessoa.

— Você não sabe. E ninguém mais pagaria tanto. — O companheiro disse o montante, e as sobrancelhas dela se ergueram. Ficariam *muito* confortáveis depois disso. Poderiam viver em qualquer lugar.

— Tem certeza de que não sabe quem é o cliente?

— Está *procurando* desculpas para dizer não?

— Estou tentando me certificar de que estamos em segurança — disparou ela. — Sabe quantas pessoas tentaram matar Jayne e Farran? Sabe quantas ainda estão vivas?

Sam passou a mão pelos cabelos.

— Quer ficar comigo?

— O quê?

— Quer ficar comigo?

— Sim. — No momento, era tudo que queria.

Um meio-sorriso repuxou os cantos dos lábios dele.

— Portanto, faremos isso e teremos dinheiro suficiente para resolver as coisas em Forte da Fenda e nos estabelecermos em outro lugar do continente. Se perguntasse, eu ainda partiria esta noite sem dar a Arobynn ou à Guilda um centavo, mas você está certa: não quero passar o resto de nossas vidas com medo. Deveríamos ir embora tranquilos. Quero isso para nós. — A garganta de Celaena se apertou, e ela olhou na direção do fogo. Sam colocou um dedo sob o queixo da jovem, erguendo a cabeça dela. — Então irá atrás de Jayne e Farran comigo?

Ele era tão lindo, tão cheio de todas as coisas que Celaena queria, tudo que esperava. Como jamais notara até aquele ano? Como passara tanto tempo o odiando?

— Vou pensar no assunto — respondeu ela, com a voz rouca. Não era apenas teimosia. Precisava *mesmo* pensar a respeito. Principalmente se os alvos seriam Jayne e Farran.

O sorriso de Sam cresceu, e ele se abaixou para dar um beijo na têmpora de Celaena.

— Melhor que um *não*.

A respiração dos dois se misturou.

— Desculpe pelo que falei hoje mais cedo.

— Uma desculpa de Celaena Sardothien? — Os olhos do rapaz dançavam com a luz. — Estou sonhando?

Ela fez uma careta, mas Sam a beijou. A assassina o envolveu pelo pescoço com os braços, abrindo a boca diante da dele, e um gemido baixo escapou de Sam quando as línguas se encontraram. As mãos dela ficaram presas na alça que prendia a espada do rapaz contra as costas, e Celaena se afastou por tempo o bastante para soltar o fecho da bainha na altura do peito do jovem.

A espada caiu tilintando no chão de madeira. Sam encarou Celaena de novo, e foi o suficiente para que ela o puxasse para perto. Ele a beijou por inteira, demorando-se, como se tivesse uma vida toda de beijos pela frente.

Ela gostou disso. Muito.

Sam passou um braço pelas costas de Celaena e outro por baixo dos joelhos, levantando-a em um movimento fluido e gracioso. Embora a jovem jamais fosse contar a ele, quase perdeu os sentidos.

Sam a levou da sala para o quarto, apoiando Celaena com carinho na cama. Ele se afastou apenas o bastante para retirar as luvas mortais dos pulsos, seguidas pelas botas, pelo manto, pela jaqueta e pela camisa. A assassina observou a pele marrom-clara e o peito musculoso de Sam, as cicatrizes finas que salpicavam o tronco; o coração dela batia tão rápido que mal conseguia respirar.

Sam era de Celaena. Aquela criatura magnífica e poderosa era dela.

A boca do assassino encontrou a de Celaena novamente, e o rapaz a colocou mais para cima da cama. Descendo mais e mais, as mãos astutas exploraram cada centímetro da jovem até que ela estivesse deitada de barriga para cima e ele se apoiasse nos antebraços sobre Celaena. Sam beijou o pescoço da jovem, e Celaena arqueou o corpo na direção dele conforme o rapaz percorria a mão pelo tronco dela, desabotoando o manto ao prosseguir. Ela não queria saber onde Sam havia aprendido a fazer aquelas coisas. Porque se algum dia soubesse os nomes das garotas...

O fôlego de Celaena ficou preso quando Sam chegou ao último botão e tirou o casaco. Ele olhou para o corpo da companheira com a respiração entrecortada. Os dois tinham ido mais longe que aquilo antes, mas havia uma pergunta nos olhos do rapaz, uma pergunta escrita em cada centímetro de seu corpo.

— Não esta noite — sussurrou Celaena, com as bochechas incandescentes de calor. — Ainda não.

— Não tenho pressa — afirmou Sam, abaixando-se para percorrer o ombro dela com o nariz.

— É só que... — Pelos deuses, deveria parar de falar. Não devia explicação alguma a ele, e Sam não insistiu, mas... — Se só vou fazer isso uma vez, quero aproveitar cada passo. — Ele entendia o que a assassina queria dizer com *isso*: aquele relacionamento entre os dois, aquele laço que se formava, tão inquebrável e resistente que fazia todo o eixo do mundo de Celaena se voltar na direção de Sam. Isso a aterrorizava mais que qualquer coisa.

— Posso esperar — falou o companheiro, com a voz áspera, beijando a base do pescoço dela. — Temos todo o tempo do mundo.

Talvez estivesse certo. E passar todo o tempo do mundo com Sam...

Era um tesouro pelo qual valia a pena pagar qualquer coisa.

❧ 3 ❧

O alvorecer entrou de fininho no quarto, preenchendo o cômodo com uma luz dourada que refletiu nos cabelos de Sam e os fez brilhar como bronze.

Apoiada sobre o cotovelo, Celaena o observou dormir.

O tronco exposto ainda estava maravilhosamente bronzeado de sol do verão — sugerindo dias passados treinando em um dos pátios da Fortaleza, ou talvez à toa às margens do Avery. Cicatrizes de diversas extensões estavam espalhadas pelas costas e pelos ombros — algumas esguias e uniformes, outras mais espessas e irregulares. Uma vida passada treinando e lutando... O corpo de Sam era um mapa das aventuras vividas, ou prova de como era crescer com Arobynn Hamel.

Celaena percorreu o dedo pela depressão da coluna do rapaz. Não queria ver mais uma cicatriz acrescentada à pele. Não queria *aquela* vida para Sam. Ele era melhor que aquilo. Merecia mais.

Quando se mudassem, talvez não pudessem deixar para trás a morte e os assassinatos e tudo que vinha com isso; não a princípio, mas algum dia, no futuro, talvez...

Ela afastou os cabelos dos olhos dele. Algum dia, os dois poderiam aposentar as espadas e as adagas e flechas. E, ao deixarem Forte da Fenda, poderiam dar o primeiro passo em direção a esse dia, mesmo que precisassem continuar trabalhando como assassinos por pelo menos mais alguns anos.

Os olhos de Sam se abriram, e, ao ver que Celaena o observava, ele deu um sorriso sonolento.

Aquilo a atingiu como um soco no estômago. Sim... por Sam, poderia algum dia desistir de ser a Assassina de Adarlan, desistir da fama e da fortuna.

O rapaz a puxou para baixo, envolvendo a cintura nua de Celaena com um braço e aninhando-a perto de si. O nariz roçou o pescoço de Celaena, e ele inspirou o aroma profundamente.

— Vamos matar Jayne e Farran — falou a assassina, baixinho.

Sam ronronou uma resposta contra a pele de Celaena dizendo a ela que o rapaz estava apenas meio acordado — e que a mente estava em qualquer coisa, menos em Jayne e Farran.

Ela cravou as unhas nas costas de Sam, que resmungou com irritação, mas não fez menção de despertar.

— Vamos eliminar Farran primeiro, para enfraquecer a linha de comando. Seria arriscado demais eliminá-los ao mesmo tempo, coisas demais poderiam dar errado. Mas, se matarmos Farran primeiro, mesmo que signifique que os guardas de Jayne ficarão alerta, ainda estarão em um caos total. E aí acabaremos com Jayne. — Era um plano consistente, do qual ela gostava. Só precisavam de alguns dias para entender as defesas de Farran e como contorná-las.

Sam murmurou outra resposta que pareceu *como quiser, apenas volte a dormir*.

Celaena ergueu o rosto para o teto e sorriu.

Depois do café da manhã e depois da jovem ir ao banco transferir uma enorme quantia em dinheiro para a conta de Arobynn (um evento que deixou tanto Celaena quanto Sam bastante abatidos e ansiosos), os dois passaram o dia reunindo informações sobre Ioan Jayne. Como o maior lorde do crime de Forte da Fenda, Jayne era bem protegido, e seus criados estavam por toda parte: órfãos espiões nas ruas, prostitutas trabalhando no Cofres, atendentes de bar e mercadores e até alguns guardas da cidade.

Todos sabiam onde ficava a casa dele: uma construção ampla, de três andares, feita de pedras brancas, em uma das melhores ruas de Forte da Fenda. O lugar era tão bem vigiado que era muito arriscado fazer mais que simplesmente passar caminhando. Até mesmo parar e observar durante alguns minutos poderia levantar o interesse de um dos comparsas disfarçados perambulando pela rua.

Parecia absurdo que Jayne tivesse uma casa naquela rua. Os vizinhos eram mercadores bem-sucedidos e membros da nobreza inferior. Será que sabiam quem morava ao lado e que tipo de mal acontecia sob o telhado esmeralda?

Celaena e Sam tiveram sorte ao passarem pela casa, aparentando para todo mundo serem apenas um casal bem-vestido e atraente fazendo a caminhada matinal pela cidade. No momento em que passavam, Farran, o segundo no comando do crime, saiu andando pela porta, em direção à carruagem preta estacionada na frente.

Celaena sentiu o braço de Sam ficar tenso sob a mão dela. O rapaz continuou olhando para a frente, sem ousar olhar para Farran por muito tempo para o caso de alguém notar. Mas a jovem, fingindo ter descoberto um fio puxado no manto verde-floresta, conseguiu olhar na direção do homem algumas vezes.

Ela ouvira falar de Farran. Quase todos tinham. Se a assassina tinha um rival pela notoriedade, era ele.

Alto, de ombros largos, no fim dos 20 anos, Farran nascera e fora abandonado nas ruas de Forte da Fenda. Começou a trabalhar para Jayne como um dos órfãos espiões e, ao longo dos anos, tinha subido na hierarquia da corte deturpada do lorde do crime, deixando um rastro de corpos no encalço, até ser nomeado o segundo no comando. Ao olhar para Farran agora, com as requintadas roupas cinza e os cabelos pretos reluzentes modelados para baixo com gel, era impossível dizer que um dia fora um dos pestinhas maldosos que perambulavam pelos cortiços da cidade em bandos selvagens.

Conforme o homem descia as escadas até a carruagem que o esperava na rua residencial, os passos de Farran eram suaves, calculados — o corpo se agitava com poder mal contido. Mesmo do outro lado da rua, Celaena podia ver como os olhos castanhos brilhavam, o rosto pálido estampava um sorriso que fez um calafrio percorrer a coluna da assassina.

Os corpos que Farran deixara para trás, ela sabia, não tinham sido deixados inteiros. Em algum momento dos anos que passou se erguendo de órfão até homem de confiança de Jayne, ele desenvolveu gosto pela tortura sádica. Fora o que garantira o lugar ao lado do lorde... e evitava que os rivais de Farran o desafiassem.

O homem entrou na carruagem. O movimento foi tão simples que as roupas de alfaiataria elegantes mal saíram do lugar. A carruagem partiu pela entrada da casa e virou para a rua; Celaena ergueu o rosto quando o veículo passou.

Apenas para ver Farran olhando pela janela — encarando-a diretamente.

Sam fingiu não reparar. Ela manteve o rosto absolutamente inexpressivo — o desinteresse de uma dama de boa família que não fazia ideia de que a pessoa que a encarava, como um gato observa um rato, era, na verdade, um dos homens mais insanos do império.

O homem sorriu para ela. Não havia nada humano ali.

E fora *por isso* que o cliente oferecera o tesouro de um reino pelas mortes de Farran e de Jayne.

Celaena inclinou a cabeça tentando recatadamente desviar a atenção, e o sorriso de Farran apenas cresceu antes de a carruagem ultrapassá-los e ser engolida pelo fluxo do trânsito da cidade.

Sam expirou.

— Que bom que vamos eliminá-lo primeiro.

Uma parte sombria e maligna de Celaena desejava o oposto... desejava que pudesse ver aquele sorriso felino desaparecer quando Farran descobrisse que Celaena Sardothien acabara de matar Jayne. Mas Sam estava certo. Ela não dormiria um segundo se matassem Jayne primeiro, sabendo que Farran gastaria todos os recursos caçando os dois.

Sam e Celaena percorreram um círculo longo e vagaroso pelas ruas que cercavam a casa do lorde do crime.

— Seria mais fácil pegar Farran a caminho de algum lugar — falou a assassina, ciente demais de quantos olhos os acompanhavam por aquelas ruas. — A casa é vigiada demais.

— Provavelmente precisarei de dois dias para resolver isso — falou Sam.

— *Você* vai precisar?

— Imaginei que iria querer a glória de eliminar Jayne, então vou matar Farran.

— Por que não juntos?

O sorriso dele sumiu.

— Porque quero que você fique longe disso o máximo de tempo possível.

— Só porque estamos juntos não significa que me tornei uma mocinha frágil.

— Não estou dizendo isso. Mas pode me culpar por querer manter a garota que amo longe de alguém como Farran? E antes que comece a listar suas realizações, vou lembrá-la de que sei, *sim*, quantas pessoas matou e os meros arranhões com os quais saiu. Só que eu encontrei esse cliente, portanto, vamos fazer as coisas do meu jeito.

Se ainda não houvesse olhos por todos os cantos, Celaena poderia ter batido em Sam.

— Como *ousa*...

— Farran é um monstro — disse o rapaz, sem olhar para ela. — Você mesma disse. E, se alguma coisa der errado, o último lugar no qual quero que você esteja é nas mãos dele.

— Estaríamos mais seguros se trabalhássemos juntos.

Um músculo se contraiu no maxilar de Sam.

— Não preciso que cuide de mim, Celaena.

— É por causa do dinheiro? Porque estou pagando as coisas?

— É porque sou responsável por esse contrato, e porque *você* nem sempre pode ditar as regras.

— Pelo menos me deixe fazer a vigia aérea — disse ela. Poderia deixar Sam enfrentar Farran, poderia se tornar secundária para a missão. Não tinha acabado de aceitar que poderia algum dia deixar de ser a Assassina de Adarlan? Ele poderia ter os holofotes.

— Nada de vigia aérea — respondeu o companheiro, em tom afiado. — Vai estar do outro lado da cidade, bem longe disso.

— Sabe como isso é ridículo, não sabe?

— Tive tanto treinamento quanto você, Celaena.

Ela poderia ter insistido, poderia continuar argumentando até que Sam cedesse, mas viu o lampejo de amargura nos olhos dele. A assassina não via aquela amargura há meses, não desde baía da Caveira, quando os dois eram inimigos. Sam sempre fora obrigado a observar enquanto a glória era despejada sobre Celaena e sempre aceitara quaisquer missões que ela não quisesse. O que era absurdo, na verdade, considerando como ele era talentoso.

Se é que negociar a morte podia ser chamado de talento.

E, por mais que Celaena amasse se exibir, se chamar de Assassina de Adarlan, com Sam esse tipo de arrogância agora parecia crueldade algumas vezes.

Então, embora parte dela doesse ao falar aquilo e embora fosse contra todo seu treinamento concordar, Celaena cutucou Sam com o cotovelo e respondeu:

— Tudo bem. Você mata Farran sozinho. Mas eu elimino Jayne, aí faremos do *meu jeito*.

Celaena tinha a aula semanal de dança com madame Florine, que também treinava todos os dançarinos do Teatro Real, então deixou que Sam terminasse a exploração e foi para o estúdio particular.

Quatro horas depois, suada e dolorida e completamente exausta, a jovem voltou para casa do outro lado da cidade. Ela conhecia a rigorosa madame Florine desde criança: a mulher ensinava as mais recentes danças populares a todos os assassinos de Arobynn. No entanto, Celaena gostava de fazer aulas extras por causa da flexibilidade e da graciosidade que as danças clássicas conferiam. Sempre suspeitara que a instrutora austera mal a tolerava — mas, para sua surpresa, madame Florine se recusara a aceitar pagamento pelas aulas agora que Celaena havia deixado Arobynn.

Ela precisaria encontrar outra instrutora de dança quando se mudassem. Mais que isso, um estúdio com um pianista decente.

E a cidade precisaria ter uma biblioteca também. Uma biblioteca grande e maravilhosa. Ou uma livraria com um dono inteligente que garantisse que a sede de Celaena por livros estivesse sempre saciada.

E um bom alfaiate. E perfumaria. E joalheiro. E confeiteiro.

A assassina arrastava os pés ao subir os degraus de madeira até o apartamento acima do armazém, culpando a aula. Madame Florine era uma supervisora cruel: não aceitava pulsos inertes ou postura desleixada ou qualquer outra coisa que não o melhor de Celaena. Embora *sempre* relaxasse nos últimos vinte minutos, quando permitia que a jovem pedisse ao aluno ao piano que tocasse a música preferida dela e se soltasse, dançando com despreocupação selvagem. E, agora que não tinha o próprio piano no apartamento, madame Florine até permitia que a assassina ficasse depois da aula para praticar.

343

Celaena se viu no alto do patamar das escadas, encarando a porta verde e prateada.

Poderia deixar Forte da Fenda. Se isso significasse estar livre de Arobynn, podia deixar para trás todas essas coisas que amava. Outras cidades no continente tinham bibliotecas e livrarias e alfaiates requintados. Talvez não tão maravilhosos quanto os de Forte da Fenda, e talvez o coração da cidade não batesse com o ritmo familiar que Celaena amava, mas... por Sam, poderia partir.

Suspirando, destrancou a porta e entrou no apartamento.

Arobynn Hamel estava sentado no sofá.

— Olá, querida — disse ele, e sorriu.

⊰ 4 ⊱

Sozinha na cozinha, Celaena se serviu de uma xícara de chá, tentando evitar que as mãos tremessem. Ele provavelmente conseguira o endereço com os criados que tinham ajudado a levar as coisas dela. Encontrá-lo ali, tendo invadido seu lar... Há quanto tempo estava sentado lá dentro? Será que havia revirado suas coisas?

Celaena serviu outra xícara de chá para Arobynn. Com xícaras e pires nas mãos, voltou para a sala. O homem estava com as pernas cruzadas, um braço estendido sobre o encosto do sofá, e parecia estar bem à vontade.

Ela não disse nada ao entregar-lhe a xícara e então ocupar um assento em uma das poltronas. A lareira estava apagada, e o dia, quente o bastante para que Sam tivesse deixado uma das janelas da sala abertas. Uma leve brisa do Avery soprava dentro do apartamento, farfalhando as cortinas de veludo carmesim e bagunçando os cabelos de Celaena. Sentiria saudade daquele cheiro também.

Arobynn tomou um gole, depois olhou para dentro da xícara de chá para ver o líquido âmbar.

— A quem agradeço pelo sabor impecável deste chá?

— A mim. Mas já sabe disso.

— Hmm. — O mestre tomou outro gole. — É, *sabia* mesmo. — A luz da tarde refletiu nos olhos cinza, fazendo-os parecer mercúrio líquido. — O que *não* sei é por que você e Sam acham uma boa ideia eliminar Ioan Jayne e Rourke Farran.

É claro que ele sabia.

— Não é de sua conta. Nosso cliente queria que operássemos à margem da Guilda, e, agora que transferi o dinheiro para você, Sam e eu não fazemos mais parte dela.

— Ioan Jayne — repetiu Arobynn, como se Celaena de alguma forma não soubesse quem ele era. — *Ioan Jayne*. Você perdeu o *juízo*?

Ela trincou o maxilar.

— Não vejo por que deveria confiar em seus conselhos.

— Nem *eu* mataria Jayne. — O olhar dele estava incandescente. — E digo isso como alguém que passou *anos* pensando em formas de enterrar aquele homem.

— Não vou entrar em mais um de seus joguetes mentais. — Celaena apoiou o chá e se levantou. — Saia da minha casa.

Arobynn apenas a encarou como se a jovem fosse uma criança emburrada.

— Jayne é o lorde do crime sem oponentes de Forte da Fenda por um motivo. E Farran é o segundo no comando por uma razão muito boa também. Pode ser excelente, Celaena, mas não é invencível.

Ela cruzou os braços.

— Talvez esteja tentando me dissuadir porque tem medo de que, quando eu o matar, supere você de verdade.

Arobynn ficou de pé, mais alto que ela.

— O motivo pelo qual estou tentando dissuadir você, sua garota burra e ingrata, é porque Jayne e Farran são *letais*. Se um cliente me oferecesse o próprio castelo de vidro, eu não chegaria perto de uma oferta como essa!

Ela sentiu as narinas se dilatarem.

— Depois de tudo que fez, como pode esperar que eu acredite em uma palavra que sai de sua boca? — A mão de Celaena tinha começado a se mover para a adaga na cintura. Os olhos do mentor permaneceram no rosto dela, mas ele estava ciente, sabia de cada movimento que as mãos faziam e não precisava olhar para acompanhá-las. — *Saia da minha casa* — grunhiu a assassina.

Arobynn deu um meio-sorriso e olhou em volta do apartamento com cuidado deliberado.

— Diga-me, Celaena: confia em Sam?

— Que tipo de pergunta é essa?

O homem casualmente levou as mãos para os bolsos do manto prateado.

— Contou a ele a verdade sobre sua origem? Tenho a sensação de que ele gostaria de saber disso. Talvez antes de dedicar a vida a você.

Ela se concentrou em manter a respiração equilibrada e apontou para a porta de novo.

— *Vá.*

Arobynn deu de ombros, gesticulando com a mão como se desconsiderasse as perguntas que havia feito, e caminhou até a porta. Celaena observava cada movimento do homem, avaliava cada passo e mudança nos ombros dele, reparava nas coisas para as quais Arobynn olhava. Ele estendeu a mão para a maçaneta de bronze, mas se voltou para a assassina. Os olhos — aqueles olhos prateados que provavelmente a assombrariam pelo resto da vida — brilhavam.

— Não importa o que fiz, amo você de verdade, Celaena.

As palavras a atingiram como uma pedra na cabeça. Jamais dissera aquilo para ela antes. Nunca.

Um longo silêncio recaiu entre os dois.

O pescoço moveu quando Arobynn engoliu em seco.

— Faço as coisas que faço porque tenho medo... e porque não sei como expressar o que sinto. — Ele falou tão baixo que Celaena mal ouviu. — Fiz todas aquelas coisas porque estava com raiva de você por ter escolhido Sam.

Era o rei dos Assassinos quem falava, ou o pai, ou o amante que jamais se manifestara?

A máscara de Arobynn cuidadosamente cultivada caiu, e a mágoa que a jovem causara lampejou naqueles olhos magníficos.

— Fique comigo — sussurrou ele. — Fique em Forte da Fenda.

Ela engoliu em seco e achou particularmente difícil fazê-lo.

— Vou partir.

— Não — disse Arobynn, baixinho. — Não faça isso.

Não.

Foi o que Celaena disse a ele na noite em que a espancou, no momento antes de o mestre golpeá-la, quando achou que Arobynn machucaria Sam em vez dela. Então ele a espancou com tanta violência que a jovem ficou inconsciente. Em seguida espancou Sam também.

Não faça isso.

Foi o que Ansel disse para ela no deserto, quando Celaena levou a espada à nuca da jovem, quando a agonia da traição fora quase o bastante para fazer com que a assassina matasse a garota que chamava de amiga. Contudo, aquela traição ainda era pouco em comparação ao que Arobynn tinha feito ao enganá-la para que matasse Doneval, um homem que poderia ter libertado inúmeros escravizados.

Ele estava usando palavras como correntes para prender Celaena de novo. Tivera inúmeras chances ao longo dos anos de dizer que a amava — *sabia* o quanto Celaena desejava aquelas palavras. Mas não as dissera até que precisasse usá-las como armas. E agora que a assassina tinha Sam, que dissera aquelas palavras sem esperar nada em troca, que a amava por motivos que ela jamais entenderia...

Celaena inclinou a cabeça para o lado, o único aviso indicando que ainda estava pronta para atacar.

— Saia da minha casa.

Arobynn apenas assentiu devagar e saiu.

A taverna Cisne Negro estava lotada de ponta a ponta, como na maioria das noites. Sentada com Sam em uma mesa no meio do salão movimentado, Celaena não sentia muita vontade de comer o ensopado de carne diante de si. Ou de falar, embora o companheiro tivesse contado a ela tudo que reunira a respeito de Farran e Jayne. Celaena não mencionara a visita surpresa de Arobynn.

Um aglomerado de jovens mulheres dando risadinhas estava sentado perto, tagarelando sobre como o príncipe herdeiro tinha partido em férias para a costa de Suria, e sobre como *elas* desejavam poder se juntar ao príncipe e a seus lindos amigos, e assim por diante, chegando ao ponto de a assassina considerar atirar a colher nelas.

Mas o Cisne Negro não era uma taverna violenta. Servia um público que a frequentava para saborear boa comida, boa música e boa companhia. Não havia discussões, nenhum negócio escuso e certamente nenhuma prostituta perambulando. Talvez fosse isso que os levasse até lá para jantar na maioria das noites — parecia tão *normal*.

Era outro lugar do qual Celaena sentiria falta.

Quando chegaram em casa depois do jantar, com o apartamento parecendo estranhamente não pertencer a ela agora que Arobynn havia invadido, a jovem foi direto para o quarto para acender algumas velas. Estava pronta para o dia terminar. Pronta para eliminar Jayne e Farran, e então partir.

Sam surgiu à porta.

— Nunca a vi tão silenciosa — disse ele.

Celaena se olhou no espelho. A cicatriz da briga com Ansel tinha sumido da bochecha, e aquela no pescoço estava a caminho de desaparecer também.

— Estou cansada — falou ela. Não era mentira. Começou a desabotoar a túnica, as mãos pareciam estranhamente desajeitadas. Seria por isso que Arobynn havia visitado? Porque sabia que a afetaria daquele jeito? Celaena esticou as costas, odiando tanto essa ideia que teve vontade de quebrar o espelho diante de si.

— Aconteceu alguma coisa?

A assassina chegou ao último botão da túnica, mas não a tirou. Virou-se para encarar Sam, olhando-o de cima a baixo. Será que *poderia* contar tudo a ele?

— Fale comigo — disse o rapaz, os olhos castanhos estavam tomados de preocupação. Nada de objetivos ocultos, nenhum joguete mental...

— Conte seu segredo mais profundo — disse Celaena, baixinho.

Os olhos de Sam semicerraram, mas ele se desencostou do portal e se sentou na beira da cama. Passou a mão pelo cabelo, fazendo com que as pontas se projetassem em ângulos esquisitos.

Depois de um longo momento, falou:

— O único segredo que carreguei a vida inteira é que amo você. — Ele deu um pequeno sorriso para Celaena. — Era a única coisa que eu acreditava que levaria ao túmulo sem proferir. — Os olhos estavam tão cheios de luz que aquilo quase fez o coração dela parar de bater.

A jovem se viu caminhando na direção dele, em seguida apoiou uma das mãos na bochecha de Sam e percorreu a outra pelo cabelo. Ele virou a cabeça para beijar a palma da mão de Celaena, como se o espectro de sangue que cobria as mãos dela não o incomodasse. Os olhos dos dois encontraram-se de novo.

— Qual é o seu, então?

O quarto pareceu pequeno demais, o ar era espesso demais. Celaena fechou os olhos. Precisou de um minuto, e mais coragem do que imaginava, mas a resposta finalmente saiu. Sempre estivera ali — sussurrando no sono, por trás de cada fôlego, um peso sombrio do qual jamais podia escapar.

— No fundo — disse ela —, sou uma covarde.

As sobrancelhas de Sam se ergueram.

— Sou covarde — repetiu Celaena. — E tenho medo. Tenho medo o tempo todo. Sempre.

Sam tirou a mão dela da própria bochecha e beijou as pontas dos dedos.

— Eu também fico com medo — murmurou o rapaz contra a pele da assassina. — Quer ouvir algo ridículo? Sempre que estou apavorado, digo a mim mesmo: *Meu nome é Sam Cortland... e não vou sentir medo*. Faço isso há anos.

Foi a vez de Celaena de erguer as sobrancelhas.

— E isso realmente funciona?

Ele riu na direção dos dedos dela.

— Às vezes funciona, às vezes não. Mas costuma fazer com que eu me sinta melhor de certa forma. Ou apenas faz com que eu ria de mim mesmo um pouco.

Não era o tipo de medo do qual a jovem falava, mas...

— Gostei disso — disse ela.

Sam entrelaçou os dedos com os de Celaena e a puxou para o colo.

— Gosto de *você* — murmurou ele, e a assassina deixou que Sam a beijasse até, mais uma vez, se esquecer do fardo sombrio que sempre a assombraria.

❧ 5 ❧

Rourke Farran era um homem muito, muito ocupado. Celaena e Sam esperavam a um quarteirão da casa de Jayne antes do alvorecer na manhã seguinte, os dois usando roupas comuns e mantos com capuzes tão grandes que cobriam a maior parte das feições sem levantar suspeitas. Farran saiu antes de o sol nascer por completo. Eles seguiram a carruagem do homem pela cidade, observando-o a cada parada. Era espantoso ele sequer ter *tempo* de se entregar aos prazeres sádicos, porque o negócio de Jayne certamente ocupava muito do dia.

Farran pegava a mesma carruagem preta para todo lugar — mais prova da arrogância, pois o tornava um alvo facilmente identificado. Ao contrário de Doneval, que era constantemente vigiado, o homem parecia deliberadamente sair sem guardas, desafiando qualquer um a enfrentá-lo.

Os assassinos o seguiram até o banco, depois até os restaurantes e as tavernas de propriedade de Jayne, até os bordéis e as tendas do mercado clandestino escondidas em becos caindo aos pedaços, enfim de volta ao banco. Farran fez diversas paradas na casa de Jayne entre um lugar e outro também. Então ele surpreendeu Celaena uma vez ao entrar em uma livraria; não para ameaçar o dono ou coletar propina, mas para comprar livros.

Ela odiou isso, por algum motivo. Principalmente quando, apesar dos protestos de Sam, entrou rapidamente na loja enquanto o livreiro estava nos fundos e olhou o recibo atrás do balcão. Farran não tinha comprado livros sobre tortura ou morte ou nada maligno. Ah, não. Tinham sido romances de aventura. Romances que *ela* lera e dos quais gostara. A ideia de que o homem os lesse também pareceu, de alguma forma, uma transgressão.

O dia passou rapidamente, e o casal descobriu pouco, exceto como Farran se deslocava imprudentemente. Sam não devia ter problemas para eliminá-lo na noite seguinte.

Quando o sol mudava para os tons dourados do fim da tarde, Farran parou na porta de ferro que levava ao Cofres.

No fim da rua, Celaena e Sam observaram enquanto fingiam limpar esterco das botas em uma torneira pública.

— Parece adequado que Jayne seja dono do Cofres — disse Sam baixinho por cima do barulho da água corrente.

Celaena o olhou com raiva... ou teria olhado, se o capuz não atrapalhasse.

— Por que acha que fiquei tão irritada por você lutar lá? Se algum dia tivesse problemas com as pessoas do Cofres, se as irritasse, seria relevante o suficiente para que o próprio Farran aparecesse para puni-lo.

— Consigo lidar com ele.

A assassina revirou os olhos.

— Mas eu não esperava que ele fizesse uma visita. Parece sujo demais por aqui, até mesmo para ele.

— Deveríamos ir olhar?

A rua estava silenciosa. O Cofres ganhava vida à noite, contudo, durante o dia, não havia ninguém no beco, exceto alguns bêbados cambaleantes e a meia dúzia de guardas a postos do lado de fora.

Era arriscado, considerou Celaena — entrar no Cofres atrás de Farran —, mas... Se o homem de fato rivalizasse com ela pela fama, seria interessante ter uma noção de como era de verdade antes que Sam acabasse com a vida dele na noite seguinte.

— Vamos — disse a jovem.

Os dois entregaram moedas de prata para os vigias do lado de fora, então atiraram mais para os guardas do lado de dentro, depois entraram. Os brutamontes não fizeram perguntas e não exigiram que entregassem as armas ou os capuzes. A clientela habitual queria discrição enquanto participava dos prazeres deturpados do Cofres.

Do alto das escadas do lado de dentro da porta, Celaena instantaneamente viu Farran sentado em uma das mesas de madeira arranhadas e queimadas no centro do salão, conversando com um homem que ela reconheceu como Helmson, o mestre de cerimônias durante as lutas. Um pequeno público do almoço estava reunido nas outras mesas, embora todos tivessem aberto espaço ao redor de Farran. Nos fundos do cômodo, as arenas estavam escuras e silenciosas, os escravizados trabalhavam para raspar o sangue e a imundície antes das comemorações da noite.

A assassina tentou não olhar muito tempo para os grilhões e para a postura submissa dos escravizados. Era impossível saber de onde vinham — se haviam começado como prisioneiros de guerra ou apenas tinham sido roubados dos próprios reinos. Ela considerou se seria melhor acabar como escravizados ali ou como prisioneiros em um violento campo de trabalhos forçados, como Endovier. Os dois pareciam versões semelhantes do Inferno.

Em comparação com a multidão fervorosa da outra noite, o Cofres estava praticamente deserto naquele dia. Até as prostitutas nas câmaras abertas que ladeavam o espaço cavernoso estavam descansando enquanto podiam. Muitas das jovens dormiam em pilhas emaranhadas sobre as camas estreitas, mal escondidas pelas cortinas em frangalhos destinadas a fornecer a ilusão de privacidade.

Celaena queria incendiar o lugar até virar cinzas, e então deixar que todos soubessem que aquele não era o tipo de coisa que a Assassina de Adarlan apoiava. Talvez, depois de terem eliminado Farran e Jayne, fizesse isso mesmo. Um último toque de glória e vingança de Celaena Sardothien — uma última chance de fazer com que se lembrassem dela para sempre antes de partir.

Sam ficou perto da jovem ao chegarem à base das escadas e se dirigirem ao bar oculto pelas sombras. Um trapo de homem estava atrás do balcão, fingindo limpar a superfície de madeira enquanto os olhos azuis mareados permaneciam fixos em Farran.

— Duas cervejas — resmungou Sam. Celaena colocou uma moeda de prata no bar, e a atenção do atendente se voltou para eles. Estava pagando muito além do preço, mas as mãos finas e feridas do homem fizeram a moeda sumir em um piscar de olhos.

Ainda havia gente o suficiente dentro do Cofres para que Celaena e Sam se misturassem — a maioria eram bêbados que jamais saíam do estabelecimento e pessoas que pareciam gostar daquele tipo de ambiente fétido durante o almoço. O casal fingiu beber as cervejas — derrubando o álcool no chão quando ninguém olhava — e observou Farran.

Havia um baú de madeira fechado apoiado na mesa ao lado do homem e do mestre de cerimônias atarracado; um baú que Celaena não tinha dúvidas de que continha todo o lucro do Cofres da noite anterior. A atenção de Farran estava fixa, com intensidade felina, em Helmson, e o baú parecia esquecido. Era quase um convite.

— Quanto acha que ele ficaria irritado se eu roubasse aquele baú? — ponderou a jovem.

— Nem mesmo pense nisso.

Ela estalou a língua.

— Estraga-prazeres.

O que quer que Farran e Helmson estivessem discutindo, acabou rapidamente. Mas, em vez de subir as escadas, Farran foi até a ala das garotas. Passou caminhando por cada alcova e câmara de pedra, e as moças todas se aprumaram. As que dormiam eram rapidamente acordadas, qualquer sinal de sono desaparecia quando o homem passava. Olhou as jovens de cima a baixo, inspecionando, fazendo comentários para o mestre de cerimônias que seguia atrás. Helmson assentiu, fez reverências e vociferou ordens para as garotas.

Mesmo do outro lado do salão, o terror nos rostos delas era evidente.

Tanto Celaena quanto Sam se esforçaram para evitar ficarem tensos. Farran cruzou a ampla câmara e inspecionou as alcovas do outro lado. A essa altura, as mulheres daquele lado estavam prontas. Ao terminar, o homem olhou por cima do ombro e assentiu para Helmson.

O mestre de cerimônias relaxou os ombros com o que só podia ser alívio, mas então ficou pálido e encontrou outro lugar para ir quando Farran estalou os dedos para uma das sentinelas perto de uma porta pequena. Imediatamente a porta se abriu, e um sujeito acorrentado, sujo e musculoso foi arrastado para fora por outra sentinela. O prisioneiro parecia quase morto, mas, assim que viu Farran, começou a implorar e se debater contra as mãos do guarda.

Era difícil ouvir, mas Celaena distinguiu o bastante das súplicas frenéticas para entender a ideia geral: era um lutador do Cofres que devia a Jayne mais dinheiro do que podia pagar e tentara trapacear para se livrar da dívida.

Embora o prisioneiro tivesse prometido pagar com juros, Farran apenas sorriu, deixando-o balbuciar até que, por fim, o sujeito parou para tomar um fôlego trêmulo. Então Farran indicou com o queixo uma porta escondida atrás de uma cortina em frangalhos, e o sorriso cresceu quando a sentinela arrastou o preso, ainda suplicante, na direção do lugar. Quando a porta se abriu, Celaena viu de relance uma escadaria para baixo.

Sem sequer um olhar na direção dos clientes que observavam com discrição das mesas, Farran levou a sentinela e o homem detido para dentro, fechando a porta. O que quer que estivesse prestes a acontecer era a versão de Jayne de justiça.

E alto o bastante, cinco minutos depois, um grito atravessou o Cofres.

Era mais animal que humano. A assassina ouvira gritos como aquele antes — testemunhara tortura o suficiente na Fortaleza para saber que, quando as pessoas gritavam daquele jeito, significava que a dor estava apenas começando. No fim, quando aquele tipo de dor acontecia, as vítimas costumavam ter estourado as cordas vocais e só conseguiam emitir gritinhos roucos e interrompidos.

Celaena trincou os dentes com tanta força que o maxilar doeu. O atendente do bar fez um gesto brusco para a banda no canto que imediatamente começou uma música para acobertar o barulho. No entanto, gritos ainda ecoavam sob o piso de pedra. Farran não mataria o homem de imediato. Não, o prazer dele vinha da própria dor.

— Está na hora de partir — falou a jovem, ao reparar em como Sam agarrava a caneca com força.

— Não podemos apenas...

— *Podemos* — disse ela, com aspereza. — Acredite em mim, gostaria de entrar lá também. Mas este lugar foi projetado como uma armadilha mortal, e não tenho desejo algum de morrer aqui, nem agora. — O rapaz ainda encarava a porta para as escadas. — Quando a hora chegar — acrescentou Celaena, apoiando a mão no braço dele —, você vai se certificar de que ele pagará.

Sam se virou para ela, o rosto escondido sob as sombras do capuz, mas a assassina conseguia interpretar a agressão no corpo dele bem o suficiente.

— Ele vai pagar por *tudo* isso — grunhiu o companheiro, e foi quando Celaena reparou que algumas das garotas choravam, outras estremeciam e algumas apenas encaravam o nada. Sim, Farran tinha visitado antes, usara aquele quarto para fazer o trabalho sujo de Jayne, enquanto lembrava a todos que não deveriam irritar o lorde do crime. Quantos horrores aquelas mulheres tinham testemunhado, ou pelo menos ouvido?

Os gritos ainda subiam do chão quando os dois saíram do Cofres.

Ela pretendia ir para casa, mas Sam insistiu em ir ao parque público construído ao longo de um bairro nobre às margens do Avery. Depois de perambularem pelos caminhos de cascalho bem definidos, ele se sentou em um banco de frente para a água. Tirando o capuz, esfregou o rosto com as grandes mãos.

— Não somos assim — sussurrou o rapaz por entre os dedos.

Celaena então afundou no banco de madeira. Sabia exatamente do que Sam estava falando. O mesmo pensamento ecoava pela cabeça dela conforme caminhavam. Tinham aprendido a matar e desmembrar e torturar — a assassina sabia como esfolar um homem e mantê-lo vivo enquanto o fazia. Sabia como manter alguém acordado e consciente durante longas horas de tormento; sabia onde infligir mais dor sem fazer com que a pessoa sangrasse até a morte.

Arobynn fora muito, muito inteligente quanto a isso também. Levara as pessoas mais desprezíveis — estupradores, homicidas, assassinos sórdidos que haviam massacrado inocentes — e fizera com que Celaena lesse todas as informações que reunira sobre eles. Obrigara a jovem a ler a respeito das coisas horríveis que tinham feito até que estivesse tão revoltada que não conseguia pensar direito, até estar *ardendo* para fazer com que sofressem. O mentor afiara a raiva dela até que se tornasse uma lâmina mortal. E ela permitira.

Antes de baía da Caveira, tinha feito tudo e raramente questionara. Fingia que tinha algum código moral, mentia para si mesma e dizia que, como não *gostava* daquilo, significava que tinha alguma desculpa, mas... mesmo assim ficara naquela câmara sob a Fortaleza dos Assassinos e vira o sangue fluir para o ralo no piso inclinado.

— Não *podemos* ser daquele jeito — falou Sam.

Ela pegou as mãos do rapaz, retirando-as devagar do rosto dele.

— Não somos como Farran. Sabemos como fazer aquilo, mas não gostamos. Essa é a diferença.

Os olhos castanhos estavam distantes, observando a corrente suave do Avery seguindo para o mar próximo.

— Quando Arobynn ordenava que fizéssemos coisas como aquela, jamais dissemos não.

— Não tínhamos escolha. Mas agora temos. — Depois que deixassem Forte da Fenda, jamais precisariam fazer uma escolha como aquela de novo, poderiam criar os próprios códigos.

Sam olhou para Celaena com a expressão tão assombrada e lívida que ela sentiu enjoo.

— Mas sempre havia aquela parte. Aquela parte que gostava, *sim*, quando era alguém que merecia de verdade.

— Sim — sussurrou a assassina. — Sim, sempre havia aquela parte. Mas ainda tínhamos um limite, Sam, ainda permanecíamos do outro lado. Limites não existem para alguém como Farran.

Eles não eram como Farran; *Sam* não era como Farran. Celaena sabia disso bem no fundo. O companheiro jamais seria como aquele homem. Jamais seria como *ela* também. Celaena às vezes imaginava se ele sabia o quanto ela podia se tornar sombria.

Sam encostou-se nela, apoiando a cabeça em seu ombro.

— Quando morrermos, acha que seremos punidos pelas coisas que fizemos?

Ela olhou para a margem distante do rio, na qual uma fileira de casas e docas desorganizadas tinha sido construída.

— Quando morrermos — falou Celaena —, não acho que os deuses sequer saberão o que fazer conosco.

Sam olhou para ela, um lampejo de diversão brilhando nos olhos.

A jovem sorriu em retorno, e o mundo, por um breve segundo, pareceu certo.

A adaga gemia conforme Celaena a amolava, as reverberações subindo pelas mãos. Sentado ao seu lado no chão da sala, Sam estava debruçado sobre um mapa da cidade, tracejando ruas com os dedos. A lareira diante deles projetava sombras bruxuleantes sobre tudo, um calor bem-vindo em uma noite fria.

Os dois tinham voltado para o Cofres a tempo de verem Farran entrar na carruagem de novo. Então passaram o restante da tarde o seguindo: mais viagens ao banco e a outros locais, mais paradas de volta à casa de Jayne. Celaena saíra sozinha durante duas horas para seguir o lorde do crime; para dar mais uma olhada sutil na casa e ver aonde ele ia. Foram duas horas monótonas usadas para descobrir em quais locais os espiões dele se escondiam nas ruas, pois Jayne sequer saiu da construção.

Se Sam planejava eliminar Farran na noite seguinte, os dois haviam concordado que a melhor hora para fazê-lo seria quando o homem pegasse a carruagem da casa para qualquer outro lugar em que tivesse negócios, próprios ou de Jayne. Depois de um longo dia de tarefas para o lorde do crime, Farran certamente estaria exausto, as defesas seriam mais descuidadas. O homem não saberia o que estava a caminho até que seu sangue fosse derramado.

Sam vestiria o traje especial que o mestre funileiro de Melisande havia feito, o qual, por si só, era uma armadura. As luvas ocultavam espadas embutidas, as botas eram especialmente desenvolvidas para escalar, e, graças a Celaena, o traje estava equipado com um retalho instransponível de Seda de Aranha sobre o coração.

A assassina tinha o próprio traje, é claro — usado raramente agora que o comboio de Melisande voltara para casa. Se qualquer dos trajes precisasse de reparos, seria quase impossível encontrar alguém em Forte da Fenda habilidoso o suficiente. Contudo, eliminar Farran era definitivamente uma ocasião que valia o risco. Além das defesas do traje, Sam também estaria equipado com lâminas e adagas sobressalentes que Celaena agora amolava. Ela testou uma ponta contra a mão, sorrindo sombriamente quando a pele ardeu.

— Afiada o bastante para cortar ar — disse a jovem, embainhando a arma e apoiando-a ao lado.

— Bem — falou Sam, com os olhos ainda percorrendo o mapa —, vamos torcer para que eu não precise me aproximar o bastante para usá-la.

Se tudo corresse de acordo com o plano, o rapaz só precisaria disparar quatro flechas: duas para derrubar o cocheiro e o criado da carruagem, uma para Farran e mais uma só para se certificar de que o homem estivesse morto.

Celaena pegou outra adaga e começou a afiá-la também. Ela indicou o mapa com o queixo.

— Rotas de fuga?

— Já planejei uma dúzia — falou Sam, mostrando-as. Com a casa de Jayne como ponto de partida, o companheiro escolhera diversas ruas em diferentes direções para que pudesse disparar as flechas, as quais levavam a múltiplas rotas de fuga que tirariam Sam dali o mais rápido possível.

— Me fale mais uma vez por que não vou? — A adaga nas mãos de Celaena emitiu um gemido longo.

— Porque estará aqui, fazendo as malas?

— Fazendo as malas? — Parou a faca que afiava na mão.

Sam voltou a atenção para o mapa e disse, com muito cuidado:

— Garanti passagem para nós em um navio para o continente sul que partirá em cinco dias.

— O continente sul.

O rapaz assentiu, ainda concentrado no mapa.

— Se vamos sair de Forte da Fenda, então vamos fugir deste continente todo também.

— Não foi isso que conversamos. Decidimos nos mudar para outra cidade *deste* continente. E se houver *outra* Guilda de Assassinos no continente sul?

— Então pediremos para nos juntarmos a ela.

— Não vou implorar para me juntar a uma guilda desconhecida e ser subserviente a assassinos aspirantes à fama!

Sam ergueu o rosto.

— A questão é mesmo seu orgulho ou é a distância?

— Os dois! — Celaena soltou a adaga e a pedra de afiar no tapete. — Eu estava disposta a me mudar para um lugar como Banjali ou Enseada do Sino ou Anielle. Não para um continente totalmente novo, um lugar sobre o qual mal sabemos *qualquer coisa*! Isso não fazia parte do plano.

— Pelo menos estaremos fora do império de Adarlan.

— Não dou a mínima para o império!

Sam se sentou, apoiando-se nas mãos.

— Não pode simplesmente admitir que a questão é Arobynn?

— Não. Você não sabe do que está falando.

— Porque se velejarmos para o continente ao sul, então ele *jamais* nos encontrará de novo, e não acho que esteja pronta para aceitar isso.

— Meu relacionamento com Arobynn...

— O *quê*? Acabou? Por isso não me contou que ele veio visitá-la ontem?

O coração de Celaena deu um salto.

Sam continuou:

— Enquanto você seguia Jayne hoje, ele me abordou na rua e pareceu surpreso por você não ter contado nada sobre a visita. Também me disse para perguntar o que realmente aconteceu antes de Arobynn a encontrar quase morta na margem daquele rio quando éramos crianças. — O rapaz se aproximou, apoiando uma das mãos no chão ao chegar o rosto mais perto do dela. — E sabe o que respondi? — O hálito estava quente na boca de Celaena. — Que não me importava. Mas ele ficou tentando me fazer morder a isca, fazer com que eu não confiasse em você. Então, depois que Arobynn foi embora, fui direto para o porto e encontrei o primeiro navio que nos levaria para longe deste continente amaldiçoado. Longe *dele*, porque embora estejamos fora da Guilda, ele *nunca* vai nos deixar em paz.

Celaena engoliu em seco.

— Ele disse essas coisas a você? Sobre... sobre de onde vim?

Sam devia ter visto algo como medo nos olhos dela, porque subitamente sacudiu a cabeça, curvando os ombros.

— Celaena, quando estiver pronta para me contar a verdade, contará. E não importa qual seja, quando esse dia chegar, ficarei honrado por você confiar em mim o suficiente para compartilhar. Mas, até então, não é da minha conta, e não é da conta de Arobynn. Não é da conta de ninguém, além da sua.

A assassina apoiou a testa na de Sam, e parte da tensão no corpo dele, e no dela, se dissolveu.

— E se a mudança para o continente ao sul for um erro?

— Então iremos para outro lugar. Continuaremos nos deslocando até encontrarmos o lugar ao qual pertencemos.

Ela fechou os olhos e respirou para se acalmar.

— Vai rir se eu disser que estou com medo?

— Não — falou Sam, baixinho —, nunca.

— Talvez eu devesse tentar seu truque. — Ela tomou fôlego de novo. — Meu nome é Celaena Sardothien, e não vou sentir medo.

O rapaz riu e o hálito fez cócegas na boca de Celaena.

— Acho que precisa dizer com um pouco mais de convicção que isso.

Celaena abriu os olhos e viu que Sam a olhava, o rosto era um misto de orgulho e deslumbramento e tanta afeição que a jovem conseguia enxergar aquela terra distante na qual encontrariam um lar, enxergar aquele futuro que os esperava e o brilho de esperança prometendo uma felicidade que Celaena jamais considerara ou ousara desejar. E embora o continente ao sul fosse uma mudança drástica nos planos... Sam estava certo. Um novo continente para um novo começo.

— Amo você — falou o companheiro.

Celaena o envolveu com os braços e o segurou mais perto, inspirando o cheiro dele. A única resposta da assassina foi:

— Odeio fazer as malas.

❧ 6 ❧

Na noite seguinte, o relógio sobre a lareira parecia parado às 21 horas. Só podia estar, porque de maneira alguma um minuto podia levar *tanto* tempo.

Celaena estava tentando ler durante as últimas duas horas — tentando e falhando. Mesmo um livro romântico malicioso não prendia seu interesse. E nem jogar cartas, ou pegar o atlas para ler sobre o continente ao sul, ou comer todo o doce que havia escondido de Sam na cozinha. É claro que *deveria* estar organizando os pertences que queria levar. Quando reclamara com Sam sobre quanto trabalho daria, ele até mesmo tirara todos os baús vazios do armário. Então observara que ele *não* viajaria com as dezenas de sapatos dela e que Celaena poderia mandar entregá-los depois que encontrassem um lar. Depois de dizer *isso*, Sam sabiamente saiu do apartamento para matar Farran.

A assassina não sabia por que hesitava em fazer as malas — tinha entrado em contato com o advogado naquela manhã. Ele disse que poderia ser difícil vender o apartamento, mas ela ficaria feliz em fazer o negócio a distância e falou que entraria em contato assim que encontrasse o novo lar.

Um novo lar.

Celaena suspirou quando os ponteiros do relógio se moveram. Um minuto inteiro havia passado.

É claro que com os horários aleatórios de Farran, Sam talvez precisasse esperar algumas horas até que o homem saísse de casa. Ou talvez já tivesse executado o trabalho e precisasse ficar escondido por um tempo, apenas para o caso de alguém o seguir de volta até ali.

Celaena verificou a adaga ao lado dela no sofá, então olhou ao redor da sala pela centésima vez naquela noite, certificando-se de que todas as armas escondidas estivessem nos lugares certos.

Não sairia para ver como Sam estava. Ele quisera fazer aquilo sozinho. E poderia estar em qualquer lugar àquela altura.

Os baús estavam perto da janela.

Talvez Celaena *devesse* começar a fazer as malas. Depois que matassem Jayne na noite seguinte, precisariam estar prontos para deixar a cidade assim que o navio estivesse disponível para embarque. Porque embora ela certamente quisesse que o mundo soubesse que Celaena Sardothien tinha cometido o assassinato, ir para longe de Forte da Fenda seria do interesse dos dois.

Não que ela estivesse fugindo.

Os ponteiros do relógio se moveram de novo. Mais um minuto.

Resmungando, a jovem ficou de pé e caminhou até a prateleira na parede, da qual começou a puxar livros, empilhando-os dentro do baú vazio mais próximo. Precisaria deixar os móveis e a maior parte dos sapatos para trás por enquanto, mas de maneira alguma se mudaria para o continente ao sul sem todos os livros.

O relógio marcou 23 horas, e a assassina foi para as ruas, vestindo o traje que o mestre funileiro tinha feito, além de diversas outras armas presas ao corpo.

Sam já deveria ter voltado. E, por mais que ainda faltasse uma hora até o horário combinado para ela sair em busca dele caso não tivesse retornado, se o rapaz estivesse realmente em apuros, Celaena certamente não ficaria sentada esperando mais um minuto...

A ideia a fez disparar por becos, seguindo na direção da casa de Jayne.

Os cortiços da cidade estavam em silêncio, mas não mais que o normal. Prostitutas e órfãos descalços e pessoas lutando para conseguir algumas moedas honestas olharam quando a jovem passou correndo, nada além de uma sombra. Ela manteve os ouvidos atentos para qualquer trecho de conversa que pudesse sugerir que Farran estava morto, mas não ouviu nada útil.

Celaena reduziu o passo até uma caminhada sorrateira, as passadas quase silenciosas sobre os paralelepípedos conforme se aproximava do bairro nobre no qual a casa de Jayne ficava. Diversos casais abastados caminhavam, voltando do teatro, mas não havia sinais de confusão... No entanto, se Farran tivesse sido morto, Jayne certamente tentaria manter o assassinato escondido pelo máximo de tempo possível.

A assassina percorreu longamente o bairro, verificando todos os pontos nos quais Sam planejava estar. Nenhum sinal de sangue ou de luta. Ela até mesmo ousou andar do outro lado da rua da casa de Jayne. O imóvel estava bem-iluminado e quase alegre, e os vigias estavam a postos, todos parecendo entediados.

Talvez o rapaz tivesse descoberto que Farran não sairia de casa naquela noite. Ela poderia muito bem ter se desencontrado dele a caminho de casa. O companheiro não ficaria feliz quando soubesse que Celaena tinha saído atrás dele, mas Sam teria feito o mesmo por ela.

Suspirando, Celaena se apressou para voltar para casa.

❧ 7 ❧

Sam não estava no apartamento.

Mas o relógio sobre a lareira marcava 1 hora da manhã.

Celaena ficou de pé diante das brasas e encarou os ponteiros, questionando se estaria de alguma forma lendo errado.

Mas continuavam se movendo e, ao verificar o relógio de bolso, este também dizia 1 hora. Então dois minutos se passaram. Depois cinco minutos...

A assassina jogou mais lenha na fogueira e tirou as espadas e as adagas, mas permaneceu com o traje. Apenas por precaução.

Não fazia ideia de quando havia começado a caminhar de um lado para outro diante da lareira — e só percebeu quando o relógio bateu 2 horas e ainda estava diante dele.

Sam chegaria a qualquer minuto.

A qualquer minuto.

Celaena acordou sobressaltada com o leve tique-taque do relógio. Por algum motivo, acabara no sofá... e de alguma forma caíra no sono.

Eram 4 horas.

Ela sairia de novo em um minuto. Talvez Sam estivesse escondido na Fortaleza dos Assassinos durante a noite. Improvável, mas... era talvez o lugar mais seguro para se esconder depois de matar Rourke Farran.

A assassina fechou os olhos.

O alvorecer a ofuscava, e os olhos pareciam cheios de areia e doloridos conforme Celaena corria pelos cortiços, em seguida pelos bairros nobres, avaliando cada paralelepípedo, cada nicho escondido, cada telhado em busca de algum sinal do companheiro.

Então foi até o rio.

Ela não ousou respirar ao andar de um lado para outro das margens que ladeavam os cortiços em busca de qualquer coisa. Qualquer sinal de Farran ou... ou...

Ou.

Não se permitiu terminar esse pensamento, embora uma náusea intensa tivesse tomado conta dela conforme avaliava as margens e o cais e os depósitos de esgoto.

Ele estaria esperando por ela em casa. E então a repreenderia, riria dela e a beijaria. E então Celaena mataria Jayne naquela noite, depois os dois zarpariam naquele rio para o mar próximo, aí sumiriam.

Sam estaria esperando em casa.

Estaria em casa.

Em casa.

Meio-dia.

Não podia ser meio-dia, mas era. O relógio de bolso estava devidamente ajustado e não falhara sequer uma vez durante os anos em que a assassina o possuía.

Cada passo escada acima para o apartamento era pesado e leve — pesado e leve, a sensação mudava a cada batida do coração. Celaena pararia no apartamento apenas por tempo o bastante para ver se Sam havia voltado.

Um silêncio terrível pairava sobre ela, uma onda alta da qual Celaena tentava fugir havia horas. Sabia que assim que o silêncio finalmente a atingisse, tudo mudaria.

Ela se viu no alto das escadas, encarando a porta.

Tinha sido destrancada e deixada levemente aberta.

Dando um ruído meio estrangulado, a jovem correu os últimos metros, mal reparando quando escancarou a porta e irrompeu no apartamento.

Gritaria com ele. E o beijaria. E gritaria mais. *Muito* mais. Como *ousava* fazê-la...

Arobynn Hamel estava sentado no sofá.

Celaena parou.

O rei dos Assassinos se levantou devagar. Ela viu a expressão nos olhos dele e soube o que Arobynn diria muito antes que ele abrisse a boca e sussurrasse:

— Sinto muito.

O silêncio a alcançou.

❈ 8 ❈

O corpo de Celaena começou a se mover, a caminhar direto na direção da lareira antes que ela soubesse o que faria.

— Acharam que ele ainda morava na Fortaleza — disse Arobynn, com a voz em um sussurro horrível. — Eles o deixaram como uma mensagem.

A jovem chegou à moldura da lareira e pegou o relógio que estava apoiado.

— Celaena — murmurou o mestre.

Ela atirou o relógio pela sala com tanta força que o objeto se partiu contra a parede atrás da mesa de jantar.

Os fragmentos caíram sobre o bufê encostado à parede, quebrando a louça decorativa colocada ali, derrubando o conjunto de chá de prata que comprara para si.

— Celaena — falou Arobynn de novo.

Ela encarou o relógio destruído, a louça destruída e o conjunto de chá. Não havia fim para aquele silêncio. Jamais haveria fim, apenas aquele começo.

— Quero ver o corpo. — As palavras saíram de uma boca que Celaena não tinha mais certeza que pertencia a ela.

— Não — respondeu Arobynn, baixinho.

A assassina virou a cabeça para ele, exibindo os dentes.

— *Quero ver o corpo.*

Os olhos prateados estavam arregalados, e ele sacudiu a cabeça.

— Não, não quer.

Celaena precisava começar a se mover, precisava começar a andar para *qualquer lugar*, porque agora que estava parada... Depois que se sentasse...

Ela atravessou a porta. Desceu os degraus.

As ruas eram as mesmas, o céu estava limpo, a brisa salgada do Avery ainda bagunçava os cabelos dela. Precisava continuar andando. Talvez... talvez tivessem mandado o corpo errado. Talvez Arobynn tivesse se enganado. Talvez estivesse mentindo.

Celaena sabia que o mentor a seguia, mantendo-se alguns metros atrás conforme ela caminhava pela cidade. Também sabia que Wesley se juntara a eles em algum momento, sempre cuidando de Arobynn, sempre vigilante. O silêncio entrava e saía pelas orelhas. Às vezes parava por tempo o suficiente para que a assassina ouvisse o relincho de um cavalo que passava, ou o grito de um mercador ambulante, ou a risada de crianças. Às vezes nenhum dos ruídos da capital conseguia penetrar.

Tinha sido um engano.

Celaena não olhou para os assassinos que vigiavam os portões de ferro da Fortaleza, ou para a governanta que abriu as enormes portas duplas da construção, ou para os assassinos que perambulavam pela entrada principal e que a encaravam com fúria e luto misturados nos olhos.

Ela reduziu o passo o suficiente para que Arobynn — seguido por Wesley — passasse à frente, liderando o restante do caminho.

O silêncio se foi, e pensamentos entraram. Tinha sido um engano. E, quando descobrisse onde o mantinham preso — onde o estavam escondendo —, não pararia até que o encontrasse. Então mataria todos.

Arobynn levou Celaena pela escadaria de pedra no fim do corredor da entrada; a escadaria que levava aos porões e às masmorras e às salas secretas do conselho abaixo.

O raspar de botas sobre pedra. O mestre diante dela, Wesley seguindo atrás.

Mais para baixo, em seguida pela passagem escura e estreita. Pela porta do outro lado da entrada da masmorra. Celaena conhecia aquela porta. Conhecia a sala por trás. O mortuário no qual mantinham os membros até... Não, tinha sido um engano.

Arobynn pegou um molho de chaves e destrancou a porta, mas parou antes de abrir.

— Por favor, Celaena. É melhor que você não veja.

Ela o empurrou com o cotovelo e entrou na sala.

A sala quadrada era pequena e iluminada por duas tochas. Fortes o bastante para iluminar...

Iluminar...

Cada passo a levava para mais perto do corpo sobre a mesa. Celaena não sabia para o que olhar primeiro. Para os dedos que apontavam em direções erradas, para as queimaduras e os cortes profundos e cuidadosos na pele, para o rosto, o rosto que ela ainda identificava, mesmo quando tantas coisas tinham sido feitas para destruí-lo além de qualquer reconhecimento.

O mundo girava sob os pés, mas Celaena se manteve ereta ao caminhar até a mesa e olhar para baixo, para o corpo nu e mutilado que ela havia...

Ela havia...

Farran se demorara. E, embora aquele rosto estivesse arruinado, não mostrava nada da dor que deveria ter sentido, nada do desespero.

Aquilo era algum sonho, ou tinha ido para o Inferno por fim, porque ela *não podia* existir no mundo em que aquilo fora feito a ele, no qual havia andado de um lado para outro a noite inteira como uma idiota enquanto Sam sofria, enquanto Farran o torturava, enquanto arrancava seus olhos e...

Celaena vomitou no chão.

Passos, então as mãos de Arobynn foram colocadas no ombro dela, na cintura, puxando-a para longe.

Ele estava morto.

Sam estava morto.

Celaena não o deixaria daquela forma, naquele quarto frio e escuro.

Ela se desvencilhou da mão do mentor. Sem palavras, a assassina abriu o próprio manto e o colocou sobre Sam, cobrindo os danos que tinham sido tão cuidadosamente infligidos. Ela subiu na mesa de madeira e se deitou ao lado dele, estendeu o braço sobre o tronco do rapaz e o segurou perto de si.

O corpo ainda cheirava levemente a Sam. E ao sabonete barato que Celaena o fizera usar, porque era egoísta demais para deixá-lo usar seu sabonete de lavanda.

A jovem enterrou o rosto no ombro frio e rígido de Sam. Havia um odor estranho, almiscarado por todo o corpo; um cheiro que tão distintamente *não* era do companheiro que Celaena quase vomitou de novo. O cheiro se agarrava aos cabelos castanho-dourados, aos lábios cortados e azulados do rapaz.

Ela não o deixaria.

Passos em direção à porta — então o *clique* da porta se fechando quando Arobynn saiu.

Celaena fechou os olhos. Não o deixaria.

Não o deixaria.

9

Celaena acordou em uma cama que um dia fora sua, mas de alguma forma não parecia mais ser. Havia algo faltando no mundo, algo vital. Ela despertou das profundezas da sonolência e precisou de um longo momento para entender o que havia mudado.

Poderia ter achado que estava acordando na sua cama na Fortaleza, ainda era a protegida de Arobynn, ainda era rival de Sam, ainda era feliz por ser a Assassina de Adarlan para todo o sempre. Poderia ter acreditado nisso se não tivesse notado que tantos de seus amados pertences haviam sumido daquele quarto familiar — pertences que agora estavam em seu apartamento do outro lado da cidade.

Sam tinha partido.

A realidade se escancarou e a engoliu inteira.

Celaena não se moveu na cama.

Sabia que o dia estava passando por causa da luz que mudava na parede do quarto. Sabia que o mundo ainda girava, inalterado pela morte de um rapaz, ignorante ao fato de que ele sequer existira e respirara e a amara. Celaena odiou o mundo por continuar. Se nunca mais saísse daquela cama, daquele quarto, talvez nunca mais precisasse continuar.

A memória do rosto de Sam já ficava embaçada. Será que os olhos eram mais para castanho-dourado ou castanho-terra? Ela não conseguia se lembrar. E jamais teria a chance de descobrir.

Nunca mais veria aquele meio-sorriso. Nunca mais ouviria a risada dele, nunca mais poderia ouvi-lo dizer o nome dela como se significasse algo especial, algo que o título de Assassina de Adarlan jamais poderia significar.

Celaena não queria sair para um mundo no qual Sam não existia. Assim, observou a luz se mover e se transformar, e deixou o mundo continuar sem ela.

Alguém falava do lado de fora da porta. Três homens com vozes baixas. O burburinho a acordou, e Celaena viu que o quarto estava escuro, as luzes da cidade brilhavam além das janelas.

— Jayne e Farran esperarão uma retaliação — disse um homem. Harding, um dos assassinos mais talentosos de Arobynn, e um concorrente fervoroso de Celaena.

— Os guardas deles estarão alerta — falou outro, Tern, um assassino mais velho.

— Então vamos matar os guardas e, enquanto estiverem distraídos, alguns de nós vão atrás de Jayne e Farran. — Arobynn. Celaena tinha uma lembrança vaga de ter sido carregada, horas ou anos ou uma vida atrás, daquele quarto escuro que cheirava a morte até a cama.

Respostas abafadas de Tern e Harding, depois...

— Atacamos esta noite — grunhiu o rei dos Assassinos. — Farran mora na casa, e, se cronometrarmos direito, mataremos os dois enquanto estiverem dormindo.

— Chegar ao segundo andar não é tão simples quanto subir as escadas — desafiou Harding. — Mesmo os exteriores são vigiados. Se não conseguirmos passar pela frente, há uma pequena janela no segundo andar que podemos pular usando o telhado da casa ao lado.

— Um salto como esse pode ser fatal — replicou Tern.

— *Basta* — interrompeu Arobynn. — Decidirei como invadir quando chegarmos. Mande os outros se prepararem para partir em três horas. Quero que estejamos a caminho à meia-noite. E ordene que mantenham as bocas *fechadas*. Alguém deve ter informado Farran se ele sabia que devia montar uma armadilha para Sam. Nem mesmo contem a seus criados aonde vão.

Concordância relutante, em seguida passos quando Tern e Harding saíram.

Celaena manteve os olhos fechados e a respiração constante quando a fechadura virou na porta do quarto. Ela reconheceu as passadas regulares e confiantes do rei dos Assassinos se aproximando. Sentiu o cheiro de Arobynn ao ficar de pé ao lado dela, observando. Sentiu os longos dedos ao lhe acariciarem os cabelos e a bochecha.

Então os passos saíram, a porta se fechou... e foi trancada. A jovem abriu os olhos, o brilho da cidade oferecia luz o suficiente para que visse que a fechadura na porta tinha sido trocada desde que partira; agora trancava apenas pelo lado de fora.

Arobynn a havia trancado do lado de dentro.

Para evitar que Celaena fosse com eles? Para evitar que ajudasse a se vingar de Farran por cada centímetro de pele que ele havia torturado, cada fração de dor que Sam havia sofrido?

Farran era um mestre da tortura e tinha passado a noite inteira com Sam.

Ela se sentou, a cabeça girando. Não conseguia se lembrar da última vez que comera. Comida podia esperar. Tudo podia esperar.

Porque em três horas, Arobynn e os assassinos se aventurariam para revidar. Eles a privariam do direito de se vingar — da satisfação de massacrar Farran e Jayne e *qualquer um* que ficasse no caminho. E Celaena não tinha intenção de permitir que o fizessem.

A assassina saiu batendo os pés até a porta e confirmou que estava trancada. Arobynn a conhecia bem demais. Sabia que quando o cobertor do luto fosse arrancado...

Mesmo se conseguisse arrombar a fechadura, não tinha dúvida de que haveria pelo menos um assassino vigiando o corredor do lado de fora. O que lhe deixava a janela.

A própria janela estava destrancada, contudo a queda de dois andares era formidável. Enquanto dormia, alguém trocara seu traje por uma camisola. Celaena vasculhou o armário em busca da roupa — as botas tinham sido projetadas para escalar —, mas tudo o que encontrou foram duas túnicas pretas, calças combinando e botas pretas comuns.

Não havia armas à vista, e Celaena não levara nenhuma consigo. No entanto, anos morando naquele quarto tinham sua vantagem. A jovem manteve os movimentos silenciosos ao puxar as tábuas soltas sob as quais, há muito tempo, escondera um conjunto de quatro adagas. Ela embainhou duas na cintura e enfiou as outras duas nas botas. Então encontrou as espadas gêmeas que mantinha disfarçadas como parte da estrutura da cama desde que tinha 14 anos. Nem as adagas nem a espada tinham sido boas o bastante para que as levasse consigo ao se mudar. Agora serviriam.

Quando terminou de prender as lâminas às costas, ela trançou os cabelos de novo e colocou o manto, jogando o capuz sobre a cabeça.

Celaena mataria Jayne primeiro. Depois arrastaria Farran para um lugar no qual pudesse revidar adequadamente e levar o tempo que quisesse. Dias, até. Quando essa dívida estivesse paga, quando Farran não tivesse mais agonia ou sangue para oferecer, a assassina colocaria Sam nos braços da terra e o mandaria para o além-mundo sabendo que fora vingado.

Ela abriu a janela com cuidado, avaliando o pátio da frente. As pedras escorregadias com orvalho reluziam à luz do poste, e as sentinelas ao portão de ferro pareciam concentradas na rua abaixo.

Bom.

Aquela morte era dela, a vingança era de Celaena. De mais ninguém.

Um fogo escuro se acendeu no estômago, espalhando-se pelas veias conforme a assassina saltou para o parapeito da janela e passou para fora.

Os dedos encontraram apoio nas grandes pedras brancas, e, com um olho nos guardas no portão distante, Celaena desceu pela lateral da casa. Ninguém reparou nela, ninguém olhou em sua direção. A Fortaleza estava silenciosa, a calma antes da tempestade que cairia quando Arobynn e os assassinos começassem a caçada.

A queda da jovem foi suave, não mais que um sussurro de botas contra paralelepípedos escorregadios. Os guardas estavam tão concentrados na rua que não repariam quando ela saltasse pela cerca perto dos estábulos nos fundos.

Esgueirar-se pelo exterior da casa foi tão simples quanto sair do quarto, e Celaena estava dentro das sombras dos estábulos no momento em que a mão de alguém se esticou, segurando-a.

Ela foi jogada para o lado e já havia sacado uma adaga quando o barulho da batida de seu corpo na construção de madeira parou de ecoar.

O rosto de Wesley, irritado, a encarava no escuro.

— Que merda pensa que vai fazer? — sussurrou ele, sem soltar a mão do ombro de Celaena, nem mesmo enquanto ela segurava a adaga contra a lateral do pescoço dele.

— Saia do caminho — urrou a assassina, mal reconhecendo a própria voz. — Arobynn não pode me manter trancada.

— Não estou falando de Arobynn. Use sua cabeça e *pense*, Celaena! — Um lampejo dela, uma parte que de alguma forma tinha sumido desde que destruíra o relógio, percebeu que aquela poderia ser a primeira vez que Wesley se dirigia a ela pelo nome.

— Saia do caminho — repetiu ela, forçando mais a ponta da lâmina contra a garganta exposta de Wesley.

— Sei que quer vingança — disse o homem, sem fôlego. — Eu também, pelo que ele fez com Sam. Sei que você...

Celaena girou a lâmina, inclinando o suficiente ao ponto de Wesley recuar para evitar que ela cortasse uma linha profunda na garganta.

— Não entende? — suplicou o guarda-costas, os olhos brilhando no escuro. — Tudo isso é só...

Mas o fogo queimou na jovem e ela girou, usando um movimento que o Mestre Mudo havia ensinado naquele verão, então os olhos de Wesley perderam o foco ao ser golpeado com o punho da adaga na têmpora. O homem caiu como uma pedra.

Antes que sequer terminasse de cair, Celaena disparava para a cerca. Um instante depois, saltou e desapareceu nas ruas da cidade.

Ela era fogo, era escuridão, era pó e sangue e sombra.

Disparava pelas ruas, cada passo mais rápido que o último conforme aquele fogo escuro queimava pensamentos e sentimentos até que tudo que restasse fosse sua raiva e a presa.

Celaena pegou ruas posteriores e saltou por cima de muros.

Mataria todos.

Mais e mais rápido, correndo até aquela linda casa na rua silenciosa, em direção aos dois homens que haviam destruído o mundo dela, pedaço por pedaço, osso por osso.

Tudo que precisava fazer era chegar a Jayne e Farran — todas as outras pessoas seriam vítimas. Arobynn dissera que os dois estariam na cama. Isso significava que Celaena precisava passar por todos aqueles guardas no portão de entrada, na porta principal e no primeiro andar... sem falar das sentinelas que certamente estariam do lado de fora dos quartos.

Mas havia um modo mais fácil de passar por todos. Um modo que não envolvia a possibilidade de alertar Farran e Jayne se os guardas à porta de entrada soassem o alarme. Harding mencionara algo a respeito de uma janela no segundo andar pela qual poderia saltar... Harding era um bom saltador, porém Celaena era melhor.

Quando estava a poucas ruas dali, escalou a lateral de uma casa até chegar ao telhado e correr de novo, rápido o bastante para saltar pela abertura entre as casas.

A jovem tinha passado pela casa de Jayne vezes o suficiente nos últimos dias para saber que era separada das casas vizinhas por becos de provavelmente 4,50 metros de largura.

Saltou por outra fenda entre telhados.

Agora que pensava a respeito, a assassina *sabia* que havia uma janela no segundo andar voltada para um daqueles becos — e não dava a mínima para a direção em que a janela abria, apenas que a levaria para dentro antes que os vigias do primeiro andar reparassem.

O telhado esmeralda da casa de Jayne reluzia, e Celaena escorregou até parar no telhado da casa ao lado. Uma extensão ampla e plana do telhado inclinado estava entre ela e o longo salto pelo beco. Se mirasse corretamente e corresse rápido o bastante, poderia dar aquele salto e aterrissar do outro lado da abertura. A janela já estava escancarada, embora as cortinas tivessem sido fechadas, bloqueando qualquer visão do que estava do lado de dentro.

Apesar da névoa devido à raiva, anos de treinamento fizeram com que Celaena instintivamente observasse os telhados vizinhos. Seria por arrogância ou estupidez que Jayne não tinha sentinelas nos telhados próximos? Nem mesmo os guardas na rua ergueram o rosto para ela.

Celaena desamarrou a capa e permitiu que a vestimenta deslizasse até o chão. Qualquer peso adicional poderia ser fatal, e a assassina não tinha a intenção de morrer até que Jayne e Farran fossem cadáveres.

O telhado no qual estava tinha a altura de três andares e dava para a janela do segundo andar do outro lado do beco. Celaena calculou a distância e a velocidade com que cairia, em seguida se certificou de que as espadas cruzadas às costas estivessem bem presas. A janela era larga, mas ainda precisaria evitar que as lâminas ficassem presas no batente. Ela recuou o máximo que pôde para se dar espaço para correr.

Em algum lugar naquele segundo andar, dormiam Jayne e Farran. E em algum lugar daquela casa, eles haviam destruído Sam.

Depois que Celaena os matasse, talvez destruísse a casa, pedra após pedra.

Talvez destruísse a cidade inteira também.

Ela sorriu. Gostava de como aquilo soava.

Então respirou fundo e saiu correndo.

O telhado não tinha mais que 15 metros — 15 metros entre ela e o salto que a levaria diretamente através daquela janela aberta um nível abaixo, ou a estatelaria no beco.

Celaena acelerou para a beirada cada vez mais próxima.

Doze metros.

Não havia margem para erro, margem para medo ou tristeza ou qualquer coisa, exceto raiva intensa e cálculos frios e cruéis.

Nove metros.

Ela correu, reto como uma flecha, cada impulso das pernas e dos braços a aproximava mais.

Seis metros.

Três metros.

O beco abaixo se aproximava, a abertura parecia muito maior do que percebera.

Um metro e meio.

Mas não restava mais nada de si para que sequer considerasse parar.

Celaena chegou à beira do telhado e saltou.

ᴥ 10 ᴥ

O beijo frio do ar da noite no rosto, o brilho das ruas molhadas sob a iluminação do poste, a luz do luar nas cortinas pretas do lado de dentro da janela aberta conforme Celaena mergulhou naquela direção, as mãos já estendidas para as adagas...

Ela abaixou a cabeça na direção do peito, preparando-se para o impacto ao irromper pelas cortinas; arrancando-as dos trilhos, atingiu o chão e rolou.

Para o meio de uma sala de reuniões cheia de gente. Em um segundo, a assassina compreendeu os detalhes: um quarto pequeno no qual Jayne, Farran e outros estavam sentados ao redor de uma mesa quadrada, e havia ainda uma dúzia de guardas que agora a encaravam, já formando uma muralha de pele e armas entre a assassina e a presa.

As cortinas eram espessas o suficiente para bloquear qualquer luz dentro do quarto, para fazer parecer que estava escuro e vazio do lado de dentro. Um truque.

Não importava. Celaena mataria todos mesmo assim. As duas adagas nas botas foram atiradas antes de sequer se levantar, e os gritos dos guardas morrendo levaram um sorriso malicioso aos lábios da assassina.

As espadas da jovem gemeram, as duas empunhadas quando o vigia mais próximo avançou contra ela.

O homem morreu imediatamente, uma espada atravessou as costelas e atingiu o coração. Cada objeto — cada pessoa — entre Celaena e Farran era um obstáculo ou uma arma, um escudo ou uma armadilha.

Ela virou para o guarda seguinte, e o sorriso se tornou selvagem ao ver de relance Jayne e Farran do outro lado do quarto, sentados à mesa. Farran sorria para ela, os olhos escuros brilhavam, mas Jayne estava de pé, boquiaberto.

Celaena cravou uma das espadas no peito de um guarda para poder pegar a terceira adaga.

Jayne ainda estava boquiaberto quando essa adaga foi cravada, até o cabo, no pescoço dele.

Pandemônio total. A porta se escancarou, e mais sentinelas entraram enquanto Celaena recuperava a segunda espada da cavidade peitoral do homem caído. Não poderiam ter se passado mais de dez segundos desde que saltara pela janela aberta. Será que a estavam esperando?

Dois guardas a atacaram, as espadas cortando o ar. As lâminas gêmeas da assassina reluziram. Sangue jorrou.

O quarto não era grande — apenas 6 metros a separavam de Farran, que permanecia sentado, observando-a com um prazer selvagem.

Mais três vigias caíram.

Alguém atirou uma adaga contra Celaena, que a desviou para o lado com uma espada, enfiando a arma na perna de outro guarda. Não foi intencional, mas que sorte.

Outros dois homens caídos.

Havia apenas alguns restantes entre ela e a mesa... e Farran do outro lado. Ele nem mesmo olhou para o cadáver de Jayne, jogado ao seu lado sobre a mesa.

Guardas ainda corriam para dentro, vindos do corredor, mas estavam todos usando máscaras pretas estranhas, máscaras com óculos transparentes, e algum tipo de malha de tecido sobre as bocas...

Então a fumaça começou, e a porta se fechou, e, ao perfurar outro guarda, ela olhou para Farran a tempo de vê-lo vestir uma máscara.

Conhecia aquela fumaça, conhecia aquele cheiro. Estava no cadáver de Sam. Aquele almíscar estranho...

Alguém selou a janela, impedindo a entrada de ar. Fumaça por todo lado, cobrindo tudo em neblina.

Os olhos de Celaena ardiam, mas ela soltou uma espada para alcançar a última adaga, aquela que encontraria seu lar no crânio de Farran.

O mundo tombou.

Não.

Celaena não sabia se tinha dito ou pensado, mas a palavra ecoou pela escuridão que a devorava.

Outro guarda mascarado chegou até ela, e a assassina esticou o corpo a tempo de enfiar uma espada na lateral do corpo deste. Sangue encharcou sua mão, mas Celaena manteve a espada segura. Permaneceu com a adaga presa na outra mão ao puxá-la para trás, mirando a cabeça de Farran.

Mas a fumaça invadia cada poro, cada fôlego, cada músculo. Ao arquear o braço, um tremor lhe percorreu o corpo inteiro, fazendo sua visão girar e falhar.

Ela se virou, soltando a adaga. Um vigia desceu a espada na direção de Celaena, mas errou, cortando fora um centímetro da trança em vez disso. Os cabelos da jovem se soltaram em uma onda dourada quando ela se moveu para o lado, caindo tão, tão devagar, Farran ainda sorria para ela...

O punho de um homem acertou o estômago de Celaena, tirando-lhe o fôlego. Ela recuou, e outro punho, como granito, a acertou no rosto. Nas costas, nas costelas, no maxilar. Tantos golpes, tão rápidos que a dor não conseguia dar conta, e a assassina caía tão devagar, inspirando toda aquela fumaça...

Estavam esperando por ela. A janela aberta convidativa, a fumaça e as máscaras, tudo era parte de um plano. E Celaena caíra diretamente nele.

Ainda desabava quando a escuridão a consumiu.

***

— Nenhum de vocês deve tocá-la — disse uma voz fria e entediada. — Ela deve ser mantida viva.

Havia mãos sobre Celaena, tirando as armas de seu alcance, então a colocando sentada contra a parede. Ar fresco invadiu o quarto, mas a assassina mal conseguia senti-lo no rosto dormente.

Não conseguia sentir nada. Não conseguia mover nada. Estava paralisada.

Celaena conseguiu abrir os olhos apenas para ver Farran agachado diante de si, aquele sorriso felino ainda no rosto. A fumaça tinha saído do quarto, e a máscara do homem estava jogada ao lado.

— Oi, Celaena — ronronou Farran.

Alguém a havia traído. Não Arobynn. Não quando ele odiava tanto Jayne e Farran. Se tivesse sido traída, teria sido por um dos miseráveis da Guilda — alguém que mais se beneficiaria com a morte dela. *Não podia* ser Arobynn.

As roupas cinza-escuro de Farran estavam impecáveis.

— Estou esperando há alguns anos para conhecê-la, sabia? — disse o homem, parecendo bastante animado apesar do sangue e dos corpos.

— Para ser sincero — continuou ele, os olhos devorando cada centímetro de Celaena de um modo que fazia o estômago dela começar a se revirar —, estou desapontado. Você caminhou direto para nossa armadilhazinha. Nem mesmo parou para pensar duas vezes, não foi? — Farran sorriu. — Jamais subestime o poder do amor. Ou seria da vingança?

A jovem não conseguia convencer os dedos a se moverem. Até piscar era um esforço.

— Não se preocupe... os entorpecentes da gloriella já estão passando, embora não vá conseguir mover muita coisa. *Deve* passar em cerca de seis horas. Pelo menos foi quanto tempo durou em seu companheiro depois que o capturei. É uma ferramenta especialmente eficiente para manter as pessoas sedadas sem a limitação dos grilhões. Torna o processo muito mais... prazeroso, mesmo que você não consiga gritar tanto.

Pelos deuses. Gloriella — o mesmo veneno que Ansel usara no Mestre Mudo, de alguma forma transformado em incenso. Ele devia ter capturado Sam, levado o rapaz até ali, usado a fumaça nele e... Farran a torturaria também. Celaena podia suportar um pouco de tortura, mas, considerando o que tinha sido feito com Sam, imaginou com que rapidez cederia. Se tivesse controle sobre os movimentos, teria rasgado o pescoço de Farran com os dentes.

O único lampejo de esperança vinha do fato de que Arobynn e os demais chegariam em breve, e mesmo que um dos seus a tivesse traído, quando o mentor descobrisse... quando visse o que quer que Farran tivesse começado a fazer com ela... Arobynn manteria Farran vivo, ainda que apenas para Celaena estripá-lo com as próprias mãos ao se recuperar. Estripá-lo, e levar muito, muito tempo fazendo isso.

Farran acariciou os cabelos dela para afastá-los dos olhos, colocando-os atrás das orelhas. A assassina quebraria aquela mão também. Do modo como as mãos de Sam tinham sido metodicamente quebradas. Atrás do homem, guardas começaram a arrastar os corpos para longe. Ninguém tocou no cadáver de Jayne, ainda estatelado na mesa.

— Sabe — murmurou Farran —, você é muito bonita. — Ele passou o dedo pela bochecha de Celaena, então pelo maxilar. A raiva da assassina se tornou algo vivo se debatendo dentro do corpo, lutando por apenas *uma* chance de se libertar. — Entendo por que Arobynn a manteve como bicho de estimação por tantos anos. — O dedo desceu mais, deslizando pelo pescoço. — Quantos anos tem mesmo?

Celaena sabia que Farran não esperava uma resposta. Os olhos, castanhos e vorazes, encontraram os dela.

A jovem não imploraria. Se fosse morrer como Sam, faria com dignidade. Com a raiva ainda presente. E talvez... talvez tivesse a chance de massacrar Farran.

— Estou quase tentado a manter você para mim — disse ele, passando o polegar pela boca de Celaena. — Em vez de entregá-la, talvez eu a leve para baixo e, se sobreviver... — Ele sacudiu a cabeça. — Mas isso não foi parte do acordo, foi?

Palavras borbulhavam dentro dela, porém a língua não se movia. Não conseguia sequer abrir a boca.

— Está ansiosa para saber qual foi o acordo, não está? Vejamos se lembro bem... Matamos Sam Cortland — recitou Farran —, você fica enlouquecida e invade a casa, então *você* mata Jayne — ele indicou com a cabeça o enorme corpo na mesa —, e eu assumo o lugar dele. — As mãos percorriam o pescoço de Celaena agora, carícias sensuais que prometiam agonia insuportável. A cada segundo que passava, parte da dormência, de fato, se dissipava, mas quase controle algum retornava ao corpo. — Uma pena que eu precise de você para levar a culpa pela morte de Jayne. E se ao menos entregá-la ao rei não fosse um presente *tão* lindo.

O rei. Farran não a torturaria nem mataria, mas a entregaria ao rei como suborno para evitar que os olhos reais se voltassem em sua direção. Celaena poderia enfrentar tortura, suportar as violações que praticamente via nos olhos do homem, no entanto, se fosse para o rei... Afastou esse pensamento, recusando-se a seguir esse caminho.

Precisava fugir.

Ele devia ter visto o pânico nos olhos da garota, pois sorriu, fechando a mão na garganta de Celaena. Unhas afiadas demais lhe roçaram a pele.

— Não tenha medo, Celaena — sussurrou Farran ao ouvido dela, cravando as unhas mais fundo. — Se o rei permitir que sobreviva, estarei em dívida eterna com você. Afinal de contas, me entregou minha coroa.

Havia uma palavra nos lábios dela, mas não conseguia pronunciar, não importava o quanto tentasse.

Quem?

Quem a havia traído tão cruelmente? Celaena podia entender que a odiassem, mas *Sam*... Todo mundo adorava Sam, até mesmo Wesley...

Wesley. Ele tentara dizer a ela: *Tudo isso é só*... E o rosto não exibia irritação, e sim luto — luto e raiva, direcionado não para Celaena, mas para outra pessoa. Será que Arobynn mandara Wesley para adverti-la? Harding, o assassino que estava falando sobre a janela, sempre esteve de olho na posição da assassina como herdeira de Arobynn. E praticamente entregou a ela os detalhes sobre por onde invadir, *como* invadir... Só podia ser ele. Talvez Wesley tivesse descoberto no momento em que Celaena fugia da Fortaleza. Porque a alternativa... Não, nem conseguia pensar na alternativa.

Farran recuou, soltando a garganta dela.

— Realmente queria ter podido brincar com você um pouquinho, mas jurei que não lhe faria mal. — O homem inclinou a cabeça para o lado, observando os ferimentos que Celaena já havia sofrido. — Acho que algumas costelas quebradas e um lábio cortado são compreensíveis. — Ele pegou um relógio de bolso. — Infelizmente são 23 horas, e você e eu precisamos partir.

Onze horas. Uma hora antes de Arobynn sequer *sair* da Fortaleza. E, se Harding tinha, de fato, sido aquele que a traíra, então provavelmente faria o possível para atrasá-los ainda mais. Depois que fosse levada para a masmorra real, que chances teria Arobynn de soltá-la? Quando a gloriella passasse, que chances teria *Celaena* de fugir?

Os olhos de Farran ainda estavam sobre os dela, brilhando com prazer. Então, sem aviso, o braço dele cortou o ar.

Celaena ouviu o barulho da mão contra a pele antes de sentir o latejar ardente na bochecha e na boca. A dor era fraca. A assassina era grata pela dormência que ainda cobria o corpo, principalmente quando o gosto acobreado de sangue preencheu sua boca.

O homem graciosamente se levantou.

— Isso foi por ter sujado o tapete de sangue.

Apesar do ângulo inclinado da cabeça, Celaena conseguiu erguer o olhar com raiva para ele, mesmo enquanto o próprio sangue escorria pela garganta. Farran alisou o manto cinza, em seguida se inclinou para virar a cabeça da assassina para a frente. O sorriso dele voltou.

— Teria sido delicioso quebrar você — disse Farran, e saiu do quarto, gesticulando para os três homens altos e bem vestidos ao passar. Não eram guardas comuns. Celaena vira aqueles três homens antes. Em algum lugar, em algum momento do qual não se lembrava...

Um deles se aproximou, sorrindo, apesar do sangue empoçado ao redor da jovem. Celaena teve um lampejo do pomo redondo do cabo da espada antes que o objeto atingisse sua cabeça.

❧ 11 ❧

Celaena acordou com uma dor de cabeça latejante.

Manteve os olhos fechados, permitindo que os sentidos absorvessem o entorno antes de anunciar ao mundo que estava acordada. Onde quer que estivesse, era silencioso, úmido e frio, além de feder a fungo e lixo.

Ela percebeu três coisas antes de sequer abrir as pálpebras.

A primeira era que pelo menos seis horas tinham se passado, porque conseguia mexer os dedos dos pés e os das mãos, e aqueles movimentos bastavam para dizer a ela que todas as suas armas tinham sido levadas.

A segunda era que, porque pelo menos seis horas tinham se passado e Arobynn e os demais claramente não a haviam encontrado, Celaena estava na masmorra real do outro lado da cidade ou em alguma cela debaixo da casa de Jayne, esperando transporte.

A terceira era que Sam ainda estava morto, e até mesmo a raiva dela fora uma peça em uma traição tão deturpada e brutal que ela não conseguia começar a fazer a cabeça dolorida entender.

Sam ainda estava morto.

A assassina abriu os olhos e viu que estava mesmo em uma masmorra, atirada em uma pilha pútrida de feno e acorrentada à parede. Os pés também estavam acorrentados ao chão, e os dois conjuntos de correntes eram compridos apenas o bastante para que Celaena conseguisse alcançar o balde imundo no canto para se aliviar.

Aquela foi a primeira indignidade que se permitiu sofrer.

Depois de cuidar da bexiga, olhou em volta da cela. Nenhuma janela, e não havia espaço o suficiente entre a porta de ferro e o batente para qualquer coisa além de luz se esgueirar. A jovem não conseguia ouvir nada — nem através das paredes, nem vindo de fora.

A boca estava seca, a língua estava pesada dentro dela. O que não daria por um bocado d'água para lavar o gosto persistente de sangue... O estômago estava dolorosamente vazio também, e o latejar na cabeça lançava fagulhas de dor pelo crânio.

Celaena tinha sido traída — traída por Harding ou por alguém como ele, alguém que se beneficiaria da partida *permanente* dela, sem qualquer esperança de algum dia voltar. E Arobynn ainda não a resgatara.

Mas ele a encontraria. *Precisava* encontrar.

A assassina testou as correntes nos pulsos e nos tornozelos, examinando o piso de pedra e a parede em que estavam presas, olhando cada elo, estudando as trancas. Eram sólidas. Celaena sentiu todas as pedras ao redor de si, deu batidinhas em busca de partes soltas ou possivelmente um bloco inteiro que conseguisse usar como arma. Não havia nada. Todos os grampos foram tirados de seus cabelos, roubando-lhe a chance de sequer tentar abrir a fechadura. Os botões no manto preto eram pequenos e delicados demais para serem úteis.

Talvez, se um guarda entrasse, ela conseguisse que o homem se aproximasse o bastante para usar as correntes contra ele — estrangulá-lo, ou apagá-lo, ou mantê-lo refém por tempo o bastante para que alguém a deixasse sair.

Talvez...

A porta se abriu com um rangido, e um homem apareceu no portal, três outros atrás.

A túnica dele era escura e bordada com fio dourado. Se estava surpreso ao vê-la acordada, não demonstrou.

Guardas reais.

Aquela era a masmorra real, então.

O guarda à porta colocou a comida que carregava no chão e empurrou a bandeja para Celaena. Água, pão, um pedaço de queijo.

— Jantar — disse ele, sem colocar os pés na cela.

O homem e os companheiros sabiam da ameaça de se aproximar demais.

Ela olhou para a bandeja. Jantar. Por quanto tempo ficara apagada ali? Tinha sido quase um dia inteiro... e Arobynn *ainda* não fora buscá-la? Ele devia ter encontrado Wesley no estábulo, e o guarda-costas teria contado o que Celaena tinha ido fazer. *Tinha* de saber que ela estava ali.

O guarda a observava.

— Esta masmorra é impenetrável — disse ele. — E essas correntes são feitas de aço de Adarlan.

A assassina o encarou. Era um homem de meia-idade, talvez 40 anos. Não tinha armas — outra precaução. Em geral, os guardas reais se alistavam jovens e ficavam até serem velhos demais para carregar uma espada, o que significava que aquele homem tivera muitos anos de treinamento extensivo. Estava escuro demais para ver os outros três atrás, mas Celaena sabia que não confiariam em qualquer um para vigiá-la.

E, mesmo que tivesse dito as palavras de modo a intimidá-la para que se comportasse, o homem provavelmente dizia a verdade. Ninguém saía da masmorra real, e ninguém entrava.

Se um dia inteiro se passara e Arobynn ainda não a havia encontrado, Celaena não sairia também. Se aquele que a traíra tinha sido capaz de enganá-la, e a Sam, e a Arobynn, então encontraria um modo de evitar que o rei dos Assassinos soubesse que ela estava ali também.

Agora que Sam estava morto, não restava mais nada do lado de fora da masmorra pelo que valesse a pena lutar mesmo. Não quando a Assassina de Adarlan estava aos pedaços, e o mundo dela também. A garota que enfrentara um lorde pirata e a ilha inteira dele, a garota que roubara cavalos Asterion e cavalgara pela praia do deserto Vermelho, a garota que se sentou no próprio telhado, observando o sol nascer sobre o Avery, a garota que se sentira viva com a possibilidade... aquela garota tinha desaparecido.

Não restava nada. E Arobynn não apareceria.

Celaena havia falhado.

E pior, havia falhado com Sam. Nem mesmo matara o homem que acabara com a vida dele de forma tão cruel.

O guarda se moveu, e Celaena percebeu que o encarava.

— A comida está limpa. — Foi tudo que disse antes de recuar da cela e fechar a porta.

Ela bebeu a água e comeu tanto do pão e do queijo quanto conseguiu suportar. Não sabia dizer se a própria comida estava insípida ou se a língua tinha perdido todo o paladar. Cada mordida tinha gosto de cinzas.

Celaena chutou a bandeja para a porta ao terminar. Não se importava se pudesse usar o objeto como arma, ou como um meio de atrair os guardas para perto.

Porque não sairia, e Sam estava morto.

A assassina apoiou a cabeça contra a parede úmida e gélida. Jamais poderia se certificar de que ele fosse enterrado com segurança na terra. Tinha falhado com Sam até nisso.

Quando o silêncio retumbante voltou para buscá-la, Celaena caminhou para dentro dele com os braços abertos.

Os guardas gostavam de conversar. Sobre eventos esportivos, sobre mulheres, sobre a movimentação dos exércitos de Adarlan. Sobre ela, mais que tudo.

Às vezes, lampejos das conversas entravam pela parede de silêncio, mantendo a atenção da jovem por um momento antes de ela permitir que a quietude a levasse de volta ao mar sem fim.

— O capitão vai ficar furioso por não estar aqui para o julgamento.

— É bem feito por sair para se divertir com o príncipe na costa de Suria. Risadinhas.

— Mas ouvi que o capitão está correndo de volta para Forte da Fenda.

— Por quê? O julgamento será amanhã. Ele nem vai conseguir chegar a tempo de vê-la ser executada.

— Acha que ela é mesmo Celaena Sardothien?

— Parece ter a idade da minha filha.

— Melhor não contar a ninguém. O rei disse que nos esfolaria vivos se disséssemos uma palavra.

— Difícil imaginar que seja ela, viu a lista de vítimas? Era interminável.

— Acha que tem algum problema na cabeça? Ela *olha* para você sem *olhar* de verdade, sabe?

— Aposto que precisavam de alguém para pagar pela morte de Jayne. Provavelmente pegaram uma garota qualquer e fingiram que era ela.

Risos.

— Não fará diferença para o rei, não é? E, se ela não falar, então será culpada mesmo se for inocente.

— Não acho que seja realmente Celaena Sardothien.

❧

— Ouvi que o julgamento e a execução serão fechados porque o rei não quer que ninguém veja quem ela é de verdade.

— Podemos confiar no rei para tirar de todos a oportunidade de assistir.

— Imagino se a vão enforcar ou decapitá-la.

⊰ 12 ⊱

O mundo girou. Masmorras, feno podre, pedras frias contra a bochecha, guardas conversando, pão e queijo e água. Então homens entraram, arcos apontados para ela, mãos nas espadas. Dois dias tinham se passado, de alguma forma. Um retalho e um balde d'água foram jogados para Celaena. Para se limpar para o julgamento, disseram eles. Ela obedeceu. E não lutou quando deram novos grilhões para os pulsos e tornozelos — grilhões com os quais poderia andar. Eles a levaram por um corredor escuro e frio que ecoava com gemidos distantes, depois escada acima. A luz do sol brilhava por uma janela com barras — forte, ofuscante —, conforme subiam mais escadas e, por fim, entraram em uma sala de pedra e madeira polida.

A cadeira de madeira pareceu macia sob Celaena. A cabeça ainda doía, e os lugares nos quais os homens de Farran a golpearam também estavam doloridos.

A sala era grande, mas com pouca mobília. A assassina tinha sido empurrada sobre um assento no centro, a uma distância segura da enorme mesa na ponta oposta — a mesa na qual 12 homens se sentavam de frente para ela.

Não importava para Celaena quem eram, ou qual era o papel deles. Conseguia sentir os olhos sobre si. Todos na sala — os homens à mesa e as dezenas de guardas — a observavam.

Um enforcamento ou uma decapitação. A garganta dela se fechou.

Não havia objetivo em lutar, não agora.

Merecia aquilo. Por mais razões do que conseguia contar. Jamais deveria ter permitido que Sam a convencesse a matar Farran sozinho. Era culpa dela, tudo aquilo, desde o dia em que chegou a baía da Caveira e decidiu defender alguma coisa.

Uma pequena porta nos fundos da sala se abriu, e os homens à mesa se levantaram.

Botas pesadas batiam no chão, os guardas se esticaram e bateram continência...

O rei de Adarlan entrou na sala.

Celaena não olharia para ele. Que fizesse o que quisesse com ela. Se o encarasse, qualquer semblante de calma que tivesse seria destruído. Então era melhor não sentir nada do que se acovardar diante do rei — do açougueiro que destruíra tanto de Erilea. Melhor ir para o túmulo entorpecida e zonza que implorar.

Uma cadeira no centro da mesa foi puxada para trás. Os homens ao redor do rei não se sentaram até que ele se sentasse.

Então silêncio.

O piso de madeira da sala estava tão polido que Celaena conseguia ver o reflexo do lustre de ferro que pendia acima.

Uma risada baixa como osso contra pedra. Mesmo sem olhar para ele, conseguia sentir a massa absoluta que o compunha; a escuridão que rodopiava ao seu redor.

— Não acreditei nos boatos até agora — falou o rei —, mas parece que os guardas não estavam mentindo sobre sua idade.

Uma leve ânsia de cobrir as orelhas para abafar aquela voz miserável passou pelo fundo da mente de Celaena.

— Quantos anos tem?

Ela não respondeu. Sam havia partido. Nada que pudesse fazer — mesmo que lutasse, mesmo que se revoltasse — mudaria aquilo.

— Rourke Farran colocou as garras em você ou está apenas sendo teimosa?

O rosto de Farran, olhando-a com luxúria, sorrindo com tanta crueldade enquanto estava indefesa diante dele.

— Muito bem, então — falou o rei. Papéis farfalhando, o único som naquela sala mortalmente silenciosa. — Nega ser Celaena Sardothien? Se não falar, tomarei o silêncio como consentimento, garota.

Ela manteve a boca fechada.

— Sendo assim, leia as acusações, conselheiro Rensel.

Uma garganta pigarreou.

— Você, Celaena Sardothien, é acusada das mortes das seguintes pessoas... — E então começou uma longa recitação de todas as vidas que a assassina tirara. A história brutal de uma garota que agora tinha desaparecido. Arobynn sempre se certificara de que o mundo soubesse do trabalho dela. Sempre espalhou por canais secretos quando outra vítima caía pelas mãos de Celaena Sardothien. E, agora, a mesma coisa que garantira a ela o direito de se chamar Assassina de Adarlan seria o que selaria seu destino. Quando acabou, o homem disse: — Nega alguma das acusações?

A respiração de Celaena estava tão lenta.

— Garota — falou o conselheiro, um pouco esganiçado —, tomaremos a ausência de resposta como sinal de que não as nega. Entende isso?

Ela não se deu o trabalho de assentir. Tudo havia acabado mesmo.

— Desse modo, decidirei sua sentença — grunhiu o rei.

Em seguida murmúrios, mais papéis farfalhando e uma tosse. A luz no chão piscou. Os guardas na sala permaneceram concentrados nela, armas em punho.

Subitamente, passos vindos da mesa soaram em sua direção, e Celaena ouviu o barulho de armas sendo inclinadas. Reconheceu os passos antes que o rei sequer chegasse à cadeira.

— Olhe para mim.

Ela manteve o olhar nas botas dele.

— Olhe para mim.

Não fazia diferença agora, fazia? O sujeito já havia destruído tanto de Erilea — destruído partes de Celaena sem nem saber.

— *Olhe para mim.*

A assassina ergueu a cabeça e olhou para o rei de Adarlan.

O sangue foi drenado do rosto. Aqueles olhos pretos estavam prontos para devorar o mundo; as feições eram ríspidas e envelhecidas. O homem levava uma espada na lateral do corpo — a espada cujo nome todos sabiam — e uma túnica refinada com um manto de pele. Nenhuma coroa na cabeça.

Ela precisava fugir. Precisava sair daquela sala, fugir dele.

Fugir.

— Tem algum último pedido antes que eu anuncie a sentença? — perguntou o rei, aqueles olhos ainda perfurando qualquer defesa que Celaena um dia aprendera. Ainda conseguia sentir o cheiro da fumaça que sufocara cada centímetro de Terrasen nove anos antes, ainda sentia o cheiro de carne queimando e ouvia os gritos inúteis conforme o homem e os exércitos destruíam qualquer resquício de resistência, qualquer resquício de magia. Não importava o que Arobynn a treinara para fazer, as lembranças daquelas últimas semanas enquanto Terrasen caía estavam marcadas no sangue dela. Então Celaena apenas o encarou.

Quando não respondeu, o rei deu meia-volta e caminhou para a mesa.

A assassina precisava fugir. Para sempre. Fogo impulsivo e tolo se acendeu e a transformou, apenas por um momento, naquela garota novamente.

— Tenho — disse ela, com a voz rouca pela falta de uso.

O rei parou e a fitou por cima do ombro.

Ela sorriu, algo malicioso e selvagem.

— *Que seja rápido*.

Era um desafio, não um pedido. O conselho do rei e os guardas se moveram, alguns murmuraram.

Os olhos do homem semicerraram levemente, e, quando ele sorriu para Celaena, foi a coisa mais terrível que a assassina já viu.

— Hã? — falou o rei, virando para encará-la completamente.

Aquele fogo tolo se apagou.

— Se é uma morte fácil que deseja, Celaena Sardothien, certamente não lhe darei. Não até que tenha sofrido adequadamente.

O mundo estava equilibrado na lâmina de uma faca, escorregando, escorregando, escorregando.

— Você, Celaena Sardothien, está condenada a nove vidas de trabalhos forçados nas Minas de Sal de Endovier.

O sangue dela se transformou em gelo. Os conselheiros todos se entreolharam. Obviamente essa opção não fora discutida anteriormente.

— Será enviada com ordens para que seja mantida viva por quanto tempo for possível, para ter a chance de aproveitar o tipo de agonia especial de Endovier.

Endovier.

Então o rei virou de costas.

Endovier.

Houve um estardalhaço de movimentos, depois o homem grunhiu uma ordem para que ela fosse colocada na primeira carruagem para fora da cidade. Em seguida mãos pegaram os braços de Celaena, e arcos foram apontados para ela conforme era arrastada para fora da sala.

Endovier.

A assassina foi jogada na cela da masmorra durante minutos, ou horas, ou um dia. Então mais guardas foram buscá-la, levando-a escada acima, para o sol ainda ofuscante.

Endovier.

Novos grilhões, martelados para se fecharem. O interior escuro de uma carruagem de prisão. O fechamento de diversas trancas, o solavanco de cavalos começando a andar e muitos outros cavalos cercando a carruagem.

Pela pequena janela no alto da parede da porta, ela conseguia ver a capital, as ruas que conhecia tão bem, as pessoas perambulando e olhando para a carruagem da prisão e para os guardas montados, mas sem pensar em quem poderia estar ali dentro. O domo dourado do Teatro Real ao longe, o odor salgado da brisa do Avery, os telhados esmeralda e as pedras brancas de todas as construções.

Tudo passando, e tão rápido.

Passaram pela Fortaleza dos Assassinos na qual Celaena havia treinado e sangrado e perdido tanto, o lugar em que o corpo de Sam ainda esperava que ela fosse enterrá-lo.

Participara do jogo e perdera.

Agora, chegavam à enorme muralha de alabastro da cidade, os portões escancarados para acomodar o grande grupo.

Conforme Celaena Sardothien era levada para fora da capital, ela afundou em um canto da carruagem e não se levantou.

De pé no alto de um dos muitos telhados esmeralda de Forte da Fenda, Rourke Farran e Arobynn Hamel observavam a carruagem da prisão ser escoltada para fora da cidade. Uma brisa fria soprava do Avery, bagunçando os cabelos de ambos.

— Endovier, então — considerou Farran, os olhos sombrios ainda no veículo. — Uma reviravolta surpreendente nos eventos. Achei que tivesse planejado um grande resgate da ala de execuções.

O rei dos Assassinos não disse nada.

— Então, não vai atrás da carruagem?

— Obviamente, não — disse Arobynn, olhando para o novo lorde do crime de Forte da Fenda. Fora naquele mesmo telhado que Farran e o rei dos Assassinos se esbarraram pela primeira vez. Farran estava a caminho de espionar uma das amantes de Jayne, e Arobynn... bem, Farran jamais soube por que o rei dos Assassinos perambulava pelos telhados de Forte da Fenda no meio da noite.

— Você e seus homens poderiam libertá-la em questão de minutos — continuou Rourke. — Atacar uma carruagem da prisão é muito mais seguro que o que tinha planejado originalmente. Embora, preciso admitir, mandá-la para Endovier seja muito mais interessante para mim.

— Se eu quisesse sua opinião, Farran, teria pedido.

O lorde do crime deu um sorriso lento.

— Pode querer reconsiderar como fala comigo agora.

— E você pode querer considerar quem lhe deu a coroa.

Farran deu uma risadinha, e o silêncio recaiu por um longo momento.

— Se quisesse que ela sofresse, poderia tê-la deixado sob meus cuidados. Eu poderia fazê-la implorar para que você a salvasse em questão de minutos. Teria sido excepcional.

Arobynn apenas sacudiu a cabeça.

— Qualquer que tenha sido a sarjeta em que cresceu, Farran, deve ser um Inferno sem comparação.

Rourke avaliou o novo aliado, com o olhar reluzente.

— Não faz ideia. — Depois de mais um momento de silêncio, perguntou: — Por que fez isso?

A atenção de Arobynn se voltou para o veículo, já um pontinho nas colinas ondulantes acima de Forte da Fenda.

— Porque não gosto de compartilhar o que me pertence.

⊰ DEPOIS ⊱

Ela estava na carruagem havia dois dias, observando a luz mudar e dançar nas paredes. Saiu do canto apenas por tempo o suficiente para se aliviar ou pegar a comida que atiravam.

Celaena acreditara que poderia amar Sam e não pagar o preço. *Tudo tem um preço*, certa vez ouvira de um mercador de Seda de Aranha no deserto Vermelho. Como estava certo.

O sol brilhava dentro da carruagem de novo, enchendo-a de luz fraca. O caminho para as Minas de Sal de Endovier levava duas semanas, e cada quilômetro os levava mais e mais ao norte — e para o tempo mais frio.

Quando cochilava, sonhos e realidade indo e vindo, às vezes sem saber a diferença, costumava ser acordada pelos calafrios que atormentavam seu corpo. Os guardas não ofereceram qualquer proteção contra o frio.

Duas semanas naquela carruagem escura e fétida, com apenas as sombras e a luz na parede para lhe fazer companhia, e o silêncio pairando ao redor. Duas semanas, então Endovier.

Celaena ergueu a cabeça da parede.

O medo crescente fazia o silêncio vacilar.

Ninguém sobrevivia a Endovier. A maioria dos prisioneiros não sobrevivia um mês. Era um campo de morte.

Um tremor percorreu os dedos dormentes de Celaena. Puxou as pernas para mais perto do peito, apoiando a cabeça contra elas.

As sombras e a luz continuaram dançando na parede.

Sussurros animados, o estalo de pés ágeis na grama seca, o luar brilhando pela janela.

Celaena não sabia como tinha ficado de pé ou como chegara à minúscula janela com barras, as pernas duras e doloridas e cambaleantes pela falta de uso.

Os guardas estavam reunidos perto da beira da clareira na qual acamparam pela noite, olhando para o emaranhado de árvores. Tinham entrado na floresta Carvalhal em algum momento do primeiro dia, e agora só haveria árvores, árvores e mais árvores durante as duas semanas em que viajariam para o norte.

A lua iluminava a névoa que rodopiava pelo chão coberto de folhas, fazendo com que as árvores projetassem longas sombras como fantasmas à espreita.

E ali — de pé em um matagal de espinhos — estava um cervo branco.

O fôlego de Celaena falhou.

Ela se agarrou às barras da pequena janela quando a criatura olhou naquela direção. Os chifres altos pareciam brilhar ao luar, coroando o animal com uma grinalda de marfim.

— Pelos deuses — sussurrou um dos guardas.

A enorme cabeça do cervo se virou levemente — na direção da carruagem, na direção da pequena janela.

O Senhor do Norte.

Assim as pessoas de Terrasen sempre saberão como encontrar o caminho de casa, dissera Celaena a Ansel certa vez quando estavam deitadas sob um cobertor de estrelas e tracejavam a constelação do Cervo. *Assim podem olhar para o céu, não importa onde estejam, e saberão que Terrasen está com elas para sempre.*

Nuvens de ar quente sopraram do focinho do cervo, enroscando-se na noite fria.

Celaena fez uma reverência com a cabeça, embora mantivesse o olhar sobre o animal.

Assim as pessoas de Terrasen sempre saberão como encontrar o caminho de casa...

Uma rachadura no silêncio — abrindo-se cada vez mais conforme os olhos impenetráveis do cervo se mantinham fixos nela.

O lampejo de um mundo há muito destruído... um reino em ruínas. O cervo não deveria estar ali; não tão no interior de Adarlan ou tão longe de casa. Como sobreviveu aos caçadores que tinham sido soltos nove anos antes, quando o rei ordenou que todos os cervos brancos sagrados de Terrasen fossem massacrados?

E, no entanto, ali estava o animal, brilhando como um farol ao luar.

Estava ali.

E Celaena também.

Ela sentiu o calor das lágrimas antes de perceber que chorava.

Então o gemido inconfundível de arcos sendo puxados.

O cervo, o Senhor do Norte, o farol de Celaena, não se moveu.

— *Corra!* — O grito rouco saiu de dentro dela, estilhaçando o silêncio.

O animal continuava olhando para a garota.

Ela bateu na lateral da carruagem.

— *Corra, droga!*

O cervo se virou e disparou, um raio de luz branca ziguezagueando entre as árvores.

O ruído dos arcos, o chiado das flechas — todas erraram o alvo.

Os guardas xingaram, e a carruagem foi sacudida quando alguém a golpeou de frustração. Celaena recuou da janela, foi bem para trás, até que se chocou contra a parede e caiu de joelhos.

O silêncio desaparecera. Na ausência dele, ela conseguia sentir a dor retumbante ecoar pelas pernas, e o latejar dos ferimentos que os homens de Farran tinham infligido, e a ardência dos pulsos e dos tornozelos esfolados pelas correntes. Conseguia sentir o buraco infinito ocupado por Sam um dia.

Iria para Endovier — seria escravizada nas Minas de Sal de Endovier.

Medo, irrefreável e frio, a puxou para baixo.

❧ INÍCIO ❧

Celaena Sardothien sabia que se aproximava das Minas de Sal quando, duas semanas depois, as árvores de Carvalhal deram lugar a um terreno cinza e pedregoso e montanhas irregulares perfuraram o céu. Estava deitada no chão desde o alvorecer e já vomitara uma vez. E agora não conseguia se levantar.

Ruídos distantes. Gritos e o estalar baixo de um chicote.

Endovier.

Ela não estava pronta.

A luz ficou mais forte quando deixaram as árvores para trás. Celaena estava feliz por Sam não estar ali para vê-la daquele jeito.

Soluçou tão forte que precisou apertar o punho contra a boca para não ser ouvida.

Jamais estaria pronta para aquilo, para Endovier e para o mundo sem Sam.

Uma brisa preencheu a carruagem, levantando os odores das duas últimas semanas. Os tremores de Celaena pararam por um segundo. Ela conhecia aquela brisa.

Conhecia o toque frio sob ela, sabia que carregava uma fração de pinho e neve, conhecia as montanhas das quais o sopro emanava. Um vento do norte, uma brisa de Terrasen.

Precisava ficar de pé.

Pinho e neve e verões dourados e preguiçosos — uma cidade de luz e música à sombra das montanhas Galhada do Cervo. Precisava levantar, ou estaria acabada antes de sequer entrar em Endovier.

O veículo reduziu a velocidade, as rodas quicavam pelo caminho áspero. Um chicote estalou.

— Meu nome é Celaena Sardothien... — sussurrou ela para o chão, mas os lábios estremeciam tanto que as palavras foram interrompidas.

Em algum lugar, alguém começou a gritar. Pela mudança da luz, a assassina sabia que estavam se aproximando do que só podia ser uma muralha gigante.

— Meu nome é Celaena Sardothien... — tentou ela de novo, puxando um fôlego irregular.

A brisa se transformou em vento, e ela fechou os olhos, deixando que o ar varresse as cinzas daquele mundo morto... daquela garota morta. Então não restou nada, a não ser algo novo, algo ainda brilhando vermelho da forja.

Celaena abriu os olhos.

Iria para Endovier. Iria para o Inferno. E não cederia.

Apoiou as palmas das mãos no chão e deslizou os pés sob o corpo.

Ainda não tinha parado de respirar e tinha suportado a morte de Sam e escapado da execução do rei. Ela sobreviveria àquilo.

Celaena ficou de pé, virou-se para a janela e olhou diretamente para a muralha de pedra monumental que se erguia à frente.

Enfiaria Sam no coração, uma luz forte para a qual se virar sempre que as coisas ficassem escuras. E assim se lembraria de como fora ser amada, quando o mundo era cheio de possibilidades. Não importava o que fizessem com ela, jamais poderiam lhe tirar isso.

Celaena não cederia.

E algum dia... algum dia, mesmo que fosse preciso seu último suspiro, descobriria quem tinha feito aquilo com ela. Com Sam. Celaena limpou as lágrimas quando a carruagem entrou nas sombras do túnel que cruzava a muralha. Chicotes e gritos e o clangor de correntes. Ela ficou tensa, já absorvendo cada detalhe que podia.

Mas esticou os ombros e a coluna.

— Meu nome é Celaena Sardothien — sussurrou ela —, *e não vou sentir medo.*

O carro atravessou a muralha e parou.

Celaena elevou a cabeça.

A porta foi destrancada e escancarada, inundando o espaço com luz cinza. Guardas esticaram os braços até ela, meras sombras contra a luz. Celaena deixou que a segurassem, deixou que a puxassem da carruagem.

Não terei medo.

Celaena Sardothien ergueu o queixo e caminhou para as Minas de Sal de Endovier.

⚛ AGRADECIMENTOS ⚛

Elementos destas histórias flutuam em minha imaginação pela última década, mas conseguir uma oportunidade para escrever todas elas foi algo que jamais acreditei que teria a bênção de fazer. Foi um prazer compartilhar estas novelas originalmente como livros digitais, porém vê-las impressas em um livro físico é um sonho que se torna realidade. Então, é com enorme gratidão que digo obrigada às seguintes pessoas:

Meu marido, Josh — por fazer o jantar, me trazer café (e chá... e chocolate... e lanches), por passear com Annie e por todo o amor incondicional. Não conseguiria fazer isso sem você.

Meus pais — por comprarem vários exemplares de todos os romances e novelas, por serem meus fãs número 1 e por todas as aventuras (algumas das quais inspiraram estas histórias).

Minha incomparável agente literária, Tamar Rydzinski, que me ligou em uma tarde de verão com uma ideia absurda que, por fim, se tornaria estas novelas.

Minha editora, Margaret Miller, que jamais falha em me desafiar a ser uma escritora melhor.

E à equipe mundial da Bloomsbury — pelo entusiasmo infalível, pelo brilhantismo e pelo apoio. Obrigada por tudo que fizeram pela série Trono de Vidro. Tenho muito orgulho de ser uma autora da Bloomsbury.

Escrever um livro definitivamente não é uma tarefa solitária, e sem as pessoas a seguir estas novelas jamais seriam o que são:

Alex Bracken, a quem sempre estarei em dívida pela sugestão genial em *A assassina e o submundo* (e por todo o feedback incrível também).

Jane Zhao, cujo entusiasmo inabalável pelo mundo de Trono de Vidro foi uma das coisas às quais mais me ative durante o longo caminho até a publicação. Kat Zhang, que sempre encontra tempo para criticar, apesar de um cronograma impossivelmente caótico. Amie Kaufman, que chorou e suspirou em todos os lugares certos.

E Susan Dennard — minha maravilhosa, honesta e determinada Sooz. Você me lembra que às vezes — apenas às vezes — o universo pode acertar. Não importa o que aconteça, sempre serei grata pelo dia em que entrou em minha vida.

Amor e agradecimento adicionais para meus incríveis amigos: Erin Bowman, Dan Krokos, Leigh Bardugo e Biljana Likic.

E a você, querido leitor: obrigada por embarcar comigo nesta jornada. Espero que tenha gostado deste vislumbre do passado de Celaena — e espero que goste de ver para onde as aventuras a levarão em Trono de Vidro!